Margit Moch
Mannheim
25.5.92

HEYNE BÜCHER

BLAUE REIHE

HEYNE KRIMI
JAHRESBAND 1992

Kriminalstories

Originalausgabe

WILHELM HEYNE VERLAG
MÜNCHEN

HEYNE BLAUE REIHE
02/2365

Herausgegeben
von
Bernhard Matt

Printed in Germany 1992
Umschlagillustration: Thomas Paulus / die KLEINERT, München
Umschlaggestaltung: Atelier Ingrid Schütz, München
Satz: Kort Satz GmbH, München
Druck und Bindung: Presse-Druck Augsburg

ISBN 3-453-05457-1

Crime doesn't pay – enough

Inhalt

Joe Gores

Augen auf

Es war Erics erste. Seine allererste.
Und sie ging zu früh hoch.

Wenn ich bei offenem Fenster in meinem Apartment in Durant gewesen wäre, hätte ich sie wahrscheinlich hochgehen hören. Und um 4.30 Uhr hätte ich vermutlich wie jeder Spießer gedacht, daß es die Fehlzündung eines Lasters ist. Aber während Eric in Berkeley die Bombe legte, habe ich in San Francisco Elisabeth gebumst. Ich habe jede Minute dieser Nacht bei ihr verbracht, denn ich wollte auf Nummer sicher gehen. Man kann von den Bullen ja halten, was man will. Eines ist jedenfalls sicher: Sie sind verdammt genau. Und ich wußte, daß sie herumschnüffeln würden, wenn irgend etwas schiefgehen würde.

Ich hörte es mit Liz in den Mittagsnachrichten. Wir frühstückten gerade, denn sie wollte danach in ihre Nachmittagskurse gehen. An der Universität von San Francisco hält sie Einführungskurse in Englisch.

»Eric Whitlach, ein bekanntermaßen radikaler Studentenvertreter der Universität Berkeley, wurde am frühen Morgen verletzt, als eine Bombe vorzeitig explodierte, die er vermutlich unter einem Tisch im Gebäude der Studentenvertretung deponieren wollte. Die Polizei gab bekannt, daß die selbstgebaute Bombe an einen Wecker angeschlossen war, der auf 9.30 Uhr gestellt war, ein Zeitpunkt also, an dem das Gebäude voller Studenten gewesen wäre. Das Ausmaß seiner Verletzungen ist nicht bekannt, aber – .«

»Mein Gott, ist das schrecklich«, sagte Liz mit einem Schaudern. Zusammen mit Eric und mir war sie in ein paar Hauptseminaren gewesen. »Was ist denn mit dem passiert, Ross, daß er so was machen kann?«

»Ich denke – also eigentlich hab ich ihn seit unserem Examen im letzten Juni kaum zu Gesicht bekommen.« Ich fuchtelte über den Resten von Spiegeleiern und Schinken herum.

»Revolutionär – man kann sich Eric kaum in dieser Rolle vorstellen.« Dann hatte ich einen besonders hübschen Einfall. »Vielleicht hätte er nach seinem Magister lieber nicht weiterstudieren sollen. Vielleicht hätte er genau wie wir Schluß machen müssen, bevor er völlig den Boden unter den Füßen verlor.«

Als ich Eric rekrutierte, ohne daß er es selbst merkte, schien es eine ziemlich gewagte Sache zu sein. Also keiner erwartet doch wirklich, daß der spleenige, Sprüche klopfende Fundi, der noch dazu wie Jerry Rubin aussieht, wirklich hingeht und eine Bombe legt. Denn die machen sowas nicht. Auch wir wollen normalerweise nichts mit Typen wie Eric zu tun haben. Sie haben einfach keinen Sinn für Geschichte und Disziplin. Sie sind genauso schlimm wie die Kommunisten mit ihren ausufernden Reglementierungen und endlosen Anordnungen, die von weiß Gott woher kommen.

Ich stand auf. »Also Baby, ich werd' mich wohl besser auf die Socken machen und rüberfahren.«

»Ross, willst du – ich meine, kannst du vielleicht –.«

Sie verstummte und wurde rot, denn da war immer noch 'ne ganze Menge Spießigkeit in ihr. Sie war an dem Punkt, wo sie im Bett alles ausprobieren würde, aber am hellichten Tag einfach zu sagen, daß sie nach ihren Kursen wieder von mir gevögelt werden wollte – das brachte sie doch nicht über die Zunge.

»Geht leider nicht, Liz«, sagte ich mit ernster Miene, während ich mich innerlich über ihre Spießigkeit lustig machte. »Ich habe noch bis vor vier Monaten mit ihm zusammen gewohnt, und die Polizei oder sonst wer wird mir vielleicht über ihn ein paar Fragen stellen wollen.«

Ich habe wirklich gedacht, daß sie bei mir auftauchen würden, und nichts bringt die Bullen ja bekanntlich schneller auf die Palme, als wenn sie jemanden ausquetschen wollen und ihn nicht finden können.

Aber keiner ist aufgetaucht. Ich glaube, sie wußten nur zu gut, daß sie alles herauskriegen konnten, solange sie Eric hatten. Sie brauchten bloß ein paar Stromstöße durch seiner Eier jagen oder sonst was mit ihm anstellen, genau wie die französischen Schweine in Algerien. Ich weiß, wie die Faschisten sowas machen.

Aber von möglichen Nachforschungen der Bullen einmal abgesehen, wußte ich auch, daß es an diesem Abend in Berkeley eine Strategiesitzung geben würde. Nach Einbruch der Dunkelheit im Zetabuchladen, der südlich von der Uni liegt, hielten wir meist unsere Zusammenkünfte ab. Armand Marsh ließ mich rein und verschloß hinter mir die Tür. Er führt den Laden als Deckadresse für die Sozialistische Studentenverbindung. Mit seinen asketischen Gesichtszügen und fahrigen, nervösen Bewegungen wirkt er wie eine große und dürre rothaarige Katze. Er ist der Anführer unserer aus drei Mann bestehenden revolutionären Zelle.

Ich sah Danzer im Büro, als ich hineinging, ebenso Benny. Es gefiel mir gar nicht, daß Danzer da war. Es stimmt schon, daß er im Bereich San Francisco der Verbindungsmann zu den anderen Zellen war, aber er selbst führte nie eine Aktion durch, und deshalb war er ein Außenseiter. Und keinem Außenseiter war zu trauen.

»Benny«, sagte Armand, »wie schlimm ist Whitlach eigentlich verletzt?«

Benny Leland ist während der Nacht für die Organisation des Alta Monte Krankenhauses zuständig. Mit seinen kurzgeschnittenen Haaren und seiner konservativen Kleidung schaut er wie der letzte Spießer aus.

»Ein großer Splitter des Tisches hat seine rechte Schulter durchbohrt. Er hat verdammtes Glück gehabt, daß er die Bombe bereits deponiert hatte und auf dem Weg hinaus war, als sie hochging. Sonst hätten sie nur ein paar verstreute Zähne und Zehen gefunden.«

»Dann kann er also herumlaufen?«

»Aber sicher. Er hat durch die Verletzung einen schweren Schock erlitten, aber er hat ihn jetzt überwunden, und die Wunde selbst ist nicht lebensgefährlich.« Er machte eine Pause und schaute mich dabei scharf an. »Aber was ich nicht verstehen kann, ist, warum dieses verdammte Ding zu früh hochgegangen ist.«

Er wollte damit andeuten, daß ich irgendwie daran schuld sein könnte, weil ich Eric mit dem Material für die Bombe versorgt hatte. Auch Armand schaute jetzt zu mir herüber.

»Ross? Was für ein Sprengkörper war es eigentlich?«

»Der übliche«, sagte ich. »Zwei Dynamitstäbe, die vor vier Monaten vom Gelände der Versorgungsbetriebe freigesetzt wurden. Ein elektrischer Zünder mit einer kleinen Batterie. Ein Wecker als Schaltuhr. Er sollte das Ganze in eine mit Geschenkpapier eingewickelte Schuhschachtel stecken, damit es weniger verdächtig aussah. Es gibt verschiedene Möglichkeiten für die Detonation – .«

»Das ist jetzt alles irrelevant«, unterbrach Danzer. Seine Stimme wirkte genauso kalt und streng wie sein Gesicht. Er schaute sogar aus wie eine jüngere Ausgabe von Raymond Burr. »Unsere vordringliche Sorge muß sein, ob die Zelle auffliegen wird, wenn sie ihn mürbe machen und er das Reden anfängt?«

»Eric war mein bester Freund, bevor ich bei euch eintrat«, sagte ich, »und wir haben vier Jahre lang ein Zimmer geteilt. Aber als wir damals beschlossen hatten, daß es besser wäre, wenn ein Student diese Bombe legen würde, habe ich bei seiner Rekrutierung die üblichen Sicherheitsvorkehrungen streng beachtet. Er ist völlig davon überzeugt, daß die Bombe auf seinem eigenen Mist gewachsen ist.«

»Er weiß noch nicht einmal etwas von der *Existenz* der Zelle, und noch viel weniger, wer ihr angehört«, erklärte Armand. »Er kann uns auf keinen Fall schaden.«

Danzer machte immer noch ein eiskaltes Gesicht, als er zu mir herüberschaute, aber ich hatte jetzt begriffen, daß er immer kalt wirkte. »Dann sieht es ganz so aus, als ob es an Ross liegt, die Sache jetzt zu bereinigen.«

»Falls es überhaupt nötig ist, etwas zu unternehmen«, sagte Benny schnell. Ich wußte, was er dachte. Jede Aktion würde im Krankenhaus ablaufen, und das bedeutete natürlich auch, daß er darin verwickelt sein würde. Und das gefiel ihm überhaupt nicht. »Wenn er uns offensichtlich nicht schaden kann, warum sollten wir dann nicht einfach – .« Er zuckte mit den Achseln.

»Einfach dort lassen? Hmm.« Danzer gibt ein paar radikale Untergrundblätter heraus, obwohl er erst siebenundzwanzig ist. Außerdem benutzt er seine Druckerpressen, um Pornos für irgendeinen Verlag in L. A. zu drucken. Ich glaube, er macht eine ganze Menge Kohle. »Ich denke, ich kann dich davon überzeugen, daß es durchaus angebracht ist, die Sache zu bereinigen. Falls Ross dazu bereit ist.«

»Aber sicher.« Ich versuchte, die Erregung in meiner Stimme zu verbergen. Kalt und kontrolliert, so wollte ich auftreten. Ein verzweifelter Mann, rücksichtslos und gnadenlos sich selbst gegenüber. »Wenn ein anderer durch die Tür kommt, denkt doch Eric sofort, daß er vom FBI ist. Sobald er mich sieht, weiß er, daß ich gekommen bin, um ihn rauszuholen.«

»Warum kann Ross nicht wie jeder normale Besucher einfach zum Haupteingang reingehen?« fragte Danzer.

»Vor Whitlachs Tür steht ständig eine Polizeiwache.« Benny kämpfte immer noch gegen eine mögliche Rettungsaktion. »Nur die Ärzte und in jeder Schicht jeweils eine dazu bevollmächtigte Schwester haben Zutritt.«

»Also gut. Aber Ross darf auf keinen Fall erwischt werden. Wenn sie ihn schnappen, ist alles umsonst, ja sogar noch schlimmer.« Was er genau damit meinte, war mir in diesem Augenblick noch nicht so ganz klar. »Machen wir uns an die Arbeit.«

Als Danzer seinen Plan erläuterte, verstand ich langsam, warum man ihn dazu bestimmt hatte, die Aktionen der einzelnen Zellen zu koordinieren. Sein Verstand arbeitete mit einer kalten Logik und ungeheurer Präzision, und genauso war auch sein Plan. Was mich jedoch daran störte, war die Rolle, die ich dabei spielen sollte. Aber ich sah bald die Nichtigkeit meiner Einwände ein. Ich war Erics Freund und somit der einzige, dem er vertrauen konnte – und ich war es gewesen, der ihn in die Sache hineingezogen hatte. Natürlich war es gefährlich, aber je länger ich darüber nachdachte, desto besser fühlte ich mich dabei. Man mußte bereit sein, etwas zu riskieren, wenn man eine korrupte Gesellschaft zerstören wollte – weil sie wie eine Schlange, deren Rückgrat schon gebrochen ist, immer noch Gift in ihren Fängen hat.

Es dauerte drei Stunden, bis wir den Aktionsplan erarbeitet hatten.

Das Alta Monte Krankenhaus liegt mitten in einer ruhigen Wohngegend in einer Seitenstraße der Ashby Avenue. Es war früher leicht gewesen, sich nach Einbruch der Dunkelheit unbemerkt zu nähern – man konnte einfach über den großen, geteerten Parkplatz zum Seiteneingang gehen. Aber so viele Ärzte sind auf dem Weg zu ihren Autos von Süchtigen überfallen worden, daß der Parkplatz jetzt überwacht wird.

Ich parkte in der Benvenue, nahm das Besteck und die Knaller aus dem Handschuhfach und steckte sie in meine Tasche. Das dünne, starke Nylonseil war unter meiner dunkelblauen Windjacke um meine Hüfte geschlungen. Mein Atem stand als weißer Hauch in der kühlen, feuchten Nachtluft. Nachdem ich die Wagentüre abgeschlossen hatte, streckte ich meine Hand aus und betrachtete sie im fahlen Licht der nächsten Straßenlampe. Nicht das geringste Zittern. Ich war wirklich cool, Mensch, war ich cool.

Es war jetzt auf meiner Uhr 3.23 Uhr.

In sieben Minuten würde Benny Leland die schmale Versorgungstür für den Küchennachschub aufsperren. Drei Minuten später würde er sie auf dem Weg von der Herrentoilette zur Cafeteria wieder verschließen. In diesen drei Minuten mußte ich reinkommen, oder ich schaffte es überhaupt nicht.

3.27 Uhr.

Ich kauerte in der dichten Hecke nieder, die den Parkplatz umsäumte. Meine Handflächen wurden feucht.

Alles hing jetzt von einer Schwester ab, die nur eine halbe Schicht arbeitete, weil ihr Alter eine bekloppte Arbeitszeit hat und sie nach Hause muß, um auf ihr Kind aufzupassen. Wenn sie zu spät kam – .

Die Stimme des Wachmannes war klar in der dunklen und nebeligen Nacht zu hören. »Haben Sie schon aus, Mrs. Adamson?«

»Gott sei Dank, Danny. Es war eine anstrengende Nacht. Wir haben einen Mann auf der Intensivstation verloren, von dem ich gedacht hatte, daß er es sicher schaffen würde.«

»Schade. Also bis morgen, Mrs. Adamson«.

Ich hatte Gummihandschuhe angezogen und hielt einen Knaller in der Hand. Ich konnte den leisen Schritt der Krankenschwester auf dem Asphalt nicht hören, aber ich sah ihren langen, schmalen Schatten nur zehn Meter entfernt an der Seite ihres Wagens auftauchen. Ich richtete mich auf, schmiß den Knaller und trat wieder in den Schatten zurück.

Es war wirklich toll – wie eine abgesägte Schrotflinte mit Schalldämpfer. Sie stieß einen herrlich lauten Schrei aus und der Wachmann brüllte auf. Ich hörte, wie er ihr mit schwerem Schritt zur Hilfe eilte, als er bei mir an der Hecke vorbeilief.

Hinter seinem Rücken spurtete ich auf leisen Sohlen über den Asphalt. Dabei duckte ich mich soweit wie möglich zwischen die geparkten Autos, für den Fall, daß irgend jemand wegen der Unruhe an ein Fenster getreten war. In vollem Lauf rannte ich die Rampe zum Lieferanteneingang der Küche hinunter und kauerte mich in dem dunklen Schatten unter der Ladeplattform zusammen.

Nichts. Kein Verfolger. Mein Herz raste, aber mehr vor Aufregung als von der Anstrengung des Laufs. Meine Uhr stand auf 3.31 Uhr. Wunderbar.

Ich hob ein Bein hoch und schob mich auf dem Bauch liegend auf die Plattform. Ich befand mich jetzt genau gegenüber der Eingangstür in dem riesigen stählernen Ladetor. Es sprang unter der leisen Berührung meiner Fingerspitzen leicht auf. Auch Benny managte alles völlig cool und war zur Abwechslung mal wirklich pünktlich. Auf Benny ist kein absoluter Verlaß.

Die Halle war leer. Alles verlief wie nach Plan. Dieser unverwechselbare Krankenhausgeruch. Auf der anderen Seite der Halle stand ein Schiebewagen mit leeren Tabletts für das Frühstück bereit. Genau da, wo er stehen sollte. Ich legte zwei Knaller auf die vordere linke Seite des zweiten Tabletts. Dann drehte ich mich um und ging mit neun schnellen Schritten zur Feuertür.

Meine Schuhe polterten leise auf dem Metalläufer. Es gibt eine gesetzliche Vorschrift, daß Feuertüren nie abgeschlossen sein dürfen. Ich überprüfte die Uhrzeit. In neunzehn Sekunden würde Benny Leland aus der Herrentoilette auftauchen, auf dem Rückweg zur Cafeteria die Eingangstür wieder abschließen und dabei die Knaller vom Tablett nehmen. Ich hatte dann genau drei Minuten, um an Ort und Stelle zu sein.

Es dauerte 150 Sekunden, bis ich die Feuertür im dritten Stock ein paar Zentimeter aufzog. Es bestand keine Notwendigkeit hinauszuschauen – ich konnte mir aufgrund von Bennys vorangegangener Einsatzbesprechung alles genau vorstellen.

»Whitlachs Zimmer ist das letzte Zimmer auf dem Gang, genau neben der Fluchttreppe«, hatte er gesagt. »Ich habe das im Rahmen meiner organisatorischen Aufgaben so arrangiert – für den Fall natürlich, daß wir *tatsächlich* an ihn herankommen wollten. Das Zimmer der Nachtschwester ist um die Ecke am anderen Ende des

Korridors. Sie ist weit vom Schuß. Der Polizist wird auf einem zusammenklappbaren Metallhocker neben Whitlachs Tür sitzen. Er wird zu dieser Zeit alleine im Gang sein.«

Noch zehn Sekunden. Ich streckte meine Hand aus. Kein erkennbares Zittern.

Benny Leland würde im Lift vom Erdgeschoß zu den Verwaltungsräumen im vierten Stock hochfahren. Er würde nur kurz im dritten Stock Halt machen. Wenn sich die Türen öffneten, würde er wieder auf vier drücken und in dem Augenblick, wo sie sich wieder zu schließen begannen, würde er schnell die Knaller die Haupttreppe hinunterwerfen. Innerhalb weniger Sekunden wäre er dann aus dem Lift heraus und bereits in seinem Büro auf dem darüberliegenden Stockwerk. Der Bulle mußte denken, daß es jemand auf der Treppe gewesen war.

Wumm! Wumm!

Es war fantastisch! Sie waren gedämpft, so daß sie die Nachtschwester am anderen Ende des Korridors nicht einmal hören konnte, aber laut genug, damit der Bulle, der wegen eines möglichen Befreiungsversuchs Whitlachs nicht unaufmerksam sein durfte, die Sache überprüfen mußte.

Ich zählte bis zehn, machte die Feuertür auf und lief die sechs Schritte bis zu Erics jetzt unbewachter Tür. Zehn Meter entfernt sah ich gerade den fleischigen, blaugewandeten Rücken des Bullen durch die Etagentür zum Lift und der Haupttreppe verschwinden.

Als Erics Tür klemmte, wurde ich einen Augenblick lang von absoluter Panik erfaßt. Doch dann ging sie auf, und ich war drinnen. Meine Hände schwitzten in den dünnen Gummihandschuhen. Ganz ruhig jetzt, Baby.

Ich sah die Verwirrung auf Erics blassem Gesicht, als er aus seinem Medikamentenschlummer aufwachte. Sein kleines Nachtlicht warf harte, antiseptische Schatten auf sein ausgemergeltes Gesicht. Er hatte ein schmales, eigensinniges Kinn, ganz hellblaue Augen, eine Stubsnase und widerspenstige braune Locken. Ich hatte einen Anflug von Mitleid mit ihm – er sah sehr blaß und mitgenommen aus.

Dann erfaßte ein breites Grinsen sein ganzes Gesicht. »Ross!« flüsterte er. »Wie zum Teufel –.«

»Keine Zeit, Baby.« Auch ich flüsterte. Ich hatte bereits die Spritze herausgezogen und durch den Gummiverschluß der kleinen Ampulle gesteckt. »Der Bulle wird mein kleines Ablenkungsmanöver bald überprüft haben und in einer Minute zurück sein. Wir müssen dann für ihn bereit sein. Kannst du gehen?«

»Sicher. Was soll ich –.«

»Gib mir deinen Arm, Baby.« Ich jagte ihm die Nadel ins Fleisch und redete mit ihm, während ich ihm die Spritze gab. »Schmerzmittel. Für den Fall, daß wir beim Abhauen an deine Schulter stoßen. Du wirst dann keine Schmerzen haben.«

Eric drückte meinen Arm mit seiner linken Hand. Tränen standen ihm in den Augen. Wie mußte sich diese armselige Kreatur gefürchtet haben, als sie in den Händen dieser Faschistenschweine wieder zu Bewußtsein gekommen war!

»Mensch, Ross, ich kann es einfach nicht glauben –.« Er schüttelte mit dem Kopf. »Menschenskind, genau vor ihren Augen! Du bist einfach irre!«

Während ich ihm meinen Arm um die Schultern legte, zählte die kleine Uhr in meinem Kopf die Sekunden und versuchte die Dummheit des Bullen gegen sein Pflichtgefühl abzuwägen. Sie haben wirklich einen ausgeprägten Sinn für Pflichterfüllung, diese Bullen, aber sie sind eben nicht allzu clever. Wir hatten sie jetzt am Wickel.

»Muß dich irgendwie zum Fenster bringen, Baby.« Ich atmete schwer. Eric schwang gehorsam seine Beine über den Bettrand.

»Warum – Fenster –.« Sein Kopf hing schlaff herab.

Ich machte den Reißverschluß meiner Jacke auf und zeigte ihm das um meine Hüften geschwungene Seil. »Ich werde dich langsam zum Boden hinunterlassen. Dort unten wird Hilfe bereit stehen.«

Ich zog das Aluminiumrollo nach oben, so daß das Nachtlicht durch das Fenster hereinfiel. Stark. Wie Samt. Kein Geräusch.

»Setz dich hier drauf, Baby«, flüsterte ich. »Ich möchte, daß der Bulle deine Silhouette sieht, wenn er hereinkommt, damit ich ihn von hinten packen kann, kapiert?«

Er nickte langsam. Die Injektion begann langsam zu wirken. Jetzt war es an mir, seinen Arm zu drücken.

»Warte hier, Baby.«

Ich hatte gerade die Nachttischlampe ausgeschaltet und war hinter die Tür getreten, als ich hörte, wie der Bulle eilig, aber eben zu spät, den Gang entlang lief. Zu spät, du doofes Faschistenschwein, viel zu spät.

Ein schmaler Lichtstrahl fiel in das Zimmer und weitete sich zu einem Viereck. Er kam nicht einmal abrupt herein, gebückt und mit gezogener Pistole, sich sofort auf die Seite werfend, wie er es eigentlich hätte machen müssen. Er trottete einfach herein, ein fettes, altes Schwein, das zur Schlachtbank ging. Ich hörte, wie er tief Luft holte, als er Eric sah.

»Hey! Du! Weg da –.«

Ich fiel ihn von hinten an. Rechter Arm um die Kehle, Unterarmgriff. Ich riß ihn zurück, während ich mit der Linken seinen Kopf von hinten nach vorne stieß.

Bei diesem Griff wird man sofort ohnmächtig, jeder.

Gut geeignet, um eine Wache ohne Messer zu entwaffnen, hatte man mir beigebracht. Ich hatte meinen Aufenthalt auf Cuba nicht damit verschwendet, Zuckerrohr zu schneiden wie diese Studentenspießer auf ihrer Vergnügungsreise von Canada. Ich hatte für diese Träumer nichts als Verachtung übrig. Sie haben noch nicht begriffen, daß uns nichts anderes übrigbleibt, als das Gefüge der Gesellschaft zu zerstören.

Ich schleifte das bewußtlose Schwein schnell zur Tür hinaus und setzte ihn mit seinem fetten Hintern auf den Stuhl. Dann streckte ich seine Beine aus und drapierte sie möglichst natürlich. Gleichmäßiger Pulsschlag. In ein paar Minuten würde er wieder zu sich kommen. Inzwischen wäre es tatsächlich möglich gewesen, mit Eric einfach die Feuertreppe hinunter zu gehen und aus dem Gebäude zu laufen.

Einen Augenblick lang war ich versucht, es so zu machen – aber dies war nicht im Plan vorgesehen. Der Plan war auf eine größtmögliche Wirkung ausgerichtet und mit Eric einfach aus dem Krankenhaus hinauszuspazieren, würde diese Wirkung sehr reduzieren. Was zählte, war Danzers Plan.

Eric lehnte schlaff am Fensterrahmen und brummelte schläfrig vor sich hin. Ich zog ihn nach vorne, so daß sein Kopf auf meine Schulter fiel. Dann hakte ich den Fliegenschutz aus und ließ ihn in die Dunkelheit segeln, so daß er in den Büschen landete, die den betonierten Gehweg an beiden Seiten flankierten. Ich konnte die Schlingen des dünnen Nylonseils um meine Hüften fühlen, stark genug aufgrund seiner synthetischen Struktur, um ihn sicher zum Boden hinunterzulassen.

Er war ein verdammt netter Kerl. Ich hielt einen Augenblick inne und fuhr mit der Hand durch seine widerspenstigen Locken. Schweiß stand auf seiner Stirn. Im letzten

Jahr ist er für mich in die Französischprüfung gegangen, damit ich mein Examen bekommen würde. Wir waren uns im ersten Jahr an der Uni in Professor Cecils Seminar über die Westliche Zivilisation begegnet und hatten bis zum Ende des Magisterexamens ein Zimmer geteilt.

»Tut mir leid, Baby«, sagte ich zu seinem halb bewußtlosen, schweißüberzogenen Gesicht.

Dann ließ ich ihn aus und gab ihm einen kleinen Stoß, so daß sein schlaffer Körper nach rückwärts durch das offene Fenster flog und er weg war – augenblicklich weg war, einfach weg. Drei Stockwerke tiefer schlug er mit dem Kopf voraus auf dem Beton auf. Es gab einen dumpfen Ton wie bei einem Ei, das auf den Küchenboden fällt. Ein verdammt unangenehmer Ton. Ein Ton, den ich so schnell nicht vergessen werde.

Die Halle war dunkel und verlassen, als ich über die ausgestreckten Beine des Bullen stieg. Er würde bald den Alarm auslösen, aber niemand außer den anderen Bullen würde ihm glauben. Jedenfalls nicht nach der Autopsie.

Beim ersten Aufheulen der Sirene hatte ich gerade die dünnen Gummihandschuhe einen Ausguß hinuntergestopft. Ich war bereits wieder in meinem Wagen und fuhr brav vom Randstein herunter. Das Nylonseil, das ich nur mitgenommen hatte, um Eric davon zu überzeugen, daß ich ihn zum Fenster hinunterlassen wollte, hatte ich in unbrauchbare Stücke zerschnitten und in einen Abfallkorb am Straßenrand gesteckt. Er würde am frühen Morgen geleert werden.

Auf der University Avenue hielt ich bei einer offenen Hamburgerbude, die eine Telefonzelle auf dem Parkplatz hatte. Ich war, wie man sich denken kann, völlig ausgehungert. Außerdem war ich geil. Ich dachte einen Augenblick darüber nach, denn ich wußte, daß ich mich irgendwie schuldig fühlen sollte, weil ich nach der Exekution eine sexuelle Erregung empfand. Aber ich fühlte mich statt dessen – *verklärt.* Eric war ohnehin ein politischer Gefangener gewesen. Die Bullen hätten schon dafür gesorgt, daß er am Leben blieb, um ihn vor Gericht zu stellen. Durch seinen unumgänglichen Tod würde *ich* die ganze Geschichte der menschlichen Rasse verändern. *Ich* alleine.

Und da gab es noch Liz drüben in der Stadt, immer geil, ein Gefäß, in dem ich meine sexuelle Erregung loswerden konnte, bevor sie zum Unterricht ging. Aber zuerst Armand. Damit er Danzer informieren könnte. Es war jetzt o. k. zu drucken, was wir in der Nacht zuvor besprochen hatten.

Wenn ich nur daran dachte, erfaßte mich ein Gefühl der Begeisterung, denn die Autopsie würde eine hohe Dosierung des Wahrheitsserums ergeben, das ich Eric vor seinem Tod gespritzt hatte. Und die Nachrichtenmedien des Establishments würden den Rest erledigen, indem sie Andeutungen machten, Nachforschungen anstellten und mögliche Erklärungen anboten, noch bevor unser Untergrundblatt mit einer offenen Anklage gegen die Faschisten Schlagzeilen macht.

Während ich darauf wartete, daß Armand den Hörer abnahm, formulierte ich in meinem Kopf bereits die Schlagzeile:

BULLEN PUMPEN REVOLUTIONÄR VOLLER SCOPOLAMINE – ER SPRINGT LIEBER AUS DEM FENSTER ALS DIE BEWEGUNG ZU VERRATEN

Das ist's. Herrlich, einfach herrlich! Augen auf!

Übersetzung von E. Schmidt

Amanda Cross

Es war einmal

Dies sei die einzige wahre Geschichte, die sie je gehört habe, pflegte Kate Fansler immer zu sagen, die auch zu Recht mit folgenden Worten begann: »Es war einmal.« Kate, die den Anfang dieser Geschichte niemals gesehen hatte, sagte, sie sei so klar und deutlich vor ihrem inneren Auge sichtbar, wie es nur bei einem persönlichen Erlebnis der Fall sein könne – so scharf in jeder Einzelheit, so unmittelbar verfügbar, wie es nur die menschlichen Sinne zustande brächten.

Die Familie, der alles widerfuhr, trug den Namen Grant, und sie hielten sich gerade in ihrem Sommerdomizil in New England auf. »All sein Vermögen zählend, saß im Kontor der König; im Salon saß die Königin und aß Brot und Honig.« Das heißt, der Vater, wie wir ihn in dieser Geschichte nennen wollen, war in die Stadt gegangen, um sich Zeitungen zu holen. Er hatte Geld investiert und wollte jetzt die Börsennachrichten studieren. Die Mutter, eine Professorin an einem College, saß oben in ihrem Arbeitszimmer und schrieb scheinbar an einem Artikel über den Gebrauch von Phantasie, den sie für eine Konferenz vorzubereiten hatte. In Wirklichkeit aber las sie gerade einen Roman von Thomas Hardy – was, wie sie später geradezu prophetisch sagte, sie ihrer körperlichen und geistigen Verfassung schuldig war. Die Kinder spielten im Garten ein chaotisches, aber heiteres volleyballähnliches Spiel.

Es waren vier Kinder, drei Buben und ein Mädchen, alle zwölf Jahre alt. Das Mädchen und einer der Jungen waren Zwillinge, die anderen beiden Jungen waren Schulfreunde, die über das Wochenende herausgekommen waren. Die beiden waren ebenfalls Zwillinge, aber sie waren eineiige Zwillinge und auch sonst ganz grundverschieden von ihren Gastgebern, die zweieiige Zwillinge waren. Das Badminton-Set hatten sie von ihrer Gastgeberin als Geschenk erhalten. Sie waren für zwei Wochen eingeladen worden, um ihren Eltern einen Gefallen zu tun.

Ein anderer Grund für die Einladung war, daß die hier wohnenden Zwillinge als zu selbstbewußt eingestuft wurden und deshalb ein wenig Motivation von außen nötig hatten. Es hatte einen ganzen Tag in Anspruch genommen, die Befestigungspfosten aufzustellen, und einen weiteren, um mit den Schlägern und den Federbällen zu üben. Der Vater hatte darauf hingewiesen, daß sie mit demselben Netz auch Volleyball spielen könnten, und hatte schon am darauffolgenden Nachmittag einen Volleyball besorgt.

Da waren die vier jetzt. Sie hatten das Spiel gelernt und jetzt spielten sie es begeistert und schrien sehr viel dabei – das Mädchen konnte es so gut wie die Buben und es war auch größer als die Zwillinge, die auf Besuch waren –, als plötzlich einer der Gastzwillinge (sie mit Namen zu versehen, würde sich nicht lohnen, denn sie verabschieden sich bald aus der Geschichte) laut rief: »Schaut mal! Ein Baby!«

Und so werden die vier diese Szene in Erinnerung haben und den Rest ihres Lebens zum besten geben. Ein Baby, das eine Windel und ein Hemdchen trug und sonst gar nichts, wackelte aus den Büschen, die das Grundstück säumten, und über den Rasen auf die Kinder zu. Das kleine Kind war vielleicht eineinhalb Jahre alt und schien erst kurze Zeit zuvor das Laufen gelernt zu haben. Es schwankte mit dem unsicheren Gang, der für Kleinkinder charakteristisch ist, auf sie zu und lachte. Es streckte die Arme aus, wahrscheinlich, um so das Gleichgewicht zu halten, doch es schien, als wollte es die Kinder in die Arme nehmen. Und was noch unglaublicher wirkte, war, daß es auf ganz wunderbare Weise wie ein Baby gluckste und kleine Freudenschreie ausstieß, als es ihnen entgegenstolperte.

Die Volleyballspieler rannten über den Rasen auf das kleine Kind zu. Jeder Erwachsene, auch ein zwölf Jahre altes Mädchen, das noch mit der Puppenstube spielte und von sich im Hochzeitskleid träumte, hätte das Baby hochgehoben. Diese Kinder stellten sich einfach nur neben es hin – welche zwei Buben die Hände des Babys ergriffen, konnte später nicht mehr herausgefunden werden, vielleicht haben sie sich dabei auch abgewechselt – und bewegten sich, dem Baby Ermutigung zusäuselnd, langsam auf das Haus zu. Dann rannte das Mädchen voraus – es erlaubte einem der Jungen, das Händchen des Babys zu nehmen, zumindest bestand es auf dieser Darstellung –, um ihre Mutter zu alarmieren. »Mama!« rief es. »Ein Baby ist aus den Büschen gekommen!«

Die Professorin, die gerade las, wie Clym Yeobrights Mutter starb, hatte Schwierigkeiten dabei, in den Sommernachmittag von New England zurückzukehren. »Was sagst du da?« soll sie danach verärgert gesagt haben. (Die Geschichte ist schon so oft nacherzählt worden, daß es

Teile gibt, die man für ›authentisch‹ hält, und andere Teile, über deren Authentizität man sich noch streitet.) Sie wurde von ihrer Tochter an das Fenster gezerrt – zuerst hatte sie sich gleich wieder auf das Buch konzentriert, so als ob ihre Tochter lediglich gesagt hätte: »Ein Elefant mit Flügeln ist auf dem Rasen gelandet« –, wo sie Augenzeugin davon wurde, wie das kleine Kind sich allmählich dem Hause näherte. Seine Hände wurden dabei von zwei aufmerksamen Jungen gehalten.

»Wo ist es denn hergekommen?« fragte sie nicht ungerechtfertigt.

»Direkt aus den Büschen«, antwortete ihre Tochter. Die Professorin rannte nach unten und hinaus auf die Straße. Es war nichts von einem Auto oder einem Menschen zu sehen. Ihr Haus stand am Ende einer unbefestigten Straße, und so wäre jedes Auto und jeder Mensch problemlos zu sehen gewesen.

»Hast du ein Auto gehört?« fragte die Professorin. Zu diesem Zeitpunkt war sie schon an dem Baby angelangt und streckte die Arme aus: das Baby lief schnurstracks in sie hinein. Die Professorin hielt das Baby und roch es und legte ihre Wange an die des Babys, was sie schon ein Jahrzehnt nicht mehr gemacht hatte – nun, schließlich hatte sie zwei gehabt, die (was sie natürlich nur sich selbst und der Mutter der Zwillinge, die auf Besuch da waren, eingestand) die Arbeit verdoppelten, während sie die intensiven Gefühle einer Mutter und eines Babys, die allein auf der ganzen Welt waren, halbierten.

»Wir haben nichts gehört«, sagten die Kinder übereinstimmend und sprangen um sie herum. »Natürlich hätten wir das Auto gehört, wenn eines dagewesen wäre.« Dies war nicht zu bestreiten, so daß die Professorin in diesem Punkt nicht nachhaken mußte. Irgend jemand muß die Straße entlanggekrochen sein, das Baby in Richtung der Kinder, wenn auch wackelig, in Marsch gesetzt haben und dann wieder verschwunden sein.

»Woran haben Sie gedacht, als Sie das Baby sahen und diese Geschichte gehört haben?« wurde die Professorin oft gefragt.

»Ich dachte an Moses«, gab sie stets zur Antwort. »Und natürlich an Silas Marner.«

Die zweite Theorie erwies sich im großen und ganzen als die passendere. Das Baby war ein Mädchen, was sie entdeckten, nachdem der Vater, als er mit seinen Zeitungen zurückkam, gleich wieder in die Stadt geschickt worden war, um Windeln und Babynahrung zu besorgen. Die Mutter durchsuchte mit drei Kindern – das vierte mußte unten auf das Baby aufpassen – den Dachspeicher und fand auch ein tragbares Kinderbett, das sie noch aus früheren Jahren besaßen und für den Fall behalten hatten, daß vielleicht einmal kleine Kinder zu Besuch kamen. Nachdem der Vater zurückgekehrt war, sie die Windeln gewechselt und das Baby gefüttert hatten, setzten sie sich alle an den Tisch und besprachen die neue Situation. Die Eltern genehmigten sich ein alkoholhaltiges Getränk.

»Wir könnten eine Annonce aufgeben«, sagte eines der Kinder. »Oder wir machen einen Anschlag, wie das die Leute machen, die einen Hund oder eine Katze verloren haben.« Alle lachten darüber, aber wie die Eltern schon sehr schnell feststellen konnten, kam niemand auf eine bessere Idee. Und dann schaute der Vater die Professorin an und sagte: »Geraldine und Tom.«

»Natürlich«, sagten die Mutter und die zum Haus gehörigen Zwillinge. »Aber«, fragten die Kinder, »könnten wir sie nicht behalten?«

»Unser Bedarf ist gedeckt«, sagte die Professorin glücklich. »Außerdem«, fügte sie hinzu, »wenn wir noch ein

Kind hätten haben wollen, dann hätten wir es schon längst. Unsere Familie ist komplett.«

»Dann also Geraldine und Tom«, sagten die zum Hause gehörigen Zwillinge, ohne ihrer Mutter wirklich zu widersprechen. »Aber«, so fügte das Mädchen der Zwillinge noch an, »sie scheint uns auserkoren zu haben.«

»Das liegt daran, weil wir auf dem Rasen gespielt haben«, sagte ihr Zwillingsbruder. »Wo Kinder auf einem Rasen spielen, da scheint man sich hingezogen zu fühlen.«

»Das müssen wir Geraldine und Tom erzählen«, sagte der Vater.

Und genau das war der Punkt, wo der ›Es war einmal vor langer Zeit‹-Teil der Geschichte aufhörte. Die Professorin schickte sich sogleich an, Geraldine und Tom anzurufen, die sofort von New York herauffuhren und das Baby anschauten, als wäre es in der Tat vom Himmel gefallen. »Nein, es war *ganz* anders«, behaupteten die Kinder. Und dann mußten sie die Geschichte noch einmal erzählen, und dann folgte die erste von unzähligen Wiederholungen. Und danach versuchten sich noch die Anwälte und Richter und Sozialarbeiter, und dann folgte der lange, langsame Weg durch die Instanzen der Gerichtsbarkeit.

Geraldine und Tom, die möglicherweise auch als die Rayleys bekannt sind, waren Freunde der Grants. Tom war Rechtsanwalt in einer Sozietät und fünf Jahre zuvor Teilhaber derselben geworden, denn er war wahnsinnig erfolgreich und überarbeitet. Geraldine führte eine elegante Boutique. Anders als diejenigen Paare, die erst in den späten Dreißigern feststellen, daß sie eigentlich ein Kind haben möchten, hatten die Rayleys eigentlich immer eines gewollt, doch es hatte einfach nie damit geklappt. Erst vor kurzem, nachdem sie Ärzte konsultiert hatten und erfuhren, daß es im Grunde unerklärlich war, daß es nie funktionierte, hatten sie sich entschlossen, ein Kind zu adoptieren. Doch hier bekamen sie riesige Probleme: sie waren zu alt und gehörten nicht derselben Religionsgemeinschaft an, um nur die wichtigsten Gründe zu nennen, die die Stellen betonten, die für Adoptionen zuständig waren. Die anderen Märkte, die es gab, um Babys zu bekommen, hatten sie nicht abgegrast. Tom gehörte zu den Menschen, die alles ankotzte, was mit Illegalität oder grauen Schattengeschäften zu tun hatte. Er war eine Person beinahe vernichtender Rechtschaffenheit und Integrität, was, wie die Grants sich gegenüber immer wieder bestätigten, für einen Rechtsanwalt in der großen Industrie recht sonderbar war, so gern die Grants die Rayleys auch hatten.

Geraldines und Toms Wunsch, ein Baby zu bekommen, schien in dem Maße zu wachsen, wie die Jahre vorüberzogen – fast so, wie die Professorin nicht müde wurde, zu sagen, wie der Bauch einer Mutter wuchs, wenn sie tatsächlich ein Baby erwartete. Hernach sollen viele Leute angeführt haben, wie einfältig die Grants doch gewesen wären. Sie hatten ein kleines Kind, das ihnen aus dem Nichts zugewatschelt war. Sie hatten Freunde, die sich nichts sehnlicher wünschten als ein Baby. Was konnte denn naheliegender sein, als die zusammenzubringen, die sich ewig gesucht hatten, während die gerichtliche Suche nach der Herkunft des Kindes noch im Gange war?

»Aber«, so sagten die Leute später immer wieder, die die Geschichte hörten, »wie wären die Rayleys dann enttäuscht gewesen, wenn die Mutter des kleinen Kindes gefunden worden wäre?!«

»Mehr konnten wir auch nicht tun«, pflegte die Professorin zu sagen, wenn dieses Argument strapaziert wurde. »Wir schienen uns alle so zu benehmen, als befänden wir uns in einem Märchen. Nun, wir befanden uns in einem Märchen. Und es hat ja auch geklappt, also haben wir das Richtige getan, quod erat demonstrandum.«

Denn die Rayleys erhielten das Baby, nachdem sie lange Jahre hatten erfahren müssen, wie langsam der Amtsschimmel eines Rechtsstaates wiehert. Sie adoptierten das Kind rechtmäßig, doch zuvor hatten sie es schon an der besten Schule New Yorks angemeldet. Dort war auch Geraldine zur Schule gegangen. Ihre ersten Jahre als eine Rayley verbrachte sie in einem exzellenten Kindergarten. Das kleine Kind, das sie auf den Namen Caroline getauft hatten, blieb das Kind, was es immer zu sein schien – ein lachendes, glückliches Kind. Je älter es wurde, desto ernster wurde es und desto unzufriedener schien es damit zu sein, das Leben eines reichen Kindes zu führen. Doch diese Stimmung kam bei ihm auf überaus seltsame Weise zum Ausdruck. Glücklicherweise waren seine Eltern, wie man es eigentlich hätte erwarten können von einem Mann wie Tom, der eiserne Prinzipien verfolgte, und von einer Frau, die die beiden in jeder erdenklichen Art unterstützte, keine Advokaten kindsbezogener, materieller Ausschweifungen. Caroline erhielt nur ein kärglich bemessenes Taschengeld und mußte Rechenschaft ablegen darüber, wie sie ihre Abende verbrachte. Ihre Eltern besaßen eine liberale Grundüberzeugung, und trotz aller Schreckensmeldungen, die täglich darüber hereinkamen, wie ausschweifend die Heranwachsenden leben würden, kamen Caroline und ihre Eltern im Leben blendend aus. Sie besuchte zuerst ein College und dann eine Universität. Es dauerte nicht lange, dann wurde sie Dozentin an einer Universität in New York. Dort war es natürlich, wo sie Kate Fansler kennenlernte.

Es war jedoch nicht Caroline, sondern ihr Vater Tom Rayley, der das erste Mal in aller Ausführlichkeit mit Kate über jene erstaunliche Szene auf dem Rasen, die sich dreißig Jahre zuvor abgespielt hatte, redete. Caroline und Kate hatten sich befreundet, was unter Vollprofessoren und jüngeren, aufstrebenden Dozentinnen beileibe nichts Aufregendes ist. Wie Kate oft zu sagen pflegte, ist diese Freundschaft eine ungleiche Sache, sie kann auch gar nicht vorgeben, eine solche zu sein, wenn ein Partner in dieser freundschaftlichen Beziehung eine derartige – direkte oder indirekte – Macht über das Schicksal des anderen Partners hat. Trotz alledem paßten sie gut zueinander. Kate erreichte so langsam den schwierigen Punkt im Leben, da man sich, während man älter wird, immer stärker mit den Ideen und Hoffnungen der jungen Menschen identifiziert als mit denen der eigenen Zeitgenossen. Kates Altersgenossen schienen immer konservativer und ängstlicher zu werden, während sie immer radikaler und wagemutiger wurde. Das will nicht besagen, daß Kate aus dem Holz geschnitzt war, aus dem Revolutionäre gemacht sind. Vielleicht gerade wegen ihres begüterten Lebens und ihrer grenzenlosen Gleichgültigkeit – entweder weil sie sie besaß, oder weil sie sie nicht begehrte – gegenüber vielen materiellen Dingen im Leben, schien sie sich nicht abzuschotten gegen verwirrende Ideen oder umstürzlerische Gedanken. Dasselbe konnte von Tom Rayley mit Sicherheit nicht behauptet werden. Er kam voller Angst zu Kate, wenngleich er nicht bestimmen konnte, wovor er eigentlich Angst hatte. Die Angst komme, so versuchte er zu erklären, in seinem Alter geradezu unabwendbar.

»Ich bin gerade sechzig geworden«, sagte er. »Das entwürdigt und erniedrigt einen Mann. Einerseits«, fügte er dunkel an, »fängt der Körper an, auseinanderzufallen.

Ich habe nie große Probleme mit mir gehabt, doch plötzlich habe ich das seltsame Gefühl, daß ich mich wahnsinnig anstrengen muß, daß mir die Zähne nicht ausfallen. Ich habe eine komische Krankheit, deren Namen man kennt, die man aber nicht heilen kann. Außerdem habe ich mittlerweile eine Krankheit, die man degenerative Arthritis nennt, was wohl eine andere Bezeichnung für hohes Alter sein muß. Und als ich den Laborbericht von meinem Arzt erhielt, befand sich nicht nur mein Cholesterinspiegel in schwindelerregender Höhe, nein, das Laboratorium hatte auch festgestellt, daß das ›Blutserum trübe erscheint‹, was den Doktor nicht im geringsten beunruhigte, mir aber doch überaus ominös erschien. Und vor allem hätte ich es viel lieber, wenn Caroline nicht weggehen würde, um mit ihrer neugefundenen Mutter oder Vater in einer unbekannten Ortschaft zu leben, wo es viele fremde Sitten und eine tiefe Abneigung gegen die Konventionen des Lebens gibt.«

Kate und Tom Rayley hatten sich kennengelernt, als Caroline Kate zu sich nach Hause zum Abendessen eingeladen hatte. Geraldine führte wie Tom ein Leben, in dem eine strenge Kontrolle der Gefühle und das Vermeiden jeglicher Unsauberkeit, ob buchstäblicher oder psychologischer Natur, von überragender Bedeutung war. Aufgrund ihrer hohen Intelligenz waren sie blendende Gesprächspartner.

Besonders Geraldine bot amüsante und aufschlußreiche Berichte über die internationale Welt der Mode und die Immobilienkreise Manhattans, womit natürlich auch die Mode und alle anderen Bereiche des Lebens aufs engste verknüpft waren.

Tom schien zu der Sorte Menschen zu gehören, die bereitwillig jede Art von Informationen in sich aufnahmen, während sie von sich selber so wenig wie möglich preisgaben. Er war ein angenehmer Gesellschafter, doch nach dem Essen bemerkte Kate, daß sie von ihm so gut wie gar nichts wußte. Erst als sie zu ihrer eigenen Überraschung zu einem privaten Gespräch mit ihm gebeten worden war, entdeckte Kate, daß Tom Rayley ein imposanter Mann war, genau die Art von Mann, die man sich als leitende Person in einer großen Anwaltskanzlei wünschte. Kate fragte sich, ob seine demokratischen Ansichten von seiner liberalen Gesinnung oder von seiner Kindheit in den Südstaaten herrührten, da es unter den Südstaatlern noch Sitte war, Demokrat zu sein. Da Rayley, anders als viele andere von seiner Sorte, nicht Republikaner geworden war und sich in New York niedergelassen hatte, stufte sie ihn großherzig und bereitwillig folgendermaßen ein: er hatte eine liberale Gesinnung, hatte vielleicht Angst vor dem Altwerden und vor der Einsamkeit, aber er fürchtete sich nicht vor jenen Schreckgespenstern, die man sogleich hätte beseitigen müssen – dem Glauben an atomare Waffen, der Trennung der Rassen und der unbedingten Domestizierung von Frauen.

Kate war über seine plötzliche Offenheit, Hilflosigkeit und Enthüllungen so überrascht, daß sie kaum wußte, was sie sagen sollte.

»Was ist das für eine Krankheit, deren Namen man kennt, die man aber nicht heilen kann?« fragte sie, ohne groß nachzudenken.

»Es handelt sich um eine ziemlich seltene Männerkrankheit, die scheinbar keine große Bedeutung hat, die aber offenbar in der Lage sein wird, jede bislang bekanntgewordene, noch so schreckliche Angst, die Männer ja beschleichen kann, auf unglaubliche Weise in den Schatten zu stellen. Diese Krankheit heißt Peyronis Krankheit, aber ob sie Peyroni selber hatte, ob er sie entdeckte oder ob er sie unwesentlich abtat, ist unklar. Da wir nun schon mal davon reden, so muß ich sagen, daß das einzige Problem, zumindest in meinem Fall, ist, daß meine Leber auf die Arznei, die die Schmerzen lindern soll, auf überaus bedauerliche Weise reagiert. Ich weiß überhaupt nicht, warum wir eigentlich darüber sprechen.«

»Weil diese Krankheit Ihnen die Angst einjagte, Caroline könnte einmal ihr Elternhaus verlassen. Ich muß sagen«, fuhr Kate fort, »daß Kinder mir immer dann wenig zufriedenstellend erscheinen, wenn es um ihre Eltern geht. Zwischen denen, die sich andere Eltern wünschen, und jenen, die auf der Suche nach biologischen Eltern sind, scheint es kein einziges Kind zu geben, das zufrieden ist. Vielleicht sollten wir doch Platos Vorschlag folgen und eine Welt einrichten, in der biologische Elternschaft weder bekannt noch bedeutsam ist.«

»Mir ist vollkommen klar, daß meine Ängstlichkeit irrational und unlogisch ist. Wie könnte ich mir, als Jurist, als echter realistischer Praktiker, dieser Tatsache nicht bewußt sein? Ich glaube, deswegen wollte ich mit Ihnen reden. Ich unterstelle einfach, daß Sie mit derartigen Geschichten zu tun haben. Caroline bewundert Sie und wird wahrscheinlich mit Ihnen über ihre ›erste Erscheinung‹ offener reden, als sie jemals mit jemandem darüber gesprochen hat. Außerdem – ich hoffe, Sie lassen mich jetzt nicht im Stich, da ich kreuzehrlich zu Ihnen bin – setze ich einfach voraus, daß Sie als Schwester der berühmten Fansler-Rechtsanwälte nicht jemand sind, sagen wir mal, der eine solch brisante Angelegenheit nicht versöhnlich behandeln könnte.«

»Gut, ich bin kein Elefant in einem Porzellanladen, aber ich bin auch kein Friedensapostel. Ich unterscheide mich von meinen Brüdern eigentlich in jeder Hinsicht. Vielleicht haben Sie davon schon gehört. Und wenn Sie hier einem naiven Glauben an Genvererbung Ausdruck verleihen wollen, dann lassen Sie mich bitte auf die Wirkungslosigkeit einer derartigen Haltung hinweisen, wenn sie von einem fürsorglichen Adoptivelternteil stammt.«

»Oh, ja, ist schon gut«, sagte Tom Rayley, der in keiner Weise beleidigt zu sein schien. »Aber genau das ist ein Teil meiner Furcht, verstehen Sie? Wie soll ich es bloß formulieren? Ich habe die Befürchtung, daß Caroline, falls sie etwas entdeckt – man kann ja kaum sagen, was sie entdecken kann –, aus unserer Welt herausfallen wird und geradewegs in eine andere Welt fallen wird, für die ich gar keine Worte finde. Ich verstehe Ihre Sprache. Und ich denke, ich kann noch etwas hinzulernen.«

Kate starrte ihn an. »Diese Bemerkung zeugt von nicht unerheblicher Intelligenz«, sagte sie. »Ich freue mich darüber, mit Ihnen sprechen zu können, obwohl Caroline meine Freundin ist. Und ich werde sicherlich auch mit ihr über diese Unterhaltung sprechen. Aber ich muß doch gestehen, daß ich reichlich verwirrt bin – was soll ich denn für Sie tun können? Geht es hier nicht um eine Sache, die nur Sie und Ihre Frau und Caroline etwas angeht? Geht es hier nicht um das Leben, das Sie zu dritt verbracht haben, wenn man die ersten eineinhalb Jahre von Carolines Leben ausklammert?«

»Sie kennen also die Geschichte? Wie sie als lachendes Kind aus den Büschen herausmarschiert ist?«

»Ja. Caroline hat sie mir erzählt. Sie hat sie mir so erzählt, wie sie sie gehört hat. Mit all den kritischen Punkten, die immer wieder Gegenstand heftiger Diskussionen waren und über die Jahre unzählige Abänderungen erfahren haben. Aber ich habe mich mit ihr noch nicht so darüber unterhalten, wie wir uns jetzt unterhalten. Es ist wirklich eine erstaunliche Geschichte. Fast schon mythisch.«

»Exakt. Sehen Sie, ich habe Angst vor Mythen. Das ist der Punkt. Ich hätte nichts dagegen, wenn jetzt nach all den Jahren eine hinterlassene Mutter oder auch ein Vater auftauchen würden. Ich habe Angst vor der Macht des Mythos. Ich habe mir gedacht, Sie könnten diesen Mythos entlarven: ihn entmythologisieren. Macht man so etwas nicht heutzutage in der Literaturkritik?«

»Alles, was ich tun kann, ist, mit Caroline zu reden, und das mache ich ohnehin schon. Und mit Ihnen kann ich natürlich auch reden, wenn mir eine intelligente Frage einfällt. Aber wohin soll das schon führen? Wir werden uns nur immer wieder im selben Kreis herumdrehen. Es ist nicht so, daß Caroline verzweifelt auf der Jagd nach der Wahrheit wäre. Sie stützt ihre Identität und ihr zukünftiges Leben nicht auf eine noch zu machende Offenbarung. Ihre Ängste scheinen übertrieben zu sein.«

»Das sind sie auch. Sie entstehen in der Jugend des Greisenalters, wie es ein Rechtsanwalt einmal treffend beschrieb. Wären Sie vielleicht bereit, meine Verängstigungen in Ihre überdauernde Tagesordnung aufzunehmen, sozusagen als einen der ›Fälle‹, über die Sie immer wieder einmal nachdenken?«

»Das kann ich sicherlich tun«, sagte Kate leicht amüsiert, leicht erschrocken ob der Dringlichkeit seines Wunsches, den er beinahe völlig unverhohlen, ja geradezu taktlos geäußert hatte. »Was ist mit der Mutter der Zwillinge, mit der Frau, die Hardy las? Lebt sie noch?«

»Oh, ja, sie ist immer noch Professorin. Und sie ist um kein Jota von ihrer Version abgerückt, ihre Kinder übrigens auch nicht. Es ist schon eine Legende. Sozusagen eine Wahrheit jenseits der Wahrheit.«

Kate hatte beabsichtigt, Caroline von dem Gespräch mit ihrem Vater am nächsten Tag zu unterrichten, als sie und

Caroline gemeinsam nach Hause liefen, was schon zur Gewohnheit geworden war. Sie lebten zwar nur einige Straßen voneinander entfernt, trafen sich zu ihrer Belustigung aber immer nur in der Universität. Schon wenige Häuserzeilen konnten einen Teil New Yorks von einem anderen fast völlig abschotten. Caroline erwähnte die Unterhaltung jedoch als erste. Ihr Vater habe sie am vorhergehenden Abend angerufen, um ihr von dem Mittagessen zu berichten, das er und Kate gemeinsam eingenommen hätten.

»Ich habe den Eindruck, daß meine Eltern die Hoffnung haben, daß du dich von Zeit zu Zeit mit ihnen zum Essen verabredest und schon im Vorfeld alle möglichen Auswirkungen abblockst, die eine schreckliche Offenbarung oder eben das Nichtvorhandensein einer solchen Offenbarung auf ihre Tochter zeitigen könnten. Ich hoffe, du fühlst dich von dieser Entwicklung nicht über Gebühr belastet. Anfangs schien es eine gute Geschichte zu sein, wie ich so aus den Büschen auftauchte – ich verstehe überhaupt nicht, warum sie mittlerweile so furchteinflößend geworden ist.«

»Das ist bei solchen Geschichten nichts Ungewöhnliches«, sagte Kate. »Das ist wie in dem Augenblick nach einem Stromausfall, wenn die hellen Lichter wieder angehen und die Kerzen kaum mehr zu sehen sind, überflüssig sind. Jetzt laufen wir hier herum und sprechen über dein erstaunliches Auftauchen, während wir vorher über alles Mögliche geredet haben, das keinen Raum für andere Themen ließ. Ja, wir redeten über alles und nichts, aber es stellte alles andere in den Schatten.«

»Findest du das unangenehm?«

»Teils, teils. Einerseits möchte ich ganz laut herausschreien, daß es vollkommen egal ist, wie du auf diese Welt gekommen oder gezaubert worden bist. Was eine

Rolle spielt, ist, daß du ein feines Leben führst und die Chance auf eine interessante Zukunft hast. Aber dann ist mir auch wieder klar, daß das Unsinn ist. Die Frage, die sich nämlich jetzt stellt, ist die, ob du zu guter Letzt in der Lage sein wirst, die Geschichte zu vergessen und im allgemeinen Chaos der Geschichte versinken zu lassen, oder ob es sich so verhalten wird, wie man sich heutzutage in der Literaturkritik so wunderbar auszudrücken pflegt, daß sich die Geschichte stets aufs neue in den Vordergrund spielen wird, sich quasi an die Oberfläche deines Bewußtseins spült.«

»Gewiß wird sie immer weiter in den Hintergrund rücken, wenn sie sich niemals verändert, wenn sie nie einen neuen Betrachtungaspekt hinzugewinnt, wenn sie nie aufs neue interpretiert werden wird. Glaubst du, man wird dich dazu überreden können, Henrietta Grant zu besuchen?«

»Die Mutter der Zwillinge? Die, die Hardy gelesen hat? Warum sollte ich sie denn besuchen? Ich kann sie doch nicht auffordern, mir die Geschichte noch einmal zu erzählen. Sie ist doch kein Barde, den man ohne weiteres darum bitten kann, die Strophen wiederzugeben, die über Odysseus' Aufeinandertreffen mit Nausikaa berichten. Ich will damit sagen, wenn sie die Geschichte schon immer wieder gerne erzählen möchte, dann kann sie sie doch auch jemandem erzählen, der sie noch nie zuvor gehört hat.«

»Ich glaube nicht, daß sie sie häufig erzählt. Ich glaube auch nicht, daß sie sie gerne wiedergibt. Meistens erzählen sie jetzt andere – die Kinder, ich, Mama, Papa. Es ist eben so, daß sie die Antwort kennen muß auf die große Frage.«

»Auf die Frage, woher du kommst?«

»Ja. Sie ist die einzige, die es wissen kann.«

»Caroline, es liegt doch auf der Hand, daß das unwahr ist. Wenn sie nicht zur selben Zeit an zwei Orten war – und darauf deutet in der Geschichte nichts hin – dann ist die einzige Person, die es wirklich wissen könnte, diejenige Person, die dich hinter den Büschen in Richtung der Volleyballspieler in Marsch gesetzt hat und dann davongeschlichen ist. Es ist wie mit der Stecknadel im Heuhaufen. Wir wissen wenigstens, in welchem Heuhaufen wir die Stecknadel gefunden haben, beziehungsweise, in welchem Heuhaufen die Stecknadel verlorenging.«

»Du willst damit sagen, daß sich jemand alles genau ausgesucht hat – das Haus, die Kinder, das Gelände mit dem Rasen, die unbefestigte Straße und so weiter. Und dann hat diese Person beschlossen, daß man dort gut ein Baby aussetzen könnte.«

»Das ist die naheliegendste und plausibelste Erklärung, gewiß.«

»Vielleicht. Aber du darfst nicht vergessen, Kate, daß ich eine rundum glückliche Kindheit verlebte. Doch wenn jemand das Kind ausgestoßen hat, den das Kind gut kennt, dann ist es doch unwahrscheinlich, daß das Kind glückselig glucksend auf völlig fremde Menschen an einem völlig fremden Ort zurennt!«

»Du suchst nach einer rationalen Erklärung, meine Liebe. Dazu neigt man bei einer derartigen Story sehr leicht. Das ist wie in dem Lied von Gershwin, wo die Tochter des Pharaos verdächtigt wird, die Mutter von Moses zu sein, dem Kind, das *sie* fand. Es stimmt schon, das Seltsame an solchen wunderbaren Geschichten ist eben, daß es partout keine Erklärung dafür gibt – zumindest keine Erklärung von der Art, daß ein Rationalist sich damit zufriedengeben würde. Ich glaube, aus diesem Grunde ist dein Vater so besorgt. Einerseits hofft er auf eine vernunftgemäße Begründung, andererseits fürchtet er sich davor, daß es keine gibt. Wenn du bedenkst, daß du ein Wunderkind bist, oder auch nur ein Kind, das auf wunderbare Weise mutig war, so wirst du eben zu einem Geschöpf aus einer anderen Welt, Teil einer Legende – und damit bist du schon nicht mehr einfach sein Kind.«

»Soll das heißen, daß ich nach einer irdischen Erklärung suchen soll?«

»Ich selbst spüre in mir die Versuchung, alles so zu akzeptieren, wie es ist. Sei froh, daß du genau da gelandet bist, wo du gelandet bist. Deine Eltern waren zur Stelle, als sie zur Stelle sein mußten, du bist auf unglaubliche Weise später geboren als alle anderen Kinder, Punkt. Dein Leben kommt mir vor wie ein Segen. Es ist so besser gewesen, als wenn um deine Wiege märchenhafte Großmütter herumgesessen hätten. Aber wer bin ich denn eigentlich, daß ich hier so groß herumpalavere? Ich habe ja immer gewußt, woher ich stamme, und, bei Gott, ich habe meine Herkunft eigentlich immer bedauert. Weißt du, es besteht die Gefahr, daß du zuviel Energie in die Suche nach der Vergangenheit steckst und dabei die Gegenwart und die Zukunft vergißt. Ich glaube, daß diese Gefahr oft besteht. Doch diese Gefahr sollte man nur eingehen, wenn man sich in extremen Situationen befindet – in völliger Verzweiflung oder Angst zum Beispiel. Was kannst du schon aus der Vergangenheit lernen, die sich vor deinem überraschenden Eingriff in das Volleyballspiel ereignete? Ist da wohl etwas dabei, was du unbedingt wissen mußt? Genau diese Frage würde ich mir stellen.«

»Diese primitive, alte Neugier ist unausrottbar.«

»Da hast du recht. Aber ich glaube, das ist mehr mein als dein Problem. Ich habe aus meiner Neugier eine Art Berufung gemacht, einen Beruf im wahrsten Sinne des Wortes sogar. Wenn du mir die Erlaubnis dazu gibst, kann ich dir versprechen, daß ich neugierig genug für uns beide sein kann.«

»Heißt das, daß du vielleicht versuchst, etwas herauszufinden?«

»Das wahrscheinlich nicht. Es heißt, daß ich es mir weiterhin durch den Kopf gehen lassen werde. Und du wirst nichts anderes tun, als zu leben.«

»Falls deine Neugierde jemals zu Ergebnissen führen sollte, versprichst du mir dann, daß du sie mir kundtun wirst? Nein, bitte protestiere nicht«, sagte Caroline, als Kate antworten wollte. »Wir treffen ein Abkommen. Ich höre auf, an diese Begebenheit zu denken, erzähle niemandem mehr, den ich neu kennenlerne, was da passiert ist – ich sage einfach nur, ich bin ein Adoptivkind und lasse es dabei bewenden. Ich glaube, du hast recht, wenn du sagst, daß sich die Vergangenheit nur in der Gegenwart und Zukunft festsetzt. Doch wenn ich mich mit diesem wunderbaren Geheimnis nicht mehr beschäftige, mußt du mir im Gegenzug versprechen, daß du mir alles sagst, wenn du eine Antwort gefunden hast. Abgemacht?«

Kate stimmte diesem Abkommen erleichtert zu. Die Geschichte fing allmählich an, ihr Furcht einzuflößen, weil sie Caroline und Tom nicht mehr loszulassen schien. Sie telefonierte mit Tom Rayley und berichtete ihm von dem Abkommen. Sie bat ihn inständig, alles zu vergessen, was mit Mythen zu tun hatte, und sich fortan nur noch um seine bewundernswerte Tochter zu kümmern.

Und damit hatte die Angelegenheit eine Zeitlang Ruhe.

Die Wiederauferstehung des Mythos war ein Resultat von Kates Treffen mit Henrietta Grant. Sie liefen sich auf einer Konferenz über den Weg, auf die sie beide in letzter Sekunde geschickt worden waren, um ursprünglich vorgesehene, aber plötzlich unpäßliche Teilnehmer zu ersetzen. Jede von beiden, so drang später heraus, hatte sich bereit erklärt, einzuspringen, um jemandem einen besonderen Gefallen zu tun. Henrietta dem verbleibenden Diskussionsteilnehmer, Kate dem Mann, der die Konferenz von Anfang an organisiert hatte. Sie wurden einander fünf Minuten vor Konferenzbeginn vorgestellt. Beide versuchten sogleich, zu überlegen, wo sie den Namen der anderen schon einmal gehört hatten. Während des ersten Referates dachten sie an Caroline als das verbindende Glied und nickten sich diese Bestätigung einander zu, als die Worte des Referenten über den Neuen Historizismus in der Renaissance den Weg bereiteten für Henriettas Vortrag über den Neuen Historizismus in der französischen Literatur des achtzehnten Jahrhunderts und schließlich für Kates Ausführung über die englischen Schriftsteller im neunzehnten Jahrhundert.

»Wollen wir etwas trinken?« fragte Henrietta, als auch die letzten Fragen beantwortet waren und die beiden sahen, daß sich die Versammlung auflöste, »oder sind Sie so pflichtbewußt, daß Sie gleich für die nächste Sitzungsperiode hierbleiben wollen?«

»Weder habe ich ein solch starkes Pflichtbewußtsein, noch verspüre ich allzu große Lust dazu«, erwiderte Kate. »Schließlich sind wir hier ja auch nur Stellvertreter – es ist nicht so, daß wir uns für die ganze Konferenz verpflichtet haben. Und selbst wenn ich das getan hätte, so sieht die Wahrheit so aus, daß ich mit Ihnen gern etwas trinken würde.«

Bald machten sie es sich in der Bar des Hotels gemütlich, wo das Symposium abgehalten wurde. Kate war der Meinung, daß sie sich einen Martini pur mit Olive verdient hatte.

»Wie geht es Caroline?« fragte Henrietta. »Wie ich erfahren habe, ist es für sie eine tolle Sache, mit Ihnen zusammenzuarbeiten. Ich habe sie allerdings in letzter Zeit nicht mehr gesehen.«

»Ich selber würde das nicht so positiv sehen, die Zusammenarbeit mit mir, meine ich. Wir sind Freunde, was eine gute Sache ist. Tatsache ist«, fügte Kate an, als ihr Martini und Henriettas Scotch eintrafen, »daß ich eigentlich nie damit gerechnet hätte, Sie einmal kennenzulernen. Genausowenig hätte ich es jemals für möglich gehalten, auf zwei zwölf Jahre alte Zwillingspaare zu treffen, die gerade Volleyball spielen. Oder Huck und Jim auf dem Floß, wenn ich dieses Beispiel als vergleichbar hinzuziehen darf. Gewisse Szenen existieren nur in der Vorstellung.«

»Die Zwillinge sind nicht *so* viel jünger als Sie«, lachte Henrietta. »Meine Zwillinge zumindest haben sich recht gut entwickelt. Die anderen beiden Kinder habe ich aus den Augen verloren, deshalb bleiben sie für mich immer zwölf Jahre alt. Nach dem Sommer sind sie damals fortgezogen.«

»Ich frage mich, ob sie die Geschichte von Carolines Erscheinung auch überall erzählen.«

»Da bin ich mir ziemlich sicher. In jenem Sommer hatten sie damit zumindest schon recht fleißig angefangen. Solche Geschichten vergißt man ja nicht.«

»Mittlerweile ist daraus ja eine Legende geworden. Wie fühlt man sich denn, wenn man Teil einer Legende ist?«

»Das war ein aufregendes Erlebnis. Ich empfinde Caroline irgendwie als Wunder. Nach jener Geburt war sie auf ihre Weise so begeisternd und liebreizend wie Botticellis Venus. Sie mußte einfach eine wundersame Erscheinung werden, etwas tun, was widerhallen würde, somit auf ihre eigene Art und Weise ein Mythos werden.«

»Die Geburt eines Helden, wie es bei Raglan und anderen vorkommt, nur daß es sich diesmal um einen weiblichen Helden handelt. Mehr eine Art Moses als Effie in *Silas Marner.* Und die zwei Zwillingspaare geben der ganzen Geschichte noch zusätzlich eine besondere Note – eine Art aufregend-erstaunliche Begleiterscheinung.«

»Nicht unbedingt«, lachte Henrietta. »Denken Sie doch nur an die Bobbsey-Zwillinge. Eine ganz und gar gewöhnliche Sache.« Einen Moment lang blickte Henrietta hinunter auf ihre Hände. »Ich hoffe, Caroline hat endlich aufgehört, darüber zu brüten. Ich mache mir nur wegen der Rayleys Sorgen. Um sie mache ich mir natürlich auch Sorgen. Es ist wie bei diesen *in vitro* empfangenen Babys – wie kann irgend etwas später im Leben sein wie sein erster Augenblick? Ich meine, kann ein Leben stark genug sein, gleich zwei Wunder durchzustehen?«

»Der ganze Zauber an einem heldenhaften Leben ist doch, daß genau das passiert, nicht wahr? Die wunderbare Geburt, auf die dann das schreckliche oder wunderbare Schicksal folgt. Ich kann mir das zwar bei Caroline nicht vorstellen, weil sie eine solch vernünftige Person ist, was Helden für gewöhnlich nur selten sind.«

»Männliche Helden«, sagte Henrietta. Dann sprachen sie von anderen Dingen.

Doch nachdem das Eis gebrochen war, trafen sie sich von Zeit zu Zeit, wenn Henrietta in New York oder Kate in Boston war. Und dann, eines Frühlingsmorgens, fand sich Kate im Williams College wieder und erinnerte sich daran, daß Henriettas Landhaus, auf dessen Rasen Caroline an jenem lange vergangenen Nachmittag aufgetaucht war, ganz in der Nähe war, und rief Henrietta auf gut Glück an, denn es war nicht ausgeschlossen, daß sie sie zu sich nach Hause einladen würde.

»Ihr Sinn für Geographie ist wundervoll«, bemerkte Henrietta. »Bis zu mir ist es mindestens eine Stunde, und ich kann Ihnen noch so gute Hinweise geben, wie Sie zu mir finden können – Sie werden sich auf jeden Fall verfahren. Halten Sie einfach an und rufen Sie mich noch einmal an, sobald Sie eine falsche Abzweigung genommen haben. Und planen Sie gleich eine Nacht bei mir ein, wenn Sie mich besuchen. Es wird viel zu spät werden, um heute noch zurückzufahren. Ich bin ganz allein zu Hause, ich habe also genügend Platz. Ich werde Sie in dem Zimmer unterbringen, in dem ich gerade las an dem Tag, da Caroline uns beglückte.«

Kate verfuhr sich in der Tat, rief noch einmal an und kam an, als der Tag sich schon dem Ende zuneigte und die Bäume anfingen, sich vor dem Abendhimmel abzuzeichnen. Kate fuhr über die unbefestigte Straße, an deren Ende Henriettas Haus stand. Sie bekam die Büsche gezeigt, die das Grundstück ringsherum begrenzten, und den Rasen, wo das Badmintonnetz gespannt war. Jenseits des Rasens befand sich Wald. Die Stille erstaunte Kate.

»Kommen Sie herein«, sagte Henrietta. »Wir setzen uns an den Kamin und trinken ein Gläschen auf Caroline.«

»Ist sie oft hierher zurückgekehrt?« wollte Kate wissen.

»Seltsamerweise nicht. Die Rayleys kamen mit ihr einmal hierher zu Besuch, aber sie konnten keine Sekunde den Blick von ihr abwenden. Ich glaube, sie hatten Angst, sie würde genau so wieder verschwinden, wie sie aufgetaucht war. Würde einfach jemand anderem in die Arme laufen. Sie brauchten viele, lange Jahre, bis sie wirklich glaubten, daß Caroline dableiben würde. Nachts gingen sie ständig in ihr Zimmer, um nachzuschauen, daß sie sich auch nicht in Luft aufgelöst hatte. Schließlich wurde Caroline ein richtiges, kleines Mädchen, das man auch einmal allein fortgehen lassen konnte. Glücklicherweise war sie klein, als sie sie bekamen. Dadurch konnte sie sich zu einer unabhängigen Persönlichkeit entwickeln und ihre Eltern sich daran gewöhnen. Die Rayleys sind ganz normale Leute, was unabdingbar war und für mich eine Erleichterung.«

»Sie kannten sie, als Sie sie an jenem Tag angerufen haben?«

»Natürlich kannte ich sie sehr gut. Aber ich dachte an diesem Tag nur daran, daß sie sich nach einem Kind sehnten und daß das Kind ein Zuhause brauchte. Obwohl ich Caroline ja auch erst damals kennengelernt hatte, verspürte ich sofort das dringende Bedürfnis, daß sie das richtige Zuhause finden mußte. Mit irgendwelchen Adoptiveltern war es nicht abgetan, und wenn es noch so gute Menschen gewesen wären. Ich mußte sie kennen, das war die Voraussetzung.«

Kate hob an, wollte noch eine Frage stellen, doch sie hielt die Frage zurück. Die Zeit für Fragen war schon vorbei. Die Zeit für die Antworten sollte vielleicht noch kommen, doch dies lag im Entscheidungsbereich Henriettas. Mit ihren Drinks saßen sie vor dem Kamin und ließen den Tag in die Nacht hinübergleiten, ehe sie die Lichter anschalteten und an Abendessen dachten.

»Ich habe noch einen selbstgemachten Eintopf von gestern abend da. Der wird immer besser, je öfter man ihn aufwärmt. Das ist wie bei uns Menschen mit dem Älterwerden. Reicht Ihnen das? Ich habe auch hausgemachtes Brot und einen vorzüglichen Wein.«

»Das klingt ja wie der Neubeginn eines Wunders«, sagte Kate. »Ich komme nicht oft aufs Land und bekomme äußerst selten selbstgemachten Eintopf und selbstgebackenes Brot angeboten. Meistens ernähre ich mich von der Nouvelle cuisine und Fisch, was ich eigentlich beides nicht sonderlich mag. Wenn wir zu Hause sind, essen wir Omelette oder chinesische Spezialitäten, die ein geschäftiger Orientale jungen Alters mit dem Fahrrad ausliefert.

Aber das heute ist eine willkommene Abwechslung, fürwahr. Könnten wir vielleicht vor dem Kamin essen und dort eine Idylle entstehen lassen, wie man sie häufig in einem fernsehgerecht hergestellten Kinofilm sieht?«

»Ich glaube, wir beide sind nicht genügend rustikal dafür.«

Aber ansonsten war alles überaus rustikal. Das war wieder einmal einer jener Abende, dachte Kate bei sich, an denen alles stimmt, obwohl du gar nicht weißt, warum, außer daß der Abend nicht geplant war, und es in höchstem Maße unwahrscheinlich war, daß er sich jemals wiederholen würde.

Nachdem das Abendessen vorüber war, schlürften sie ihren Kaffee vor dem Kamin, in dem das Feuer allmählich ausging, weil Henrietta zögerte, nachzulegen – das hätte nur dazu geführt, daß sie zu spät ins Bett gekommen wären. Kate war mittlerweile schon alles egal. Es war ein langer Tag für sie gewesen, aber sie befand sich in jenem seltsamen Zustand von Übermüdung, der jenseits der allseits bekannten Müdigkeit lag. Sie saß einfach nur da. Und Henrietta schien sich dazu durchgerungen zu haben, doch noch einen Scheit aufzulegen.

»Ich denke, es ist besser, wenn ich es Ihnen sage«, verkündete sie und rückte mit ihrem Stuhl nach vorn, während sie auf das Feuer starrte. »Irgend jemand, finde ich, sollte es wissen. Aber wenn ich es Ihnen erzähle, endet damit unsere Freundschaft. Ich vertraue Ihnen zwar, aber ich will mit Ihnen dann nichts mehr zu tun haben. Was eigentlich ein Jammer ist – denn die Welt ist nicht voller intelligenter Freundinnen.«

Kate konnte mit ihr nicht über den Wahrheitsgehalt dieser Aussage streiten. »Und wenn ich Ihnen sage, Sie sollen es mir nicht erzählen, bleiben wir dann Freunde? Ist es meine Entscheidung?«

»Wahrscheinlich nicht«, sagte Henrietta seufzend. »Dadurch, daß ich Ihnen sagte, daß es etwas zu erzählen gibt, habe ich die Brücke bereits überschritten – diese Brücke ist bereits abgebrannt.«

»Es ist schon ironisch«, sagte Kate. »Wie so vieles sonst auch. Ich habe mir das natürlich schon gedacht, daß es etwas zu erzählen gibt. Natürlich entzieht es sich meiner Kenntnis, was es zu erzählen gibt. Sobald Sie das wußten, haben Sie auch gewußt, daß wir nur diesen einen Abend vor dem Kamin haben würden.«

»Entwurzelte Freundschaften sind mein Schicksal«, sagte Henrietta. »Es gibt aber niemals einen Weg zurück.« Henrietta legte jetzt nur eine kurze Pause ein.

»Alles begann mit einer jungen Frau, die der jetzigen Caroline sehr ähnelte. Sie war eine Hochschulabsolventin. Wir wurden Freundinnen, so wie das jetzt mit Ihnen und Caroline der Fall ist. Aber es war, allem Anschein nach, eine feindselige Freundschaft. Frauen werden einfach nicht warm miteinander. Sie haben ihre Blicke immer auf Männer gerichtet. Ich war damals eine kleine, für diesen Posten schon recht alte Dozentin, aber in jenen Tagen wurden Frauen nicht so schnell befördert. Wir, diese Hochschulabsolventin und ich, redeten damals über, ähm, alles, worüber ich niemals geredet zu haben schien. Später wurden diese Gespräche immer flacher, vor allem deswegen, weil sie in den Gemeinschaftsräumen für Studenten und Dozenten abliefen. Es ist heutzutage schwer, nachzuempfinden, wie einsam damals berufstätige Frauen waren. Ständig verfolgte einen diese verkrampfte Angst, man könne etwas Falsches tun oder sich den Unbill anderer Menschen zuziehen.

Sie müssen sich eindenken in die Tatsache, was für eine konservative Frau ich damals war. Wenn ich spürte, daß ich bei der akademischen Welt, in die ich mich mit aller

Kraft hineingekämpft hatte, auf Kritik stieß, ließ ich mir das nie zu Bewußtsein kommen, geschweige denn, daß ich diese Zustände artikulierte. Ich wollte einfach nur akzeptiert sein, lehren, schreiben. Ich habe mir damals immer ganz gern eingeredet, daß es einfach wäre, so zu verfahren. Und in meinem Leben fehlte es an nichts. Da waren die Zwillinge. Da war meine Ehe – damals war sie gut, jetzt ist sie besser, problemlos war sie immer. Wir haben aber auch viel in sie hineingesteckt, haben unsere Fehler, wie Arroganz zum Beispiel, hart analysiert. Doch um diese Geschichte in ihren vollen Zügen zu verstehen, müssen sie sich zurückversetzen in die Zeit vor Betty Friedan, die ja bekanntermaßen das ›Problem, das keinen Namen hat‹, beschrieb.

Ich bat meine neue Freundin, allein zu mir aufs Land zu kommen, so wie Sie heute abend bei mir sind. Die Kinder waren bei ihrem Vater in Boston – er war immer so nett, mich dabei zu unterstützen, immer mal dem Alltag zu entfliehen. Und sie waren eh immer mit den Spielen der Red Sox beschäftigt, wofür ich nicht einmal Interesse vorheucheln konnte. Er dachte, es wäre wieder einmal gut für mich, wenn ich mich mit jemandem unterhalten würde – ›Frauengespräche‹, wie er sich ausdrückte. Wir waren einfach nicht in der Lage, über Frauenbekanntschaften fair miteinander zu reden.« Da hielt Henrietta inne und fing an zu weinen, nicht laut. Zu hören war gar nichts. Unhörbar rollten ihr die Tränen aus den Augen. »Den Rest können Sie sich vielleicht selber ausdenken«, sagte sie.

Kate nickte. »Sie hat das mißverstanden, oder Sie haben es mißverstanden. Sie machte das, was man früher einen Annäherungsversuch nannte. Heute würde man wohl sagen, sie hat sich auf dich gestürzt. Warst du erschrocken?«

»Es ist nicht einmal ganz zutreffend, es einen Annäherungsversuch zu nennen. Es war eine Geste der Liebe. Das begreife ich jetzt erst richtig. Damals bin ich ganz steif geworden vor Schrecken. Und genau das fühlte ich. Nackte, lähmende Angst. Ich wußte überhaupt nichts über die Liebe von Frauen mit Frauen. Ich hatte nur Angst davor. Wir waren ja dazu erzogen worden, Angst davor zu haben. Mein Entsetzen war nicht zu übersehen.«

»Und? Ist sie weggerannt?«

»Nein. Sie ist nicht weggerannt. Wir verbrachten den Abend zusammen – wir waren erst am späten Nachmittag angekommen –, wir aßen gemeinsam das Abendbrot, wir ›machten Konversation‹. Bis dahin hatte ich nie begriffen, welch ein Todeskampf dahinter steckt. An irgendeiner Stelle in ihren Tagebüchern spricht Virginia Woolf davon, daß sie die Wellen der Konversation zerstört. Das haben wir auch gemacht. Nichts half – weder Wein noch Essen. Wir sagten nicht ein Wort, das eine Rolle spielte. Am nächsten Morgen war meine Freundin dann verschwunden.«

»Auch von der Universität?«

»Ja. Ich hatte keine Ahnung, wo sie war oder was aus ihr geworden war. Ich versuchte es jedoch herauszufinden, diskret, versteht sich, aber sie schien wie vom Erdboden verschluckt zu sein –, so, wie junge Dozentinnen eben oft von Zeit zu Zeit verschwinden. Manchmal tauchen sie wieder auf, manchmal auch nicht. Und es passiert auch – und das machte mir doch am meisten Angst –, daß sie sich umbringen.«

»Aber sie verduftete und hatte eine Affäre mit einem Mann.«

»Sie scheinen die Geschichte zu kennen. Ist sie denn so gewöhnlich?«

»Ganz und gar nicht. Man muß nicht unbedingt ein Detektiv sein, um sich den nächsten Schritt ausdenken zu können, wenn Sie so erzählen. Sie haben es ja lange genug für sich behalten.«

»Es war so eine fesselnde Handlung, verstehen Sie. Ich wollte den Zauber dieser Szene nicht zerstören. Denn das wäre geschehen, wenn ich die Geschichte unter die Leute gestreut hätte. Diese Geschichte war erfolgreicher, als ich mir in meinen kühnsten Träumen ausgemalt hatte.«

»Sie haben alles geplant.«

»Selbstverständlich. Es gab keinen Zweifel – sie wollte das Baby nicht. Sie war eine selten ehrliche Frau zu dieser Zeit. Sie betete das Kind an, aber sie erkannte, daß sie keine gute Mutter war, geschweige denn eine gute alleinerziehende Mutter. Sie hatte dem Vater nie erzählt, daß sie schwanger war. Und sie sagte mir niemals, wer dieser Mann war. Ich muß immer wieder wiederholen, daß in jenen Tagen alles ganz anders war. Das dürfen Sie nicht außer Betracht lassen.

Caroline war ein zauberhaftes Kind – das machte die Vorgehensweise einfacher. Sie war eines von den Kindern, die freundlich sind und offen und alle Welt entzückt grüßen. Ich ließ mir eine Entschuldigung einfallen, allein ins Landhaus fahren zu können. Das war nicht weiter schwierig. Ich hatte Arbeiten zu erledigen, und mein Mann wußte, daß es im Sommer nicht einfach war, hier zu arbeiten, wenn die Kinder dabei waren und sogar noch Gäste obendrein. An intensive Arbeit war da nicht zu denken. Caroline wurde heimlich hierhergebracht, jeden Tag für eine kurze Zeit. Ich spielte mit ihr. Ein Spiel. Ich war im Haus, Caroline wurde in der Nähe der Büsche ausgesetzt, und dann ging sie auf das Haus zu, um mich zu suchen. Das ist doch einfach, nicht wahr, wenn man die ganze Geschichte kennt?«

»Hat es Ihr Mann gewußt?« fragte Kate.

»Nein. Ich war zwar versucht, es ihm zu sagen, aber es war klar, daß er seine Rolle besser spielen würde, ohne zu wissen, daß es eine Rolle war. Daß er nicht hier war, war reiner Zufall. Das hatte ich nicht eingeplant. Oh, wie nahe ich doch dran war, es ihm zu erzählen!«

Kate ließ sich das ganze eine Weile durch den Kopf gehen. »Und was wurde aus Ihrer Freundin?« wollte sie schließlich wissen.

»Sie starb. Bei einem verrückten Unfall. Es war schrecklich. Ich habe das später rein zufällig erfahren. Die ganze Zeit über, als sie mit dem Kind hier war, wurde sie nie schwach, sagte nie mehr als ›Hilf mir!‹, doch das war auch nur ganz am Anfang, und, kurz vor dem Ende, sagte sie noch ›Auf Wiedersehen‹. Sie schlich sich langsam in Richtung Wald davon, als sich Caroline auf die Zwillinge zubewegte.«

»Ihr Handlungsplan ist besser aufgegangen als die meisten Handlungen, die einem so unterkommen. Wie von Zauberhand geführt.«

»Wie von Zauberhand geführt. Ich wußte nicht einmal, daß ich die Rayleys sofort erreichen würde oder daß sie so schnell kommen würden. Die Legende dieses Nachmittags scheint mir immer mehr die Qualität einer Homerischen Hymne zu haben. Doch vor und nach dem Nachmittag gab es nichts als Sorgen. Wir haben uns nie wieder vertragen. Sie hat mir niemals vergeben.«

Kate konnte nichts sagen, nur so viel: »Caroline ist noch da.«

»Ja«, antwortete Henrietta. »Und sie ist Ihre Freundin. Keiner von euch beiden ist mein Freund.«

»Das kann sich ja noch ändern«, sagte Kate. »Vielleicht finden Sie dieses Mal die richtigen Worte, um diesen Zustand zu ändern.«

»Sagen Sie Caroline nichts«, sagte Henrietta. »Sagen Sie niemandem ein Sterbenswörtchen.«

»Nein«, sagte Kate. »Aber ich werde ein Versprechen brechen müssen, das ich Caroline gegeben habe. Ich versprach ihr, die Antwort zu geben, sobald ich sie wüßte. Vielleicht ermöglichen Sie mir eines Tages, dieses Versprechen einzulösen, oder aber Sie lösen es später für mich ein.«

»Vielleicht. Aber es gibt ja keine Eltern, die Caroline finden könnte.«

»Da gab es eine Freundschaft zwischen zwei Frauen zu einer Zeit, da dies noch verpönt war. Und dann gibt es da diesen zauberhaften Nachmittag. Das ist weitaus mehr, als viele von uns haben.«

Henrietta schüttelte nur den Kopf. Und nach kurzer Zeit begab sie sich ins Bett und ließ Kate vor dem Kamin sitzen. Am Morgen, ehe Kate abreiste, sprach Henriette frohgemut von anderen Dingen. Die Sonne schien den Rasen noch nicht in ihrer vollen Helligkeit aus, als Kate davonfuhr.

Übersetzung von Horst Heuring

Peter Schmidt

Winger und das Spielzeug

Sie erklärten mir, ich solle einen Laden ausheben, der mit Thai-Mädchen handele, irgendein finsteres Etablissement am Rande der Stadt, da wo die Fassaden immer grauer werden, die Toreinfahrten dunkler und die Straßenlaternen so aussehen, als seien sie auf halbe Kraft geschaltet.

Sie sagten: »Ihre schmierige kleine Detektei wirft doch kaum genug ab, um sich über Wasser zu halten, Winger. Also setzen Sie mal Ihre Fäuste für uns ein. Ihr Verstand ist nicht gefragt dabei, wir brauchen jemanden, der keine Angst vor blauen Flecken hat.«

Ich sah mir an, wie sie in meinem Büro standen: zwei ehrbare Vertreter der ehrenwerten Gesellschaft in langen Manteln, den Hut in der Hand, weil es draußen schon empfindlich kalt war und die Eiszapfen von den Dachrinnen fielen. Sie hätten Geschäftsleute mit untadeligem Leumund oder Steuerbeamte oder Anwälte sein können. Der eine strich sich durch sein gescheiteltes weißes Haar, und der andere war ins Nebenzimmer gegangen, eine Hand in der Manteltasche versenkt, um sich mein Klappbett aus lackiertem Stahlrohr anzusehen. Er verzog keine

Miene beim Anblick der durchgelegenen Matratze. Er hatte einen wohlgenährten Nacken mit kleinen roten Schwären, als sei seine Verdauung nicht in Ordnung, und kurze, stämmige Beine.

»Sie wissen, daß Menschenhandel bei uns verboten ist, Winger«, sagte er so leise, daß ich ihn kaum verstehen konnte. »Das weiß schließlich jedes Kind. Die Polizei kann der Inhaberin des Ladens nichts nachweisen, weil ihre Mädchen ein eingeschüchterter Haufen dummer Gänse sind. Die würden zu allem nicken und ja und amen sagen, was sich wie Deutsch anhört.«

»Wenn es nur mit drohender Stimme vorgetragen wird«, ergänzte der andere.

»Aber *wir* können's ihnen nachweisen, Winger. Und Sie können den Burschen Beine machen, ganz legal. Was halten Sie davon, wenn wir mal in den Wagen steigen und uns das Etablissement ansehen?«

»Jetzt gleich?« fragte ich und schüttelte unschlüssig den Kopf.

»Sie haben doch seit vier Wochen keinen Auftrag mehr gehabt.« Er öffnete meinen Kühlschrank und sah sich die leeren Fächer an. »Sie sind pleite. Sie sind auf diese Seite des Reviers geflüchtet, gute fünfundvierzig Kilometer von Ihrem letzten Büro entfernt, weil Ihr Vermieter Ihnen einen Zahlungsbefehl geschickt hatte und weil Sie wieder mal im Restaurant Ihre Rechnungen schuldig geblieben sind. Sie hatten ein Abonnement für Mittag- und Abendessen beim Griechen ›Athene‹, aber der hat Ihnen zwei Kassierer auf den Hals gehetzt...«

»Hören Sie auf...«

»Sie haben einem der beiden, einem Sinti, das Nasenbein gebrochen, als er zu Ihnen in den Wagen steigen wollte, und das hat seiner Sippe gar nicht...«

»Ich sagte: Hören Sie auf!«

»Schon gut. Nun bleiben Sie mal ruhig an Ihrem Schreibtisch sitzen und legen Sie wieder Ihre Stiefel auf die Platte, wie's sich für einen guten Cowboy gehört.«

»Einen braven berittenen amerikanischen Rinderhirten«, sagte der andere. »Falls Sie dasselbe noch mal ohne Fremdwort hören wollen?«

Die beiden waren echte Witzbolde. Aber ich hatte keine Lust, mir an diesem schönen Wintermorgen von ihnen die Laune verderben zu lassen, deshalb tat ich einfach, was sie sagten. Ich dachte an die Worte von Bischof Braun, der im Park von der Polizei aufgegriffen worden war, als er sich kleinen Mädchen gezeigt hatte: *Ich nehm's den Kleinen gar nicht übel, daß sie sich über mein Ding lustig machen, doch dann lassen Sie mir auch mein Vergnügen, es an die Luft zu halten.* Vermutlich spielten sie auf meine amerikanisch aussehenden Stiefel an. Damit sieht unsereins immer aus, als wolle er den Papagei machen. Die Dinger waren teuflisch bequem und stammten aus einer Schuhfabrik in Oberitalien. Ich fühlte mich mit ihnen als genauso ehrbarer Deutscher wie all die braven Bürger, die vielleicht pünktlich ihre Rechnungen bezahlen, weil sie Ärger vermeiden wollen, aber bei der Einkommensteuererklärung an unerklärlichem Gedächtnisausfall leiden.

»Comme il faut«, sagte der andere. »Mustergültig.«

»Bei uns können Sie noch was lernen, Winger.«

»Im Ernst?« fragte ich. »Wir sind doch alle nur arme Halbblinde, die durch die Steine stolpern auf diesem verlorenen Planeten.«

Sein Blick wurde trübe, und er sah mich an, als wenn ich ihm ungebeten auf die philosophischen Sprünge helfen wollte. Vielleicht litt er ja schon lange daran, daß ihm seit seiner Geburt noch keiner hatte erklären können, weshalb er auf die Welt gekommen war. Dann gab er sich seufzend einen Ruck.

»Zurück zum Thema, Winger. Diese armen Dinger werden unter Vorspiegelung falscher Tatsachen aus Thailand nach Europa gelockt. Wenn sich kein Käufer findet, geht's ab in die Bordelle von Frankfurt, Barcelona oder Genua. Oder man bringt sie dazu, durch billige Peepshows zu tingeln. Sie werden eingeschüchtert und in Abhängigkeit wegen der Unterstützung ihrer notleidenden Familien gehalten. Sie sind hochverschuldet, und wenn das alles als Druckmittel noch nicht ausreicht, findet sich immer ein wohlmeinender Schläger, der ihnen Manieren beibringt.«

»Die Sache scheint Ihnen ja mächtig auf der Seele zu liegen? Was rechnen Sie sich denn dabei aus? Daß Mutter Theresa Ihnen ein Zertifikat für Nächstenliebe und Barmherzigkeit ausstellt? Von denen, die solche Mädchen ausnutzen, gibt's Tausende, und wenn wir einen verjagen, machen wir nur Platz für seinen Nachfolger.«

»Das lassen Sie mal unsere Sorge sein.« Er zog einen Umschlag aus der Innentasche seines Mantels, schob ihn mit den Fingerspitzen auseinander und ließ mich den Inhalt sehen. »Was halten Sie denn davon?« Es waren so nagelneue Zweihundertmarkscheine, daß man ihre Farbe roch – ich konnte nicht erkennen, ob aus dem Farbkopierer oder von der Bundesbank.

»Das reicht gerade mal für die Anzahlung.«

»Na, na, halblang bitte. Dies hier ist ein hübsches Sümmchen. Soviel haben Sie im ganzen letzten Monat nicht auf einem Haufen gesehen, höchstens im Traum.« Er zog drei Scheine heraus und ließ sie zwischen meine Beine auf die Tischplatte flattern. »Hier sind sechshundert Anzahlung. Die behalten Sie, auch wenn Sie nach unserer Besichtigungsfahrt das Handtuch werfen.«

Ich sah mir die Scheine an – sie schienen echt zu sein – wischte sie mit dem Ärmel in die Schreibtischschublade und goß mir aus der Kanne neben meinem rechten Knie etwas kalt gewordenen Kaffee ein.

»Eines will ich Ihnen gleich sagen: Ich arbeite nicht für anonyme Auftraggeber. Ich will Namen hören – überprüfbare Namen und Adressen.«

»Kein Problem.« Der Weißhaarige reichte mir seine Visitenkarte. *Everding & Kranz – Anwälte.* »Ich bin Kranz, den Rest können Sie sich denken, oder?«

»Also gut«, meinte ich an Everding gewandt. »Dann sagen Sie mir mal, wie Sie ausgerechnet an mich geraten sind. Dieser Kassierer ist mir nur vor die offene Wagentür gelaufen.«

»Ausgerechnet in dem Moment, als sein Nasenbein in Reichweite war?«

»Ich mag früher mal ein Draufgänger gewesen sein, aber im Alter stellt man sich leicht die Frage, ob das Faustrecht zur Regelung unserer Angelegenheiten wirklich ausreicht. Wenn Sie einen Auftrag für mich haben, der etwas mehr Kopf als Muskeln verlangt, werden wir uns vielleicht handelseinig. Alles andere würde mir unweigerlich das Gefühl verschaffen, ich hätt's lieber mit einem Job als Sparringspartner versuchen sollen.«

Während der Fahrt zum Klub fragte ich Everding, für wen sie arbeiteten. Er sah mich an, als sei der Gedanke, er könne außer für sich selbst noch für jemand anders arbeiten, völlig neu für ihn.

Das Etablissement nannte sich *Thailändischer Freundschaftsverein* – GÄSTE HERZLICH WILLKOMMEN! –, ein merkwürdiger Zwitter aus Nachtbar und Begegnungsstätte, in dem thailändische Mädchen einzelnen Herren Gesellschaft leisteten. Wir hielten auf dem Parkplatz in der Deckung einer freistehenden Plakatwand. Über uns jagte eine Herde Marlborogäule durch den Nebel. Sie kamen niemals an. Aber vielleicht fand ich das ja nur deswegen so bemerkenswert, weil Unzufriedenheit zu unserem Naturell gehört.

»Also gut«, sagte Kranz. »Sie haben schließlich ein Recht darauf zu erfahren, für wen wir arbeiten, Winger. Hat er doch, oder?« fragte er an Everding gewandt.

Everding nickte und betastete nachdenklich die Schwären in seinem Nacken.

»Wir arbeiten im Auftrage einer Vereinigung gegen den fortschreitenden Verfall der Sitten in der Stadt«, sagte er, immer noch nicht viel lauter. »Leider hat man bisher noch keinen Weg gefunden, die Arbeit des Klubs zu unterbinden. Es gibt keine rechtliche Handhabe gegen ihn.«

»Und nun haben Sie irgendein faules Ding ausgebrütet, um den Burschen das Handwerk zu legen?«

»Na, sagen wir mal, wir haben einen Weg gefunden, der zwar nicht illegal ist, aber auch nicht ganz koscher.«

»Sie müssen wissen, daß in dem Laden zwischen ›Klubmädchen‹ und ›Ware‹ unterschieden wird. Klubmädchen sind gewöhnliche Bardamen aus Thailand, ›Ware‹ dagegen jene Mädchen, die unter der Hand zum Kauf angeboten werden«, erklärte Kranz.

»Und was ist meine Aufgabe dabei? Wofür brauchen Sie meine Hilfe?«

»Wir sind zu bekannt in dieser Stadt. Wir sind *Anwälte*, Winger, man würde sofort Verdacht schöpfen.«

»Wir schlagen Ihnen vor, regelmäßiger Besucher des Klubs zu werden«, sagte Everding. »Auf unsere Kosten. Sie versuchen das Vertrauen der Geschäftsleitung zu erwerben. Und wie es üblich ist, beginnen Sie sich für eine der Damen zu interessieren. Wählen Sie ein Mädchen, das Ihnen vom Typ her liegt. Sie sollen ja nicht über Ihren eigenen Schatten springen müssen. Sobald Ihnen ein Angebot wegen des ›Kaufpreises‹ gemacht wird, lehnen Sie ab. Sie hätten sich in das Mädchen verliebt. Geld käme nicht in Frage. Also versuchen Sie beide den Klub zu verlassen, notfalls mit Gewalt. Für diesen Zeitpunkt haben wir Ihnen am anderen Ende der Stadt ein Hotelzimmer reservieren lassen, wo Sie erst mal mit der Kleinen untertauchen können.«

»Hm, hört sich ganz plausibel an. Aber damit sind Sie und Ihre hochmoralischen Auftraggeber doch noch längst nicht am Ziel angelangt?«

»Aber wir liegen schon ganz gut im Rennen. Später werden Sie noch mal allein den Klub aufsuchen und der Inhaberin und ihren Hintermännern klarmachen, das Mädchen sei jetzt bereit, vor der Polizei auszusagen. Sie selbst würden ihre Aussage bestätigen können.«

»Damit wäre dann zum erstenmal eine gesetzliche Handhabe zur Schließung des Klubs gegeben«, sagte Kranz. In seine müden Schultern war etwas Haltung gekommen; der Gedanke schien ihn innerlich aufzurichten.

»Hübscher Plan – außer, wenn man mir dabei den Schädel einschlägt, nicht wahr?«

»Sie sind doch auf solche Geschäfte spezialisiert«, meinte Everding. Wenn er jemals versucht hatte, verbindlich zu lächeln, dann mußte ihm das gründlich mißlungen sein. Jedenfalls seiner gegenwärtigen Grimasse nach zu urteilen. Er hatte keine Übung darin.

Ich zuckte die Achseln und stieg aus. Die Tür des Vereins war mit einer brandfleckigen Bügeldecke verhängt. Hinter dem provisorischen Vorhang, an der Stelle der Milchglasscheibe, wo er knapp über der Klinke ein kleines Dreieck freiließ, schimmerte rötliches Licht. Ich war auf die restlichen Scheine in Everdings Umschlag scharf, *notgedrungen.* So ist das nun mal im Leben, die Zeiten, wo man auf die Jagd geht und sich eine Gazelle schießt, sind leider schon seit ein paar Dekaden vorüber. All die Ideale in meinem Gewerbe – von wegen heroischer Ritter der Großstadt und »sprächen nicht meine Natur und meine Vorsätze dagegen, dann würde ich Ihnen jetzt eine runterhauen« –, falls sie denn überhaupt jemals ernst gemeint gewesen waren und man sich dabei nicht selbst was in die Tasche gelogen hatte, verflüchtigen sich auf der Stelle in einem Büro, dem man Heizung und Licht abgedreht hat. Ich bedauerte die armen Dinger da drin, aber ich wäre kaum freiwillig für sie aus dem Wagen gestiegen.

»Tut mir schrecklich leid«, sagte eine rothaarige Alte in schwarzrotem Drachen-Kimono, die man leicht für die Reinemachefrau hätte halten können, wäre das goldene Gebammel an ihren Ohrläppchen nicht ein paar Pfund zu schwer gewesen. »Wir hatten eine Überschwemmung. Eines der Mädchen hat leider verrückt gespielt – das *Heimweh*«, sagte sie und sah mich an, als sei ›Heimweh‹ eine Art Zauberwort für mein abgestumpftes Herz. Der Boden war eine einzige große Lache, die sich aus dem Waschraum bis zum Eingang ergossen hatte.

»Kein Problem, werd' einfach meine Hosenumschläge liften«, sagte ich und setzte mich auf einen Barhocker an der Theke. »Wer von den Mädchen ist denn die Unglückliche?«

»Die Kleine da mit der netten Stupsnase.« Sie zeigte auf ein Mädchen, das apathisch an der gegenüberliegenden Wand saß und durch mich hindurchblickte. Ihre Kolleginnen waren damit beschäftigt, feuchte Aufnehmer auszuwringen und volle Wassereimer zur Toilette zu tragen. »Sum Nong, bitte komm zu uns herüber und leiste dem Herrn Gesellschaft.«

Sum Nong beachtete uns nicht.

»Ich bin Helga«, sagte die Rothaarige, als seien Probleme beim Dressurakt nichts, das eine erfahrene alte Dompteuse wie sie aus der Ruhe bringen könnte, »die

Gründerin des Vereins. Sum Nong ist etwas unpäßlich, weil ihr das Klima nicht bekommt. Sie spricht kein Wort Deutsch, aber auf englisch kann sie sich ganz gut verständigen.« Helga zischte ein paar Worte in einer Sprache, von der ich annahm, es sei *Thai.* An ihrem Tonfall hätte man leicht mein Rasiermesser abziehen können. Sum Nong wurde so lebendig, als habe ihr jemand ein Lebenselixier eingeflößt: über den Gehörgang direkt ins Gehirn. Sie patschte durch die Wasserpfützen zu uns herüber, berührte mit der flachen Hand mein Knie und sah mich so schicksalergeben an wie eine Kuh, die beim landwirtschaftlichen Leistungswettbewerb ihre Qualitäten beweisen sollte.

»Ich lasse euch beiden Turteltäubchen jetzt allein«, sagte Helga. »Und denkt immer an meinen Wahlspruch: *Völkerverständigung darf kein hohles Lippenbekenntnis bleiben.*« Ihre Hand deutete auf ein Plakat neben meinem Kopf, das eine Gruppe Negerkinder mit weißen und asiatischen Altersgenossen zeigte, die unter einem Affenbrotbaum picknickten. Weiß Gott, ja. So ganz unrecht hatte sie ja damit nicht. Aber wie säh's denn auf der Welt wohl aus, wenn alles, was gut und richtig ist, in die Tat umgesetzt würde? Wir wären nicht mehr wiederzuerkennen. Es würde uns in eine einzige große Identitätskrise stürzen.

»Lady, you're a real pain«, sagte ich, während ich Helga hinterherblickte. Doch damit konnte ich bei Sum Nong keinen Blumentopf gewinnen. »Gibt's irgend etwas, was dich aufheitern könnte, Kleines?« fragte ich auf englisch.

»Bitte bringen Sie mich hier heraus ...« sagte sie in einwandfreiem Deutsch.

»Nanu, wenn Helga recht hat, sprichst du gar kein ...?«

»Ich möchte nicht, daß im Klub jemand davon erfährt«, erwiderte sie leise.

»Und womit habe *ich* soviel Vertrauen verdient?«

»Sie sind Winger. Ihr Bild war mal in der Zeitung – als Sie dem stellvertretenden Bürgermeister bei der Einweihung der neuen Rennbahntribüne eine runtergehauen haben.«

»Das war nur, weil mir ein paar seiner Handlanger in den Ämtern aus purem Übermut das Leben schwermachen wollten. Aber einverstanden – du bleibst hier und wartest auf mich. Ich muß nur mal kurz vor die Tür, um ein paar Dinge zu regeln.« Die Sache bahnte sich schneller an, als ich erwartet hatte, und das konnte mir nur recht sein. Everdings Umschlag hatte nicht so ausgesehen, als wenn sein Inhalt für mehr als drei Besuche gutgewesen wäre.

Als ich wieder neben den beiden im Wagen saß, versuchte ich mir erst mal mit ungelenken Fingern eine Javaanse Jongens zu drehen. Ich war nie sehr begabt im Drehen gewesen, aber diesmal stellte ich mich noch ein wenig ungeschickter an, als ich war. Ich ließ die halbfertige Zigarette auf den Wagenboden fallen und begann von vorn.

Dann wischte ich die gelbbraunen Tabakkrümel von meinen Hosenbeinen zusammen und ließ sie, sparsam, wie ich war, aus der hohlen Hand in die Frischhaltepakkung zurückgleiten.

»Herrgott noch mal, was ist passiert, Winger?« fragte Everding. »Was haben Sie herausgefunden?«

»Ich bin bereit, auf Ihren Vorschlag einzugehen. Fürs doppelte Honorar. Die Sache ist nicht so einfach, wie Sie behaupten.«

»Also gut, einverstanden«, seufzte er und zog den Briefumschlag und einen größeren braunen Versandumschlag, der etwa die dreifache Summe des Betrags enthielt, aus der Innentasche seines Jacketts, als wenn er schon mit weiteren Forderungen gerechnet hätte. Er zählte das Geld ab und reichte mir den Umschlag.

»Sorgen Sie jetzt für unser Hotelzimmer.«

»Was denn, sofort?« Everding warf mir einen ungläubigen Blick zu, kramte aber folgsam die Visitenkarte des Hotels aus der Tasche. Er reichte sie mir, und ich steckte sie ein.

»Ich werde gleich rübergehen und mit einem der Mädchen wiederkommen. Das wird nicht länger als eine halbe Stunde dauern. Dann sollte hier ein Taxi auf mich warten. Und von Ihnen beiden dürfen nicht mal mehr die Rücklichter zu sehen sein... haben Sie mich *verstanden?*«

»Ich bin gespannt, wie Sie das bewerkstelligen wollen, Winger. Sie müssen das Mädchen mit ihrem Einverständnis herausbringen, aber gegen den Willen der Geschäftsleitung. Alles andere ergäbe keinen Sinn.«

Ich ließ wortlos die Wagentür hinter mir zufallen und kehrte in den Klub zurück. Sum Nong saß noch immer auf ihrem Barhocker, die kurzen, für europäische Augen etwas zu dünnen Beine übereinandergeschlagen und einen Pfirsichsaft aus dem Pappkarton vor sich. Sie lächelte sichtlich erfreut, daß meine Worte keine hohle Versprechung gewesen waren. Das übriggebliebene Wasser auf dem Fußboden hatte angefangen zu verdunsten und erzeugte in dem überheizten Laden eine Treibhausatmosphäre, als würden dort tropische Pflanzen gezüchtet. Ich legte meinen Zeigefinger vor die Lippen; dann ging ich nach hinten, wo Helgas Büro lag, und schob die angelehnte Tür auf.

Helga sah sich einen Videofilm mit dem Titel ›Schlacht der Galaxien‹ an. Nach dem Vorspann kam ein schwarzglänzendes Monster mit Scherenzangen und eingebauter Sauerstoffmaske aus den Tiefen des Universums geschossen und versuchte sich eine Gruppe Prinzessinnen einzuverleiben, die in einem defekten Miniraumschiff dahintaumelten.

»Wer von uns ist das Monster?« fragte ich. Und als Helga erschreckt auf ihrem schwarzen Patchwork-Lederdrehstuhl herumfuhr: »Ich entführe die Prinzessin, aber ich fresse sie nicht.«

»Wie bitte?« Sie sah mich verständnislos an.

»Sum Nong und ich haben sich schrecklich ineinander verknallt.«

»So schnell?«

»Muß Liebe auf den ersten Blick sein«, bestätigte ich. »Ich würde sie gern mitnehmen.«

»Was heißt ›mitnehmen‹?« fragte Helga. »Dies hier ist ein thailändischer Freundschaftsverein, kein Bordellbetrieb.«

»Sum Nong legt großen Wert darauf, sofort mit mir zu gehen.«

»Sum Nong hat große Verpflichtungen dem Verein gegenüber. Wir haben ihr den Flug nach Deutschland ermöglicht und ihrer Familie, die in Thailand in bitterer Armut lebte, zu einem menschenwürdigen Dasein verholfen. Sie können sie nicht mitnehmen, es sei denn...«

»Ja?«

»Daß Sie für unsere Auslagen aufkommen.«

»Und ihr Preis?«

»Sie meinen die Auslösesumme für Sum Nongs Schulden?«

»Wenn Sie's so nennen wollen? Kommt wohl auf dasselbe heraus, oder?«

»Der Verein hat im Rahmen seines humanitären Programms achtzehntausend Mark investiert. Es gibt eine Verpflichtungserklärung Sum Nongs für diesen Betrag. Wenn Sie soviel Geld für sie aufbringen, können Sie sie mitnehmen.«

»Ich werde den Teufel tun«, sagte ich. »Ich werde nicht mal dreizehn Mark für Sum Nong bezahlen. Was Sie mir anbieten, ist kaschierter Menschenhandel.«

Helga gehörte zu dem Typ von Frauen, an dem manche Worte abprallen wie Hartgummibälle von einer Stahlbetonwand.

»Sum Nong ist außer der ständigen Crew des Vereins leider momentan unser einziges Mädchen. Ich erwarte neue Gäste aus Thailand in etwa einer Woche. Darunter werden auch ein paar sein, deren Auslösesummen wir aus humanitären Gründen etwas niedriger halten konnten – sechstausend Mark. Wenn Sie so lange warten wollen?«

»Sie haben sicher nichts dagegen, mir Ihr Angebot schriftlich zu geben, Helga?«

Soweit hätte ich nicht gehen sollen. Sie hatte den Fernseher abgeschaltet, aber ihre Hände – faltige, blaugeäderte Altfrauenhände – begannen genauso nervös umherzufuchteln wie die Scherenzangen des schwarzen Monsters auf dem Bildschirm. »Nun aber raus«, sagte sie mit scharfer Stimme. »Sonst laß ich Ihnen Beine machen.«

Ich tat, als hätten mich ihre Worte tief beeindruckt, kehrte zur Theke zurück und nahm Sum Nongs Hand. »Komm mit«, flüsterte ich. »Keine Angst.«

Als ich mich mit ihr der Tür näherte, hörte ich Helgas aufgeregte Stimme im Büro über die Sprechanlage Befehle erteilen. Eines der Mädchen kam hinter der Garderobe hervor, und während ich die Türklinke herunterdrückte und feststellte, daß sie verschlossen war – vielleicht durch einen elektrischen Türdrücker, den man umschalten konnte –, nahm es Sum Nongs Arm und begann heftig in ihrer Sprache auf sie einzureden. Sum Nong machte sich gereizt los. Sie schrie etwas auf Thai und versetzte dem Mädchen einen Stoß. Ich ging um die Theke der Garderobe und suchte unter der Platte nach dem Türdrücker.

Das Mädchen fiel mir in den Arm, als ich den Doppelschalter gefunden hatte; aber ich stieß es weg und rief Sum Nong zu: »Aufpassen jetzt...« Es gab ein summendes Geräusch, als ich den Knopf drückte.

Sum Nong blieb in der offenen Tür stehen, um auf mich zu warten.

Wir waren gerade in das Taxi auf der anderen Straßenseite gestiegen, da erschien Helga im Eingang. Sie hielt etwas in der Hand, das wie ein schwarzer, elektrischer Schlagstock aus Hartgummi aussah.

Das Hotel lag nahe beim Spielkasino und war eines von der kleinen, aber feinen Sorte, die Spieler bei Laune halten sollen. Über den Waldhang sah man auf den Stausee hinunter. Zwischen den Bäumen rechts war der Parkplatz mit dem Kasinoeingang, und wenn man wollte, konnte man leicht die Auffahrt im Auge behalten. Unsere Zimmer besaßen eine Verbindungstür. Ich placierte Sum Nong in einen Sessel vor dem Fernseher und bat sie, sich nicht von der Stelle zu rühren, während ich ihr ein paar Sachen wie Unterwäsche, Zahnbürste und eine kleine Reisetasche besorgte.

»Da ist noch etwas, das Sie wissen sollten«, sagte sie, als ich schon in der Tür stand. »Ich bin nur nach Deutschland gekommen, um herauszufinden, was mit meiner Zwillingsschwester passiert ist.« Sie schwieg und sah mich erwartungsvoll an. »Deswegen habe ich in Thailand Deutsch gelernt.«

Ich schloß die Tür wieder und setzte mich zu ihr in den Sessel. »Deine Schwester war im selben Klub?«

»Sie wurde ertrunken in einem Swimmingpool aufgefunden. Die Polizei fand keine Erklärung für ihren Tod.

Meine Familie hat nie glauben wollen, daß sie auf natürliche Weise gestorben ist.«

»Und wo wurde sie gefunden?«

Sum Nong kramte einen Zettel aus der Tasche. »Der Mann heißt Keißen. Man sagt, er habe für die Zeit, als meine Schwester Nam ertrank, ein hieb- und stichfestes Alibi besessen.«

Keißen war ein bekannter Makler und Häuserbesitzer in der Stadt. Er mußte längst über Siebzig sein. Wenn er zu den Wohnungshaien gehörte, dann ging er seinen Geschäften mit der nötigen Diskretion nach.

»Hat dieser Keißen deine Schwester Nam... gekauft?«

»Sie nennen es nicht so. Bei ihnen heißt es ›Auslösung‹.«

»Deshalb hast du dir mein Bild in der Zeitung gemerkt? Weil ich eine Detektei betreibe?«

Sum lächelte verlegen. »Meine Familie hat etwas Geld gespart.«

»Was macht dich so sicher, daß deine Schwester keines natürlichen Todes gestorben ist?«

»Als wir Kinder waren, sind wir jeden Tag im Meer schwimmen gegangen. Nam war die beste Schwimmerin, die ich kenne. Bei der Obduktion fand man keine Anzeichen für einen Herz- oder Gehirnschlag. Nicht einmal für eine Ohnmacht. Sie ist einfach ertrunken.«

Als ich Sum Nong im Hotelzimmer zurückließ, um ihre Sachen einzukaufen, brachte ich es nicht übers Herz, ihr zu sagen, wie wenig dafür sprach, daß ich mehr als die Polizei darüber herausfinden würde. Ich ließ sie in dem Glauben, sie könne mich vielleicht für ihren Fall als Detektiv gewinnen. Ich dachte, in ihrer Lage sei es besser, sich möglichst wenig Gedanken zu machen.

Doch als ich nach zwei Stunden mit einer neuen Reisetasche zurückkehrte, war Sum Nong verschwunden. Ich sah mir die beiden Türschlösser an. Jemand schien eine der beiden Zimmertüren auf ganz normale Weise geöffnet zu haben. Vielleicht Sum Nong selbst? Aber warum hätte sie das Hotel verlassen sollen?

Ich ging an die Rezeption hinunter. Dort erinnerte man sich nicht daran, daß sie weggegangen war. Der Parkplatzwächter hatte eine junge Asiatin mit zwei Männern einen Wagen besteigen gesehen. Alte oder junge Männer? Hut oder Mantel? Er wußte es nicht. Ich kehrte ins Hotel zurück, um einen Drink zu nehmen und nachzudenken. Ich brauchte zwei ›Stausee-Spezial‹, um herauszufinden, daß mich der Fall interessierte. Ich hatte meine Vereinbarung mit Everding und Kranz nur unvollständig erfüllt. Der Geldumschlag in meinem Jackett wurde bei diesem Gedanken bedrohlich leicht. Als ich fühlte, um *wieviel* leichter er wurde, bestellte ich beim Barkeeper ein Taxi...

Keißens Haus war nicht das, was ich erwartet hatte. Keine von den Villen, die Leute mit seinem Einkommen aus der Portokasse finanzieren, sondern eine düstere Mietskaserne, eher Wohnblock als Haus, weil sie sich um zwei Straßenecken zog. Am offenen Ende des Hufeisens befand sich ein verfallener Park, in dem gelbes Laub lag, und zwischen den Wänden des Innenhofs erstreckte sich ein ebenerdiger Flachdachbau, der über einzelne Gänge mit den Seiten des Hauptgebäudes verbunden war. In keinem der Fenster war Licht. Die Fassaden sahen aus, als wenn sie ihren letzten Anstrich lange vor dem Untergang der Titanic erhalten hätten, und das war schließlich auch schon ein ganzes Weilchen her.

Ich zog an der altmodischen Türglocke, und es klang, als wenn ich um Mitternacht in einem Kloster Einlaß begehren würde: genauso verloren und entfernt bimmelnd und vergeblich. Kein Schlurfen von Schritten aus weiter

Ferne, kein mürrisch dreinblickender Mönch, der einem einsamen Wanderer das Nachtlager abschlug. Als ich meinen Versuch zum drittenmal wiederholt hatte, entdeckte ich über mir das Kameraauge. Es war im Türrahmen eingelassen, da, wo sich einmal der Öffner für das Oberlicht befunden haben mußte. Ich hob ein gelbes Blatt vom Boden auf, feuchtete es mit Spucke an und klebte es in das Objektiv...

Die Gegensprechanlage neben meinem Ohr knackte. Einen Augenblick später ertönte der Summer. Ich schob die Tür auf. Keißen kam durch das hohe alte Treppenhaus die Treppe herunter. Als ich ihn sah, erinnerte ich mich wieder an seine Geschichte. Sie war ein paarmal durch die Lokalblätter und die Regenbogenpresse gegangen. Keißen war jener Typ von alten – und mit dem Alter habgierig gewordenen – Männern, die alles für ihre Gesundheit tun: ein hagerer, hakennasiger Asket, der im Winter in vereisten Seen badete, um sich abzuhärten, und es ablehnte, bei Temperaturen unter Null wie gewöhnliche Senile einen Schal zu tragen. Keißen war mal Schwimmchampion gewesen, bevor er es sich hatte leisten können, ein Imperium abbruchreifer Häuser zu erwerben, um damit möglichst viel Geld zu scheffeln. Er verlangte jedes Opfer von seinen Mitarbeitern und war gegen sie genauso hart wie gegen sich selbst. Es kam mir irgendwie merkwürdig vor, daß so einer wie Keißen sich auf seine alten Tage eine junge Thailänderin geleistet haben sollte.

»Hallo«, sagte er. »Ihr Scherz mit dem Blatt eben hat mir gar nicht gefallen.«

»Ich würde Sie gern in einer Angelegenheit sprechen, die vor einiger Zeit die Polizei beschäftigt hat.«

Wir taxierten uns. Er hatte sympathische Augen, aber einen harten Mund.

»So, na, da haben Sie Glück, ich bin gerade dabei, für ein paar Wochen zu verreisen. Eine Kreuzfahrt durchs Eismeer.« Seine Stimme klang überraschend verbindlich. Ich nahm an, daß er fürs Eismeer seine Badehose eingepackt hatte.

»Worum geht's?« fragte er, als ich keine Anstalten machte, weiterzureden. »Doch wohl nicht immer noch um dieses arme thailändische Ding, das in meinem Swimmingpool ertrunken ist? Ich dachte, die Sache sei längst ausgestanden? Aber lassen Sie uns lieber in den Salon gehen, da ist es gemütlicher.«

Das Haus war trotz des beginnenden Winters ungeheizt und düster und ungefähr so gemütlich wie die Lagerhalle eines Möbelspediteurs. Beim Eintritt entdeckte ich am Kaminsims im Bilderrahmen den Ausriß einer Zeitung, auf dem zwei junge Schwimmchampions in die Kamera lächelten. Die Schlagzeile lautete: *Kann Keißen junior an die legendären Siege seines Vaters anknüpfen?* Der Name des anderen Schwimmers, der vertraulichen Haltung nach vielleicht ein Freund Keißen juniors, sagte mir nichts: Fritz Marten.

Ich setzte mich in einen der kalten, knarrenden Sessel am Fenster, von denen aus man in den Innenhof mit seinem Flachdachgebäude blicken konnte. Ich nahm an, daß sich darin der Swimmingpool befand.

»Macht's Ihnen was aus, wenn Sie uns in der Küche einen Drink mixen?« fragte Keißen. »Ich habe keine sonderlich glückliche Hand dabei. Meine Gäste beschweren sich immer darüber, daß ich nie die richtige Mischung treffe.«

»Gern.« Ich mixte uns nebenan einen Cocktail nach dem Rezept von ›Stausee-Spezial‹, das ich auf der Karte der Hotelbar gelesen hatte. Er sah genauso trübe aus wie das Wasser im See, obwohl die Schwermetalle und

Schadstoffe durch Tequila und Fernet Branca ersetzt worden waren.

Als ich in den Salon zurückkam, war das Bild vom Kaminsims verschwunden.

Ich erzählte Keißen meine Geschichte. Ich beschrieb ihm, wie mich die beiden Anwälte aufgesucht hatten. Ich schilderte ihm Sum Nongs ›Entführung‹ und daß sie aus dem Hotel verschwunden war. Ich machte auch keinen Hehl daraus, daß Sum Nong mir gestanden hatte, sie sei Nams Zwillingsschwester. Keißen hörte mir schweigend zu.

»Ich habe seit meiner Jugend ein Diplom als Rettungsschwimmer«, sagte er und hob ergebungsvoll die Hände. »Ich hätte das Mädchen sicher an Land gezogen, wenn ich damals zur Stelle gewesen wäre. Nam war eine gute Gesellschafterin. Sie sprach zwar kein Wort Deutsch, und von meinem Schulenglisch ist nicht mehr viel übriggeblieben in all den Jahren, aber mir genügte es schon, daß sie da war.«

»Sie leben allein?«

»Seit dem Tode meiner Frau.«

»Ein großes Haus für einen alleinstehenden Mann.«

»Ich bin ein Mensch, der das Gefühl braucht, es gebe keine Wände um ihn her. Es gibt sie zwar, daran kommt man wohl nicht vorbei, aber in jeder Wand befindet sich eine Tür, die weiterführt. Verstehen Sie, was ich damit sagen will?«

»Sum Nong ist nicht zufällig bei Ihnen?«

»Nein, warum sollte sie?« Seine alten Augen leuchteten vor Spott; er sah mich an wie ein abbruchreifes oder renovierungsbedürftiges Haus, mit dem er einen guten Schnitt hätten machen können, wenn's ihn gerade an der Stelle gejuckt hätte. Aber es interessierte ihn nicht. Er verabschiedete mich an der Tür und ließ mich wissen, es sei zwecklos, noch einmal in derselben Angelegenheit vorzusprechen. Wegen des Eismeers.

Er hatte einen groben Fehler gemacht, und ich war fest entschlossen, herauszufinden, wieso.

Im Telefonbuch fand ich einen Fritz Marten, der draußen in der Gartenstadt wohnte. Als mein Taxi vor seinem Haus hielt, bellte hinter der Hecke ein Hund, und eine schlampig gekleidete junge Frau rief mir zu, ich solle mit den Schwulen im Nachbarblock anbändeln, sonst werde sie ihren Bullterrier auf mich hetzen. Ich fragte sie, ob sie Marten heiße, und als sie das bejahte, ob ihr Mann zu Hause sei.

»Sie wollen zu Fritz?« fragte sie. »Bitte entschuldigen Sie. Seitdem das neue Pissoir drüben gebaut wurde, treibt sich hier nur noch finsteres Gesindel herum.«

Marten saß unter einem Mahagonischrank voller Schwimmtrophäen. Er schien so ziemlich alles gewonnen zu haben, was es in der Branche zu holen gab, außer den Olympiamedaillen. Inzwischen war er leicht verfettet und hatte ein ungesund rotes Gesicht. Er rückte nur zögernd mit seinem Wissen über Keißen junior heraus. Es schien ein paar Dinge in ihrer gemeinsamen Vergangenheit zu geben, die ihm peinlich waren. Erst als ich seine Frau bat, uns auf meine Kosten in der Gaststätte am Ende des Viertels etwas zu trinken zu besorgen, wurde er ein wenig redseliger. Er hatte Junior in einem Internat kennengelernt, in das Keißen senior ihn gesteckt hatte, um ihn sich vom Halse zu schaffen. Alles, was ihn an seinem Sohn interessierte, war, einen ebenso asketischen, erfolgreichen Schwimmchampion aus ihm zu machen, wie er selbst einer gewesen war.

»Es geht darum, alles über den Tod eines ertrunkenen Mädchens herauszufinden. Und über seine Schwester, die vielleicht ebenfalls ertrinken könnte.«

Beim Wort ›ertrunken‹ klappte Martens Unterkiefer herunter, als wenn ich einen unanständigen Witz gemacht hätte.

Er sah mich auf eine merkwürdig starre Weise an, gefaßt und zugleich peinlich berührt.

»Ich möchte nicht, daß meine Frau von den alten Geschichten erfährt.«

»Es gab Probleme mit Keißen junior?«

»Rolf war ziemlich unglücklich über die ehrgeizigen Pläne seines Vaters. Er ging ihm aus dem Wege. Keißen wollte immer nur Trophäen sehen. Was sonst noch in seinem Sohn vorging, hat ihn nie interessiert. Rolfs Standardspruch, falls er sich überhaupt dazu herabließ, außerhalb der Schulstunden mit jemandem zu reden, war damals: ›Hast du schon mal versucht, dir selbst beim Denken zuzusehen?‹ Wenn Sie mich fragen, war Keißen junior chronisch depressiv.«

»War oder ist?«

»Er starb vor ein paar Jahren bei einem Autounfall. Sein Wagen rollte von einer Fähre und versank zwischen Plymouth und Cherbourg im Meer.«

»Auch nicht der Tod, den sich eine Landratte wie er wünschen würde, oder?«

»Das Wasser schien ihn magisch anzuziehen, eine Art Haßliebe, glaube ich. Wir trainierten zusammen im Swimmingpool des Internats. Man kann nicht sagen, daß ihm das keinen Spaß gemacht hätte, aber seine Laune besserte sich erst, als wir ein hübsches Spiel entdeckten...«

Er schwieg, als denke er darüber nach, ob er mir die Sache anvertrauen konnte.

»Ja?«

»Ich habe noch nie darüber gesprochen.«

»Sie können sicher sein, daß ich alles, was Sie sagen,

vertraulich behandeln werde. Mord mal ausgenommen, weil uns das eine Menge Ärger einbringen kann.«

»Es war kein Mensch, sondern ein Hund«, sagte er. »Der Hund des Hausmeisters. Er kam oft zu uns in den Pool gesprungen. Wir haben ihn beim Tauchen an den Hinterpfoten unter Wasser gezogen, bis er... ja, bis er ertrunken war...« Marten machte eine Pause. »Ich fühlte mich ziemlich elend danach. Es war wie ein Rausch – der strampelnde Hund, der unter Wasser gräßlich jaulte, die Luftblasen... Rolf schien förmlich aufzuleben. Von dem Tag an war er wie verwandelt.«

»Er hatte sozusagen seine Passion entdeckt?«

»Klingt scheußlich, nicht wahr? Aber das war es wohl. Wir vergruben die Hundeleiche im Internatsgarten. Ich schwor mir, so etwas nie wieder zu tun. Der Hausmeister schaffte sich einen zweiten Hund an. Er kam ein paar Wochen später auf dieselbe Weise um. Diesmal hatte Rolf sich nicht mal die Mühe gemacht, seine Leiche zu vergraben. Er ließ das Tier einfach im Swimmingpool liegen.«

»Sie meinen, er hatte schon nicht mehr alle Tassen im Schrank?«

»Seine Leistungen in der Schule wurden immer besser – und er gewann seine erste Trophäe. Ich stellte ihn wegen des Hundes zur Rede, aber er lachte nur und behauptete, er habe nichts damit zu tun. Rolf wurde mir immer unheimlicher, weil er einen seltsamen Ehrgeiz entwickelte: Er trainierte seine Lunge, bis er minutenlang unter Wasser auf dem Boden des Pools sitzen konnte, mit einem Bleigürtel beschwert. Ich ahnte, wozu dieses Training dienen sollte. Sein Verhältnis zu Frauen war genauso zwiespältig wie zum Wasser. Er hatte Angst vor ihnen, und trotzdem zogen sie ihn magisch an. Als eine junge Angestellte der Schule fast ertrank, weil sie beim Schwimmen von einem Unbekannten an den Fußgelenken unter Wasser gezogen worden war, bat ich meine Eltern, das Internat wechseln zu dürfen.«

»Sie haben sich nie dazu durchringen können, der Polizei von Ihrem Verdacht gegen Keißen junior zu berichten?«

»Das Mädchen war mit dem Schrecken davongekommen. Ich glaube, er spielte nur mit ihr. Er wollte sie nicht töten. Sie war nichts weiter als ein *Spielzeug* für ihn. Ich habe erst wieder nach dem Unfall von ihm gehört.« Er schwieg, weil seine Frau hereingekommen war. Sie nahm ein paar Gläser aus der Vitrine und stellte sie vor uns hin.

»Als man seine Leiche geborgen hatte?«

»Das Meer ist nördlich der Kanalinseln sehr tief, der Boden besteht aus meterhohem Schlick. Die Kosten, um den Wagen zu heben, wären zu hoch gewesen. Aber es gab genügend Augenzeugen für seinen Unfall ...«

»Was denn, Keißen junior wurde gar nicht ...?« Ich stand auf. Sums Schwester Nam ...

»Glauben Sie etwa, Rolf wäre damals ...?«

»In meinem Gewerbe hält man alles für möglich, was nicht gegen die Regeln der Logik verstößt. Haben Sie ein Foto von ihm?«

»Nur einen Zeitungsausschnitt, der uns beim Wettkampf zeigt.«

Ich fuhr mit dem Zeitungsausschnitt zum *Thailändischen Freundschaftsverein.* Doch bevor ich mich noch einmal in Helgas Etablissement wagte, rief ich von der Telefonzelle gegenüber die Anwaltskammer und ein paar Freunde bei der Konkurrenz an, um herauszufinden, für wen Everding und Kranz wirklich arbeiteten. Ihre Hauptbeschäftigung, ließ man mich wissen, schien darin zu bestehen, für Keißen ausstehende Mieten einzutreiben und lästige Mieter hinauszuklagen. Dann wählte ich die Nummer der Kanzlei.

Ich hatte Glück. Everding mußte neben dem Telefon eingenickt sein, seine Stimme klang verschlafen, als er abhob.

»Tut mir leid für Sie«, sagte ich. »Das Mädchen ist weg.«

»Sie haben sie entwischen lassen?« Er war noch nicht wach genug, um wirklich überzeugend den Erstaunten zu mimen.

»Der Parkplatzwächter hat mir zwei Kerle beschrieben, die mehr Ähnlichkeit mit Ihnen beiden hatten, als Ihnen lieb sein dürfte, Everding. Sie müssen gewußt haben, daß es momentan nur ein einziges Mädchen im Klub gab, das für meine Entführung in Frage kam: Sum Nong.«

»Wovon reden Sie eigentlich? Nun hören Sie mal zu, Winger, falls Sie das Mädchen irgendwohin geschafft haben, um den Preis in die Höhe zu treiben...«

Ich knallte den Hörer in die Gabel. Dann überquerte ich die Straße, um mit Helga zu sprechen. Sie war alles andere als erfreut, mich noch einmal zu sehen. Sie zog den schwarzen, elektrischen Schlagstock unter der Theke hervor, um ihn mir zu zeigen.

»Hören Sie mir gut zu«, sagte ich zu Helga. »Ich bin von Keißens Anwälten hereingelegt worden. Sie haben mich nur dazu benutzt, um Sum Nong herauszuholen, weil sie anders nicht an das Mädchen herankommen konnten. Also muß einer von Ihnen – oder der alte Keißen persönlich – schon einmal versucht haben, das Mädchen auszulösen.«

»Keißen?« fragte Helga. Sie knallte den Schlagstock auf die Theke, daß ein dunkler Fleck aus abgeriebenem Gummi im Holz zu sehen war. »Sprechen Sie vom Besitzer dieses elenden Wohnblocks? Er hat versucht, das Mädchen über einen seiner beiden Anwälte auszulösen. Aber ich habe den Braten früh genug gerochen – weil ich Everdings Gesicht aus den Räumungsklagen kannte –

und Keißen einen genauso fairen Preis gemacht wie die Miete dieser Bruchbude.«

»Sie meinen, Sie haben versucht, ihn kräftig über den Tisch zu ziehen?«

»Um mein eigenes Geld wieder hereinzuholen.«

»Aber darauf ließ er sich nicht ein?«

»Die Sparsamkeit dieser Leute ist umgekehrt proportional zu ihrem Wohlstand und Reichtum. Ohne Geiz kann man nichts werden in der Branche.«

»Bleibt die Frage offen, wie Keißen von Nams Zwillingsschwester erfahren hatte.« Ich legte den Zeitungsausschnitt auf die Theke. »Kennen Sie einen der beiden Jungen?«

»Den mit dem Igelhaarschnitt. Aber nicht dem Namen nach. Das ist ein altes Foto, oder? Er war früher manchmal hier. Unter uns gesagt, ich glaube, daß er nicht ganz richtig im Kopf ist. Er wurde schon zweimal abgeholt, weil er von irgendwo ausgebüchst war. Zuletzt hatte er sich schrecklich in Sum Nong verknallt. Er glaubte, es sei Nam. Sie wissen schon, das Mädchen, das in Keißens Haus ertrunken ist?«

Ich verkniff es mir, Helga darüber aufzuklären, daß es sich um Keißens versteckt gehaltenen Sohn handelte. Es hätte nur einen neuen Schlag ihres Hartgummiknüppels auf die unschuldige Theke provoziert. Ich nahm an, daß Keißen senior es nicht hatte ertragen können, jemanden seines Namens und Blutes in einer geschlossenen Anstalt zu wissen.

Die Art, wie er sein Problem mit einem Unfall auf der Fähre gelöst hatte, sprach für seinen Einfallsreichtum. Wenn er außer dem Foto auf dem Kaminsims einen unverzeihlichen Fehler gemacht hatte, dann war es der gewesen, nicht genug über Sum Nongs Absichten in Erfahrung gebracht zu haben.

Als ich an diesem Abend in Keißens Haus einstieg, war ich mir bewußt, daß man versuchen würde, mir Sum Nongs Tod anzuhängen, falls irgend etwas schief lief, einmal vorausgesetzt, Sum war das gleiche Schicksal beschieden wie ihrer Schwester. Und bei so heiklen Manövern wie der Spielzeugbeschaffung für einen Irren läuft leicht etwas schief. Aber ich sah auch, daß meine Chancen, unbeschadet aus der Sache herauszukommen, gar nicht mal so schlecht standen. Es gab den Parkplatzwächter, der zwei Männer gesehen hatte, und es gab Marten. Es gab eine ziemlich lückenlose Hypothese darüber, was passiert war, und die Polizei würde nicht so ignorant sein, meinen Behauptungen überhaupt keine Beachtung zu schenken. Sie würde sie als Schutzbehauptungen erklären, um mich einzuschüchtern, und sich dann widerwillig daran machen, ihre Richtigkeit zu überprüfen. Ich zertrümmerte die Scheibe eines Kellerfensters, das im Treppenabgang auf der Parkseite lag.

Dann arbeitete ich mich langsam durch altes Gerümpel, Werkzeug und Gartengeräte auf die Kellertür zu. Sie war versperrt, wie ich erwartet hatte. Ich hob sie mit einem Stemmeisen aus dem Scharnier, bis sie auf der anderen Seite schief am Vorhängeschloß hing, und quetschte mich vorsichtig durch den Spalt, damit sie nicht umschlug. Jetzt mußte ich in dem Labyrinth aus dunklen Gängen und unbewohnten Zimmern nur noch den Swimmingpool finden.

Als die Luft immer feuchter und wärmer wurde, wußte ich, daß ich auf dem richtigen Wege war.

Dann hörte ich ihr Lachen; es schallte durch die Gänge. Sie schwammen gemeinsam im Pool. Sie lachten und tollten wie ein junges Liebespaar. An den Umkleidekabinen schob ich vorsichtig meinen Kopf um die Trennwand...

Einmal rückte Keißen junior seine grüne Schwimmbrille zurecht, die nur die Augen bedeckte, tauchte weg und zog Sum an den Beinen nach unten. Aber sie kam prustend wieder hoch und lachte. Er küßte sie sanft auf die Stirn, als sie ihn am Beckenrand umarmte. Dann begann er mit gewaltigen Schmetterschlägen das Bassin zu durchpflügen. Er zeigte ihr, wie gut er schwamm; und ihr schien's zu gefallen.

»Er hat mir hoch und heilig versprochen, daß es nie wieder passieren wird«, sagte Keißens Stimme hinter mir. Ich fuhr herum, weil ich ihn nicht kommen gehört hatte.

»Rolf hat mich auf Knien angefleht. Er glaubt, Nam sei zu ihm zurückgekehrt. Ich konnte es ihm nicht abschlagen. Ich hätte es nicht übers Herz gebracht...«

Er stand da im dunklen Viereck des Durchgangs, ein drahtiger alter Mann mit zitternden Händen, dessen Körper das Schwimmen im Eismeer vielleicht hätte heilen können, aber nicht seine Seele.

James Yaffe

Mom erinnert sich

»Da gibt es etwas, das ich Sie schon immer fragen wollte«, sagte Inspektor Milner zu meiner Mutter. »Woher haben Sie eigentlich Ihr Interesse für die Aufklärung von Verbrechen?«

Mom lachte. »Von Mama natürlich. Sie hat mir das beigebracht.«

Das hatte mich überrascht. Mom hatte selten von ihren Eltern und den Tagen ihrer Kindheit erzählt. »Nichts auf der Welt ist langweiliger als eine alte Schachtel mit ihren Erinnerungen«, pflegte sie zu sagen. Ich legte Messer und Gabel beiseite. »Deine Mutter hatte eine Begabung für das Lösen von Kriminalfällen?«

»Begabung nennst du das? Hatte Einstein vielleicht eine Begabung fürs Zusammenzählen von Zahlen? Hat Rubinstein ein besonderes Talent zum Klavierspielen? Na schön, Mama hat nie eine Universität besucht, aber als Detektivin, da hätte sie Diplom und Doktorgrad verdient! Wenn's euch interessiert, werde ich euch von dem allerersten Mordfall erzählen, mit dem ich zu tun hatte. Gelöst hat ihn damals Mama. Ich schaute nur zu und lernte.«

Bevor ich meine Geschichte fortsetze, möchte ich erklären, wie es dazu gekommen war, daß Mom von den alten Zeiten erzählte.

Es war am 4. Mai, einem Mittwochabend. Normalerweise gehen Shirley und ich freitags zu Mom in die Bronx zum Essen, aber der 4. Mai ist ein besonderes Datum in Moms Leben, ihr Hochzeitstag, an dem wir sie nicht allein lassen mögen.

Vor fünfundvierzig Jahren hatten Mom und Papa geheiratet. Sie war achtzehn und er gerade einundzwanzig. Sie waren zusammen zur Schule gegangen und hatten im selben Wohnblock auf der Lower East Side gewohnt. Die Familien stammten aus derselben kleinen Stadt im ›alten Land‹, wie es die Juden nennen. Ihre Eltern hatten schon früh beschlossen, daß die Kinder sich eines Tages heiraten würden, denn so war es Sitte im ›alten Land‹. Die Liebe spielte bei diesem Abkommen keine Rolle, aber die beiden hatten sich trotzdem lieb.

Mehr als dreißig Jahre lang lebten sie glücklich zusammen. Sie zogen von der Lower East Side in die Bronx und brachten mich als ihr einziges Kind auf die Welt. Sie lebten sehr sparsam, um mich auf die medizinische Fakultät schicken zu können. Ich zerstörte ihre Hoffnungen, indem ich nach Abschluß der Hochschule beschloß, Polizist zu werden. Kurz darauf – er war etwas älter als fünfzig – starb plötzlich mein Vater. Sein Herz hatte gelitten durch unbezahlte Rechnungen, zuviel Nachtarbeit und die unerschöpfliche Bereitschaft, sich der Sorgen anderer anzunehmen.

Niemals werde ich den Ausdruck von Moms Augen vergessen, obwohl sie alles tat, ihre Trauer vor mir zu verbergen. Selbst heute noch liegt an ihrem Hochzeitstag immer ein Hauch dieses vergangenen Schmerzes auf ihrem Gesicht.

Am vergangenen 4. Mai hatten Shirley und ich Inspektor Milner mit in die Bronx genommen. Inspektor Milner ist mein Chef bei der Mordkommission. Er ist ein kleiner, glatzköpfiger Mann mit dem Gesicht einer Bulldogge. Sein finsterer Blick kann Mörder in Angst und Schrecken versetzen, sitzt er jedoch einer selbstbewußten Dame mittleren Alters am Tisch gegenüber, ist er schüchtern und beginnt zu stottern, wie ein Jüngling in der Pubertät. Dabei ist Inspektor Milner Witwer und hat zwei erwachsene Töchter.

Shirley und ich versuchen seit einigen Jahren, ihn und Mom füreinander zu interessieren. Obwohl noch keine größeren Erfolge zu verzeichnen waren, scheint Mom immer froh zu sein, ihn zu sehen. Wir glaubten, seine Anwesenheit am 4. Mai würde ihr Freude machen.

Tatsächlich umarmte sie ihn sehr herzlich an jenem Abend. »Ich freue mich, daß Sie gekommen sind, Inspektor. Heute abend gibt es Schmorbraten, Ihr Leibgericht. Wenn Sie nicht ordentlich reinhauen, werde ich böse.«

»Ein guter Anfang«, dachte ich mir. »Vielleicht wird Mom heute abend einmal ihren Schmerz vergessen können.«

Etwas später, als wir am Eßzimmertisch saßen und die Suppe aßen, fragte sie ihn: »Schmecken Ihnen meine Teigklößchen, Inspektor? Genau wie meinem Mendel. Er konnte hundert davon essen, und sie waren ihm die Magenschmerzen wert.« Ihre Stimme begann ein wenig zu zittern. »Für so einen kleinen, empfindlichen Mann hatte er einen sehr großen Appetit.«

Ein gefährliches Thema am Hochzeitstag. Shirley und ich begannen fast im selben Moment:

»Ich habe einen wunderschönen Mantel bei Macey's gesehen, Mutter«, sagte Shirley. »Er ist wie für dich gemacht.«

»Wir haben diese Woche einen neuen Mordfall, Mom«, sagte ich. »Inspektor, warum erzählen Sie ihr nicht davon?«

»Mäntel können warten, Liebes«, sagte Mom zu Shirley und wandte sich Inspektor Milner zu. »Wenn es Ihnen nichts ausmacht, würde ich gern was über den neuen Mordfall hören.« In ihren Augen blitzte das vertraute, tatendurstige Funkeln auf. Jetzt würde sie für eine Weile vergessen, traurig zu sein.

»Ich weiß nicht, warum David ausgerechnet damit anfangen mußte«, sagte der Inspektor. »Es ist ein reiner Routinefall. An ihm ist nichts, was für Sie interessant sein könnte.«

»Mom interessiert sich für alle unsere Fälle«, warf ich schnell ein.

»Also gut.« Inspektor Milner kratzte sich am Ohr, ein Zeichen seiner Nervosität, wenn er vor mehreren Menschen sprechen mußte. »Dieser achtzehnjährige Bursche, Rafael Ortiz heißt er, hat letzte Nacht einen Taxifahrer erstochen und beraubt. Es ist die alte Geschichte. Der Bursche lungerte in zwielichtiger Gesellschaft herum, kam nachts spät nach Hause und hatte immer Ärger mit den Eltern. Es war abzusehen, daß er in Schwierigkeiten kommen würde. Dieselben verfluchten Geschichten passieren jeden Tag, überall in der Stadt, und es wird jedes Jahr schlimmer.«

»Sind Sie sicher, daß es der Junge war?«

»Man kann den Fall abschließen. Der Mann, den er erstochen hat, kam im Krankenhaus noch einmal zu sich und identifizierte den Burschen, kurz bevor er starb. Außerdem gibt es einen zuverlässigen Augenzeugen. Sie sehen, jeder Cop hätte diesen Fall lösen können. Sie würden damit nur Ihre Zeit und Ihre Fähigkeiten vergeuden.«

Dieses Kompliment ließ Mom erröten. Ich kenne außer Inspektor Milner niemanden, der sie zum Erröten bringt. Shirley meint, das sei ein gutes Zeichen.

Wir unterhielten uns über andere Dinge und etwas später – kurz nachdem Mom den Schmorbraten serviert hatte – stellte Inspektor Milner jene Frage, mit der ich begonnen hatte und die sich auf Moms Interesse für Kriminalfälle bezog. Unweigerlich führte sie uns wieder zum gefährlichen Thema.

»Ich werde Ihnen von dem ersten Mordfall erzählen, mit dem ich zu tun hatte. Wie Sie wissen, hat Mama ihn gelöst, und es war dein Papa, Davie, der Mama und mich in diese Sache hineinzog. Mein armer Mendel!«

Das Zittern war wieder in Moms Stimme, aber wie sollte ich jetzt das Thema wechseln?

»Wenn ich behaupte, daß Mama ein wahres Genie bei der Aufklärung von Verbrechen war, heißt das nicht, daß sie es jemals mit einem richtigen Mordfall zu tun gehabt hätte«, fuhr Mom fort. »Bis zu jenem Tag vor unserer Hochzeit. Damals haben sich auf der Lower East Side noch nicht so viele Menschen gegenseitig umgebracht. Und wenn Mrs. Horowitz Mrs. Shapiro mal gewünscht hat, sie möge auf der Stelle tot umfallen, weil sie sich immer für was Besseres hielt und ständig von ihren reichen Verwandten im Vornehmenviertel sprach, so schämte sie sich kurz darauf so sehr dafür, daß sie der vergrippten kleinen Shapiro-Tochter schnell eine heiße Hühnersuppe machte.

Mama hatte eben keinen Sohn bei der Mordkommission. Hätte sie Söhne gehabt, wären die Ärzte oder Rechtsanwälte oder sonst was Normales geworden. Deshalb waren die einzigen Verbrechen, von denen sie damals hörte, solche, die in keinem Polizeibericht auftauchten. So hatte zum Beispiel Mrs. Kinski vom dritten Stock die hebräischen Bücher ihres Mannes verkauft, während er bei der Arbeit war. Das Geld hatte sie in die Zuckerdose in der Küche getan, und am nächsten Tag war es weg. Außer dem Sohn des Hausmeisters, der den Wasserhahn richten sollte, war niemand in der Küche gewesen. Folglich war für das ganze Haus der Sohn des Hausmeisters ein Dieb.

Dann trat Mama auf den Plan, stellte ein paar Fragen, trug einige Informationen zusammen, erinnerte sich an einiges, was während ihrer Jugendzeit in Rußland passiert war, und schon hatte sie des Rätsels Lösung. Mr. Kinski hatte das Geld selbst geklaut, um sich seine Bücher zurückzukaufen, die er mehr als alles auf der Welt liebte, einschließlich seiner Frau.

Ein anderes Mal wurde die kleine Glogauer, ganze neun Jahre alt, in der Schule ohnmächtig. Der Doktor sagte, es käme vom Hunger, obwohl ihre Mutter ihr jeden Tag ein Zehncentstück für ein Sandwich, einen Apfel und Milch gab. Das Mädchen sagte niemandem, was es mit dem Geld gemacht hatte, und wenn seine Mutter es fragte, schrie es nur.

Mama bohrte hier ein wenig nach und dort ein wenig, und noch vor Ablauf einer Woche hatte sie eine typische Schutzgelderpresserbande entlarvt, die nach Chikagoer Vorbild von allen Kindern das Geld fürs Pausenbrot einkassierte. Diese Bande setzte sich aus einem halben Dutzend elfjähriger Al Capones zusammen.

Solcher Art waren die Verbrechen, die Mama löste, soweit ich zurückdenken kann. Verstand hatte sie genug. Wenn nur ihre Möglichkeiten besser gewesen wären und wenn sie nicht als Witwe in einer Slumwohnung vier Töchter durchzubringen gehabt hätte. Dieser großartige Verstand, vertan auf der Lower East Side. Manchmal ist mir zum Heulen, wenn ich daran denke.«

Mom zitterte etwas. Dann gab sie sich einen Ruck. »Andererseits hätte sich ihr Verstand niemals so entwickelt, wenn ihr Leben nicht so hart gewesen wäre. Sie mußte klüger sein, schneller denken und mehr sehen als andere Menschen, denn wie bewahrt man sonst ohne reiche Verwandte vier Töchter davor, Hunger zu leiden und sich zu alten Jungfern zu entwickeln. Wenn das Überleben davon abhängt, anderer Leute Gedanken lesen zu können, glaubt mir, dann wird man ein guter Gedankenleser.

So schaute ich meine ganze Jugendzeit hindurch zu, wie Mama mit ihrem Verstand arbeitete. Und da ich selber auch nicht auf den Kopf gefallen war und mir einige ihrer Tricks und Kniffe angeeignet hatte, glaubte ich bald, ich könnte genauso klug werden wie sie. Gut, ich gebe zu, ich war eingebildet. Meine einzige Entschuldigung war mein Alter von achtzehn Jahren. Die Eitelkeit der Jugend ist eine böse Krankheit, aber Gott sei Dank überwindet sie jeder einmal. Nur meine Schwester Jennie blieb immer achtzehn Jahre alt, bis sie mit dreiundsechzig Jahren starb.

Entschuldigt, aber jetzt komme ich auf den Mordfall zurück, der sich vor fünfundvierzig Jahren ereignete, als ich mich etwas von meiner Aufgeblasenheit befreit hatte und rausgefunden hatte, daß ich eine zweite Mama werden könnte, wenn ich bis zu meinem einhundertsten Lebensjahre üben würde.«

Mom hielt inne, ein wenig außer Atem. Als sie fortfuhr, war ihre Stimme wesentlich sanfter: »Vor fünfundvierzig Jahren, einen Tag vor meiner Hochzeit. Ich darf nicht daran denken, wie sehr alles auf der Kippe gestanden hat. Wäre meine Mutter nicht gewesen, wer weiß, ob ich jemals geheiratet hätte. Vielleicht würde ich heute nicht hier in der Bronx leben, und du, Davie, könntest nicht hier neben mir sitzen. Die zweiunddreißig glücklichen Jahre mit meinem Mendel hätte es nie gegeben.«

Ein Schleier schien sich über ihr Gesicht zu legen; genau das hatte ich befürchtet. An einem 4. Mai darf man Mom nicht ermutigen, zurückzublicken. Am 4. Mai gilt es, sie von ihrer Vergangenheit fernzuhalten.

Ich unterbrach sie schnell. »Alte Mordfälle interessieren mich nicht, Mom. Ich muß mich mit denen von heute beschäftigen. Dafür werde ich von der Stadt bezahlt. Dieser junge Ortiz zum Beispiel, der den Taxifahrer erstochen haben soll – ich bin mir nicht so sicher, daß man den Fall bereits zu den Akten legen kann. Ich würde doch gerne deine Meinung dazu hören. Warum erklären Sie Mom nicht die Einzelheiten, Inspektor?«

»Aber was ist mit der Geschichte von Ihrem Hochzeitstag?«

»Die spart sie sich für später auf, nicht wahr, Mom? Jetzt brauchen wir deinen fachmännischen Rat. Wir müssen diese Gelegenheit nützen, sonst wären wir schlechte Beamte.«

Ich wußte, daß diese Strategie erfolgreich sein würde. Der Appell an die Beamtenehre übte immer große Wirkung auf Inspektor Milner aus.

Er rutschte ein wenig auf seinem Stuhl herum. »Wenn David es für wichtig hält«, wandte er sich an Mom, »werde ich Ihnen mehr über den Fall Ortiz erzählen. Falls es Sie nicht langweilt.«

Mom aß ein Stück Braten und beugte sich gespannt nach vorne. »So etwas wird mich niemals langweilen.«

»Dieser Ortiz-Bursche lebt auf der West Side, in einer der achtziger Straßen«, begann Inspektor Milner. »Seine Eltern kamen vor zehn Jahren aus Puerto Rico. Rafael war damals sieben, seine Schwester Inez acht. Danach kamen noch zwei Kinder zur Welt, zwei kleine Jungen. Die Familie bewohnt drei Zimmer in einem heruntergekommenen Mietshaus abseits der Amsterdam Avenue. Die ältere Schwester, Inez Ortiz, ist vor einem Jahr in eine Pension in der Innenstadt gezogen, weil sie und ihr Vater in ständigem Streit gelebt hatten.«

»Gerät man mit Mr. Ortiz leicht in Streit?« fragte Mom dazwischen.

»Er ist ein unscheinbarer, kleiner Mann. Mit vierzig sah er aus wie zehn Jahre älter. Er spricht mit leiser, murmelnder Stimme. Alle Nachbarn halten ihn für gewalttätig, besonders samstags, wenn er zuviel getrunken hat. Er arbeitet in einem Lagerraum im Hafen, und die Mutter geht fünfmal die Woche als Putzfrau, während sie ihre Kinder bei der Hausmeisterin läßt. Es ist kein Wunder, wenn ein Kind, das in dieser Umgebung aufwächst, irgendwann einmal im Schlamassel sitzt.«

»Viele schaffen es aber ohne Probleme«, sagte Shirley dazwischen. »Die Psychologie richtet ihr Augenmerk heute wieder mehr auf altmodische Qualitäten wie Charakterstärke und individuelles Bemühen als auf die Bedingungen des sozialen Umfeldes.«

Ich sah, wie Mom die Nase rümpfte, aber sie würde niemals einen Streit mit Shirley anfangen, wenn ein Gast an ihrem Tisch sitzt. Sie lächelte Inspektor Milner an. »Ich glaube, Sie erwähnten, daß der Junge erst seit kurzer Zeit in Schwierigkeiten war.«

»Es begann vor etwa sechs Monaten, als er mit der High-School fertig war. Bis dahin war er ein einigermaßen bescheidener Junge gewesen. Er bekam ganz gute Noten. Nachmittags lieferte er für ein Geschäft Lebensmittel aus. Seine Eltern behaupten, er sei nie in der Klemme gewesen, und die Nachbarn bestätigen das. Es gibt keine Akte über ihn beim Jugendgericht. Er lebt in einer verrufenen Gegend. Eine Gang im nächsten Block wird ständig von uns beobachtet, aber Rafael hatte offensichtlich nie etwas mit ihr zu schaffen.«

»Was hat ihn dann so verändert?«

»Das, was sie alle verändert: der Verlust der Hoffnung. Früher oder später kapieren sie, daß Schule, harte Arbeit und Gesetzestreue zu nichts führen. Die Chancen stehen tausend zu eins, daß sie eines Tages als Hafenarbeiter, Tellerwäscher oder Briefsortierer enden. Wenn sie das einmal begreifen, geben viele von ihnen auf.

Einige werden zu Robotern, wie Rafaels Vater. Tagsüber sind sie nett, fleißig und unauffällig, am Abend lassen sie's dann an Frauen und Kindern aus. Andere werden zu Pennern. Sie halten sich mit Sozialhilfe und Gelegenheitsjobs über Wasser und ertränken alle Gedanken an morgen in Alkohol. Die Widerstandsfähigen unter ihnen versuchen zurückzuschlagen. Nur, was kann schon ein puertoricanischer Junge gegen das System ausrichten? Meistens bringt er sich selbst ins Gefängnis oder ins Leichenschauhaus.

Genau diesen Weg geht Rafael seit dem letzten Winter. Zuerst war ihm der Job im Lebensmittelladen nicht mehr gut genug, er schien sich für was Besseres zu halten. Er kündigte und suchte nach was anderem. Es dauerte Monate, bis er merkte, daß er mit dem Kopf gegen eine Wand anrannte. In den Laden konnte er nicht zurück, also hing er in der Wohnung rum.

Sein Vater schimpfte ihn einen Rumtreiber, er nannte seinen Vater einen Versager, die Mutter weinte. Also hing er nicht mehr so viel in der Wohnung rum. Schon bald erschien er nur noch zu den Mahlzeiten und blieb bis lange nach Mitternacht fort. Wenn sein Vater ihm Fragen stellte, bat er ihn, sich doch um seinen eigenen Dreck zu kümmern.«

»Verbrachte er die Nächte mit der Bande, die Sie erwähnten?« fragte Mom.

»Das glaubt sein Vater. Aber die Mitglieder der Bande behaupten, sie hätten mit Rafael nie etwas zu tun gehabt, und niemand hat ihn jemals mit ihnen gesehen. Aber es muß jemand aus der Nachbarschaft sein, mit dem er immer zusammensteckt, und das macht es nur noch schlimmer.«

»Ist es vielleicht ein Mädchen? Die meisten interessieren sich mit achtzehn für das andere Geschlecht.«

»Er hat eine Freundin. Sie heißt Rosa Melendez und wohnt im Nachbarblock. Rafael ist jeden Samstag- und Sonntagabend mit ihr zusammen, aber während der Woche sehen sie sich nicht. Immer wenn sie ihn fragte, wo er abends hinginge, murmelte er etwas von einer großen Sache, die ihm soviel Geld einbringen würde, daß sie heiraten könnten. Wenn sie versuchte nachzubohren, wurde er böse und drohte damit, sie wegen ihrer Neugier nicht zu heiraten.«

»Hört sich an, als gäbe es da noch ein zweites Mädchen«, sagte Shirley. »Natürlich will er nicht, daß Rosa dahinterkommt.«

»Mag sein«, antwortete Inspektor Milner, »aber Rosa glaubt nicht daran. Sie macht sich schreckliche Sorgen um ihn und vermutet die furchtbarsten Dinge, aber sie käme nicht auf die Idee, daß er sie betrügen könne. Und mir geht es genauso. Außerdem paßt die Theorie vom geheimnisvollen Mädchen nicht zu einer Geschichte, die uns der Vater des Jungen erzählt hat.«

»Was ist das für eine Geschichte?« fragte Mom.

»Vor einer Woche wurde die Mutter des Jungen krank, ein besonders schwerer Fall der Virusinfektion, die zur Zeit umgeht. Sie mußte für einige Tage das Bett hüten. Am Nachmittag ging ihr Fernseher kaputt.«

»Diese Menschen leben in bitterer Armut und können sich einen Fernsehapparat leisten?« fragte Shirley.

»Wenn du in bitterer Armut leben mußt, kannst du's dir nicht leisten, keinen Fernsehapparat zu haben«, sagte Mom. »Wie sonst könntest du die Armut für eine Weile vergessen?«

»Jedenfalls fummelte Rafael mit einem Schraubenzieher hinten im Fernseher rum und brachte ihn tatsächlich wieder in Gang. Wie immer ging er an diesem Abend – nach dem üblichen Streit mit seinem Vater – aus dem Haus. Etwa um zehn Uhr rief er an, um zu fragen, ob der Fernseher noch funktioniere.

Sein Vater war am Apparat und fragte ihn, von wo aus er anrufe. Die neugierige Frage führte natürlich wieder zu einer Auseinandersetzung, in deren Verlauf Ortiz am anderen Ende der Leitung noch andere Stimmen als die seines Sohnes hörte. Zunächst waren sie sehr leise, und er konnte sie nicht verstehen. Dann wurde die Stimme eines Mannes laut und ärgerlich. Ortiz verstand ganz deutlich, was er sagte: ›Wer hat schon Angst vor den Schnüfflern? Wenn mir ein Polyp in die Quere kommt, niete ich ihn um.‹ Kurz darauf legte Rafael den Hörer auf.«

»Das alles hat Ihnen sein Vater erzählt? Freiwillig und obwohl er genau wußte, wie belastend das für seinen Jungen ist?« fragte Shirley.

»Ja, das tat er. Der alte Ortiz ist sehr verbittert. ›Er hat einen Mann getötet, dafür muß er bezahlen‹, sagt er. Ganz anders sieht es die Mutter. Sie läßt nichts auf ihren Jungen kommen. ›Mein Rafael würde keiner Fliege etwas zuleide tun‹, sagt sie. Wegen ihr wäre es mir lieber, der Fall läge nicht so klar.«

Die Stimme des Inspektors war traurig geworden. Nach einer Weile fragte Mom: »Was war mit dem Fernsehapparat? Funktionierte er einwandfrei, als der Junge anrief?«

»Du lieber Gott, Mutter«, rief Shirley aus, »was ist daran so wichtig?«

»Ich wüßte es trotzdem gern.«

»Der Fernseher funktionierte ausgezeichnet«, antwortete der Inspektor. »Der Junge hat eine goldene Hand für technische Dinge. Leider wird er damit nun nichts mehr anfangen können. Vor zwei Nächten hat er praktisch sein ganzes Leben weggeworfen. Gegen elf Uhr wurde ein Taxifahrer mit Namen Dominic Palazzo – ein kleiner Kerl um die sechzig, fünffacher Großvater – in der Amsterdam Avenue von einem schmächtigen Burschen mit schulterlangem Haar aufgehalten. So beschrieb ihn Palazzo. Der Bursche wollte in die Innenstadt. Er hatte einen spanischen Akzent.

Ein paar Blocks weiter, in einer dunklen, leeren Nebenstraße, hatte der Bursche auf einmal ein Messer in der Hand und drückte es Palazzo an den Hals. Er befahl ihm, anzuhalten und das Bargeld rauszurücken. Palazzo war im vergangenen Jahr schon zweimal überfallen worden und konnte sich keinen weiteren Verlust mehr leisten. Er trat die Bremse voll durch, um den Jungen aus dem Gleichgewicht zu bringen und ihm das Messer abzunehmen. Aber bevor er sich umdrehen konnte, hatte ihm der Kerl das Messer von hinten in den Hals gestochen. Er war aus dem Auto gesprungen und um die nächste Straßenecke verschwunden. Palazzo blutete sehr stark, aber es dauerte noch zwei Stunden, bis er im Krankenhaus starb. Es blieb ihm Zeit, seinen Mörder zu identifizieren.«

»Brachten Sie den jungen Ortiz dazu ins Krankenhaus?« wollte Mom wissen.

»Nicht den Jungen selbst. Wir fanden in der Wohnung seiner Eltern ein sehr lebensnahes Foto, das Abschlußfoto der High-School. Palazzo sah es und sagte sofort: ›Das ist er!‹«

»Wie kam es, daß Sie den Jungen so kurz nach dem Überfall festnahmen? Wieso war er verdächtig?« fragte Mom.

»Es gab einen Augenzeugen. Er kam aus einem Hamburger-Restaurant an der nächsten Ecke, kurz nachdem Palazzo zu schreien angefangen hatte. Er sah den Jungen davonrennen und erkannte ihn.«

»Mitten in der Nacht, und obwohl er den Jungen nur von hinten sehen konnte?«

»Stimmt, der Zeuge sah das Gesicht des jungen Burschen nicht. Aber er erkannte die Figur und vor allem die Kleidung. Vor ein paar Monaten hatte sich Rafael eine auffällige hellrote Lederjacke gekauft, auf deren Rückseite ein Drachenkopf aufgenäht war. Dazu trug er eine schwarze, lederne Motorradmütze. In diesem verrückten Anzug lief er seitdem herum. Sein Vater meinte, er sehe damit aus wie ein Schläger, was ihn natürlich nur bestärkte.

Jedenfalls bestätigen die Eltern und einige Nachbarn, daß er an diesem Abend das Haus mit der Jacke und der Mütze verlassen hatte, die unser Zeuge wiedererkannte. Damit war die Sache für uns klar. Wir warteten schon vor dem Haus, als er um halb eins, fröhlich pfeifend, als ob nichts geschehen sei, auf dem Bürgersteig daherkam. Natürlich trug er die rote Jacke und die schwarze Mütze. Also schnappten wir zu.«

»Hat er das Verbrechen gestanden?« fragte Mom.

»Er hat bis heute nicht gestanden. Er schwört, sich während der ganzen Nacht nicht in der Nähe der Amsterdam Avenue aufgehalten zu haben. Zunächst behauptete er, mit seiner Schwester Inez im Kino gewesen zu sein. Er habe sich mit ihr am Times Square, wo sie in einem Restaurant als Bedienung arbeitet, getroffen, und sie seien zusammen in ein Western-Doppelprogramm gegangen.

Wir fragten sie, ob sie mit ihrem Bruder im Kino gewesen sei. Sie bestätigte das, aber wir stellten ihr eine Fangfrage, indem wir sie baten, die beiden Science-Fiction-Filme, die sie gesehen hätten, zu beschreiben. Also begann sie, von Monstern und Raumschiffen zu berichten. Sie gaben dann beide zu, das Alibi erfunden zu haben. Aber Rafael will immer noch nicht zugeben, den Taxifahrer getötet zu haben, und er weigert sich, uns zu erzählen, wo er diese und die meisten anderen Nächte in den letzten Monaten verbracht hat. Was können wir unter diesen Umständen für ihn tun?«

Der Inspektor zuckte ratlos mit den Schultern, unverkennbar war der Ausdruck von Bedauern auf seinem Gesicht.

Mom fragte ihn mit sanfter Stimme: »Aber liegt der Fall denn wirklich so klar? Ein Taxifahrer nimmt einen jungen Burschen in einer dunklen Straße mit, zwei Minuten später sticht der von hinten zu. Wie glaubwürdig kann da seine Identifizierung sein?«

»Palazzo hatte ein gutes Auge und ein gutes Gedächtnis, Mom«, sagte ich. »Vor einem Jahr, als er das erstemal ausgeraubt worden war, hatte er auch nicht mehr vom Täter sehen können. Trotzdem fand er bei einer Gegenüberstellung den Richtigen heraus.«

»Außerdem«, sagte der Inspektor, »hat ja unser anderer Zeuge Jacke und Mütze erkannt.«

»Es könnte doch mehr als einen Jungen in New York mit einer roten Lederjacke geben, auf die ein Drachenkopf genäht ist. Vielleicht gehörte Rafael zu einer Bande, deren Uniform das ist.«

»Keine Bande in Rafaels Nachbarschaft trägt eine solche Uniform, und wenn es woanders in der Stadt eine geben würde, müßten wir davon wissen. Die Burschen kaufen sich doch diese verrückten Sachen, um sie in der Öffentlichkeit zu tragen.«

Mom runzelte die Stirn. Dann sagte sie: »Was ist mit dem Augenzeugen? Ist der vertrauenswürdig? Vielleicht hat er selbst den Fahrer getötet und versucht nun, die Schuld auf einen Unschuldigen zu wälzen. Vielleicht ist es ein Komplott?«

»Unser Zeuge ist über jeden Verdacht erhaben.«

»Ach, Inspektor«, sagte Mom mit einem überlegenen Lächeln um den Mund, »wenn Sie erlebt hätten, was ich in meinem Leben alles erlebt habe, würden Sie aufhören, daran zu glauben, daß überhaupt ein Mensch aus Fleisch und Blut über jeden Verdacht erhaben sein kann.«

»Mom«, unterbrach ich sie, »selbst du wirst diesem Zeugen Glauben schenken müssen.« Ich atmete einmal tief durch, bevor ich fortfuhr: »Der Zeuge bin nämlich ich!«

Nicht oft in meinem Leben habe ich Mom so überrascht gesehen.

»Davie, du machst Witze!?«

»Ich wünschte, es wäre so! Letzte Woche erschlug in dem Haus, in dem die Familie Ortiz wohnt, ein Mann seine Frau. Er gestand kurz darauf, aber ich mußte trotzdem die Aussagen der Nachbarn aufnehmen. Als ich das Ehepaar Ortiz zu diesem Fall befragte, war Rafael im selben Raum. Er beleidigte mich ununterbrochen und machte seine Witze über die Polizei. Ich bin so was gewöhnt, aber der Zwischenfall half mir, mich an den Jungen und an das Aussehen seiner Jacke zu erinnern. Vorletzte Nacht hatte ich meine Ermittlungen in dem Haus beendet und wollte an der Ecke einen Hamburger essen und eine Tasse Kaffee trinken. Ich hörte Schreie von der Straße und lief hinaus, um nachzusehen. Ich sah den

Jungen vom Taxi davonlaufen. Ich verfolgte ihn nicht, um dem Taxifahrer sofort helfen zu können. Außerdem wußte ich, daß ich den Jungen jederzeit festnehmen konnte. Diese Jacke würde ich überall erkennen.«

Die Furchen auf Moms Stirn wurden tiefer. Endlich sagte sie: »Natürlich glaube ich dir, Davie. Was sollte ich sonst tun? Nur, irgend etwas an diesem Fall stört mich noch immer.«

Das Gesicht des Inspektors hellte sich auf. »Sie meinen, er ist es nicht gewesen? Wenn ich das seiner Mutter mitteilen könnte. Wenn wir nur die Spur eines Beweises hätten.«

»Beweise habe ich keine, nur eine Idee. Etwas erinnert mich an meinen ersten Mordfall. Der kleine Ortiz – es ist wie bei Mendel. Wie bei meinem Mendel vor fünfundvierzig Jahren.«

Da waren wir also wieder bei dem gefährlichen Thema. Ich wollte sie sofort wieder abbringen davon: »Vergiß diesen alten Mordfall, Mom, und denk über diesen Mord hier nach.«

»Genau das tue ich. Hörst du mir nicht zu, Davie? Dieser Mord und der von vor fünfundvierzig Jahren, das könnten ganz ähnliche Fälle sein. Ich kann den einen nicht lösen, ohne über den anderen nachzudenken.«

Ich gab mich geschlagen. »Gut, Mom, wenn du es so willst, erzähl uns von dem alten Mord.«

Mom faltete ihre Hände und lächelte einen nach dem anderen an. »Also werde ich euch davon erzählen. Laßt nur das Essen nicht kalt werden. Greift ordentlich zu und eßt, während ich erzähle.«

»Zuerst muß ich euch von meinem Mendel erzählen«, sagte Mom. »Dein Vater, Davie, war ein wunderbarer Mann. Vielleicht würden mir die meisten Menschen von heute nicht zustimmen. Die Eigenschaften, die ihn so wunderbar machten, sind heutzutage nicht mehr sehr gefragt. Er war kein großer Geschäftsmann, der anderen jovial auf die Schulter klopfte und dabei seine Witze machte, er hatte kein Gesicht wie Rudolph Valentino und keinen Körper wie Tarzan. Ein Blick genügte, und man wußte, daß dieser Mann nie eine Million Dollar machen würde. Man kümmerte sich nicht groß um dieses ›kleine Licht‹.

Aber dieser unscheinbare Mann war gutherzig und rücksichtsvoll. Er tat niemandem weh und sagte keine verletzenden Dinge. Und dieser glückliche Ausdruck auf seinem Gesicht, als er dich auf den Knien schaukelte, Davie. Viele Millionäre werden in achtzig Lebensjahren nicht ein einziges Mal so glücklich aussehen, nicht einmal, wenn sie ihre Bankkonten zusammenrechnen. Deshalb liebte ich diesen kleinen Mann, auch wenn mich alle Welt für verrückt erklärte, einschließlich meiner Schwester Jennie, die doch nur Stroh im Kopf hatte.

Mit fünfzehn war Mendel nach Amerika gekommen. Sein Vater war ein Rabbi, ein edel aussehender Mann mit einem langen, schwarzen Bart und Augen, in denen ein Feuer glühte, wenn er böse auf jemanden war. Seine tiefe, volle Stimme konnte eine ganze Synagoge ausfüllen und war sogar noch ein paar Blocks weiter zu hören.

Sie zogen in unser Haus, zwei Stockwerke über uns. Mendels Vater wurde bald Rabbiner der Gemeinde. Alle respektierten und bewunderten ihn, wenn auch die meisten ihn ein bißchen fürchteten, weil sie es mit den alten Regeln nicht so genau nahmen, wie er es verlangte.

Hatte zum Beispiel eine der Hausfrauen einmal ganz aus Versehen ein verbotenes Fleischgericht eingekauft und ihren Irrtum erst kurz vor der Mahlzeit bemerkt, so hätte sie doch nicht alles fortgeworfen und ihre Familie hungern lassen. Gott hätte ihr doch wohl dieses eine Mal verziehen, da es nur darum ging, ihren Kindern und ihrem hungrigen Mann etwas vorsetzen zu können. Sicher, Gott hätte ihr verziehen, nicht aber Mendels Vater. Beim nächsten Gottesdienst wäre die Frau ganz hinten gestanden, aus Angst, von einem Blick aus seinen dunklen, feurigen Augen durchschaut zu werden bis in ihr Herz.

Mendel konnte kein Englisch, als er nach New York kam. Er sprach nur Jiddisch und Hebräisch. Die Zeit, bis er die Sprache ein wenig konnte, war nicht einfach für ihn, und ich will ehrlich sein, sein Englisch wurde niemals das eines Harvard-Absolventen. Er konnte sich ausdrücken und alles verstehen, was andere sagten, aber sein ganzes Leben lang sprach er mit Akzent. An seinem letzten Tag auf dieser Erde, im Krankenhaus auf dem Totenbett, hatte er auf einmal alles Englisch vergessen und sprach nur noch Hebräisch.

Er war bis zu seinem siebzehnten Lebensjahr zur Schule gegangen, dann zu Freyerman & Sohn, einer Manufaktur für Herrenunterwäsche, wo er als Zuschneider arbeitete. Es war nicht die Art von Beruf, die sich sein Vater für ihn gewünscht hatte. Der hätte es lieber gesehen, wenn er der Familientradition gefolgt wäre und Rabbiner geworden wäre.

Aber Mendel war nicht fürs Studium geschaffen. Er liebte die Menschen, nicht die Bücher. Zudem war in Amerika alles anders als im ›alten Land‹. Dort war jemand, der den ganzen Tag den Talmud studiert hatte, ein Held gewesen. Er hätte alle im Dorf stolz gemacht, und wenn es ihm an Essen und Kleidung mangelte, wäre jeder froh gewesen, ihn unterstützen zu dürfen.

Aber hier in Amerika, auf der Lower East Side von New York, war es schwer genug, die Nahrung für seine Kinder herbeizuschaffen. Wer brauchte da Studenten? Haben amerikanische Zeitschriften jemals eine Titelgeschichte über einen Studenten gedruckt? Um in Amerika anerkannt zu werden, mußte man entweder Geschäftsmann oder Filmstar sein. Wer hätte hier einen armen Studenten unterstützt, der seine Nase den lieben langen Tag in den Talmud steckte.

Sein Vater konnte ihn nicht unterstützen. Damals bekam ein Rabbi auf der Lower East Side nicht das große Gehalt, das es den angesehenen und berühmten Rabbinern heute erlaubt, ein Haus zu unterhalten und jährliche Reisen nach Israel zu unternehmen.

Also ging Mendel als Zuschneider in das Geschäft von Freyerman & Sohn, und nicht einmal sein Vater konnte ihn daran hindern.

Drei Jahre blieb er in Freyermans Geschäft. Er war ein guter Zuschneider, mein Mendel, und er hatte Größeres vor. Während der ganzen Zeit liebten wir uns und warteten auf zwei Dinge: Ich wollte endlich achtzehn werden, und Mendel wollte genug Geld zusammengespart haben, um sein eigenes Schneidergeschäft aufmachen zu können. Da er weder rauchte noch trank, sich keine modische Kleidung kaufte und auch nicht mit leichtlebigen Mädchen herumzog, sondern statt dessen lieber am Abend mit Mama und mir Karten spielte, wuchs sein Bankkonto nach und nach, obwohl die Firma Freyerman & Sohn wahrlich keine Reichtümer über ihm ausschüttete.

Endlich kam mein achtzehnter Geburtstag. Mendel hielt die Zeit für gekommen, sich nach einem Laden umzuschauen. Dann sprach er mit meiner Mutter, ich sprach mit seinem Vater, und der Hochzeitstermin wurde auf den 4. Mai festgelegt. Aber man sollte nie vergessen, daß die Menschen zwar ihre Pläne machen können, daß es aber niemand dem lieben Gott verbieten kann, noch einen eigenen Plan für uns im Ärmel zu haben.«

Mom hielt einen Moment inne und erschauderte etwas vor ihrer eigenen Erinnerung.

»Der liebe Gott hatte in diesem Fall den Plan, Mendel und mir noch einen kleinen Streich zu spielen. Keinen sehr lustigen Streich, meiner Meinung nach, aber wie käme ich dazu, über Gottes Sinn für Humor zu urteilen.

Das Unglück, welches plötzlich über meinen armen Mendel kam und ihn um ein Haar um eine Hochzeit und wer weiß was noch alles gebracht hätte, hatte die Gestalt eines dieser Flittchen, mit denen er nie etwas zu tun haben wollte. Sadie Katz war ihr Name. Kein sehr klangvoller Name. In keinem Hollywoodfilm gibt es einen Vamp mit Namen Sadie Katz, und es gibt auch keine Sadie Katz, die als Geliebte eines Königs oder eines Präsidenten die Welt aus den Angeln gehoben hätte. Doch schon William Shakespeare hat in einem seiner Stücke geschrieben: ›Was ist ein Name? Ein Mädchen könnte Rosie gerufen werden oder mit anderem Namen, und doch würde sie nicht so süß riechen.‹ Vor Hunderten von Jahren hat er diese Worte geschrieben, doch er hätte Sadie Katz meinen können.

Sie war, wie Mendel, bei Freyerman & Sohn beschäftigt. Sie arbeitete an einer Nähmaschine, war also nicht einmal im selben Stockwerk wie mein Verlobter. Aber sie lief viel herum und schaute nach allem, was Hosen trug. Ihre Nähmaschine stand die Hälfte des Tages still, während sie allen schöne Augen machte, denen das gefiel. Und es gefiel so manchem, einschließlich Grossfeld, dem Vorarbeiter, einem Mann in den Vierzigern mit fünf Kindern und einer kranken Frau zu Hause. Nur Grossfeld konnte verhindern, daß Sadie Katz wegen mangelnder Arbeitsleistung rausgeworfen wurde.

Sie war ein dunkelhaariges Mädchen – manchmal hielt sie sich allerdings für eine Blondine – und stammte aus Litauen. Eine Litauerin also, was konnte man da schon anderes erwarten? Nein, entschuldigt bitte. Das war eine sehr dumme Bemerkung. Litauer sind Menschen wie alle anderen auch. Ich habe keine Vorurteile, nur überkommt es mich noch heute, wenn ich an dieses Mädchen denke.

Sie hatte schon seit sechs oder sieben Monaten bei Freyerman gearbeitet, als sie eines Tages meinem Mendel über den Weg lief. Seitdem gab es praktisch keinen Tag mehr, an dem sie nicht hinter ihm her war. Manchmal stand sie auf einmal neben ihm, wenn er am Zuschneidetisch arbeitete und fuhr mit ihrer Hand durch seine Haare. Sie erzählte ihm, wie gut er aussah, warf sich ihm an den Hals, wenn sie sich im Flur begegneten, und ging auf der Straße neben ihm her.

Ich habe euch vorhin berichtet, daß Mendel weder ein Rudolph Valentino noch ein Rockefeller war. Jetzt fragt ihr euch sicher, was ausgerechnet diese Sadie Katz von ihm wollte. Was konnte eine solche Frau an einem Mann interessieren, der abends zu Hause saß, um mit seiner Verlobten und seiner zukünftigen Schwiegermutter Karten zu spielen?

Die Antwort ist: Mendel war der einzige Mann in der Firma, der ihr keine Beachtung schenkte. Er war ihrem Charme und ihrer Schönheit gegenüber blind. Wenn sie ihm durch die Haare fuhr, wand er sich vor Verlegenheit. Wenn sie ihn bat, mit ihr auszugehen, erklärte er ihr höflich, daß er verlobt sei und nicht mit fremden Frauen ausgehen wolle. So einer war Sadie Katz bis dahin noch nicht über den Weg gelaufen. Sie war Männer gewöhnt, die nach ihrer Pfeife tanzten, und dieser miese, kleine Zuschneider sollte so ganz und gar ohne sie auskommen können? Das verletzte ihren Stolz, und sie hätte erst wieder ruhig schlafen können, wenn auch Mendel hinter ihr hergerannt wäre wie alle anderen Männer.

Sie dachte natürlich überhaupt nicht daran, ihren Lebenswandel wegen Mendel zu ändern. Sie ging auch weiterhin jeden Abend mit einem anderen Mann aus, und selten kam sie vor zwei Uhr in der Nacht zurück. Am nächsten Morgen kam sie dann regelmäßig zu spät zur Arbeit, und dreimal dürft ihr raten, ob dieser Schürzenjäger Grossfeld sie verpfiff oder nicht.

Nun gut, so war der Lauf der Dinge bis zum Abend vor meiner Hochzeit, dem 3. Mai vor fünfundvierzig Jahren, als ganz plötzlich das Leben der Sadie Katz so endete wie das vieler Flittchen; sie wurde ermordet.«

Mom legte eine ihrer wirkungsvollen Pausen ein und schaute in die Runde. »Was ist los mit euch? Warum ißt denn keiner? Ist der Schmorbraten nicht so gut wie sonst?«

Wir versicherten ihr, daß der Schmorbraten ausgezeichnet war und fuhren mit der Mahlzeit fort, während sie sich zurücklehnte und weitererzählte.

»Am Abend des 3. Mai, um sechs Uhr, gab es eine kurze Junggesellenparty zu Mendels Ehren. Man machte Scherze, hielt Reden und brachte Trinksprüche auf das Ende von Mendels Junggesellenzeit aus. Es waren etwa zehn bis zwölf Männer versammelt, Mendels beste Freunde im Geschäft. Grossfeld war auch unter ihnen, obwohl er nicht zu den Freunden gehörte. Aber wie soll man es seinem Meister beibringen, daß man ihn nicht auf seiner Party haben will?

Jeder der Anwesenden hatte etwas Geld für ein Hochzeitsgeschenk gespendet, einen Füllfederhalter mit einem goldenen Klipp und Mendels Initialen darauf. Mendel probierte ihn gleich aus, und dann weinte er ein wenig, aus Freude natürlich.

Die Party fand im Ausstellungsraum für auswärtige Einkäufer im ersten Stock des Firmengebäudes statt, wo sich auch Mr. Freyermans Büro befand. Mr. Freyerman selbst machte gegen Ende der Party seine Aufwartung und hielt eine kleine Rede, in der er Mendels menschliche und fachliche Qualitäten lobte. Unter uns, ich glaube, er hatte immer noch ein wenig Hoffnung, Mendel in der Firma halten zu können, da es selbst in jenen Tagen des Überangebots an Arbeitskräften schwer war, einen guten Zuschneider zu finden.

Aber ich möchte Mr. Freyerman kein Unrecht tun. Er war ein Mann, der das Herz am rechten Fleck hatte. Er war der Juniorchef bei Freyerman & Sohn, der alte Herr war Jahre zuvor gestorben. Da er das Gefühl hatte, seine Angestellten würden ihm nicht so viel Respekt entgegenbringen wie seinem Vater, entschädigte er sich durch einen etwas zu üppigen Lebensstil. Er trug teure Anzüge, hatte eine Wohnung in der Park Avenue, spielte Golf, hielt viel zu lange Reden, und manchmal waren seine Geschäftsmethoden etwas zu rücksichtslos.

Aber ganz tief drinnen gab es einen anderen Mr. Freyerman. Schließlich war er es, der Mendel ganze zwei Tage frei gab für seinen Honeymoon. Er war es, der seine Frau – sie war Nora Plotkin aus der Stanton Street gewesen, als sie noch für ihn gearbeitet hatte, nun war sie Nora Freyerman mit zwei Nerzmänteln – gebeten hatte, einen Schokoladenkuchen für Mendels Feier zu backen, wenn es auch ein ganz kleiner Schokoladenkuchen war. Zu guter Letzt hatte er selbst den Champagner gestiftet, dieser kam allerdings nicht aus Frankreich, sondern, wenn ich mich recht erinnere, aus New Jersey.

Wäre dieser Champagner nicht gewesen, Mendel wären wohl alle Schwierigkeiten dieser Nacht erspart geblieben. Er war es eben nicht gewöhnt, Alkohol zu trinken. Manchmal etwas Wein am Sabbath, das war alles. Wenn er mehr als ein Glas trank, war er für den Rest des Tages beschwipst.

Aber wie konnte er auf seiner Party zurückstehen, wo ihm jeder zuprostete. So waren es am Ende, die Feier hatte etwa eine Stunde gedauert, fünf Gläser Champagner geworden, und die Welt schlug Saltos vor seinen Augen. Er sprach um einiges lauter als sonst. Um ehrlich zu sein, Mendel war ziemlich betrunken. Er war so betrunken, daß er nicht allein nach Hause gehen konnte. Grossfeld und einige Kameraden begleiteten ihn unter großem Geschrei und Gesinge, und Mendel war einer der Lautesten. Kurz vor dem Ziel bekam er plötzlich Angst, sein Vater könnte seine Champagner-Fahne riechen. Ich hab' euch doch erzählt, daß Mendels Vater die orthodoxen Traditionen für das Wichtigste auf der Welt hielt, und eine davon war, daß ein jüdischer Junge sich nicht betrinken durfte. Er durfte hier und da mal einen Schnaps zur Entspannung zu sich nehmen, nicht aber die Kontrolle verlieren und sich lächerlich machen.

So kaufte sich Mendel in einem Süßwarenladen eine Rolle Pfefferminz gegen den schlechten Atem, vergaß sie dann aber, nachdem er sie zusammen mit dem Wechselgeld in die Hosentasche gesteckt hatte.

Irgendwie gelangten Mendel und seine Freunde zu unserem Mietshaus, und Mendel erklomm den Treppenabsatz, um sich mit einer weithin hörbaren Rede zu verabschieden. Seine Stimme war so laut und seine Bewegungen so komisch, daß von überallher die Kinder gelaufen kamen, und die Anwohner die Köpfe aus dem Fenster steckten. Mendel fuchtelte mit den Armen und rief immer wieder: ›Ich bin ein glücklicher Mann! Ich bin verliebt und werde morgen heiraten! Seht nur diesen schönen Füllfederhalter, den meine Freunde mir geschenkt haben. Stellt euch vor, ich habe fünf Gläser Champagner bekommen!‹

Im selben Moment stand, wie vom Himmel gefallen, Sadie Katz neben ihm. Sie war ihnen vom Süßwarenladen her gefolgt, und nun konnte sie der Versuchung nicht widerstehen – sie schlang ihre Arme um seinen Hals und gab ihm einen langen Kuß direkt auf den Mund. Dann rief sie so laut, daß es jeder hören konnte: ›Bis morgen bist du ein freier Mann, Mendel. Warum kommst du mich heute nacht nicht besuchen?‹ Sie lief davon.

Endlich stolperte Mendel nach oben in seine Wohnung, wo ihn sein Vater an der Tür erwartete. Ein Blick in dessen Gesicht machte ihn auf einen Schlag wieder nüchtern. Der Vater hatte die Szene auf der Straße beobachtet und war nun wütender als jemals zuvor. Eine halbe Stunde lang schimpfte er auf seinen Sohn ein, nannte ihn einen Trunkenbold und noch weit Schlimmeres. Auf einmal tat Mendel etwas, was er noch niemals zuvor getan hatte – er wehrte sich gegen seinen Vater. Er stritt mit ihm, er widersprach ihm, nannte ihn altmodisch und engstirnig und pochte auf sein Recht, sein eigenes Leben zu führen. Woher mag er nach einundzwanzig Jahren diesen Mut genommen haben? Vielleicht hatte der Champagner das bewirkt? Oder verläßt einen Mann am Abend vor seiner Hochzeit die Angst, weil er nicht glaubt, daß ihm noch Schlimmeres widerfahren kann?

Der Streit wurde immer lauter. Zum Schluß schimpfte Mendels Vater seinen Sohn einen Sünder gegen die Gesetze Gottes und wollte ihn auf sein Zimmer schicken. Mendel jedoch schrie, die Nacht habe noch gar nicht begonnen, er werde jetzt gehen, um noch mehr zu sündigen und Gottes Gesetze zu übertreten. Während sein Vater ihn mit erhobener Faust verfluchte und seine arme

Mutter weinend die Hände rang, verließ er das Haus. Es war kurz nach acht Uhr.

Als er zurückkam, war es nach Mitternacht. Seine Mutter hörte, wie er die Eingangstür schloß, ganz schnell ins Badezimmer ging und sich dort übergab. Dann ging er ins Bett. Etwas später schlich sie in sein Zimmer und sah, daß er fest schlief. Die Kleidungsstücke lagen wahllos im Zimmer verteilt. Sie leerte seine Hosentaschen, hängte seinen Anzug auf einen Bügel und schlich wieder aus dem Zimmer.

Am nächsten Morgen kam die Polizei und verhaftete Mendel unter dem Verdacht, Sadie Katz zwischen halb zehn und elf Uhr erwürgt zu haben.«

Mom machte wieder eine Pause. Sie weiß genau, wann es an der Zeit ist, ihre Zuhörer ein wenig warten zu lassen. Sie aß ein Stück Fleisch, spülte es mit etwas Wasser hinunter und fuhr fort: »Sadie Katz wohnte in der Pension von Mrs. Spiegel in der Avenue A., einem fünfstökkigen Gebäude, das seine besseren Tage lange vor dem amerikanischen Sezessionskrieg gesehen haben mußte. Ihr Zimmer lag im zweiten Stock und bot gerade Platz für ein Bett und ein Waschbecken. Mrs. Spiegel wohnte im ersten Stock, zusammen mit Mr. Spiegel, welcher tagsüber alte Kleider von seinem Handwagen verkaufte, während Mrs. Spiegel sich um die Pension kümmerte. Sie waren fünf Jahre vorher aus Deutschland gekommen und rümpften ein wenig die Nasen, wenn jemand aus Rußland oder Polen stammte. Sie hielten sich für kultiviert und aufgeklärt. Spiegel las deutsche Bücher und drei- bis viermal im Jahr gingen beide ins Theater.

Am 3. Mai muß Sadie Katz irgendwann gegen sieben Uhr in die Pension zurückgekommen sein, einige Minuten nach ihrem spektakulären Auftritt vor unserem Haus also. Sie ging in ihr Zimmer, und Spiegels konnten unten riechen, daß sie sich ein Stück Fleisch auf ihrer Kochplatte briet. In der Pension gab es nur ein Telefon, es hing im Erdgeschoß an der Wand. Die Mieter mußten einen Fünfer hineinwerfen, wenn sie telefonieren wollten. Manchmal riefen Leute von außerhalb diesen Apparat an, und genau das passierte an jenem Abend um zehn Minuten nach acht. Mrs. Spiegel nahm den Hörer ab, eine rauhe, flüsternde Stimme, wie von jemandem, der erkältet ist, verlangte nach Sadie Katz. Mrs. Spiegel rief Sadie und ging zurück in ihre Wohnung, wobei sie die Tür einen Spalt offen stehen ließ. Die Spiegels konnten jedes Wort hören, das Sadie Katz am Telefon sprach: ›Welche Überraschung, daß Sie mich anrufen! Sie wollen mich heute abend sehen? Ich fühle mich geschmeichelt. Nein, ich mag Sie nicht irgendwo treffen. Ich bin müde und möchte den Abend zu Hause verbringen. Warum kommen Sie nicht zu mir?‹

Es gab eine längere Pause, in der die andere Person sprach. Sadie antwortete etwas ärgerlich: ›Warum sollte Sie jemand zu sehen bekommen? Wenn Sie klingeln, komme ich runter und lasse Sie rein. Und wenn Sie jemand sehen würde? Wäre das so schlimm? Bin ich etwa eine Aussätzige? Ist es ein Verbrechen, mich zu besuchen?‹ Dann lachte sie kurz auf und fragte: ›Wovor haben Sie Angst? Sie sind noch ein freier Mann, nicht wahr? Sie können tun und lassen, was Sie wollen!‹ Zum Schluß sagte sie noch: ›In Ordnung, ich erwarte Sie in einer Stunde.‹ Sie hängte den Hörer ein und klopfte bei den Spiegels, um ihnen zu sagen, daß sie noch jemanden erwarte, dem sie selbst die Tür öffnen wolle. Dann ging sie wieder hinauf in ihr Zimmer.

Es war fast halb neun, als es an der Tür klingelte. Mrs. Spiegel ging, um zu öffnen, doch im selben Moment erschien Sadie Katz auf dem oberen Treppenabsatz. ›Ich geh' schon. Vielen Dank‹, rief sie und wartete, bis Mrs. Spiegel in ihre Wohnung zurückgegangen war. Ein paar Sekunden später hörten die alten Leute, wie die Eingangstür geöffnet wurde. Sadie begrüßte laut und fröhlich jemanden mit einer gedämpften, leisen Stimme.

Spiegels hörten noch, wie zwei Paar Füße die Treppe hinaufgingen, aber sie hatten Sadies Besucher nicht mit eigenen Augen gesehen.

Kurz darauf gingen sie ins Bett, weil Mr. Spiegel im Morgengrauen aufstehen mußte, um mit den anderen Altkleiderhändlern des Viertels konkurrieren zu können. Um sechs Uhr am nächsten Morgen verabschiedete Mrs. Spiegel ihren Mann und ging dann wie gewöhnlich hinauf, um Sadie Katz zu wecken. Aber an diesem Morgen wurde ihrem Klopfen nicht geantwortet. Die Tür war nicht verschlossen. Sie betrat das Zimmer und sah Sadie Katz am Boden liegen. Sie hatte ihr bestes Kleid an, dasselbe, das sie schon am Abend vorher getragen hatte, nur ihr Make-up war etwas verschmiert, ein Ärmel war zerrissen und die Zunge hing ihr aus dem Mund. Deshalb fing Mrs. Spiegel an zu schreien.

Das geschah am 4. Mai, dem Morgen meines Hochzeitstags. Am Ende dieses Morgens sah es nicht so aus, als gäbe es eine Hochzeit.

Die Polizei untersuchte den Tatort und den Körper von Sadie Katz. Sie erfuhr von dem Telefonanruf und dem Besucher. Besonders zwei Sätze des Telefongesprächs schienen interessant: ›Noch sind Sie ein freier Mann, nicht wahr? Sie können tun und lassen, was Sie wollen.‹ Sadie konnte diese beiden Sätze doch nur zu jemandem gesagt haben, der bald kein freier Mann mehr sein würde, das heißt, der bald heiraten würde. Also fuhren die Polizisten in die Delancey Street, holten Mendel aus dem Bett und verhafteten ihn.«

»Die Beweise waren etwas dürftig«, sagte ich. »Daraufhin würden wir heutzutage niemanden verhaften.«

»Entschuldige, ich habe eine Sache vergessen«, sagte Mom. »Es gab ein weiteres Indiz. Auf dem Fußboden in Sadies Zimmer war ein großes Durcheinander. Es hatte einen Kampf gegeben. Mitten in diesem Durcheinander fand man einen nagelneuen Füllfederhalter mit einem goldenen Klipp und Mendels Initialen darauf.«

Inspektor Milner stöhnte auf. Er sah besorgt aus, als sei Papa sein bester Freund und der Mord erst gestern passiert.

»Aber es kam noch schlimmer«, fuhr Mom fort. »Die Polizei fragte Mendel, wo er in der Zeit zwischen acht Uhr und Mitternacht gewesen sei. Mendel gab an, er wisse es nicht. Er sei mit der U-Bahn gefahren und sei dann irgendwo ausgestiegen, er wisse nicht einmal, an welcher Haltestelle. Er sei eine Weile in den Straßen umhergelaufen, aber er wisse nicht, in welchen Straßen und in welcher Gegend. Einige Menschen seien ihm begegnet und hätten über den Hut gelacht, den er auf dem Kopf getragen habe. Dann habe er auf einer Parkbank gesessen, er wisse nicht, wie lange und in welchem Park es gewesen sei. Später habe er mit der U-Bahn nach Hause fahren wollen, aber er habe kein Geld mehr in der Tasche gehabt und sei deshalb den ganzen Weg zu Fuß gegangen.

Die Polizisten zeigten ihm den Füllfederhalter. Er gab zu, daß es seiner war, und schien erstaunt, daß er nicht mehr in seiner Hosentasche war. Die Polizisten waren nicht sehr überzeugt von seiner Geschichte – wer wäre das schon gewesen –, aber er blieb dabei.

Und dann sagte Mendel etwas, was seinen Fall nahezu aussichtslos machte: ›Ich bin schuldig. Ich habe das Gesetz gebrochen und verdiene meine Strafe.‹ Er fiel vor seinem Vater auf die Knie. ›Vergib mir, Vater, ich bin ein

Sünder und habe die Gesetze verletzt. Wie recht hast du gehabt!‹

Natürlich hakte die Polizei hier nach. ›Sie geben den Mord also zu? Sie gestehen, das Mädchen besucht zu haben, um mit ihr zu schlafen. Als sie sich weigerte, drehten Sie durch und töteten sie.‹

Mendel schaute nur kurz auf und sagte: ›Ich habe niemanden getötet‹, dann fuhr er fort, von seiner Schuld zu reden. Er tat dies während der ganzen Fahrt ins Gefängnis.«

Mom unterbrach ihre Erzählung und lächelte traurig. Dann fuhr sie fort: »Eine Stunde später, ich probierte gerade mein Hochzeitskleid, brachten sie mir die Nachricht. Ich weinte und wollte ins Gefängnis, um meinen Mendel in dieser schlimmen Stunde zu trösten und ihm beizustehen. Mama versuchte, mich zu beruhigen. ›Paß auf dein Kleid auf. Wenn du nicht vorsichtig damit bist, zerreißt es.‹ Aber sie sagte es mit sehr wenig Nachdruck. Sie dachte dasselbe wie ich – es sah so aus, als würde dieses Kleid nicht mehr benötigt.«

Von draußen hörte man eine Frau rufen: »Herbie, du kommst sofort nach oben, oder es geht dir schlecht! Hörst du mich nicht, Herbie?«

Das Geschrei holte uns zurück aus der Lower East Side von damals mit ihren windschiefen Häusern und den engen Straßen in die Zeit der Fernsehantennen und des Summens der Klimaanlagen.

»Um Gottes willen, Mutter, wie ging es weiter?« fragte Shirley. Die Melancholie wich aus Moms Gesicht. »Was dann passierte? Die Tatsache, daß wir alle zusammen hier sitzen, beweist doch wohl, daß mein Hochzeitskleid noch gebraucht wurde.«

»Sie befreiten Ihren Mann von dem Verdacht und lösten den Mordfall?« fragte Inspektor Milner.

»Ich war wirklich nicht in der Verfassung, irgend etwas zu lösen. Dazu war ich viel zu hysterisch in diesem Moment. Die Lösung des Falles mußte ich schon meiner Mutter überlassen.

Gleich nachdem ich mein Hochzeitskleid ausgezogen hatte, befahl Mama mir, mich aufs Sofa zu setzen, gab mir ein Glas Alka Seltzer und nahm meine Hand.

›Also gut‹, sagte sie, ›nehmen wir uns ein bißchen Zeit, die Situation in Ruhe durchzusprechen. Du würdest deinem Mendel wenig helfen, wenn du jetzt ins Gefängnis rennen würdest, um ihm was vorzuweinen. Worum es jetzt geht, ist, seine Unschuld zu beweisen.‹

›Mama, du glaubst, er ist unschuldig?‹ fragte ich sie, und eine Million Dollar hätte mich nicht dankbarer machen können.

›Natürlich glaube ich das‹, sagte sie. ›Ein netter Junge wie Mendel, der nicht einmal beim Kartenspiel betrügt, würde nicht hinter deinem Rücken mit einem Flittchen herumspielen, und wenn er den ganzen Champagner von New York getrunken hätte. Und Mord? Mit seinem guten Herzen und dem schwachen Magen könnte er nicht einmal einer Kakerlake im Ausguß was zuleide tun.‹ Dann schaute sie mich sehr ernst an. ›Und du, Kleines? Du glaubst nicht an seine Unschuld? Du liebst ihn und hast trotzdem deine Zweifel?‹

Ich schwor ihr, daß ich keine Zweifel hatte. Das war die Wahrheit, aber trotzdem erleichterte es mich, sie auf meiner Seite zu haben. Allein wäre es nur die Meinung eines verliebten Mädchens gewesen. Mit ihrer Rückendeckung hatte auf einmal alles Sinn. Jetzt konnten wir zusammen versuchen, auch andere davon zu überzeugen.

›So laß uns also die Tatsachen zusammentragen‹, sagte Mama und rieb sich dabei die Hände, wie sie es getan hatte, bevor sie die Tatsachen über Mrs. Kinskis Zuckerdose zusammengetragen hatte. In der folgenden halben Stunde wiederholten wir uns mehrmals hintereinander alles, was die Polizei, die Nachbarn und Mendels Mutter uns erzählt hatten.

Ich achtete sehr auf jede Kleinigkeit und versuchte, sie mit Mamas Augen und Mamas Verstand zu sehen. Wie oft hatte ich behauptet, Probleme genausogut lösen zu können wie sie. Jetzt konnte ich beweisen, daß es nicht nur große Sprüche waren.

Nach einer halben Stunde hatte ich noch immer keine Vorstellung, was zu tun wäre. Mama aber lächelte übers ganze Gesicht, nickte ein paarmal mit dem Kopf und sagte: ›Gut, mein Kind, ich habe eine Idee. Jetzt kannst du zum Gefängnis fahren und deinem Mendel was vorheulen. Vergiß aber dabei nicht, ihm eine ganz bestimmte Frage zu stellen. Dann solltest du zu Grossfeld, dem Vorarbeiter, gehen und auch ihm eine Frage stellen. Eine dritte Frage wirst du den Spiegels in der Pension stellen. In der Zwischenzeit werde ich hinaufgehen und Mendels Mutter ein bißchen trösten, und wenn ich schon mal da bin, werde ich auch ihr eine Frage stellen.‹

Dann nannte Mama mir die drei Fragen. Keine einzige von ihnen leuchtete mir ein, doch ich versprach ihr natürlich, ihren Auftrag auszuführen.

Im Gefängnis saß ich Mendel in einem länglichen Raum an einem Tisch gegenüber. Zunächst einmal sagte ich ihm, daß ich ihn liebte und an ihn glaubte. Dann bat ich ihn, mir die Wahrheit über die Zeit zwischen acht Uhr und Mitternacht zu erzählen und mir eventuelle Zeugen zu nennen. Mendel schüttelte nur den Kopf, sagte mir, er sei kein Mörder, aber mehr könne er nicht sagen. Und überhaupt, was spiele das alles für eine Rolle, wo er doch ein schlechter Mensch sei und nur das Schlimmste verdiene.

Da ich merkte, daß nichts zu machen war, wechselte ich das Thema und stellte ihm Mamas Frage: ›Hast du gestern abend, nach dem Streit mit deinem Vater, noch den Anzug gewechselt, bevor du aus dem Haus gerannt bist?‹

›Wann hätte ich dazu Zeit haben sollen?‹ fragte Mendel zurück. ›Ich kam nach Hause, Vater und ich schrien uns an, und ich rannte aus dem Haus. Ich trug den Anzug, den ich den ganzen Tag angehabt hatte. Warum willst du das wissen?‹

Wie hätte ich ihm darauf antworten können? Ich begriff ja selbst den Sinn dieser Frage nicht. Ich gab ihm einen kurzen Kuß, bat ihn, nicht die Hoffnung aufzugeben, und verließ ihn, um die beiden anderen Fragen loszuwerden. Wegen des tragischen Mordfalls war Freyermans Geschäft an diesem Vormittag geschlossen. Ich mußte Grossfeld bei sich zu Hause aufsuchen. Er bewohnte vier Zimmer im obersten Stockwerk. Seine Frau lag im Bett und roch nach Medizin, seine fünf Kinder machten einen Höllenlärm.

Es war nicht leicht, die Bande zu übertönen, aber irgendwann gelang es mir doch, Grossfeld zu fragen: ›Können Sie mir sagen, ob es Mendel gestern nachmittag, bevor Sie alle das Geschäft verließen, so schlecht von dem Champagner war, daß er die Herrentoilette aufsuchen mußte, um sich zu übergeben?‹

Ich verstand den Sinn dieser Frage nicht. Was tat es zur Sache, ob es Mendel gestern schlecht war oder nicht? Ein verdorbener Magen bringt bei einer Mordanklage keine mildernden Umstände. ›Ja, tatsächlich‹, antwortete Grossfeld, ›Mendel war es sehr schlecht. Gerade als wir gehen wollten, rannte er plötzlich in die Herrentoilette und blieb dort etwa zehn Minuten lang. Als er wiederkam, war er etwas grün im Gesicht.‹ Ich dankte Grossfeld für die Auskunft und machte mich auf den Weg zu der Pension, in der Sadie Katz die Nacht vorher ermordet worden war.

Polizisten standen davor, und ich mußte meine ganze Überzeugungskraft gebrauchen, um hineinzukommen. Mrs. Spiegel lag auf dem Sofa, noch immer geschockt vom Anblick der Leiche. Mr. Spiegel fächelte ihr Luft zu. Neben dem Schock erkannte man in Mrs. Spiegels Gesicht allerdings auch eine Spur von Zufriedenheit darüber, so sehr im Mittelpunkt des Interesses zu stehen.

Ich entschuldigte mich höflich dafür, sie in solch einem Moment zu stören. Das ermutigte sie, mir haarklein das ganze furchtbare Erlebnis zu schildern. Endlich gelang es mir, Mamas Frage zu stellen, die noch verrückter zu sein schien als die beiden anderen: ›Sie lieben beide das Theater, habe ich gehört. Bevorzugen Sie amerikanische oder jiddische Stücke?‹

Sie schauten ziemlich verwundert und meinten, daß sie meistens in jiddische Stücke gingen. ›Die amerikanischen Schauspieler sprechen so schnell‹, sagte Mr. Spiegel, ›daß man der Geschichte nicht richtig folgen kann.‹ ›Auch die Witze versteht man nicht‹, fügte Mrs. Spiegel hinzu.

Ich bedankte mich bei ihnen, ging zurück nach Hause und berichtete Mama von den Antworten, die ich erhalten hatte. Sie rieb sich die Hände und sagte: ›Gut! Ausgezeichnet sogar! Ich habe auch meine Frage gestellt und eine Antwort bekommen. Bei dem Durcheinander da oben war es gar nicht leicht, Mendels Mutter beiseite zu nehmen, aber endlich gelang es mir doch, sie zu fragen, ob in Mendels Hosentaschen noch Pfefferminz war, als sie letzte Nacht nachschaute. Sie hat keinen gefunden. Was sagst du nun, Kleines?‹

Ich antwortete ihr, daß ich kurz davor sei, loszuheulen.

›Sie beschuldigen Mendel, eine Frau ermordet zu haben, und du machst dir Sorgen um seinen Bonbonverbrauch.‹

Mama blieb ganz ruhig. ›Kleines‹, sagte sie, ›der liebe Gott hat dir doch ein Gehirn gegeben. Du kennst alle Einzelheiten des Mordes, du hast die Antworten auf meine Fragen gehört, eigentlich solltest du in der Lage sein, zu beurteilen, wer der Schuldige ist.‹

Das hat Mama am 4. Mai um elf Uhr am Vormittag zu mir gesagt, genau so, wie ich es euch jetzt wiedergebe.«

Mom unterbrach ihre Erzählung und schaute uns einen nach dem anderen an. Auf ihrem Gesicht war dieser Ausdruck von Zufriedenheit, der dort immer zu finden ist, wenn wir unsere Unwissenheit eingestehen müssen und sie um eine Erklärung bitten müssen.

»Ich verstehe gar nichts«, sagte Inspektor Milner. »Für mich scheint der Verdacht gegen Ihren Mann mehr als begründet.«

»Der Verdacht war begründet, solange Mendel kein Alibi vorwies, einen Zeugen zum Beispiel, der ihn während der Mordzeit gesehen hatte. Mama versuchte, sich zurechtzulegen, wo Mendel gewesen sein könnte, damit die Polizei auch ohne seine Mithilfe einen Entlastungszeugen auftreiben konnte.«

»Aber wenn es einen solchen Zeugen gab, warum nannte er ihn nicht?« fragte Shirley. »Ein unschuldiger Mann läßt sich doch nicht freiwillig für einen Mörder halten.«

»Wirklich nicht?« Moms Stimme wurde sehr leise. »Ich glaube, für ihn gab es etwas Schlimmeres, als ein Mörder zu sein.«

Diese Worte standen für einen Moment im Raum. Dann fragte der Inspektor: »Was könnte schlimmer sein?«

»Es ist eine Frage der Erziehung«, antwortete Mom. »Worauf hatte er achtgeben müssen, wovor lehrte man ihn Respekt zu haben und was lehrte man ihn fürchten? Ich werde versuchen, es Schritt für Schritt zu erklären, so wie es meine Mutter mit mir tat.

›Wohin ging Mendel, als er das Haus verlassen hatte?‹ fragte sie mich damals. ›Er war an einem Ort, wo man über ihn lachte, weil er einen Hut aufhatte. Was heißt das, mein Kind?‹

Ich antwortete ihr: ›Das heißt, daß er in einem Viertel war, wo es keine Juden gibt. Ein jüdischer Junge muß immer seinen Hut tragen, draußen wie drinnen, bei Wärme und bei Kälte. Er ist ein Teil seiner Religion und bezeugt seinen Respekt vor Gott. In einem jüdischen Viertel wäre niemand erstaunt über einen jungen Mann, der seinen Hut auf hat.‹

›So ist es‹, sagte Mama, ›aber das ist nicht alles. Ich hab' dir oft gesagt, daß eine halbe Antwort genausoviel taugt wie überhaupt keine Antwort. Was wäre in einem Viertel ohne Juden so außergewöhnlich an einem jungen Mann, der mit einem Hut auf dem Kopf die Straße entlang kommt? Wir haben Anfang Mai, und es ist noch nicht so warm, daß Hüte lächerlich wären.‹

›Willst du damit sagen, daß Mendel die Unwahrheit sagte und niemand über ihn lachte?‹

›Warum sollte er das erfinden? Aber es ist nur die halbe Wahrheit. Die andere Hälfte kann er nicht erzählen, ohne sein Geheimnis preiszugeben. Er war nicht draußen auf der Straße, als die Leute über ihn lachten. Er war drinnen, irgendwo drinnen, wo es üblich ist, daß man seinen Hut abnimmt. Er nahm ihn nicht ab, und für die Leute war das komisch.‹

Ich gebe zu, ich war damals etwas ärgerlich, daß ich nicht selbst darauf gekommen war, deshalb versuchte ich, die Bedeutung dieser Entdeckung herunterzuspielen. ›Draußen oder drinnen, was spielt das für eine

Rolle?‹ sagte ich. ›Vielleicht lachten die Leute in der U-Bahn über ihn. Er sagte doch, daß er letzte Nacht mit der U-Bahn fuhr.‹

›Welcher Mann nimmt in der U-Bahn schon seinen Hut ab? Glaub mir, Kindchen, er war irgendwo drinnen, gestern nacht. Nun sag du mir, an was für einem Ort das war.‹

Ich konnte es ihr nicht sagen. Mein Verstand weigerte sich zu arbeiten.

Mama machte mir Mut: ›Denk nach, Kleine, denk doch nach! Was ist zum Beispiel mit dem Geld in seinen Hosentaschen?‹

›Warte einen Moment‹, sagte ich. Mein Verstand rührte sich wieder. ›Auf dem Heimweg von der Firma ging Mendel gestern abend in einen Laden und kaufte sich eine Rolle Pfefferminz.‹

Ich sah es Mamas Augen an, daß ich auf dem richtigen Weg war.

›Also, was ist mit der Pfefferminzrolle?‹

›Er bezahlte sie mit einer Dollarnote und steckte das Wechselgeld in die Hosentasche. Dann kam er nach Hause, hatte den Streit mit seinem Vater und rannte davon, ohne sich umzuziehen. Er fuhr mit der U-Bahn, blieb einige Stunden fort, doch als er mit der U-Bahn zurückfahren wollte, hatte er kein Geld mehr in der Tasche. Was war mit dem Geld geschehen? Ein Fünfer für Pfefferminz, ein Fünfer für die U-Bahn – er hätte noch neunzig Cents übrig haben müssen. Es ist unwahrscheinlich, daß er einem Taschendieb zum Opfer fiel, denn die interessieren sich nicht für arme Schlucker wie Mendel. Er muß das Geld ausgegeben haben, Mama. Dieser Ort, wo er hinging und seinen Hut nicht abnehmen wollte, das war ein Laden oder etwas ähnliches. Dort hat er die neunzig Cents ausgegeben.‹

›Sehr gut‹, sagte Mama, ›und in welcher Art von Laden nimmt man normalerweise seinen Hut ab?‹

Ich konnte ihr nicht antworten. Mein Gehirn stand plötzlich wieder still. Mama schüttelte den Kopf. ›Du hast so gut angefangen mit der Pfefferminzrolle, mein Kind. Warum machst du dort nicht weiter? Er hatte die Pfefferminzdrops nicht gegessen, sondern in seiner Hosentasche vergessen. In der Nacht, als seine Mutter die Taschen durchsuchte, war nichts mehr davon da. Er muß sie also irgendwann im Verlauf der fraglichen vier Stunden gegessen haben. Warum?‹

›Vielleicht hatte er Hunger. Er hatte doch kein Abendessen gehabt.‹

›Glaubst du, eine Rolle Pfefferminz reicht einem jungen Mann als Abendessen? Er hatte einen anderen Grund, warum er Pfefferminz aß. Es war derselbe Grund, aus dem er die Rolle gekauft hatte.‹

›Um den Alkoholgeruch vor seinem Vater zu verbergen? Aber das war doch in der Nacht kein Grund mehr. Sein Vater wußte doch längst von dem Champagner.‹

›Eben. Er wollte etwas ganz anderes in seinem Atem verbergen! Vielleicht wollte er...‹

Jetzt unterbrach ich sie, weil mir auf einen Schlag alles klar geworden war. ›Er wollte etwas verbergen, was er gegessen hatte! Das ist es, Mama! Das Geschäft, in das er gestern nacht ging, war ein Restaurant. Wo sonst erwartet man von einem Mann, daß er den Hut abnimmt? Er hatte Hunger, er ging hinein und bestellte etwas, das neunzig Cents gekostet haben muß. Es muß sehr schlecht gewesen sein, wenn er eine ganze Rolle Pfefferminz brauchte, um den Geschmack loszuwerden. Als er zu Hause war, ging er direkt ins Badezimmer, um sich zu übergeben.‹

›Donnerwetter!‹ sagte meine Mutter und sah mich voller Stolz an. ›Nun sag mir noch, was das für ein Essen war, von dem ihm so schlecht geworden ist. Warum schämte er sich hinterher so sehr, daß er eine ganze Rolle Pfefferminz essen mußte, um den Geruch loszuwerden?‹

›Mama, ich weiß es nicht.‹ Ich war den Tränen nahe. ›Ich weiß nicht, was er dort aß, und wenn ich es wüßte, wie könnte ich ihn damit aus dem Gefängnis bekommen?‹

Mama nahm mich in ihre Arme und klopfte mir auf die Schulter. ›Kleine, es ist so einfach. Wenn du dir nicht so viele Sorgen machen würdest, wüßtest du, wie einfach alles ist. Ein Junge wie Mendel, ein stiller, schüchterner Junge, der niemals widersprochen hatte – gestern abend stellte er sich gegen seinen Vater und sagte ihm, er wolle sein eigenes Leben führen. Natürlich war er wütend, als er die Wohnung verließ, viel wütender, als mancher andere Junge gewesen wäre, weil er sich seine Wut einundzwanzig Jahre lang aufgespart hatte.

Er wollte es seinem Vater zeigen. Er wollte ihm klarmachen, daß er ihm nichts mehr zu befehlen hatte. Als er die U-Bahn verlassen hatte, ging er ein bißchen herum. Dann sah er das Restaurant und beschloß, das Schlimmste zu tun, das er sich vorstellen konnte. Er ging in das Restaurant und bestellte . . .‹

›Schweinefleisch!‹ brachte ich zwischen Seufzen und Schlucken hervor.

›Was sonst?‹ sagte Mama. ›Schweinefleisch oder Speck oder Schinken – die verbotene Nahrung, die Nahrung, die kein jüdischer Junge, der so erzogen wurde wie Mendel, zu sich nehmen kann, ohne das Gefühl zu haben, dem lieben Gott einen Schlag ins Gesicht zu geben! Er aß Schweinefleisch und hatte vielleicht für fünf Minuten das Gefühl, etwas unerhört Tapferes zu tun.

Aber einundzwanzig Jahre kann man nicht in einer einzigen Nacht auslöschen. Ganz plötzlich war es mit dem

Gefühl der Tapferkeit vorbei, und Mendel begann, sich zu hassen für das, was er getan hatte. Dann schämte er sich und erwartete jede Minute Gottes Zorn in Form von Donner und Blitz.

Noch schlimmer aber war die Vorstellung von seines Vaters Zorn. Was auch geschehen würde, sein Vater durfte nichts erfahren.

So rannte er aus dem Restaurant und stopfte sich die ganze Pfefferminzrolle in den Mund, um auch die letzte Spur des Geruchs zu tilgen. Dann ging er nach Hause, doch die Vorstellung vom verbotenen Fleisch in seinem Bauch war zu viel für ihn. Er ging direkt ins Badezimmer und übergab sich.

Als am nächsten Morgen die Polizei kam, um ihn zu verhören, war er in einer schlimmen Zwickmühle. Um sich entlasten zu können, hätte er die andere Sünde gestehen müssen, und das hätte er um nichts in der Welt gekonnt. Lieber sollte die ganze Welt ihn für einen Mörder halten, als daß sein Vater erfährt, daß er verbotenes Fleisch gegessen hat.‹

Als Mama fertig war, fühlte ich mich erleichtert und glücklich zugleich. ›Deswegen beharrt er so auf seiner Schuld, Mama! Deshalb bezichtigt er sich selbst, ein Sünder zu sein und das Gesetz übertreten zu haben. Armer Mendel – wie konnte er so unvernünftig sein?‹

›Das passiert, wenn man einundzwanzig Jahre alt ist‹, sagte Mama. ›Aber wir werden ihn von seiner Unvernunft heilen. Wir werden der Polizei sagen, was wir wissen, die werden sich die fraglichen Restaurants ansehen, und glaube mir, meine Tochter, es wird sich schon jemand an den schmächtigen Jungen erinnern, der den Hut nicht abnehmen wollte.‹

Mama hatte recht, wie immer. Die Polizei hatte um drei Uhr das Restaurant ausfindig gemacht, um vier war mein

Mendel auf freiem Fuß und um fünf Uhr waren wir, genau nach Plan, verheiratet.«

Für einen Moment lang waren wir alle still. Dann sprachen alle auf einmal:

»Wenn dein Mann das Mädchen nicht getötet hat, wer war es dann?« wollte Shirley wissen.

»Wie kam Papas Füllfederhalter auf den Fußboden in Sadie Katz' Zimmer?« fragte ich. »Und wie erklärst du dir das Telefongespräch?«

»Was an diesem Fall erinnert Sie an unseren Mord?« fragte Inspektor Milner. »Wo ist die Ähnlichkeit zwischen Mendel und dem jungen Ortiz?«

Mom entschied sich dafür, die letzte Frage zuerst zu beantworten. »Ich werde euch sagen, was an diesen beiden Fällen vergleichbar ist, wenn ihr mir zwei Fragen beantwortet.« Sie streckte den Daumen in die Höhe. »Frage eins: Hat der Ortiz-Junge während der letzten Monate, als er immer bis spät in die Nacht wegblieb, mehr Geld ausgegeben? Hat er sich in dieser Zeit teure Kleidung gekauft oder seinem Mädchen wertvolle Geschenke gemacht?«

»Offensichtlich nicht. Weder seine Mutter noch seine Schwester haben ihn in neuen Sachen gesehen. Und Rosa Mendelez, seine Freundin, hat sich sogar beschwert, daß er sie viel seltener ins Kino einlud als früher.«

»Frage zwei.« Mom hielt Daumen und Zeigefinger in die Höhe. »Hatte er in der High-School Kurse belegt, in denen man lernt, Dinge auseinanderzunehmen und wieder zusammenzusetzen?«

»Sie meinen handwerkliche Kurse? Die hat er nie besucht. Er weigerte sich, diese Kurse zu belegen, vielleicht, weil sein Vater immer von ihm verlangt hatte, solche Kurse zu besuchen.«

Mom nickte kurz. »Danke, Inspektor. Genau das hatte ich erwartet. Wie sagten Sie? Man kann den Fall zu den Akten legen.«

Inspektor Milner bekam wieder diesen sorgenvollen Ausdruck. »Sie glauben jetzt also auch, daß der Junge schuldig ist? Sie meinen nicht mehr, ihm helfen zu können?«

»Ich war sicher, du würdest am Ende zu diesem Schluß kommen«, sagte Shirley. »Wenn es eine offensichtliche Schuld gibt...«

»Offensichtlich?« Mom schüttelte mit dem Kopf. »Das hat Mama mir schon vor Jahren erklärt: Vorschnelle Schlüsse zu ziehen ist der sicherste Weg, um auf die Nase zu fallen. Seit Monaten geht Rafael Ortiz nach dem Abendessen aus dem Haus und kommt nicht vor Mitternacht zurück. Niemandem will er erzählen, wo er war. So kamen selbstverständlich alle zu dem Schluß, daß er was Verbotenes tat.«

»Welche anderen Schlüsse könnte man daraus ziehen?« fragte Inspektor Milner.

»Diese Überfälle und Morde, die er angeblich jede Nacht beging, er beging sie nur während der Woche. An den Wochenenden ging er mit seiner Freundin aus. Findet ihr das nicht merkwürdig? Eine Räuberbande, die am Wochenende Urlaub macht. Ausgerechnet samstags, wenn die meisten Betrunkenen mit den Taschen voller Geld herumlaufen.

Und noch etwas ist merkwürdig. Wenn der Junge seit Monaten regelmäßig Überfälle beging, warum gab er dann nicht mehr Geld aus, sondern weniger? Was hat er mit seiner Beute gemacht? Mir fällt eine Antwort auf diese Frage ein: Vielleicht gibt es gar keine Beute, wie es möglicherweise auch überhaupt keine Bande gibt.«

»Aber Mom«, entgegnete ich, »was ist mit der Stimme,

die Rafaels Vater vor einer Woche am Telefon gehört hat, als der Junge zu Hause anrief?«

»Diese Stimme – das ist das Lustigste an der ganzen Sache. Erinnert ihr euch, was sie sagte? ›Wer hat schon Angst vor den Schnüfflern. Wenn mir ein Polyp in die Quere kommt, niete ich ihn um!‹ Ich bin bestimmt keine Expertin für Gangstersprache, aber manchmal sehe auch ich fern oder höre den Jungen in der Nachbarschaft zu. Ich glaube, ich habe recht, wenn ich behaupte, daß ein aufgewecktes Kind von heute weder von ›Schnüfflern‹ noch von ›umnieten‹ sprechen würde. Heutzutage spricht man doch wohl von ›Bullen‹, wenn ich richtig unterrichtet bin, und wenn man jemanden erschießt, ›legt man ihn um‹ oder ›knallt ihn ab‹. ›Schnüffler‹ und ›umnieten‹ sind Ausdrücke von vor fünfundzwanzig Jahren. So sprechen sie in den alten Filmen mit Humphrey Bogart und Edward G. Robinson.«

Inspektor Milner schlug mit der Hand auf den Tisch. »Sie meinen also...«

»Ganz recht, ich meine, daß die Stimme sprach wie einer dieser alten Filmgangster. Und genauso könnte es gewesen sein. Wo werden diese alten Filme heutzutage gezeigt? Im Fernsehen! Mr. Ortiz hat den Ton von einem Fernseher gehört, als er mit seinem Sohn telefonierte.«

»Ich wüßte nicht, was das beweisen würde?« sagte Shirley. »Der Junge und die anderen Bandenmitglieder haben sich eben an dem Abend einen Film im Fernsehen angeschaut.«

»Denk doch mal etwas genauer über dieses Telefongespräch nach«, erwiderte Mom. »Warum rief Rafael zu Hause an? Weil er der Mutter am Nachmittag den Fernseher repariert hatte. Nun wollte er wissen, ob das Gerät noch funktionierte. Wer kann schon einen Fernseher reparieren, indem er ein bißchen mit dem Schraubenzieher rumfummelt? Man braucht dazu Kenntnisse und Erfahrung. Auf der High-School hat der Junge keine handwerklichen Kurse gehabt. Also frage ich mich: Wo hat er gelernt, Fernsehgeräte in Ordnung zu bringen? Ich beantworte mir die Frage, indem ich eins und eins zusammenzähle.

Monatelang war er abends fortgewesen, nur an den Wochenenden nicht. Er hat weniger Geld ausgegeben als üblich.

An dem Ort, wo er war, gibt es einen Fernsehapparat, und plötzlich, wie von selbst, kann er solche Apparate reparieren.

Hört sich das nach einem Jungen an, der mit einer Gang loszieht und Leute ausraubt, oder hört sich das nach einem Jungen an, der einen Abendkurs für Fernsehmechanik besucht, damit er einen Job kriegt und das Mädchen heiraten kann, das er liebt?«

Inspektor Milner schien halb ermutigt und halb besorgt zu sein. Er schüttelte mit dem Kopf. »Wenn er das all die Monate und auch am Abend des Mordes gemacht hat, warum hat er es uns nicht erzählt? Vor allem, warum hat er es seinen Eltern nicht erzählt?«

Auf Moms Gesicht erschien wieder ein trauriges Lächeln.

»Man sollte denken«, sagte sie, »die Jugend hätte sich im Laufe von fünfundvierzig Jahren verändert. Hier haben wir einen Puertoricaner von der West Side, damals war es ein Jude von der Lower East Side. Trotzdem sind es zwei Jungen mit den gleichen Gefühlen, Verletzbarkeiten und Verrücktheiten. Für den jungen Ortiz wie für meinen Mendel gab es etwas Schlimmeres als den Verdacht, einen Mord begangen zu haben und verhaftet zu werden. Für beide war es das Wichtigste, die Väter nicht hinter ihr Geheimnis kommen zu lassen.«

»Du bist nicht logisch, Mutter«, sagte Shirley. »Dein Verlobter verheimlichte etwas, das sein Vater verurteilt hätte. Klar, daß er nicht wollte, daß es herauskam. Aber der alte Ortiz hätte doch begeistert begrüßt, was sein Sohn angeblich getan hat. Warum hätte Rafael es verheimlichen sollen?«

»Du hast dir die Frage schon selbst beantwortet: weil sein Vater es begrüßt hätte. Als er auf der High-School war, hatte sein Vater ihm dazu geraten, etwas Praktisches zu lernen. Der Junge hatte sich geweigert. Vor ein paar Monaten war er jedoch ganz von selbst auf die Idee gekommen, daß es gut sei, eine handwerkliche Ausbildung zu machen.

Wie hätte er das vor diesem Vater zugeben können? Wie hätte er ihm die Befriedigung gönnen können, recht gehabt zu haben? Es gibt kaum etwas Verrückteres, als den Stolz eines jungen Mannes.

Rafael geriet natürlich immer mehr in einen Teufelskreis. Er sagte nicht, wo er hinging, sein Vater nannte ihn einen Rumtreiber, und das machte den Jungen nur noch widerspenstiger. Als ihn die Polizei dann verhaftete, konnte er nicht mehr zurück und die Wahrheit zugeben. Sicher ist es nicht logisch – es sei denn, für einen achtzehnjährigen Jungen.«

Aus Inspektor Milner platzte es heraus: »Gleich morgen werde ich alle Schulen für Fernsehmechanik überprüfen lassen. Wenn ich mir vorstelle, wie glücklich die Mutter sein wird...«

Moms Gesicht verfinsterte sich etwas. »Davon wäre ich nicht so überzeugt«, sagte sie. Der Inspektor schaute sie erstaunt an. »Ich verstehe nicht ganz.«

»Der Junge hat den Taxifahrer nicht getötet«, sagte Mom. »In jedem Fall aber wurden die rote Lederjacke und die schwarze Motorradmütze am Tatort erkannt. Du hast beides gesehen, Davie, und ich zweifle nicht an deiner Wahrnehmung. Wer hat die Sachen des Jungen getragen, wenn er es nicht selbst war?«

»Aber er trug die Sachen, als er aus dem Haus ging, Mom. Beide Eltern bezeugen das.«

»Ganz sicher. Er trug die Sachen jeden Abend, wenn er das Haus verließ. Gerade weil sein Vater sie nicht ausstehen kann. Wie aber kam er in der Abendschule an? Er konnte dort unmöglich in dieser verrückten Aufmachung erscheinen. Er mußte ordentliche, saubere Kleidung tragen, wie jeder andere Schüler auch. Irgendwo muß er sich jeden Abend umgezogen haben, bevor er in die Schule ging und nachdem die Schule aus war. Irgendwo muß er bis zum nächsten Abend seinen ordentlichen Anzug gelassen haben.

Wo gab es einen solchen Platz. Ein Hotelzimmer wäre zu teuer gewesen, und einem Freund hätte er sein Geheimnis nicht anvertrauen können. Es gab nur eine Person, der er vertrauen konnte: seine Schwester Inez. Sie ist ein Jahr älter als er, sie hat ein Zimmer in der City, und sie haßt den Vater noch mehr als er selbst. In der Mordnacht hatte er Jacke und Mütze, wie jede Nacht, bei ihr gelassen, und sie war, wie sie es seit Monaten getan hatte, mit der roten Jacke und der schwarzen Mütze ausgegangen, um Taxifahrer zu überfallen. Zusammen mit Hosen war es eine perfekte Verkleidung für sie. Jeder Taxifahrer würde der Polizei schwören, er sei von einem Jungen ausgeraubt worden.«

»Und Rafael ist ein kleiner, schmächtiger Junge«, fügte ich hinzu. »Er trägt sein Haar so lang wie alle diese Burschen heutzutage. Die rote Jacke, die Mütze und, nicht zu vergessen, die Ähnlichkeit zwischen Bruder und Schwester; kein Wunder, daß Palazzo ihn als Mörder identifizierte.«

»Und es ist verständlich, daß du glaubtest, ihn vom Tatort weglaufen zu sehen«, sagte Mom.

Für einen Moment war es still. Dann stieß Inspektor Milner einen leichten Seufzer aus. »Ich werde sie heute nacht noch festnehmen lassen, und ich denke, ich muß ihre Mutter anrufen.«

Wieder war es still im Raum, bis Shirley sich nicht mehr zurückhalten konnte. »Was ist mit dem ›alten‹ Mord, Mutter? Wurde jemals herausgefunden, wer Sadie Katz ermordete?«

Mom wandte sich Shirley zu, lächelte und sagte dann: »Vergaß ich, euch das zu erzählen? Entschuldigt! Natürlich fand Mama heraus, wer sie getötet hatte.«

»Hatte deine Mutter eine Erklärung für den Füllfederhalter? Und auch für das Telefongespräch, bei dem Sadie Katz doch offensichtlich deinen Verlobten zu sich eingeladen hatte?«

»Das Telefongespräch bot ihr den besten Hinweis auf den richtigen Mörder. Warum hatte die Polizei geglaubt, Mendel sei der Anrufer gewesen? Warum schien es Mendel gewesen zu sein, den sie auf ihr Zimmer einlud? Sie hatte eine Menge Männer an der Hand, darunter einen, den sie nur außerhalb ihrer Wohnung traf. Warum also Mendel?

Nun, alles hatte sich auf einen Satz konzentriert. Sadie hatte zu der Person am Telefon gesagt: ›Wovor haben Sie Angst? Sie sind noch ein freier Mann, nicht wahr? Sie können tun und lassen was Sie wollen.‹ Wen sonst konnte Sadie Katz gemeint haben als einen Junggesellen, der im Begriff war zu heiraten? Außer Mendel gab es keinen solchen Mann in ihrer Bekanntschaft.

Aber Mendel hatte ein Alibi für die Mordzeit, also hatte Sadie nicht mit ihm am Telefon gesprochen. Vielleicht war es so, wie Mama sagte: ›Die Worte könnten etwas anderes bedeutet haben. Wer hat Sadie diese Worte sagen hören? Mr. und Mrs. Spiegel, zwei alte Leute aus Deutschland, die nicht besonders gut Englisch können, die jiddische Theaterstücke bevorzugen, weil sie die amerikanischen Schauspieler so schlecht verstehen. Es ist doch gut möglich, daß die beiden nicht so genau verstanden haben, was Sadie Katz am Telefon sagte?‹ Mama mußte nicht weitersprechen. Im selben Moment sah ich, worauf sie hinauswollte. ›Mama, das ist die Lösung‹, rief ich. ›Die Spiegels hatten den Satz gehört: ‚Sie sind noch ein freier Mann.' In Wirklichkeit hat sie gesagt: ‚Sie sind Freyerman, Sie können tun und lassen was Sie wollen.' Sie hat am Telefon mit Mr. Freyerman, ihrem Chef, gesprochen. Mit ihm hatte sie eine Affäre. Er war der Mann, der nie in die Pension kam, um sie zu treffen. Er wollte an dem Abend ein Rendezvous mit ihr. Sie bestand darauf, daß er zu ihr komme. Als er die Angst äußerte, jemand könne ihn sehen, lachte sie und sagte, ein Mann wie er könne doch tun und lassen was er wolle.

So kam er also in die Pension und ging mit ihr die Treppe hinauf. Vielleicht wollte er die Affäre beenden, sie drohte ihm, seiner Frau alles zu erzählen, worauf er die Nerven verlor und sie erwürgte. Den Füllfederhalter könnte Sadie Katz früher am Abend an sich genommen haben. Mendel hatte doch auf der Treppe vor dem Haus damit rumgefuchtelt, als Sadie ihn umarmte und küßte. Dabei könnte er ihm doch aus der Hand gefallen sein. Sadie nahm ihn ganz automatisch vom Boden auf und nahm ihn mit nach Hause.‹

Ich hielt inne und wartete auf Mamas Lob. Sie aber schüttelte nur den Kopf.

›Halbe Antworten, mein Kind, immer nur halbe Antworten. Wie kann aus dem Satz: ‚Sie sind noch ein freier Mann' der Satz ‚Sie sind Freyerman' werden? Wo sind die beiden Worte ‚noch ein' geblieben? Das, was Sadie Katz am Telefon wirklich sagte, muß dem Satz, den die Spiegels verstanden haben, noch viel ähnlicher gewesen sein.‹

›Aber was hat sie gesagt?‹ fragte ich meine Mutter.

›Mein Kind, es ist eine bekannte Tatsache, daß ertappte Ehemänner wesentlich weniger Morde begehen als eifersüchtige Ehefrauen.‹

›Mrs. Freyerman? Hat sie es getan?‹

›Warum nicht?‹ antwortete Mama. ›Sie hatte von der Affäre ihres Ehemanns erfahren und rief Sadie Katz gestern abend an und verlangte eine Zusammenkunft mit ihr. Sie wollte sich in der City mit ihr treffen, aber Sadie gefiel es, die eifersüchtige Frau zu sich zu bestellen. ›Wovor haben Sie Angst? Sie sind Nora Freyerman. Sie können tun und lassen, was Sie wollen.‹ Und genau das tat Nora Freyerman etwa eine halbe Stunde später. Sie erdrosselte Sadie Katz.‹«

Mom hielt inne, um Atem zu holen. Dann fuhr sie ganz ruhig fort: »Das Gericht befand sie später wegen zeitweiliger Unzurechnungsfähigkeit für ›nicht schuldig‹.«

Hier endete Moms Erzählung. Ich war erleichtert. Sie hatte einen langen Streifzug durch die Vergangenheit hinter sich mit Erinnerungen an ihren Mann und ihren Hochzeitstag, doch sie sah so vergnügt aus wie immer. Doch dann bekam ich einen Schrecken. Mamas Augen füllten sich plötzlich mit Tränen.

»Was ist mit Ihnen? Kann ich Ihnen helfen?« rief Inspektor Milner.

»Es ist alles in Ordnung«, antwortete Mom. »Ich habe nur über die heutige Jugend und die von damals nachdenken müssen. Vielleicht gibt es doch einen Unterschied? Der arme Mendel war bereit zu sterben, damit sein Vater sich seiner nicht schämen mußte, Rafael Ortiz dagegen war bereit zu sterben, weil er seinem Vater nicht gestatten wollte, stolz auf ihn zu sein.«

Mom schüttelte langsam den Kopf. »Es ist schon eine merkwürdige Welt, in der wir heute leben. Mama würde sie nicht mehr gefallen. Es ist ganz gut, daß sie nicht mehr lebt.«

Mom senkte ihren Blick. Kurz darauf nahm sie ein Taschentuch und schneuzte sich kräftig. Als sie wieder aufsah, lachte sie.

»Und nun zum Nachtisch«, sagte sie. »Zu Ihren Ehren habe ich eine Erdbeertorte gebacken.«

Mom stand energisch auf und schritt wie ein General an der Spitze seiner siegreichen Armee in Richtung Küche.

Übersetzung von Walter Ahlers

Jürgen Alberts

J. B. Cool und das goldene Nadelkissen

Theo Zenker hatte Dünnpfiff. Nach zwei Pfund roher Muscheln kein Wunder. Aber ich hätte wissen müssen, daß ich an diesem Tag das Haus nicht verlassen durfte.

Zum ersten Mal war unser Kontostand in den schwarzen Bereich gewandert. Schwarze Kohle, schwarzes Gold. Wir lösten einen delikaten Auftrag.

Der Pressesprecher des Kultursenators hatte angefragt, ob wir helfen könnten, eine peinliche Situation zu überwinden. »Ich bin Ihr Mann für Peinlichkeiten«, hatte ich stolz von mir gegeben. »Es ist nämlich so, daß der Kultursenator nicht lesen kann. Und jedes Jahr gibt es den Vorlesewettbewerb für Schüler, und dieses Mal haben sich die Kinder gewünscht, daß der Senator ihnen eine Gute-Nachtgeschichte vorliest.« Gute Nacht. Ein schwieriger Fall. Nichts für Beamtenhirne. Sie müssen wohl die ganze Hierarchie einmal rauf und einmal runtergegrübelt haben. Dann rief der Pressesprecher bei uns an. Zehn Minuten später hatte ich den Einfall. »Playback. Ganz einfach! Er liest sowieso in ein Mikro. Das merkt doch auch beim Fernsehen niemand.« Die Zahlung war prompt gekommen. Ich hätte das Geld nehmen sollen und den schon seit Jahren gebuchten Kurs: ›Wie fängt man mit Mäusen Adler‹ besuchen. Aber da stand diese Frau in meinem Büro, Typ: Grande Dame, stark überschminkt, tiefblaue Augenbrauenschatten. Ich konnte gerade noch meine Sammlung von Spielzeugpistolen beiseite schaffen.

»Sie wünschen?«

»Herr Cool, gibt es etwas, das Sie nie zu tun bereit wären?«

Mir fielen tausend Dinge ein, aber gegen Geld... Ich zögerte, bevor ich sagte: »Ja, ich würde Sie auf keinen Fall betrügen können.«

»Das ist eine Basis«, hauchte sie. Dann erhob sie sich, spitzte ihren roten Mund, bis er wie eine Knubberkirsche leuchtete, und verließ mein bescheidenes Büro. Es roch nach verbrannten Bratkartoffeln und ihrem unwiderstehlichen Parfüm. ›Der wilde Che.‹

»Theo, ich muß mal gerade für zehn Minuten weg. Paß auf das Telefon auf.«

»Was is?« kam seine Standardantwort aus der Kochnische. Dann steckte er den Kopf hervor: »Läufst du einer Schürze hinterher? In deinem Alter!« Die Ägypter haben einen Spruch, der lautet: »Wenn ein Weib pfeift, pfeifen auch die Krokodile.« Ich hätte es wissen müssen.

Nach wenigen Minuten hatte ich sie eingeholt. Direkt neben dem Roland, dem ewig grinsenden Freiheitshelden. Alles aus Stein, nur die Knie metallspitz.

»Das können Sie mir nicht antun, Frau...«, sie hatte mir nicht mal ihren Namen gesagt.

»Warum warten Sie nicht, bis ich mich wieder melde?« Während sie sprach, hörte ich die silbernen Glöckchen am russischen Pferdeschlitten in eisiger Nacht. Es war Hochsommer. Sie blieb stehen.

»Wenn ich Sie mir so ansehe, dann...« Sie stockte, als hätte der Schnellzug eine Vollbremsung gemacht.

Ich seh nicht gerade aus wie ein Detektiv. Philipp Marlowe hätte mich ›a dead pidgeon‹ genannt, aber meine Statur ähnelt immerhin dem bronzenen Schweinehirten in der Sögestraße. Und meine Schuhe stammen aus England.

»Gehen wir.« Sie nahm meine Hand und spielte Liebespaar. Wunderbar. Ihre Hand war so warm wie ein gutes Frühstücksei.

Sie blickte mich an, daß mir Hören und Sehen und Gehen und Riechen und Schmecken verging.

»Sie benutzen ›wilder Che‹ als Parfüm?« fragte ich, obwohl ich die Antwort bereits kannte. Seitdem dieses Buch über Parfüms ein Beststeller geworden war, hatte ich Dutzende von Riechproben genommen. Das mochten Frauen ganz gerne.

»Erstaunlich«, gab die Grande Dame zurück, »aber immer nur in Verbindung mit dem lustigen Fidel. Sonst wird es zu streng.«

Es war der letzte Hinweis. Und auch den hatte ich nicht bemerkt. Ihre Suite im Bahnhofshotel war so gemütlich wie ein Stehplatz in der Ostkurve. Immerhin konnte ich unbemerkt in ihrem Paß blättern. Sibylle Schönemann, was für ein Name, was für ein Programm. Als sie aus dem Bad kam, trug sie ein durchsichtiges Negligé. Die Überraschung wurde mir erst langsam bewußt. Sie war ein Mann. Der Slip verbarg nur dürftig das Geschlecht.

»Können Sie jemand umbringen?« fragte er.

Ich wußte nicht, wo ich überall nicht hinschauen sollte. Nicht aus dem Fenster, da stand der Backsteinbahnhof, nicht auf den Mann, dessen Brust wie ein Hühnchen behaart war, nicht in sein Gesicht, das gerade diese aufregende Frage formuliert hatte.

In Gefahr und höchster Not, bringt der Mittelweg den Tod – das war einer der wenigen deutschen Kernsätze, die mein Leben bestimmten.

»Wieviele?«

»Kommt darauf an«, sagte er und öffnete das Negligé.

»Worauf?« Ich blieb hartnäckig.

»Auf den Grad der Vertuschung«, antwortete er. Auch diese Hülle war gefallen.

Dann fiel mir ein, daß ich nicht einmal wußte, wen ich umbringen sollte. Aber spielte das eine Rolle?

Ich dachte an Theo Zenker, meinen Assistenten, der jetzt im Büro saß und auf das stumme Telefon starrte. Ich dachte an meine letzte Katze, die nach dem Genuß von Hundefutter weinend dahingeschieden war. Ich dachte an all die toten Verwandten, denen es jetzt besser ging als jemals in ihrem Leben. Sollte dies ein Liebesdienst werden? Und auch noch gut bezahlt?

»Sie müssen bereit sein, kaltes Blut zu bewahren, sich nichts anmerken lassen. Wenn Sie dieses Zimmer vergessen können, mich, meinen Körper, alles, nie wieder daran denken...«

Nun war seine Stimme auf männlichem Niveau angekommen, ein angenehmer Bariton.

Kaltes Blut, bei diesem Anblick. Ich war zwar noch nicht in der befriedeten Zone der Altersschwulitäten angelangt, aber sein gutriechender Körper, die eindeutigen Gesten. Hätte ich doch ein Pfund von den rohen Muscheln gegessen!

»Der Auftrag ist ganz einfach.«

Herr Schönemann zog ein Foto aus einem lammledernen Etui: »Das ist Egon Hack, der muß weg.«

Ein braver Beamtenkopf. Seitenscheitel gerade, Augenbrauen akkurat, kräftige Nase, kleiner Schnäuzer, die Ohren im Steilflug.

»Und warum?«

Schönemann blickte mich an, als habe ich gerade die 100-Punkte-Frage beantwortet.

Er sagte nichts, sondern schmiegte sich an mich. Wenn meine Katze noch lebte, ich hätte sie ihm gerne geschenkt.

»Warum muß Egon Hack weg? Ich brauche ein Motiv.«

Nun umarmte er mich. Langsam wurde die Sache brenzlig. Aber er schwieg weiter.

»Ist es eine Dreierkiste? Viererkiste? Fünferkiste? Oder ein untreuer Geschäftsganove? Oder geht es um den ersten Platz im Frisierwettbewerb?«

Es gibt Mordmotive, die wesentlich einleuchtender sind, aber dieser Fall Hack schien mir nicht dazu zu gehören. Außerdem sagte mir meine Nase: »J. B., du mußt ihn nur in die Enge treiben, dann wird er schon herausrücken mit der Wahrheit.« Meine Nase irrte, so selten das geschah.

Er trieb mich in die Enge. Sein erster Griff war fest und traf genau die Stelle, vor der mich meine Mutter immer gewarnt hatte.

»Schluß jetzt«, befahl ich, »entweder Sie sagen mir, was Sie wollen, oder ich gehe!«

Herr Schönemann, der sich später mit seinem richtigen Namen vorstellte: Karl Frauenschuh, ließ von mir ab.

Die Geschichte, die er mir erzählte, war gelogen. Aber nicht schlecht erfunden.

»Egon Hack ist Mädchen-für-alles beim Hafensenator. Der Mann kann einfach jedes Handwerk: Dachrinnen reparieren, Intrigen spinnen, verrottete Fenster ersetzen, Lügen verbreiten, Autos zum TÜV fahren. Er ist jetzt schon mehr als fünfzehn Jahre dabei, und, obwohl er keinen Kreuzer von einem Leichter unterscheiden kann, immer weiter aufgestiegen.«

»Wie das?« fragte ich dazwischen, weil mein Dialoganteil stimmen muß.

»Er hat sich befördern lassen. Ein einfacher Handwerker auf dem Weg an die Spitze einer Behörde. Sowas gibts. Nicht nur in der Hansestadt.«

Nun wußte ich, daß immer wieder solche Blüten vorkommen, besonders im Sommer. Ich glaubte Karl Frauenschuh kein Wort.

Alles roch nach Falle. Wenn einer schon den ›wilden Che‹ mit dem ›lustigen Fidel‹ kreuzt.

»Und demnächst soll er Senatsdirektor werden, dann wäre der Gipfel erreicht. Einer von der Dachlattenfraktion. Jeder weiß, wenn eine Kaffeemaschine in der Behörde nicht funktioniert, Egon machts, und wenn mal ein paar billige Bauplätze zu ergattern sind, Egon weiß es, oder wenn es darum geht, dem Bürgermeister einen Streich zu spielen und seine Frau zu einem falschen Termin zu bestellen, Egon kennt jeden Trick. Wenn der Senatsdirektor wird ...«

»Was dann?« warf ich ein, weil Frauenschuh schon wieder sehr lange geredet hatte.

»Niemand kommt an ihm vorbei. Er hat alle in der Hand. In seinem Haus soll ein privates Archiv sein, größer als die Staatsbibliothek, der hat über jeden eine Akte angelegt.«

»Für einen Handwerker ganz pfiffig!« Ich mußte an den Klempner denken, der immer nur dann unser Büro betrat, wenn kein Wasserhahn tropfte und kein Abfluß verstopft war.

»Also Erpressung«, faßte ich den Vorgang zusammen. Nicht gerade das, wozu ein Beamter in der Lage ist.

Karl Frauenschuh legte den Slip ab. »Wenn Sie sich an meinem Luxuskörper bedienen wollen ...«

Sein Angebot kam überraschend.

»Vielleicht in zehn Jahren«, erwiderte ich. Dann fiel mir etwas ein, was der ganzen Sache eine Wendung geben konnte.

Die Isländer sagen: Wenn der Hering nicht aus dem Wasser kommt, mußt du hinein. Und von den Schotten wird gesagt, daß sie mehr als zwei Whiskyflaschen auf dem Kopf balancieren können.

»Wir lassen sein Archiv in Flammen aufgehen«, sagte ich. Es klang wie: Explosion, Feuersbrunst, schwelende Balken.

»Wie bitte?« sagte Karl Frauenschuh, der beleidigt seine Hose anzog. Ich war in einer guten Position. Unser Konto war gedeckt. Wir mußten nicht jeden Auftrag annehmen.

»Wenn dieser Hack keinen Beweis mehr hat, dann wird er auch nicht befördert. Ohne Papier, keine Leiter, verstehen Sie?«

Karl Frauenschuh band sich die Krawatte. Sein Gesicht war immer noch geschminkt. Es würde Flecken auf dem Kragen geben. Der kirschrote Mund stand ihm jetzt noch besser.

»Das ist Brandstiftung«, wehrte der Bürokrat ab.

»Das andere ist Mord.« Jetzt hatte ich ihn. Nicht ich saß in der Falle, sondern er. Ich brauchte nur mit meinen Informationen zu den ›Weser-Nachrichten‹ gehen, das würde eine Skandalgeschichte geben.

Karl Frauenschuh packte die Kleider und die gefälschten Papiere zusammen.

»Sie haben mich nie gesehen. Kein Wort mit mir gesprochen.«

»Aber Spesen gehabt«, warf ich ein.

Er reichte mir zwei blaue Adler.

Dann war er weg.

Ich stand in der Ostkurve der Suite des Bahnhofshotels und wartete auf den Abpfiff.

Egon Hack also, nie gehört den Namen. Auf jeden Fall ein interessanter Klient. Wenn die Mäuse richtig tanzten, dann konnte sich der Adler zeigen.

Ich rollte einen Joint. Das Zimmer war ja hoffentlich bezahlt. Ich sah noch, wie dieser schöne Mann in den Backsteinhaufen ging, der sich Bahnhof nannte.

Adios, sagte ich ihm, während ich auf die zwei blauen Scheine blickte, oder soll ich lieber sagen: Tschö.

Der Joint kam gut. Sanft wie ein grüner Hügel, schwarz wie afghanischer Granit.

Ich rief im Büro an.

»Theo, was macht das Telefon?«

»Es hat geläutet«, antwortete mein kochender Assistent.

»Wann?«

»Gerade.«

»Und was hast du da gemacht?«

»Abgenommen. Warte, Chef, ich muß schon wieder...«

Theo Zenker ist einer von den Assistenten, die niemals die Arbeit verrichten, für die sie bezahlt werden. Ich bezahle ihn fürstlich. Manchmal esse ich sogar, was er gekocht hat.

Die Stimme, die ich dann im Telefon vernahm, kam mir leider bekannt vor. Es war der Oberkommissar Stiefelboom.

»Bewegen Sie ihren Arsch hierher, Kohl, sonst kann ich sehr ungemütlich werden. Ich warte genau vierzehn Minuten.«

Stiefelboom war einer von den jungen Polizisten aus dem Sittendezernat, die wie die alten Kommißköppe waren. Nur viel unangenehmer. Ich war mir keines Deliktes bewußt, aber befolgte seinen freundlichen Hinweis.

Auf der Straße vor dem Bahnhofshotel knackte ich ein Fahrradschloß und radelte ins Büro.

Theo zischelte mir zu, ich solle mich in acht nehmen, der Stiefel hätte eine Anzeige dabei.

Siebzig Sekunden später las ich: »Anzeige wegen sexueller Belästigung. Vor knapp einer Stunde belästigte mich Herr J. B. Cool mit seinen sexuellen Wünschen, seine Worte waren so unverschämt, daß ich mich scheue, sie zu wiederholen. Später kam es dann...«

Ich traute meinen Augen nicht, denn Stiefelboom zog ein paar Polaroid-Fotos aus einem Kuvert. Ich sah mich wieder, wie ich Sibylle Schönemann folgte. Mist.

»In flagranti, oder wie der Schwabe sagt, heilixblechle. Die Anzeige ist vollständig. Ich denke, wir bewegen uns mal zum Präsidium, um eine wortreiche Erklärung Ihrerseits zu formulieren. War es denn wenigstens befriedigend?«

Ich wußte, daß die Herren von der Sitte immer nur eins im Kopf hatten, nur das beschäftigte ihre Fantasien vor dem Dienst, im Dienst und nach Feierabend.

»Ich sage nichts ohne meinen Anwalt.«

»War denn der auch dabei?« fragte Stiefelboom unverschämt.

»Theo, sag Carl-Heinrich Bescheid? Wir treffen uns bei der Sitte.« Unterwegs überlegte ich mir, wieso ich nicht den Dünnpfiff meines Assistenten beachtet hatte. So eine Warnung zu übersehen, konnte mich für zweihundert Jahre die Lizenz kosten.

Stiefelboom hatte mir Handschellen angelegt. »Es besteht Fluchtgefahr.« Ich schob den Ärmel meines leichten Sommerjacketts darüber, aber es half nichts. Jeder blickte auf das mißliche Gerät an meinem Handgelenk.

Unterwegs trafen wir Grünenberg.

»Haben Sie jemand mit der Spielzeugpistole abgeknallt?« fragte der dicke Lokalchef, der mir mit voller Wucht auf die Schulter schlug. »Der Detektiv als Täter.«

Ich sagte: »Es handelt sich um eine Verwechslung. Da muß sich jemand verkleidet haben, um so auszusehen wie ich.«

Stiefelboom wurde böse. »Das Märchen nimmt Ihnen niemand ab, Kohl.«

»Ich heiße Cool, c-o-o-l, auch wenn es Ihnen nicht paßt. Aber an Märchen glaub' ich trotzdem nicht.«

»Vergessen Sie's. Oder erzählen Sie es irgendwann als Gute-Nacht-Geschichte Ihren ungeborenen Enkeln.«

Der Lokalchef der ›Weser-Nachrichten‹ witterte eine Story, ließ nicht locker. »Wenigstens einen Hinweis, Stiefel, komm, in alter Freundschaft. Ich geb demnächst auch mal wieder eine Runde Friesenhops aus.«

Stiefelboom blieb hart. Er hatte mich, er hatte die Anzeige, er hatte die Fotos. Das würde sein großer Tag werden.

»Und Sie, Cool, Sie wollen auch nichts sagen.« Der fette Lokalchef, der mittags in der ›Pfanne‹ eine doppelte Portion Steaks mit Gurkensalat verspeisen konnte, kam nahe an mich heran. »Ich kann manchmal auch helfen.«

Ich dachte an unser Bauernopfer im Fall Keulemanns, immerhin hatten wir uns beide blamiert.

»Später«, sagte ich und verstummte.

Glücklicherweise war mein Rechtsanwalt schon vor uns im Präsidium, sonst hätte Stiefelboom mich eingebuchtet. Ich machte meine Aussage, verschwieg das Wesentliche, und unterschrieb.

»Der große Unbekannte, Herr Cool? Ich dachte, Sie hätten eine bessere Ausrede. Bei uns standen Sie in der Liste der besten Lügner immer ganz oben, aber jetzt sind sie abgerutscht. Nicht mal Platz fünf.«

Das war mir egal. Auch meinem Rechtsanwalt war

diese Invektive wurscht. Hauptsache, die Handschellen wurden geöffnet.

Als ich mit Carl-Heinrich auf ein schnelles Bier ins Wallcafé ging, fragte er: »Du hast nichts mit diesem Herrn angefangen, oder?« Solche Fragen dürfen Anwälte stellen.

Ich dachte an das oberste Gebot im Beruf eines Privatdetektives: Wenn die Lösung eines Falles naht, keine unnützen Antworten mehr geben. Ich erzählte ihm alles, was die merkwürdige Umwandlung von Schönemann zu Frauenschuh anging, auch die heftigen Avancen und die seltene Mischung des Parfüms. Carl-Heinrich war so begeistert, daß er mir noch ein zweites, drittes, viertes Bier zahlte. Die dazugehörigen Körner mußte ich auf die Spesenrechnung setzen.

»Meinst du, du findest diese Doppelgestalt wieder?«

»Immer der Nase nach«, antwortete ich.

Im Büro war alles ruhig. Nur der russische Borschtsch brodelte. Theo hatte zu viel von der Roten Beete probiert und sah aus wie ein Indianer.

»Da ist ein Telegramm gekommen«, sagte er mampfend.

»Wo?«

»Auf deinem Schreibtisch.«

Das ist ein Euphemismus. Denn was ich als Schreibtisch habe, frühes Ikea, ist mehr eine Platte mit Eisenfuß. Zu mehr hat es bei der Erstausstattung nicht gereicht. Ich hätte eben doch eine Karriere als Politiker einschlagen sollen.

»Heute abend - FEUER FREI! Gruß Frau Mann.«

Im gleichen Moment klingelte das Telefon. Es war der Lokalchef. Er wollte seine Story. Ich bat ihn zu warten.

»Warten is nich, Cool, entweder jetzt oder nie.«

Immer wenn ich überlegen muß, kommt etwas dazwischen. Diesmal waren es gleich zwei Dinge. Ich warf eine Münze. Kopf kam. »In zehn Minuten bin ich da.«

»Keinen Augenblick zu früh«, antwortete der Lokalchef.

Das Telegramm sagte alles. Frauenschuh hatte mich in der Hand. Anzeige wegen sexueller Belästigung gegen einen Feuerabend im Hause des Egon Hack. Hätte ich doch wenigstens meinen Spaß mit diesem gutriechenden Ungetüm gehabt.

Der Lokalchef sagte es mir auf den Kopf zu: »Sie sitzen mittendrin, oder wie der Brite sagt: in deep shit, oder der amerikanische Präsident: in deep doo doo.«

Ich wußte gar nicht, daß die Amerikaner einen Präsidenten haben, aber das half auch nichts.

»Wer ist Egon Hack?« fragte ich.

»Ach ne«, strahlte der Lokalchef, »der Egon, die Kanalratte. Was hat der damit zu tun?«

Wenn einmal der Name genannt ist, dann gibt es kein Halten mehr. Immerhin war dieser Journalist mit allen hansestädtischen Geheimnissen vertraut, der ließ einige Drähte glühen und dann schrieb er zweihundert Zeilen. Ich erzählte alles. »Was für ein Tag des Aufmachers, lieber Cool! Da hole ich Sie mit einem Schlag raus, keine Sorge nicht.«

Mir wurde ganz schwindlig.

Wenn der Journalist die ganze Geschichte in der Zeitung ausbreitete, dann konnte ich mein bescheidenes Büro schließen, mußte Theo, den schlechten Koch, entlassen, und mich wieder um eine Anstellung als Botenjunge bei der Kunstbehörde bewerben.

»Kommen Sie an ihn ran?« fragte der Lokalchef.

»An wen?«

»An diesen Herrn Frauenschuh!«

»Keine Ahnung. Ich weiß nur, daß er im Bahnhof verschwunden ist. Jetzt dies Telegramm.«

»Das mit dem Bahnhof war Tarnung, jede Wette. Woher

kommt das Telegramm?« Der Journalist nahm es mir aus der Hand.

Meist habe ich ja die richtigen Ideen in meinen Fällen, ganz selten fällt auch Theo etwas ein, aber der Lokalchef, alle Achtung.

Das Telegramm war kurz nach meinem Besuch im Bahnhofshotel bei der Hauptpost aufgegeben worden.

»Sie machen jetzt eins, Cool, zurück ins Büro. Der meldet sich wieder. Schließlich will er wissen, ob Sie auf die Erpressung eingehen. Dann fordern Sie Kohle, das fällt Ihnen nicht schwer, und dann. Schnapp...« Er machte ein klatschendes Geräusch.

Als ich die helle Redaktionsstube verließ, wußte ich: Entweder ich zog meinen Kopf aus der Schlinge oder ich mußte die Stadt wechseln. In Brasilien soll ein großer Bedarf an Privatdetektiven sein. Täglich werden dort zwei bis drei unseres Berufsstandes umgebracht.

Theo Zenker schälte Kartoffeln für das Abendessen.

»Ich habe ein paar wunderbare Scheiben original siamesischen Lachs besorgen können. Ich hoffe, du gibst mir heute die Ehre eines gemeinsamen Mahles.«

»Ich gehe«, sagte ich abwesend und verschwand in meinem Büro. In Gedanken überlegte ich, wem ich meine Spielzeugpistolen vermachen konnte. Das war eine schwere Entscheidung. Für sowas brauchen Beamte drei Tage.

Zwei Stunden später stand Karl Frauenschuh in meinem Büro. Wortlos reichte er mir ein Päckchen Streichhölzer.

Es war die gute Weltmarke, mit der man alles in Brand stecken konnte, ganze Länder, aber auch das Haus von Egon Hack.

Ich drehte die Schachtel um und sah die Adresse. ›Schwachhauser Heerstraße 150‹.

»Aber da stehen doch jede Menge Häuser drumrum. Wie soll ich das machen?«

»Ihr Problem. Wer öffentlich Frauen belästigt, der muß auch mal was riskieren. Nicht wahr?«

Er betonte die letzten Worte so näselnd, daß ich dachte, er stehe erneut vor einer Geschlechtsumwandlung.

Ich saß auf einem goldenen Nadelkissen. Es war wunderbar luxuriös und pieckste gemein.

Theo kam herein, bot den Rest der mittäglichen Borschtsch-Suppe an, aber Frauenschuh war Antikommunist.

»Ich warte auf eine Antwort«, sagte er, ohne meinen Assistenten eines Blickes zu würdigen.

»Ich sage: fünftausend. Die müssen drin sein, und natürlich Rücknahme der Anzeige.«

»Dreitausend«, feilschte der Frau-Mann.

»Dreitausendachthundert«, schaltete sich Theo ein.

So ging es zehn Minuten.

Am Schluß waren wir bei zweitausend Mark gelandet, bar auf die Hand, ohne Quittung und Mehrwertsteuer. Nicht schlecht für einmal Anzünden.

Frauenschuh wollte das Geld gleich besorgen.

»Ich warte«, sagte ich schnippisch. »Am besten bringen Sie kleine, gebrauchte Scheine. Ich habe noch einige Rechnungen zu begleichen.«

Als der Erpresser verschwunden war, sagte Theo: »Du bist übergeschnappt. Der Mann hat dich völlig in der Hand, wenn du brandstiften gehst.«

»Ich weiß«, gab ich gelangweilt zurück. So hätte auch Sam Spade seinen Partner auflaufen lassen.

Zum letzten Mal an diesem Tag ging das Telefon.

Es war der Lokalchef.

Er lachte, dann sagte er einen Satz, dann lachte er wieder. Ich konnte kaum mitbekommen, was er herausgefunden hatte. Ich würde mein Geld kassieren und die Anzeige aus den Angeln heben können.

Ich bat den Lokalchef in mein bescheidenes Büro. Er solle doch Stiefelboom gleich mitbringen.

Zenker konnte die Spannung nicht mehr halten, er saß schon wieder auf der Brille.

Immer, wenn man etwas zu Ende bringt, soll man sich einen schönen Genuß gönnen. Ich rollte mir einen Doppelwopper. Zog ihn genüßlich durch.

Stiefelboom war außer sich, weil er Feierabend hatte, aber der Fall interessierte ihn dann doch. Der Lokalchef brachte einen Blitzlichtmann mit. Wir kamen in die Zeitung. Theo richtete sich vor dem Spiegel die Haare.

Dann erschien Frauenschuh.

Zweitausend Mark in grünen Musikduos, hundert an der Zahl. Ich zählte langsam vor mich hin, während ich ihn fragte, was genau ich dafür zu tun hätte.

Der männliche Frauenheld sagte nochmal Namen und Adresse des Feueranschlags und daß er den Hausbesitzer weggelockt habe. »Der sitzt heute abend ruhig in der Oper. Es gibt eine moderne Fassung von ›Biedermann und die Brandstifter‹.« Frauenschuh grinste. »Wenn der nach Hause kommt, dann weiß er, warum er sich diese moderne Musik anhören mußte!«

In diesem Augenblick traten der Oberkommissar und der Journalist hinter dem Vorhang hervor. Ein Auftritt, den ich gerne auf Video gehabt hätte, am besten in slow motion. Grünenberg fand passende Worte: »Und wenn ich Ihnen nun sage, daß Egon Hack letzte Woche gestorben ist! Der hört heute abend bestimmt keine Oper an, sondern unter der Erde die Sphärenmusik. Was sagen Sie dann?« Der Lokalchef in der Rolle von Sherlock Holmes, gar nicht schlecht. Der Mann mit dem Blitzlicht kam auf seine Kosten.

Stiefelboom ließ sich schriftlich von mir bestätigen, daß dieser Herr Frauenschuh in falschen Gewändern mich betört hatte. »Damit ist die Anzeige hinfällig.«

Geschickt hatte ich die zweitausend Aufrechten in meiner Jackentasche verschwinden lassen. Vielleicht fiel es niemand auf.

Erst als Stiefelboom die schwankende Gestalt abgeführt hatte, fragte ich den Lokalchef. »Und warum sollte ich das Haus abfackeln? Ich meine, ich hätte nicht...«

Der Lokalchef grinste. »Es gibt nur zwei Möglichkeiten. Entweder sind in diesem Haus wirklich Beweise, die einigen Herrschaften in der Stadt Böses zufügen könnten, oder Karl Frauenschuh wollte Sie als Feuerteufel benutzen und eine schöne Prämie kassieren. Kommt ganz darauf an!«

Eine Stunde später bekamen wir heraus, wem das Haus in der Schwachhauser Heerstraße 150 gehörte. Es war auf den Namen des Hafensenators eingetragen. Offensichtlich eine Zweitabsteige, für intime Runden mit Damenbegleitung.

Wir planten einen nächtlichen Einbruch. Aber nur deswegen, weil wir so wenig wußten.

Heribert Bauer

Generalprobe

Es war kühl in dem kleinen Hotelzimmer. Die Heizkörper waren nur lauwarm, und der Herbstwind pfiff durch die Ritzen der alten, zerbröckelnden Fensterrahmen.

Lisa spürte die Kälte auf ihrer nackten Haut, aber das stetig anwachsende Gefühl der Verzweiflung, das die Worte des Mannes in ihr heraufbeschworen hatten, ließen sie ihre Umgebung vergessen.

Im Spiegel, der über dem Waschbecken hing, sah sie Gregors Gesicht. In seinen Augen lag Härte und Entschlossenheit, während er ohne Hast sein Hemd zuknöpfte.

»Bitte, geh nicht, Gregor.« Sie packte ihn an den Schultern und schmiegte den Kopf an seinen Rücken. »Sag, daß du das alles nicht ernst gemeint hast. Ich ertrage es nicht, wenn du einfach fortgehst – zu ihr, so, als hätte es nie etwas zwischen uns gegeben. Ein paar Worte können doch nicht alles, was gewesen war, auslöschen...«

Gregor löste ihre Hände unsanft von seinen Schultern.

»Du solltest nicht sentimental werden, Lisa«, sagte er, und seine Stimme klang plötzlich fremd in ihren Ohren.

»Du wußtest von Anfang an, daß ich verheiratet bin und zwei fast erwachsene Söhne habe. Auch das kann man nicht so einfach aus seinem Leben streichen. Immerhin ist Vanessa seit zwanzig Jahren meine Frau...«

»Das alles weiß ich, Gregor«, unterbrach ihn Lisa, »und ich habe stets darauf Rücksicht genommen – ganze zwei Jahre lang. Ich habe dir geglaubt, wenn du von der bevorstehenden Scheidung gesprochen hast. Ich habe deinen Worten vertraut und darauf gewartet, daß du...«

»Bitte, hör jetzt auf, Lisa, ja?« Gregor hatte sich umgedreht. Seine Augen glitten über ihren nackten, frierenden Körper, aber seine Blicke blieben kalt und abweisend. »Ich mußte eine Entscheidung treffen und bitte dich, diese Entscheidung zu akzeptieren. Du mußt dich genauso mit den Tatsachen abfinden wie ich. Und jetzt zieh dir endlich etwas über, sonst erkältest du dich.«

Das hatte er noch nie zu ihr gesagt. Noch nie hatte er an eine Erkältung gedacht, wenn sie nackt vor ihm stand. Sie empfand seine Worte wie eine eiskalte Dusche, und ihre Hände begannen zu zittern, als sie nach ihren Kleidern griff. Doch sie brachte jetzt nicht die Kraft auf, sich anzuziehen und warf das neue Herbstkostüm achtlos über eine Stuhllehne. Irgend etwas, gegen das sie machtlos war, schnürte ihr die Kehle zu. Ein trockenes Schluchzen begann ihren Körper zu schütteln. Sie wandte sich um, ließ sich auf das breite Bett sinken und vergrub das Gesicht in den zerwühlten Kissen. Aber diesmal beugte sich Gregor nicht über sie, um sie zu trösten und ihren schmalen Rücken mit zärtlichen Küssen zu bedecken. Er zog seine Schuhe an, legte die grüngestreifte Krawatte um den Hemdkragen und knüpfte sie zu einem perfekten Knoten.

Lisa kam sich hilflos vor. Völlig hilflos und alleingelassen. Ihre Finger verkrampften sich im Laken, sie verspürte plötzlich das Bedürfnis, ihren nackten Körper zu bedecken. Gregor sollte sie nicht mehr so sehen. Zumindest jetzt nicht. Irgend etwas in ihr zerbrach wie ein Gefäß aus hauchdünnem Porzellan, ohne daß sie etwas dagegen tun konnte. Sie hörte auf zu schluchzen und wandte ihm das Gesicht zu.

»Wenn du jetzt wirklich gehst, werde ich mich umbringen«, sagte sie leise.

Gregor zog den Krawattenknoten fest und drehte sich abrupt um. »Wenn das eine Erpressung sein soll, Lisa, dann ist sie reichlich dumm und geschmacklos.« Seine Stimme klang hart, fast wütend.

»Ich werde es tun, Gregor!«

Der Mann zuckte mit den Schultern, seine Augen verengten sich zu schmalen Schlitzen. »Dann tu's doch«, sagte er zynisch. »Du weißt doch, wie es geht. Köbler aus dem Tennisclub hat's uns ja vorexerziert. So, wie er's gemacht hat, ging es schnell und absolut schmerzlos.«

Gregor griff nach seinem Jackett und verließ das Hotelzimmer, durch dessen schmutzig-graue Fensterscheiben jetzt ein einsamer Strahl der Nachmittagssonne drang. Das Geräusch der ins Schloß fallenden Tür dröhnte in Lisas Ohren wie ein tödlicher Schuß...

Die Nacht dehnte sich endlos. Lisa lag auf ihrer Bettcouch und starrte gegen die Holzpaneelen der Zimmerdecke. Der Schein einer Stehlampe tauchte den Raum in gedämpftes Licht.

Lisa war allein im Haus. Dr. Konrad Lipinsky, dem sie seit mehr als zwei Jahren den Haushalt führte, befand sich auf einer Vortragsreise in Skandinavien. Demnach hätte sie heute sogar eine sturmfreie Bude gehabt, aber sie hatte es dabei belassen, sich mit Gregor im Hotel zu treffen. Sie wollte das Gerede der Nachbarn gar nicht erst provozieren – Gregor zuliebe und aus Rücksicht auf den betagten Doktor.

Lisas Gesicht wirkte bleich, dunkle Ringe umschatteten ihre Augen. Schon zweimal in dieser Nacht war sie in einen unruhigen Halbschlaf verfallen und jedesmal schweißgebadet aufgewacht. Zeitweilig war sie wie gelähmt, fast unfähig, sich zu rühren oder auch nur einen klaren Gedanken zu fassen.

Ja, sie würde es tun. Sie *mußte* es tun. Gregor hatte ihr alles bedeutet, sie konnte sich einfach nicht vorstellen, wie es ohne ihn weitergehen sollte, auch wenn sie ihn jetzt zeitweilig zu hassen glaubte. Hatte er sie nicht die ganzen zwei Jahre hindurch belogen und hingehalten – einfach benutzt wie einen Gebrauchsgegenstand? Gregor war ein Lügner. Alles, was er getan und gesagt hatte, war Lüge, nichts als Lüge. Dieser Gedanke ließ sie frösteln.

Dann kam ihr Köbler in den Sinn. Er war ein hervorragender Tennisspieler gewesen. Wie man sich hinter vorgehaltener Hand zuflüsterte, waren ihm die Schulden über den Kopf gewachsen. Aber das alles hatte er hinter sich. Und er schien die richtige Methode gewählt zu haben. »Es ging schnell und absolut schmerzlos«, hatte Gregor gesagt. Nein, nicht gesagt – er hatte ihr diese Worte voller Zynismus an den Kopf geworfen.

Ein Geräusch riß Lisa aus ihren Gedanken. Es hatte sich angehört wie das Zuklappen einer Tür. Da sich jedoch außer ihr niemand im Haus befand, mußte der dumpfe Laut von draußen gekommen sein. Vermutlich hatte jemand die Tür seines Wagens zugeschlagen, und das Anspringen eines Motors würde das gleich bestätigen. Doch es blieb alles still. Sie konnte sich auch nicht daran erinnern, vor dem Geräusch den Motor eines Wagens gehört zu haben.

Zum ersten Mal zuckte ihr der Gedanke an Einbrecher durch den Kopf. Aber das Haus galt als absolut sicher. Dr. Lipinsky hatte erst vor wenigen Monaten eine neue Haustür mit Rundumverriegelung einbauen lassen, und die Fenster besaßen ausnahmslos abschließbare Griffe. Trotzdem – noch gestern hätte sie der bloße Gedanke an Einbrecher in Angst und Panik versetzt, jetzt aber blieb sie ruhig, beinahe gelassen, so, als würde sie plötzlich über allen Dingen stehen. Vielleicht gehörten Angstgefühle zu jenen Empfindungen, die man einfach zurückließ, wenn man mit seinen Gedanken und Entschlüssen bereits eine gewisse Schwelle überschritten hatte. Ein dünnes Lächeln spielte um ihre Lippen und verscheuchte für Sekunden die Verbitterung aus ihrem Gesicht.

Das merkwürdige Geräusch hatte Lisa schon fast wieder vergessen, als plötzlich ihre Zimmertür aufschwang. Sie erschrak heftig und fuhr wie von einer Tarantel gestochen in die Höhe. Also doch Einbrecher! Reflexartig zog sie die Decke bis zum Kinn, dann aber vermischte sich die Angst in ihrem Gesicht mit Verblüffung.

Lisa kannte den Mann, der aus dem dunklen Flur heraus ihr Zimmer betrat.

»Das darf doch nicht wahr sein!« Ihre Stimme klang beinahe schrill. »Wie sind Sie ins Haus gekommen? Und was suchen Sie überhaupt mitten in der Nacht hier?«

Wolf Lipinsky grinste. »Bitte nicht so viele Fragen auf einmal, Lisa.« Der dunkelhaarige junge Mann verhielt seine Schritte vor dem niedrigen Couchtisch. Er roch nach Alkohol.

»Ich möchte eine Antwort haben, und zwar sofort!« stieß Lisa hervor. »Oder soll ich die Polizei rufen? Schließlich sind Sie widerrechtlich in das Haus und in mein Zimmer eingedrungen.«

»Irrtum, Lisa. Onkelchen überließ mir freiwillig einen

Haustürschlüssel – so für alle Fälle, du weißt schon. Er ist ja nicht mehr der Jüngste.«

»Aha«, zischte Lisa wütend. »Und einen Schlüssel für mein Zimmer gab er Ihnen wohl auch, wie?«

»Es war nicht abgeschlossen.«

»Leider!« konterte Lisa. »Und jetzt verschwinden Sie endlich. Wenn Sie in zehn Sekunden noch hier sind, wähle ich die 110.« Sie beugte sich zur Tischplatte herüber und griff nach dem Telefonhörer.

Wolf Lipinsky reagierte rasch. Noch bevor sie den Hörer abnehmen konnte, packte er ihr Handgelenk. »Warum bist du so nervös, Schätzchen?«

Das immer unverschämter werdende Grinsen des Mannes verstärkte Lisas Angst. »Wenn Sie mich daran hindern, die Polizei anzurufen, schreie ich die ganze Nachbarschaft zusammen.«

»Aber warum denn? Hat das Rotkäppchen vielleicht Angst vor dem bösen Wolf?« Seine Stimme klang spöttisch. Er ließ ihre Hand los, nahm den Telefonapparat aus ihrer Reichweite und stellte ihn auf den Teppichboden.

»Sagen Sie mir endlich, was das alles soll!« fauchte Lisa. »Ich habe Ihnen keine Veranlassung gegeben, nachts in mein Zimmer einzudringen.«

»Das kann man wohl sagen«, entgegnete Wolf Lipinsky. »Die beiden Ohrfeigen, die du mir bei Onkelchens Geburtstagsempfang verpaßt hast, waren alles andere als eine Einladung. Ich habe mir deshalb lange den Kopf darüber zerbrochen, wie ich mich am besten dafür bedanken könnte. Und siehe da – es sind mir eine Menge hübscher Dinge eingefallen...«

Lisa fror plötzlich. Sie war sich völlig darüber im klaren, daß dieser Bursche ihr Alleinsein schamlos ausnutzen wollte. Obwohl sie ihm schon früher deutlich klargemacht hatte, daß er sich seine Nachstellungen sparen konnte, hatte er sie auch während des Geburtstagsempfangs in penetranter Weise belästigt – bis es dann in der Küche zu den beiden Ohrfeigen gekommen war. Und jetzt diese Situation. Lisa ahnte, was auf sie zukommen würde...

»Gehen Sie jetzt endlich!«, sagte sie. »Ich werde mich bei dem Herrn Doktor über Sie beschweren.«

Wolf Lipinsky lachte, während er sich auf einem der beiden Sessel niederließ. »Der Onkel hat viel Verständnis für seinen Neffen.« Er griff nach der Cognac-Flasche, die auf dem Tisch stand. »Sieh an, was haben wir denn da Feines? Kaum ist der Hausherr weg, läßt sich's die Perle gutgehen.« Er schnalzte genießerisch mit der Zunge, als er das Etikett las. »Das ist ja ein echt französischer Tropfen. Du scheinst zu wissen, was gut ist, Schätzchen. Wenn du sonst auch so gut bewandert bist...« Sein Lachen ging Lisa durch Mark und Bein, während er das Glas füllte, das neben der Flasche gestanden hatte. »Du hast doch nichts dagegen, wenn ich mir angesichts deiner schlechten Laune erst etwas Mut antrinke, he?«

Lisa schwieg. Dieser Kerl würde sich ohnehin nehmen, was er haben wollte. Auch wenn sie etwas dagegen hätte. Sie schloß für einen Moment die Augen, denn zeitweise nahmen ihre Sehnerven rote Schleier wahr, die wie Theatervorhänge auf und zu gingen. Und manchmal glaubte sie sogar, das Gesicht Gregors zwischen diesen Vorhängen zu erkennen.

»A votre santé, Mademoiselle. Mit einem so guten Schluck wird man nicht überall empfangen.« Die Stimme Wolf Lipinskys holte Lisa in die Wirklichkeit zurück. Er hob das Glas und trank es mit wenigen Schlucken aus. »Wirklich erste Klasse«, stellte er fest, und während er nachfüllte, sagte er: »Das ist für dich, Schätzchen. Das bringt dich in Fahrt...«

Lisa rührte das Glas nicht an und wandte sich ab. Sie wußte auch, warum.

Das Gesicht des Mannes wurde plötzlich kalkweiß. Schweißperlen traten auf seine Stirn. Seine Finger öffneten sich, das halbvolle Glas fiel auf den Boden. Bevor er stöhnend zusammenbrach, preßte er die Hände gegen Brust und Magen.

»Hilf mir, Lisa«, flüsterte er. »Bitte, hilf mir...« Dann setzten heftige Krämpfe ein.

Lisa rührte sich nicht, ihr Körper wurde plötzlich kalt und starr wie eine aus Stein gehauene Statue. Sie wußte, daß dem jungen Lipinsky niemand mehr helfen konnte – auch kein Arzt. Sie hatte den Cognac schon vor Stunden aus der Hausbar des Doktors geholt und das Gift hineingeschüttet, um ihren Entschluß in die Tat umzusetzen. Jetzt aber blickte sie wie unter hypnotischem Zwang auf den Mann, der sich am Boden wand.

Wolf Lipinsky rührte sich nicht mehr, als sie sich langsam und mit dem Gefühl, unendlich müde zu sein, erhob und zur Tür ging. Nein, *diesen* Gefallen würde sie Gregor nicht tun. Jetzt nicht mehr. Wie hatte er nach seinem Hinweis auf Köbler gesagt? »Es ging schnell und absolut schmerzlos.«

»Du bist ein Lügner, Gregor«, murmelte sie, »ein ganz infamer Lügner!«

Steffen Mohr

Durchgeschlängelt

Die Leute schimpfen jetzt auf Honecker und seinen Schatzmeister Schalck-Golodkowski. Aber glauben Sie mir, im brutalen Sozialismus hat seinerzeit noch manch anderer kleine Profitjäger sein Geschäft auf Kosten des gläubigen Volkes gemacht und sei es mit lebenden Tieren. Daß dabei nicht weniger Menschenleben gefährdet waren, können Sie mir als einem in Ehren pensionierten Zootierarzt ruhig glauben. Handelte es sich doch bei Hackis kleinem Nebenverdienst schließlich um den Handel mit Sandvipern oder Phythons und ähnlichen Spezies, also um Gift- oder Würgeschlangen.

Das Dümmste, was ein Viehdoktor tun kann, ist in Rente zu gehen und dennoch für seine frühere Arbeit ein Interesse aufzubringen, das ihn sogar nachts in eine durch die Zeitung angekundigte Schlangenschau treibt. Wäre ich gestern nicht ins TIVOLI gegangen, hätte ich heute morgen kein Polizeiprotokoll unterschreiben müssen und ein mir über Jahrzehnte vertrautes Gesicht identifizieren. Das freilich war bis zur Unkenntlichkeit schwarz verfärbt und die Epidermis wie von tausenden Hammerschlägen aufgesprungen. Doch alles der Reihe nach.

Es begann vor einundvierzig Jahren. Als nur für die allwöchentliche Visite, den sogenannten großen Rundgang, in den Zoo gebetener Besucher, bestenfalls zwischendurch bei schwierigen Geburten oder notwendigen Einschläferungen selten gerufener Gast, kriegte ich das Leben des Zoopersonals nur am Rande mit. Freilich erhielt ich, wenn ich Informationen über Personalkonflikte bekam, diese dann auch geballt, mit dem Druck und der Last einer ganzen vergangenen Woche.

Daraus zog ich den Vorteil, daß ich alle in diesem Tierfreundeverein auftauchenden Streitigkeiten sozusagen schon ein wenig verallgemeinert, also von einem ursprünglichen Haß oder Neid bereits gereinigten Zustand erfuhr.

Hagen Grotewinds Pech mit dem einzahnigen Elefantenbullen Samuel erfuhr ich auf diese Art Tage später, während der großen Dienstags-Runde, als Hacki bereits im Krankenhaus und sein Kopf in einem Gipsverband lag.

Damals war Hacki, der mit vollem Namen Hagen Grotewind hieß, einer der hoffnungsvollsten Lehrlinge im Zoologischen Garten. Hacki konnten sie überall hinstekken, sei es zum ängstlichen Rotwild oder zu den trägen Eisbären, zu den massigen Galapagos-Schildkröten oder ins tropische Vogelhaus. Er begriff schnell und fand zu jedem Lebewesen sofort das beste Verhältnis. Gleiches konnte man freilich nicht von Hackis Beziehungen zu den Revierpflegern behaupten. Oft stritt der stämmige, eher wie ein Südländer denn ein Deutscher wirkende Junge sich mit den zuständigen Wärtern. Es gab Klagen bis zur Direktion, daß Hacki alles immer besser wisse. Schlimm daran war, daß er oft sogar recht hatte und ihn der Direktor manchmal persönlich unterstützte, beispielsweise in einem Streit, als Hacki für die Bewohner des Affenhauses statt der obligaten Bananengrundlage öfter vitaminreichere Kost verlangte, eben die für damalige Zeiten selbst für Menschenkinder im ärmeren deutschen Staat nur zu Weihnachten sichtbaren Apfelsinen. (Welche der Revierpfleger übrigens, ebenso wie die Hälfte der Bananen lieber seinen eigenen Kindern nach Hause brachte, um die Affen nachher mit Äpfelstückchen aus seinem Schrebergarten abzuspeisen.)

Hacki kam in den Gipsverband auf eine für das gesamte Personal höchst einleuchtende Weise, hatte er doch die tierische Ehre des Bullen Samuel verletzt. Mir erschien der Vorfall schon damals suspekt, ich erblickte darin kaum bloß die Rache eines afrikanischen Dickhäuters. Eher vermutete ich die gezielte Warnung eines Revierpflegers namens Jacky, der nicht einmal der Dienstälteste unter den beleidigten Kennern der Materie war, denn er hatte Hacki gerade mal sieben Lebensjahre voraus. Der Unfall kam, kurz gesagt, so zustande, daß für Bernd Jäger – also Jacky – während dessen dreiwöchigen Ostseeurlaubs ein Ersatz für die Elefantenpflege gesucht werden mußte. Im Leitungsgremium lehnten sowohl die Revierchefs der Paarhufergehege wie die Bärenwärter und selbst der Heger der Großkatzen solche Herkulesarbeit ab.

Der Zoodirektor entschied jedoch, daß alle Revierpfleger reihum, während Jacky sich unter der Sonne Rügens aalte, je eine Woche den Dickhäutern Fressen und Trinken, Auslauf und Abmistung gewähren sollten. Ihnen zur Seite gab er über die ganze Zeit, auf dessen Drängen hin auch, den Lehrling Hagen Grotewind. Nun wurden die Pfleger freilich immer wieder krank oder begaben sich mit erklärlichen Entschuldigungen zu ihren alten Revieren. Wer den sieben Elefantenkühen und dem einzahnigen Samuel von früh bis abends treu blieb, war der Lehrling Hacki.

Ich muß niemandem sagen, daß Elefanten Rudeltiere sind und auch nicht erläutern, was das für einen Zootierpfleger bedeutet. Denn kaum war Jacky in den Zug an die blaue Ostsee eingestiegen, potenzierte sich Samuels Selbstbewußtsein als nunmehr alleiniger Pascha unter sieben Frauen. Bisher hatte er Jacky als ersten Elefanten akzeptiert, auch wenn dieser ein Zweibeiner war. Doch da nun ständig, wenn auch mit geringfügigen Unterbrechungen, ein kleines, braunäugiges Wesen die Schubkarre voller Brote vorfuhr und die Wassereimer füllte und sich so trotz seiner ersichtlichen Schwäche in die Gunst des siebenköpfigen Harems schlich, platzte Samuel die dicke Haut. Eines schönen Tages umschlang er Hacki nicht eben in liebevoller Absicht mit dem Rüssel. Er schleuderte ihn zwölf Meter hoch und zehn Meter weit, im Angesicht vieler augenblicks schreiender Zoobesucher.

Hacki kam auf dem Beton des Wasserbeckens zu liegen. Er besaß noch gerade so viel Kraft, herauszukrabbeln und mit einem in kleine Teile zerschmetterten Unterkiefer das Weite zu suchen. Was Samuel freilich als selbsterklärte Niederlage des neuen Rudelchefs ansah und mit höhnischem Trompeten quittierte. Seitdem wohnt er durch ein massives Gitter abgesperrt von seinen Kühen. Jacky fand nach seiner Rückkehr von der Insel den Ausschluß Samuels sehr vernünftig, ließ sich wie das gesamte Personal über Hackis Tierunverstand aus und besuchte ihn nicht im Krankenhaus. Heute weiß ich, daß Hagen Grotewind dem Elefantenpfleger nie verziehen hat, wie der ihn damals – wie sagt man so treffend? – ach ja: aufklatschen ließ.

Der braunäugige, stämmige Hacki muß schon damals Tod und Rache geschworen haben. Nur so kann ich mir seine dringende Bitte erklären, nach Abschluß der Lehre im Reptilienhaus eingesetzt zu werden. Natürlich gab es Widerstände in der Leitung. Eigentlich wurde dringend ein Pfleger für die afrikanischen Buntböcke gebraucht, auch ein sensibler, doch kräftiger Mann für das Känguruh-Gehege. Doch Hagen war nun mal der Lehrling mit den besten Abschlüssen, also gab man nach und setzte ihn bei den Schlangen ein.

Ich vergaß zu erwähnen, daß Hacki seit seinem Unfall – die Ärzte bauten ihm einen Unterkiefer aus Plaste ein – ziemliche Schwierigkeiten beim Reden hatte. Schwer konnte man sein Gestammel verstehen. Er schwieg darum meist den ganzen Tag über, was seiner sonst recht rassigen Erscheinung gegenüber den Frauen Abbruch tat. Da blieb er eben zunächst lange Junggeselle.

Als Revierpfleger der Schlangen, Warane, Rautenstumpfkrokodile und Skinks nun leistete Hacki sein Bestes. Erstmalig während des über hundertjährigen Bestehens verzeichnete der Zoologische Garten international beachtete Erfolge in der Nachzucht solcher selten in Gefangenschaft gebärenden Tiere wie der Hechtkrokodile oder Doppelkopfwarane. Mehr und mehr entwickelte sich Hacki damit zum Liebling des Zoodirektors. Denn Nachzucht hieß Geld, Geld hieß Westgeld, Westgeld aber eine größere Unabhängigkeit des Zoos von den kleinen Honeckers und Schalck-Golodkowskis im Stadtstaat des sozialistischen Staates. Bis mir auf einmal, eines Dienstagsmorgens nämlich auffiel, daß Hacki nicht alle Schlangengeburten ordentlich meldete.

Eine Mokkasinschlange, wußte ich, bringt etwa so und soviel Junge, ein Leguan so viel Nachzucht, die Grubenotter das und das an schlüpfender Menge. Hacki wies, wenn anfangs auch geringfügig, immer weniger an Menge vor. Wohin waren die übrigen Kreaturen geschlüpft?

Ich muß aus heutiger Sicht sagen, daß ich Hacki den kleinen Nebenverdienst gönnte. Auch ich wurde manchmal zu privaten Züchtern gerufen, denen beispielsweise die verschlossene Kloake einer Trugnatter oder das unregelmäßige Gebiß eines individuell gehaltenen Ozelots Sorgen bereitete, und ich kassierte ganz schön dafür. Diese Züchter waren eigentlich allesamt Snobs, die das Volk verachteten. Hacki, wußte ich, bereicherte sich – wie ich auch – an ihren Freizeitgelüsten. Ich wußte damals nicht gleich, daß ihm Jacky auf die Schliche gekommen war. Er muß ihn erpreßt haben.

Etwa nach dem Motto: Wenn du volkseigene Tiere privat verkaufst, wofür du ja bekanntlich einige Jahre Zuchthaus riskierst, so will ich dein Gewinnpartner sein. Hacki beteiligte seinen ehemaligen Lehrmeister aus dem Elefantenrevier. Er wird es getan haben. Andererseits wird Hacki versucht haben, den Mann, dem er die Verstümmelung seines Gesichts verdankte, aus dem Geschäft herauszudrängen. Dieser Kampf zwischen den beiden Männern in zoogrüner Uniform fand schweigend, sozusagen unter Ausschluß der Zoo-Öffentlichkeit statt. Jedenfalls hatte es für mich diesen Anschein.

(Natürlich wußte ich, wie mancher seinen kleinen Profit machte im Tiergarten: der Kustos der Vögel verschob seine Wachteleier und regenbogenfarbenen Tukanfedern, der Pfleger der Stacheltiere machte seinen kleinen Reibach mit den Stachelspitzen, die sich vorzüglich als Schwimmposen an Angler verkaufen ließen, Jacky verkaufte geradezu groß organisiert seinen Elefantenmist an Abholer am Hintereingang, die das Exkrement als weitaus besseren Dünger für die private Championzucht erkannt hatten als Pferdeäpfel – und mischte wertloseren Kot darunter, denn so viel schissen die Elefanten gar nicht, wie Jackys Handel forderte ...)

Jacky setzte Hacki also unter Druck. Aber dann kam die politische Wende. Honecker dankte ab, Schalck-Golodkowski floh vor der Gerechtigkeit. Viele, die sich am Volk bereichert hatten, wurden ins Licht einer plötzlich freien Presse gezogen. Ich ging in Rente. Wir alle waren vierzig Jahre älter geworden.

Durch die Zeitung erst wurde ich darauf aufmerksam gemacht, daß in einem neu eröffneten Zoogeschäft in der Vorstadt die Kunden von Schlangen und ähnlichen furchterregenden Wesen bedroht werden. Ein Leguan, frei im Laden herumspazierend, hatte eine Osnabrücker Tierfreundin (SPD-Landtagsabgeordnete auf Osttour) in den Salamander-Stiefel gebissen. Das interessierte mich.

Als Besitzer des Ladens fand ich Hacki vor. Ihm assistierte eine wendige, wasserstoffhart blondierte Verkäuferin, der ich auf den ersten Blick ansah, daß es ihr bloß ums Verdienen und nicht um Hacki ging. Er freilich, der mich übrigens mit einer Umarmung und dem für ihn typischen Gestammel begrüßte, schenkte der Wasserstoffharten peinlich begehrende Blicke. So viel ich aus seinem Stottertext entnahm, war es Jacky, der entweder selbst oder durch andere bei ihm Reptilien kaufte und diese wieder im Geschäft aussetzte. An jenem Tag, da ich Hackis hübschen und sauberen, auch echt tierfreundlichen Laden aufsuchte, trollten sich innerhalb einer Stunde gerade mal drei sensationslüsterne Kunden im Geschäft. Alle übrigen hatte die Presse gehörig in Panik versetzt. Eine Woche darauf mußte Hacki den Laden schließen.

Mit seiner Partnerin – und nun komme ich auf das gestrige Gruselerlebnis im TIVOLI zurück – versuchte Hagen Grotewind sich als Schlangenbändiger in Nachtbars. Es ist jedermann klar, wie solche Showveranstaltungen ausgehen, wenn man, wie Hacki, im wahren Sinne des Wortes nicht der Rede mächtig ist. Denn es gilt hier, durch allerlei Geschwätz die Gefährlichkeit der Schlange zu betonen, Würgschlangen für Giftvipern auszugeben und so weiter. Das alles, wie ich es gestern abend im diffusen Rotlicht auf der TIVOLI-Bühne erlebte, leistete Hackis Partnerin mit notwendiger Bravour. Hacki ließ die Pythons und Anacondas über seinen wohlgebräunten Körper kriechen. Die Wasserstoffblonde quasselte dazu zoologischen Unsinn für Geld.

Ich hatte nichts dagegen, daß Hacki samt Partnerin nach der Show an meinen Tisch kamen. Ein wenig konsterniert war ich jedoch, als sich plötzlich ein blondgrauer Indogermane, Riese von Statur und mir wie Hacki gut bekannt als Zootierpfleger, an unseren Tisch pflanzte. Mir war Bernd Jäger im Dunkel der Bar zunächst nicht aufgefallen. Fast schien der Abend in eine rührselige Wiedersehenszeremonie zu entarten.

Nicht schön, wirklich nicht schön waren Jackys Pöbeleien. Die Blonde starrte dazu bloß ins Leere und konnte oder wollte nichts verstehen. Jacky benahm sich wie seine Tiere im Porzellanladen. Er breitete mit dem zweifelhaften Anticharme unserer neuen politischen Offenheit auf dem Tisch aus, wie wir doch alle Profithaie gewesen wären unter dem alten Regime. Wie wir darüber jegliche Menschlichkeit außer acht gelassen und selbst Kollegen und gute Freunde über Messers Schneide gestoßen hätten. Und wie er Hacki verachte, daß er beim Zoo gekündigt und sich so seiner schmierigen Vergangenheit entledigt hätte.

»Durchgeschlängelt«, sagte Jacky. »Durchgeschlängelt hast du dich immer, mein Freund... Hast unsere Tiere vielleicht sogar dem Staatssicherheitsdienst verkauft...«

Hacki schwieg zu diesen Anwürfen. Nur seine Blicke drückten aus, wem er den Verlust seines Geschäfts dankte, wem die ständige Angst beim kleinen Profithasch, als er noch Pfleger der Zooreptilien war, wem den verstümmelten Unterkiefer... Dabei schenkte er Jacky fleißig Sekt nach.

Später, als die Schreie der Leute mich nach draußen trieben, kurz nachdem Jacky in sein Auto gestiegen war, erkannte ich die Lage sofort. Hacki hatte ihm zwei Mambas in den Wagen gesteckt. Die von Hacki vorher selbst Getötete, weibliche hatte er auf den Fahrersitz gelegt. Die männliche aber hatte Hacki am Leben gelassen. Sie biß Jacky in dem Moment, als er einstieg. Eine Mamba sucht ihren Partner, auch wenn er tot ist und beschützt ihn vor jedem Zugriff.

Ich tat meine Pflicht als Arzt, wenn ich auch schon Rentner bin. Ich verlangte vom Bartelefon aus sofort das Serum. Bei einer wütenden Mamba muß das in wenigstens einer halben Stunde am Ort sein, sonst stirbt das Opfer.

Wissen Sie, welche Chance Jacky hatte, zu überleben? Bei der Langsamkeit unserer neuen ostdeutschen Bürokratie!

Jan Flieger

Todesfahrt

Das Mädchen in den verwaschenen Jeans stand am Rand der Fernverkehrsstraße.

Sie war gertenschlank und trug das kastanienfarbene Haar glatt, bis weit über die Schultern fallend. Ihr Gesicht hätte jeden Maler gereizt, der eine Madonna darstellen wollte. Dieses Kompliment kannte sie. Ihre Figur und das schöne Gesicht waren beim Trampen eine große Hilfe. Doch sie trampte mit Vorsicht, zu jedem Mann stieg sie nicht in das Auto, denn mit siebzehn Jahren wußte sie so allerhand, was geschehen konnte.

Es ist zum Ausrasten, dachte das Mädchen, haben die Typen heute alle ihre Frauen auf dem Beifahrersitz?

Da sah sie einen Audi kommen.

Der Typ ist allein, dachte sie erfreut und winkte wild.

Der Audi blinkte, hielt.

Die blauen, freimütig blickenden Augen des Mädchens musterten den Mann, der den Wagen stoppte und die Scheibe herunterkurbelte.

»Ja, bitte?«

Das Mädchen taxierte den lächelnden Mann blitzschnell. Ihr Gehirn speicherte die Eindrücke wie ein Computer: ziemlich durchschnittlicher Typ. Spießer.

Opa. Sicher schon Mitte Vierzig.
Astreine Lederjacke.
Echt beschissener Schlips.
Ungefährlich.
Versucht mich höchstens mit Geld anzumachen.
Wenn überhaupt.
Sicher verklemmt.
Macht es lieber bei Pornos per Video.

»Hey«, sagte das Mädchen. »Können Sie mich mitnehmen?« Sie nannte die Stadt, die sie erreichen wollte.

»Gut«, sagte der Mann. »Da können Sie mit. Ist auch mein Ziel.«

Er öffnete mit einer einladenden Geste die Tür und das Mädchen stieg ein.

Der Typ benutzt ein unheimlich starkes Rasierwasser, dachte sie, und ein scheißfeines Auto hat er auch, wie geleckt – das goldene Kalb.

Das Mädchen mochte gute Rasierwasser.

Sie schlug die Beine übereinander, wippte mit dem Fuß und begann, die Fahrt zu genießen. Dieses Auto war ein Glückstreffer!

Es würde sie sogar bis ans Ziel bringen, kein weiteres Winken war erforderlich.

Nun kommt das übliche Gelabere, dachte das Mädchen.

»Trampen Sie immer?« fragte der Mann und warf einen schnellen Blick in den Rückspiegel.

»Ja«, versicherte das Mädchen. »Trampen ist super.«

Der Mann nickte zustimmend. Dann glitt seine linke Hand über den blaurot gemusterten Binder.

Scheu, stellte das Mädchen fest, eine große Unterhaltung wird nicht aufkommen, er hat echt Angst vor mir.

Das Mädchen summte einen Schlager.

Der Mann blickte konzentriert geradeaus.

Nach einer Weile des Schweigens wandte der Mann sich um, und das Mädchen vernahm ein klickendes Geräusch, blickte auf den Rücksitz und stellte mit Erstaunen fest, daß der Mann auf die Taste eines kleinen Aufnahmegerätes gedrückt hatte.

Der Fuß des Mädchens wippte weiter.

Sie zuckte die Achseln.

Und der Mann gab Gas.

Beinahe hundertzwanzig, dachte das Mädchen überrascht.

»Ich werde dich vergewaltigen«, sagte der Mann plötzlich.

Das Mädchen lachte auf.

»Sie flippen wohl aus?«

»Nein«, versicherte der Mann.

Das Mädchen schüttelte den Kopf. »Auf solche Witze hab' ich keinen Bock. Ehrlich. Die nerven mich.«

»Ich mache nie Witze«, sagte der Mann. »Wenn du dich wehrst, geht es dir wie den anderen vier.«

»Wie ist es denen denn ergangen?« fragte das Mädchen spöttisch. Sie stellte das Wippen des Fußes ein.

»Sie sind tot«, sagte der Mann.

Das Mädchen saß plötzlich starr.

»Wie wollen Sie das machen?« fragte sie vorsichtig. »Sie haben gar keine Hand frei.«

»Es gibt einen Waldweg. Da fahren wir rein.«

»Da springe ich raus«, drohte das Mädchen.

»Das dachten auch die anderen.«

Das Gesicht des Mannes blieb unbewegt, wirkte maskenhaft. Das Mädchen spürte sein Herz heftig schlagen, erst in diesem Augenblick registrierte sie die breiten Schultern des Mannes, seine kräftigen Hände, die behaarten Handrücken.

Der Mann hielt die Lippen aufeinandergepreßt.

»Man kann sich bei Männern sehr täuschen«, sagte der Mann.

»Sie können doch nicht einfach...« Das Mädchen versuchte, dieser Feststellung ein Auflachen folgen zu lassen, doch das gelang ihr nicht, es wurde eher ein Seufzer.

»Ich kann«, entgegnete der Mann hart.

Das Mädchen fühlte Schweiß in ihren Handflächen.

»Lassen Sie mich raus!« befahl es.

»Wir steigen gemeinsam aus. Auf diesem Weg«, erwiderte der Mann gelassen. »Dort sind wir allein.«

Jetzt pfiff der Mann ein Lied.

Es war das Lied vom Polenmädchen.

Das Mädchen kannte den Text der Strophe von der Eiche und der Leiche.

Ich weiß nicht, was los ist, schoß es dem Mädchen durch den Kopf, aber ich darf nicht die totale Panik kriegen, ich muß cool bleiben, aber ich habe eine tierische Angst.

»Und wenn ich Sie lasse...«, schlug es leise vor. »Kann ich dann abschwirren?«

Der Mann pfiff ungerührt das Lied weiter.

»Du würdest mich anzeigen«, meinte er dann und schüttelte seinen Kopf.

»Sie kriegen keinen Trouble. Ehrlich. Ich...«, versicherte das Mädchen.

Der Mann schüttelte erneut den Kopf.

Das Mädchen sah zum Türgriff.

»Tempo einhundert«, gab der Mann zu bedenken. »Wenn du aussteigen willst? Bitte! Dein Gesicht sieht dann nicht mehr sehr schön aus.«

Das Mädchen verrieb den Schweiß der Handflächen auf den Oberschenkeln.

»Ihr werdet, wenn es ernst wird, alle sehr klein«, stellte der Mann fest. »Zum Schluß heult ihr nur. Das emanzipierteste Weib wird ganz zahm, wenn ihm endlich mal einer die Zähne zeigt.«

Das Mädchen kämpfte mit den Tränen und schüttelte den Kopf.

»Wir sind gleich da«, versicherte der Mann.

Das Mädchen kaute verzweifelt auf ihrer Unterlippe. Bei mir setzt es total aus, dachte es, ich habe keinen Durchblick mehr.

Immer noch lief das Aufnahmegerät.

»An dem Band weiden Sie sich dann wohl?« stieß das Mädchen mit einem haßerfüllten Blick auf den Rücksitz hervor.

»Genau«, versicherte der Mann. »Jede Angst ist anders. Du beherrschst dich noch ganz gut. Die vor dir war ähnlich. Aber dann, auf dem Waldweg, weißt du, brach alles zusammen. Da heulte die nur. Sie ließ alles mit sich geschehen. So ist es auch das Beste.«

»Sie sind echt wahnsinnig«, sagte das Mädchen leise.

»Durchaus nicht«, erwiderte der Mann jovial. »Nur lebenshungrig. Und sehr fantasievoll. Ich tue etwas gegen die Monotonie des Lebens.«

»Man faßt Sie«, sagte das Mädchen.

»Kaum.« Der Mann zuckte gelassen mit den Schultern.

»Man faßt Sie doch!« machte sich das Mädchen Mut.

Der Mann winkte ab.

»Du bist schon die fünfte. Man muß nur die Länder wechseln. Mal Sachsen, mal Brandenburg, mal Schleswig-Holstein.«

Dann begann er, sich dünne Lederhandschuhe über die Hände zu streifen, ohne das Tempo des Wagens zu vermindern.

»Man darf nie Spuren hinterlassen«, erklärte er dabei. »Nach jedem Mal werfe ich die Handschuhe weg und die Kleidung.«

Die Finger des Mädchens irrten auf den Oberschenkeln umher, ohne Ruhe zu finden. Sie atmete nun sehr hörbar, so, als säße sie nach einer großen sportlichen Anstrengung in diesem Auto.

»Finde dich damit ab«, erklärte der Mann. »Du kannst es nicht ändern. Es ist dein Schicksal.«

Das Mädchen war nicht mehr fähig, logisch zu denken, denn die Angst wurde stärker und stärker.

»Das ist das Lustige an der ganzen Geschichte«, bemerkte der Mann grinsend. »Ich kann dir offen sagen, was geschehen wird, mitten auf einer belebten Straße und du kannst nicht weg. Ich sage dir, es gibt keinen größeren Nervenkitzel.«

»Du total mieser Typ«, schluchzte das Mädchen auf. Ihr Blick auf den Tacho verriet, daß der Mann das Tempo nicht verringerte, mit unbewegtem Gesicht saß er hinter dem Lenkrad.

Plötzlich lächelte er das Mädchen an, ganz anders als er es beim Einsteigen getan hatte. Es war ein zynisches Lächeln.

Das Mädchen spürte das Blut in den Schläfen pochen. Sie sah die Uhr am Armaturenbrett. Unerbittlich wanderten die Zeiger weiter.

Ich habe eine tierische Wut, dachte sie plötzlich, eine Wahnsinnswut. Wenn der Typ denkt, ich halte still wie ein Schaf, liegt er schief.

»Na, hast du dich mit deinem Schicksal abgefunden?« fragte der Mann spöttisch.

»Nein«, stieß das Mädchen zwischen den Zähnen hervor. Unvermittelt griff sie den Mann an, schlug mit den Fäusten auf ihn ein.

Die Faust des Mannes traf die Wange des Mädchens.

Sie schlug mit dem Kopf gegen das Seitenfenster und war einen Augenblick lang benommen.

Der Mann verminderte das Tempo, um dann, sehr scharf und mit knirschenden Reifen, in einen Waldweg einzubiegen, den das Mädchen nicht wahrgenommen hatte. Hohe Buchen verdunkelten den Weg und Eichen.

Das Mädchen spannte alle Muskeln.

Der Wagen bremste jäh. Und ehe das Mädchen eine Abwehrbewegung machen konnte, umkrallte die Linke des Mannes ihren Hals.

Ein gurgelnder Schrei.

»So, Baby«, sagte der Mann und langte in die Innentasche seiner Jacke. Wie Krallen fuhren ihm die Nägel des Mädchens in den Arm.

Doch der Mann schien keinen Schmerz zu spüren.

Wie gebannt starrte das Mädchen auf die rechte Hand des Mannes.

Doch seine Finger hielten kein Messer, sie knisterten mit einem blauen Schein. Und seine Linke gab den Hals des Mädchens frei.

»Als Entschädigung für deinen Schreck«, sagte der Mann betont milde. »Es war eine Wette. Ich sollte beweisen, daß ich Todesangst erzeugen kann, echte Todesangst.«

Der Mann strahlte.

»Ich habe die Wette gewonnen!«

Tanja Schläfer

Die Erbschaft

Charlott Goldmann gehörte zu den Menschen, die ihre Unauffälligkeit und Normalität über alles schätzten und schützten. Das einzig Ungewöhnliche an ihr war das fehlende ›e‹ am Ende ihres Vornamens, und selbst das war das Verschulden eines verschlafenen Standesbeamten.

Sie war weder hübsch noch häßlich, weder alt noch jung, weder Jungfrau noch verheiratet, und die meist einsamen Abende wurden durch ein oder zwei Gläschen Cognac und den Fernseher, Charlotts treuesten Begleiter, versüßt.

Jene Stunden verwandelten Charlott Goldmann in ein unbeherrschtes Tier, eine Anarchistin ersten Grades, eine Terroristin, die das sorgsam gehütete Gefüge des Staates durcheinanderbrachte und zerstörte. Ein genauerer Blick hinter die sorgfältig geschlossenen Gardinen ihrer Nachbarn hätte ihr gezeigt, daß die Welt ein einziger großer Zoo war. Doch Charlott Goldmann verschloß ihre Augen vor allem, was außerhalb ihrer eigenen kleinen Welt passierte. Sie hatte fürchterliche Angst, daß das Große Unbekannte – etwa in Form einer bisher unentdeckten Krankheit oder, noch schlimmer, in Form eines Mannes – sie packen und zermalmen könnte.

Hin und wieder verliebte sich Charlott. Subjekte ihrer ängstlichen und verhaßten Lust waren ihre Vorgesetzten, Schauspieler oder Romanhelden, und selbst der Bürgermeister war ein halbes Jahr lang in Charlotts Tagträumen ihren unersättlichen Begierden ausgeliefert gewesen.

Als Charlott Goldmann den Jackpot im Lotto gewann und somit nach Abzug aller Steuern um drei Komma fünf Millionen Mark reicher wurde, kündigte sie weder ihre Stelle als Sekretärin in einer Bank noch machte sie eine Weltreise. Sie behielt ihren klapprigen Renault, den alten Fernseher und die dreizehn Jahre alte Küche. Der Geiz sprang aus Charlotts tiefsten Tiefen empor und erdrückte jede aufwallende Verschwendungssucht im Keim.

Im ersten Jahr legte sie ihre Millionen aus purem Mißtrauen gegen sich und die bestehenden Dutzende von Möglichkeiten, Geld zu vermehren, auf einem ganz normalen Sparkonto an. In jenem Jahr erhielt Charlott allein durch die Zinsen rund einhundertfünfzigtausend Mark. Dieser erste kleine Erfolg machte sie etwas mutiger. Sie legte ihr Geld fest für zwei Jahre an und war nach Ablauf jener Jahre stolze Besitzerin von knapp vier Millionen Mark. Nun war der anerzogene innere Schweinehund soweit dressiert, daß Charlott sich Schritt für Schritt weiter hinaus auf das gefährliche Feld der Finanzspekulationen wagte. Sie kaufte sich Bücher über die verschiedensten Formen der Geldanlage, abonnierte alle am Markt erhältlichen Wirtschaftsmagazine, studierte bis spät in die Nacht hinein die Börsenberichte und übersetzte mühselig die wichtigsten Artikel des ›Wall Street Journal‹.

All dies tat sie im verborgenen. Sie verrichtete weiterhin Tag für Tag, Woche für Woche und Jahr für Jahr ihre Arbeit auf die gleiche korrekte und routinierte Art, die ihr

Chef seit Jahren an ihr kannte. Sie war morgens pünktlich um acht Uhr im Büro, hielt von zwölf bis halb eins Mittagspause und verließ das Bankengebäude exakt um halb fünf.

Genau wie ihre Arbeitgeberin war sie eine Institution, auf die man sich verlassen konnte, nicht mehr und nicht weniger.

Im Alter von vierzig Jahren spekulierte Charlott das erste Mal klammheimlich an der Börse. Sie kaufte Aktien einer bekannten Bauträgergesellschaft, hielt diese eine Woche und stieß sie dann ab. Der Gewinn von einhunderttausend Mark zeigte ihr, daß sie entgegen der Meinung ihres Kundenbetreuers mit dem Verkauf nicht noch hätte warten sollen. Charlott erholte sich einen Monat lang von der nervenaufreibenden ständigen Kontrolle der Märkte und dem tagtäglichen zitternden Aufschlagen der Börsenseite der Frankfurter Allgemeinen Zeitung und wagte sich dann an die zweite Spekulation, die ihr in einer Zeitspanne von nur 16 Tagen einen Gewinn von einer halben Million Mark bescherte. Diesen Rekord, der ihren Kundenberater in wahre Jubelrufe ausbrechen ließ, feierte sie mit einer Flasche Rémy Martin und der vierten Wiederholung von ›Vom Winde verweht‹ auf ihrer schwarzen Ledercouch. Als sie die Flasche halb geleert hatte, prostete sie Clark Gable zu, rülpste kurz und lallte: »Clark, du und ich, wir wissen, worauf es ankommt im Leben. Warum heiraten wir nicht?« In ihren alkoholisierten Gedanken antwortete er. »Charlott, Darling, auf eine Frau wie dich habe ich mein Leben lang gewartet.« Glückstrahlend sank Charlott in hochprozentige Träume.

Fünf Jahre später war Charlott Goldmann die heimliche Sensation an der Börse. Ihre Bankkonten, die sie bereits auf die Schweiz und Luxemburg ausgedehnt hatte, wiesen ein Guthaben von fünfzehn Millionen Mark aus.

Mit einundfünfzig Jahren besaß Charlott dreißig Millionen Mark, die fein säuberlich auf drei verschiedenen Konten verteilt waren. Die Zinsen allein überstiegen die Millionenhöhe weit. Sie arbeitete weiterhin als Sekretärin in der gleichen Bank und bei dem gleichen Vorgesetzten, der von dem Reichtum seiner Untergebenen nichts ahnte.

Ihren Urlaub wollte sie seit zwölf Jahren zum ersten Mal wieder außerhalb ihrer Wohnung verbringen und entschied sich für Rom. Sie buchte eine Reise für zwei Wochen mit Halbpension für tausendsechshundert Mark, Flug inklusive. Es war das erste Mal, daß sie flog, und sie mußte auch prompt die wohlbekannten kleinen weißen Tütchen benutzen. Dieses Ereignis war ihr so peinlich, daß sie sich im Hotel die ersten drei Tage im Zimmer einschloß. Die anderen mit ihr angereisten Gäste hatten bereits eine leichte Bräune, als Charlott sich endlich verstohlen auf die Sonnenterrasse wagte, bekleidet mit einem orangen Einteiler, Büstenhalter integriert, und einem braunen Frotteebademantel, der ihren Körperumfang nicht mehr so recht fassen wollte. Sie schlich sich zu dem ersten freien Liegestuhl, cremte sich dick mit Sonnenschutzcreme ein, setzte sich eine riesige Sonnenbrille auf die glänzende Nase und griff, um nicht aufzufallen, nach der neuesten ›Bild‹-Ausgabe.

Vier Tage später wagte sie sich in das touristische Getümmel Roms. Sie trug, aus schmerzlicher Erfahrung klug geworden, einen riesigen Hut aus Stroh und ein langärmeliges Kleid, das entfernt einem Kartoffelsack glich. Den stechenden schwarzen Augen der überall herumlungernden Italiener wich sie aus, wo sie konnte.

Am zwölften Tag packte Charlott heilfroh ihren Koffer und freute sich auf ihre Wohnung, in der sie ihren eigenen Kaffee trinken konnte, allein war und auch das Fernsehprogramm verstand. Beim Einpacken des orangen Einteilers brach sie ohnmächtig zusammen.

Die italienischen Krankenhäuser mit ihren italienischen Krankenschwestern und, dem größten Übel, den italienischen Ärzten, die kein Wort deutsch sprachen, jagten Charlott immer neue Angstschauer über den Rücken. Sie aß nichts und sie trank nichts, und das Geschrei der sechs Italienerinnen, die mit ihr im Zimmer lagen, raubte ihr das bißchen Schlaf, das ihr zwischen den unzähligen Untersuchungen noch vergönnt blieb.

Nach einer Woche bekam sie einen hysterischen Anfall, der den Vorteil einer Überführung nach Deutschland mit sich brachte.

In Deutschland lag Charlott einen weiteren Monat im Krankenhaus. Ihr behandelnder Arzt teilte ihr dann eines Morgens kaugummikauend mit, daß ihr Fall absolut hoffnungslos sei. Sie habe Krebs in einem weit fortgeschrittenen Stadium, überall seien Metastasen und Knoten, das gesamte Lymphsystem sei angegriffen, es sei eben einfach nichts mehr zu machen. Sie hätte früher kommen sollen, nun sei es zu spät. Das rosafarbene Kaugummi wurde mit Zeigefinger und Daumen in den Papierkorb befördert.

»Wie lange habe ich noch zu leben?« fragte Charlott.

»Meine liebe Frau, sie HABEN doch nicht zu leben, sie DÜRFEN leben!« rief der Arzt aus und warf einen Blick auf seine goldene Armbanduhr.

»Wie lange?« wagte Charlott zaghaft einen zweiten Versuch.

Der Gott in Weiß musterte sie ungnädig. »Schwer zu sagen«, antwortete er. »Es ist von Patient zu Patient sehr unterschiedlich. Ich sehe allerdings in Ihren Unterlagen, daß Sie Nichtraucherin sind. Die Leberwerte waren nicht so besonders, Sie sollten sich mit dem Trinken einschränken. Nun, ich würde sagen, zwischen einem halben Jahr und zwei Jahren machen Sie es noch.«

»Genauer können Sie es nicht sagen?«

Charlott erntete einen genervten Blick, der sie zusammenzucken ließ. »Nein.«

Damit war sie entlassen. Unsicher nestelte sie am Kragen ihres Frotteebademantels, überprüfte den Knoten zum zwanzigsten Male und verließ, da der Arzt ihr bereits den Rücken zugekehrt hatte, den Raum.

Charlott hatte eine Schwester, die zwar in der gleichen Stadt wohnte, zu der sie aber seit Jahren nur noch den nötigsten Kontakt gehalten hatte. Weihnachten hatte sie Karten geschrieben und manchmal auch welche erhalten, und an den Geburtstagen erfolgte meist ein pflichtschuldiger Anruf. Nun sollte aber diese Person, die ihr in keinster Weise nahestand, dreißig Millionen Mark erben. Charlott wurde bei diesem Gedanken weh ums Herz, war doch das Geld das einzige, um das sie in ihrem Leben gekämpft hatte und das ihr Freude bereitet hatte. Sie stellte sich vor, wie ihre Schwester Karin das geerbte Geld aus dem Fenster hinauswarf, sprich Unmengen von Kosmetika kaufte, jeden Abend essen ging und eine Reise nach der nächsten unternahm. Charlott krümmte sich vor Schmerz zusammen. Karin war zweimal geschieden und lebte nun in wilder Ehe mit einem Mann zusammen, der zehn Jahre jünger war als sie, nämlich dreiunddreißig, und immer noch studierte. Sollte sie, Charlott, dieses lasterhafte Verhalten etwa auch noch unterstützen? Nein, entschied sie, dieses feine Pärchen wird mein Geld nicht bekommen. Ich werde mir einen Erben suchen. Ein halbes Jahr habe ich mindestens noch Zeit. Das wird reichen.

Tags darauf kündigte sie. Die einzige Reaktion ihres

Chefs nach einem nun zwanzigjährigen Arbeitsverhältnis war eine hochgezogene Augenbraue und der lapidare Satz: »Wir werden es ohne Sie schwer haben.« Charlott trug es mit Fassung. Laut Vertrag hätte sie noch drei Monate arbeiten müssen; auf ihren Antrag hin wurde sie jedoch freigestellt. Man brauchte sie nicht mehr.

Am Morgen ihres ersten arbeitslosen Tages stand sie wie gewohnt um halb sieben auf, duschte, machte sich Frühstück, aß im Morgenmantel und kleidete sich dann an. Um nicht zu viele Gewohnheiten an einem Stück zu brechen, kleidete sie sich auch an jenem umstürzlerischen Tag mit wadenlangem Rock, hochgeschlossener Bluse, dunkelblauen Pumps und einer dezent hautfarbenen Nylon-Strumpfhose. Ihre Lesebrille hing wie eh und je an einer braunen Schnur über ihrem Busen, und selbst die obligatorische Butterstulle wurde sorgfältig in der großen Handtasche aus braunem Leder verstaut.

Die folgenden Wochen verbrachte Charlott auf der Straße und in Cafés, an Bushaltestellen und in U-Bahnen, und sogar Kneipen scheute sie nicht. Bald hatte sie das Gefühl, daß sie ihr ganzes Leben lang noch nicht so viel gelaufen war wie in jenen Wochen. Und sie wußte das erste Mal, daß ihre Arbeit nicht nur routinemäßige Erledigung zumeist unverständlicher Wünsche ihrer mürrischen Vorgesetzten war, sondern für sie persönlich eine Bereicherung darstellte. Charlott fühlte sich als Teil des Ganzen, als nützliches Mitglied einer Gesellschaft, die nie etwas für sie getan hatte.

Charlott dachte schon längst nicht mehr daran, daß sie vor nicht allzu langer Zeit selbst ein fast erloschenes Licht unter vielen Tausenden gewesen war, dem man nur eine Sekunde lang den Sauerstoff entziehen brauchte, um es zum Erlöschen zu bringen. Jeden Morgen, wenn sie pünktlich um viertel vor acht die Straße betrat, erfaßte sie ein Machtrausch. Anfangs konnte sie mit diesem neuen unerhörten Gefühl nicht umgehen, sie fürchtete sich fast davor. Dann begann sie, es zu genießen. »Wirst du mein Erbe sein?« dachte sie, als ein junger Mann ihr freundlich die Tür zu einem großen Kaufhaus aufhielt. Sie folgte ihm auf die Rolltreppe in den ersten Stock und beobachtete, wie er in der Herrenabteilung kritisch die Preise der Hemden verglich. Er gefiel ihr. Sie folgte ihm weiter. An der Kasse ließ er höflich einer alten Dame den Vortritt. Aber was war das? Charlott sah entsetzt ein zweites Hemd in der mitgebrachten Einkaufstasche verschwinden. Niemand sonst bemerkte es. Naserümpfend entzog Charlott dem netten jungen Mann seine vielleicht lebensrettende Existenzgrundlage und verließ aufgebracht über so viel Unmoral das Kaufhaus.

Vor der Tür stieß sie derart heftig mit einem etwa 25jährigen Mann zusammen, daß sie ihre lederne Handtasche vor Schreck fallenließ und der gesamte Inhalt auf den Bürgersteig purzelte. Einige Passanten lachten, andere blieben stehen, unschlüssig, ob sie nun helfen sollten oder nicht. Charlott wollte gerade den Mund aufmachen, um aufs energischste gegen den von ihr verursachten Zusammenprall zu protestieren, als sie dem Mann in seine himmelblauen Augen guckte, die riesengroß waren und das gesamte Gesicht beherrschten, das ansonsten eher markant als schön war. »Entschuldigen Sie«, murmelte Charlott verwirrt. Der Mann lächelte breit. Seine Zähne waren ungerade und auch nicht gerade strahlend weiß, doch Charlott fand, daß er das netteste Lächeln der Welt hatte. Eine Welle der Sympathie erfaßte sie und ließ sie erneut »Entschuldigen Sie« sagen.

»Aber das macht doch nichts«, sagte der Mann. Sein Lächeln verstärkte sich. Die Lippen glichen einer aufblühenden Rose, stellte Charlott entzückt fest.

Als er sich hinunterbeugte, um das Sammelsurium von Taschentüchern, Pillen, Geldstücken, Fahrkarten und sonstigen Dingen an den angestammten Platz zurückzubefördern, blickte Charlott fasziniert auf sein schwarzes Haupt hinunter. Die Haare waren so dicht, daß sie nicht einen Blick auf die Kopfhaut erhaschen konnte. Im Nakken waren sie sehr kurz geschnitten. Die langen Finger hatten schnell alle Gegenstände eingesammelt und in die leicht verdreckte Tasche zurückgelegt.

Er lächelte Charlott noch einmal an, wünschte ihr mit seiner leicht verschnupften Stimme einen schönen Tag und entfernte sich. Charlott sah, daß er keine Reichtümer besitzen konnte. Er war zwar nicht ärmlich, aber doch sichtbar billig gekleidet, so sehr er sich auch Mühe gab, gerade diesen Eindruck nicht zu erwecken. Charlott heftete sich wie ein Magnet an seine Fersen.

Zwei Wochen später wußte sie alles über den Mann. Er hieß Martin Fischer, war siebenundzwanzig Jahre alt und seit sechs Jahren an der Universität als Elektrotechnik-Student immatrikuliert. Er studierte jedoch nicht, sondern jobbte als Taxifahrer, um seine einzige Liebe, die Musik, zu finanzieren. Die Band, in der er spielte, nannte sich ›The Fortune‹. Charlott schien es wie ein Omen. Eine LP hatten sie bereits auf den Markt gebracht, allerdings ohne Plattenvertrag und ohne nennenswerten Erfolg. Martin, der die Leadgitarre spielte, war der einzige, der keinen Beruf erlernt hatte und somit auch der einzige, der die Musik zu seinem alleinigen Lebensinhalt gemacht hatte. Charlott verfolgte ihn, wie er nachts um zwei in den Übungsraum fuhr, um dort gedachte Ideen in Töne umzusetzen. Sie begleitete ihn wie ein Schatten auf dem Weg zur Bank und erfuhr von dem alternden Schalterbeamten, daß Martin zweitausend Mark minus auf seinem Konto hatte und wahrscheinlich die nächsten zehn

Jahre auch noch haben wird. Dann, verkündete der Schalterbeamte, würde er hoffentlich zu einem Strick greifen, denn das sei das einzig Vernünftige, was er tun könne, ohne Ausbildung und nur mit der Musik im Kopf. Schließlich könne es sich die Bank nicht leisten, all die jugendlichen Müßiggänger zu finanzieren, die einfach nur arbeitsfaul seien. Er sprach, als gehöre die Bank ihm, und Charlott saugte die Informationen gierig auf.

Nach jenen zwei Wochen wußte sie, daß Martin nur für die Musik lebte – so lange, bis er daran zerbräche. Stolz sah Charlott, daß er zu der dünn gesäten Sparte der bescheidenen Alleskönner gehörte. Er hatte seit knapp zwei Jahren weder Freundin noch wechselnden Geschlechtsverkehr und schien damit durchaus glücklich zu sein. Charlott betete ihn an. Das einzige, was ihm fehlte, war das nötige Kleingeld, um in guten Tonstudios über Wochen hinweg arbeiten zu können. Er glaubte mit allem, was er besaß, an die Band, und klammerte sich an den kleinen Hoffnungsschimmer, der ihn stetig vorwärts prügelte.

Einen Abend später saß Charlott an ihrem Sekretär. Die auf der Nasenspitze sitzende Lesebrille gab ihr das Aussehen einer gestrengen Lehrerin, die die Aufsätze ihrer Schüler korrigierte. Sie war vollkommen entspannt und fühlte sich auf eine angenehme Art und Weise losgelöst von ihrem Körper. Glücklich, dachte sie, wird wohl das richtige Wort für meinen Zustand sein. Charlott kannte dieses Gefühl noch nicht.

Sie lächelte entrückt, als sie folgendes schrieb. ». . . vermache ich, Charlott Goldmann, mein gesamtes Vermögen Martin Fischer, geb. am 15. 01. 64, zur Zeit der Testamentsabfassung wohnhaft . . .«

Charlott wußte sehr genau, daß Martin laut Gesetz nur berechtigt war, die Hälfte zu erben, also 15 Millionen

Mark. Sie war allerdings nicht gewillt, ihre vom Gesetzgeber auferlegten schwesterlichen Pflichten zu erfüllen. Eher nähme sie all ihr Geld mit ins Grab. Die feuchte Luft würde es nicht so schnell vernichten wie Karin.

Nachdem sie ihre Unterschrift und Ort unter das Dokument gesetzt hatte, lehnte sie sich in dem gepolsterten Stuhl zurück, schloß die Augen und dachte über den besten Weg nach, den Pflichtteil nicht hergeben zu müssen.

Dreizehn Tage später saß Charlott mit einem jungen Mann namens Dieter von Moor in einem kleinen Café außerhalb der Stadt. Die Einrichtung bestand aus billigen Plastiktischen, unbequemen Stühlen mit unechten Lederpolstern und einem Teppich, der so manchen Kaffeeguß aufgefangen hatte. Künstliche Nelken in weißen Vasen zierten die Tische, und die blondierte Kellnerin, die nur noch von ihren besten Jahren erzählen konnte, hatte drei Laufmaschen in ihren marineblauen Strumpfhosen. Charlott war von ihrer Wahl begeistert. Nach dem ersten Schluck lauwarmen Kaffees begann sie einen langen Monolog:

»Nun, junger Mann, wir sind uns zwar noch nie begegnet, aber meine Schwester hat mir oft von ihnen erzählt.« Das war gelogen, doch Charlott guckte weiterhin verträumt aus dem Fenster. »Sie wohnen nun seit drei Jahren bei Karin und sind ihr, wie es sich für einen Mann gehört, eine rechte Stütze in ihrem harten Leben. Karin hat es nie leicht gehabt, aber was erzähle ich Ihnen, das wissen Sie ja sicherlich. Also, um endlich zum Thema zu kommen: Ich war vor einigen Wochen im Krankenhaus, und es wurde festgestellt, daß ich Krebs habe.« Charlott wehrte mit einer Hand ab, als Dieter sich sichtlich gelangweilt anschickte, sein Mitleid zu bekunden. »Leider habe ich zu lange gewartet, die Ärzte können nichts mehr machen. Ich habe vielleicht noch ein Jahr zu leben, und zum Schluß nur noch unter großen Schmerzen. Ich bin kein Feigling, doch beweist man Tapferkeit dadurch, daß man etwas schon Abgeschlossenes künstlich verlängert? Nein, ich möchte nicht auf meinen Tod warten. Ich werde mich selber töten.« Hier setzte Charlott zu einer Kunstpause ein, und siehe da, sie hatte recht, die ungeduldig an der Kaffeetasse spielenden Finger blieben mitten in einer Bewegung stecken. Zum ersten Mal seit der Begegnung spürte Charlott, daß der Student Interesse an dem hatte, was sie sagte. »Das ist aber nicht das eigentliche Problem, weswegen ich Sie hierher gebeten habe. Sehen Sie, ich bin eine Lottomillionärin. Niemand wußte es, Sie sind nun der erste. Vor gut fünfzehn Jahren habe ich dreieinhalb Millionen Mark im Lotto gewonnen. Ich bin keine Verschwenderin. Ich habe mir nichts von dem Geld gekauft. Im Gegenteil – ich war stetig bemüht, es zu mehren, und heute besitze ich dreißig Millionen Mark. Nun, Sie gucken so ungläubig drein. Damit habe ich gerechnet. Deswegen habe ich Ihnen hier auch Bankauszüge aller meiner Konten mitgebracht, und zwar die Originale. Zusätzlich habe ich noch eine schriftliche Bestätigung der Bank, bei der ich das größte Konto habe.« Sie legte dem restlos verblüfften Dieter eine billige Plastikmappe vor die Nase, in der sich alle von ihr aufgezählten Dokumente befanden. Dieter holte eines nach dem anderen mit spitzen Fingern hervor. Charlott sah, wie er den Atem anhielt im Angesicht der vielen Nullen, die hinter der ›zwei‹ folgten. Dieter hob seinen Blick von dem dokumentierten Vermögen und starrte Charlott fassungslos an. »Nun, ich sehe, daß Sie mir glauben. Dann kann ich ja zum eigentlichen Punkt kommen. Karin steht nach dem Gesetz ein Pflichtanteil von fünfzehn Millionen Mark zu. Dieses Geld wird sie auch nach meinem Tod erhalten. Das Testament habe ich bereits abgefaßt und sicher verwahrt. Nun,

Sie kennen Karin. Sie kann einfach nicht mit dem Geld umgehen. Schon als Kind gab sie all ihr Taschengeld für Süßigkeiten aus, im Gegensatz zu mir, ich sparte immer nur. Karin hat nichts anderes als teure Sachen, schöne Autos, luxuriöse Wäsche und derlei unnütze Dinge im Kopf, und je älter sie wird, desto schlimmer wird es. Das werden Sie ja selbst gemerkt haben. Sie benimmt sich in Gelddingen wie ein Kind. Kinder müssen geführt werden. Da habe ich an Sie gedacht. Wenn Sie Karin heiraten, können Sie alle finanziellen Angelegenheiten persönlich in die Hand nehmen. Ich habe mich über Sie erkundigt. Sie sind der richtige Mann für diese Aufgabe. Ich weiß, Karin ist keine Schönheit, sie ist viel älter als Sie, und sicherlich hatten Sie andere Pläne, aber wenn Sie meine Schwester lieben, sollten Sie ihr unter die Arme greifen und sie leiten. Karin hätte die fünfzehn Millionen Mark innerhalb von zwei Jahren verpraßt.« Dieters Augen hingen wie zwei Leuchtbojen vor seinem Gesicht, und in den Pupillen konnte Charlott unschwer ein dickes ›DM‹ erkennen. Die Gier strömte aus allen Poren. »Geld!« schien er stumm zu schreien, und unwillkürlich wanderten seine Augen erneut zu den Kontoauszügen, die Charlott nun an sich nahm und in ihrer braunen Tasche verstaute. Noch ist es nicht deins, hieß diese Geste, und Dieter verstand sie. »Ich werde Karin heiraten«, brachte er heiser hervor. »Sie haben recht, sie kann einfach nicht wirtschaften. Neulich erst hat sie sich ein Kleid für über fünfhundert Mark gekauft, das gebe ich normalerweise innerhalb von drei Wochen aus!«

Dieter kramte all seinen Charme hervor, wühlte in den hintersten Ecken seines verkommenen Verstandes, um Charlott davon zu überzeugen, daß sie die richtige Entscheidung getroffen hatte. Charlott weidete sich an dem lächerlichen Anblick.

»Die anderen fünfzehn Millionen Mark erhält ein junges Mädchen«, fuhr Charlott fort. »Sie ist erst achtundzwanzig, also noch blutjung, und sie ist ein wirklich hübsches Ding. Ich habe sie sehr gern. Wir haben früher zusammen gearbeitet. Leider mußte sie dann kündigen, aber den Kontakt zu ihr habe ich nie abgebrochen.« Charlott senkte die Augenlider und versank in der Betrachtung der künstlichen Nelken. »Wie ein Engel saß sie immer vor mir. Die Stimme so lieblich, die Figur so zart, und so nett und hilfsbereit, nie verstimmt, nie hatte sie schlechte Laune.« Dieter absorbierte das Gesagte. Gebannt verfolgte er jede Bewegung Charlotts. »Dann starb ihre Mutter, und sie hat uns verlassen. Ja, ja, ein hartes Leben. Aber mein Tod wird es ihr erleichtern. Um die Wahrheit zu sagen, ich würde ihr gerne mein gesamtes Geld hinterlassen. Sie heißt übrigens Indre. Ein ungewöhnlicher Name, nicht wahr? Indre Matthiesen. Sie wohnt sogar hier in der Nähe, in der Schifferstorstraße vierzehn. Der Name paßt zu ihr. Sie ist ein ungewöhnliches Mädchen. Nun, ich habe sogar in mein Testament geschrieben, daß sie Alleinerbin werden soll, falls meine Schwester vor mir stirbt.« Charlott legte ihren Kopf leicht zur Seite und fand nur schwer in die Wirklichkeit zurück. Sie lächelte Dieter tapfer an. »Leider hat man nur wenig Einfluß auf sein Leben, nicht wahr? Der Zufall spielt so oft mit!«

»Wann planen Sie denn Ihren – äh – Selbstmord?« fragte Dieter. Er brachte es sogar fertig, Charlott dabei in die Augen zu sehen.

»In genau zwei Monaten habe ich Geburtstag. Ich dachte mir, daß es sich nett auf dem Grabstein machen würde, zwei fast identische Daten für Geburtstag und Todestag, finden Sie nicht?«

»Gute Idee«, sagte Dieter höflich.

Knapp zwei Wochen später, am 23. Oktober, klingelte es morgens um zehn Uhr an Charlotts Haustür. Erstaunt öffnete sie; zwei Polizisten standen vor ihr, einer uniformiert, der andere in Zivil, und hielten ihr die Ausweise entgegen.

»Ja?« sagte Charlott.

Der ältere uniformierte Polizist, ein dicklicher Mann von etwa fünfzig Jahren mit Halbglatze und falschen Zähnen, fragte. »Sind Sie Charlott Goldmann?«

Charlott nickte nur. Eine ungewisse Ahnung bemächtigte sich ihrer. So schnell? dachte sie. Schließlich waren erst dreizehn Tage seit dem Treffen vergangen.

Der jüngere Polizist setzte das typische Beileids-Gesicht auf, heruntergezogene Mundwinkel, leicht gerunzelte Stirn, trauriger Blick, und teilte Charlott in seiner eigens für Anlässe dieser Art reservierten mitleidvollen Stimme mit, daß ihre Schwester Karin vor ungefähr drei Stunden verstorben sei.

Also doch jetzt schon, dachte Charlott verwirrt. »Wie ist sie gestorben?« fragte Charlott.

»Auf sehr tragische Art«, sagte der jüngere Polizeibeamte. »Sie sprang von einem zehnstöckigen Gebäude herunter. Sie muß sofort tot gewesen sein.«

»Also – Selbstmord?«

»Es sieht ganz so aus. Heute noch findet eine Autopsie statt, dann werden wir es genau wissen. Hatte Ihre Schwester denn Ihnen gegenüber mal Selbstmordgedanken geäußert?«

Charlott mußte sich mit Gewalt zusammenreißen. Natürlich hatte sie gewußt, daß ihre Schwester früher oder später dieses Schicksal erleiden wird, aber sie hatte fest damit gerechnet, daß Dieter frühestens in sechs Wochen zuschlagen würde.

»Nun ja«, sagte sie gedankenverloren zu den Polizisten,

erinnerte sich an ihre Gastgeberpflichten und bat die Herren in die Wohnung. Sie setzten sich in das Wohnzimmer, und nachdem Charlott Kaffee und Milch aus der Küche geholt hatte, fuhren sie mit dem Gespräch fort.

»Wissen Sie, meine Schwester und ich hatten nie sehr engen Kontakt. Wir wohnen – Verzeihung, wir wohnten – zwar beide hier in der gleichen Stadt, aber unsere Interessen gingen sehr weit auseinander, wenn Sie verstehen, was ich meine. Ich bevorzuge es, alleine zu sein, ich bin auch nicht verheiratet und war es noch nie. Aber Karin – nun, Sie werden es sowieso herausfinden, warum also nicht gleich. Also, Karin war bereits zweimal verheiratet. Es fing schon an, als sie erst sechzehn war. Sie hatte einfach andere Ansichten vom Leben. Karin mochte Männer.«

Der letzte Satz klang so, als hätte Charlott gesagt: »Karin mochte Spinnen.« Die Polizisten konnten sich ein Grinsen nicht verkneifen. Charlott bemerkte es nicht.

»Zuletzt lebte sie mit einem Studenten zusammen. Auch so eine traurige Figur. Dreiunddreißig Jahre alt, das müssen Sie sich mal vorstellen, und studiert noch!«

Die Polizisten nickten verständnisvoll. Dann räusperte sich der jüngere und erkundigte sich, ob Charlott der Tod sehr nahe gehe.

Charlott starrte einen Augenblick in die Luft. »Nun, es ist eher die Art des Todes. Wie ich schon sagte, wir waren keine typischen Schwestern.« Die Erklärung, wie typische Schwestern sich nach Charlotts Ansicht verhielten, blieb aus.

»Sie meinen«, hakte daher der Ältere nach, »Sie waren eher wie Bekannte, und deswegen berührt Sie der Tod nicht sonderlich.«

»So ungefähr. Wenn ich gewußt hätte, daß Karin sich umbringen wollte, hätte ich natürlich versucht, mit ihr zu reden. Aber ich habe es nicht gewußt. Was hätte ich tun sollen?« Das Gesagte blieb in der Luft stehen und wurde nicht weiter erörtert. Es war unwichtig.

»Dann hätten wir noch ein paar Fragen«, meldete der Jüngere sich wieder zu Wort. »Es sind nur Routinefragen, also bitte, regen Sie sich nicht darüber auf. Sie haben nichts zu bedeuten. – Also: Wo waren Sie heute morgen um sieben?«

»Im Bett«, antwortete Charlott prompt.

»Ich nehme an, daß Sie dafür keine Zeugen haben.«

Statt einer Antwort erntete er einen wütenden Blick.

»Wüßten Sie eine Person, die Interesse am Tod Ihrer Schwester haben könnte?«

Ohne nachzudenken, schüttelte Charlott den Kopf.

»Besaß Ihre Schwester Geld oder etwas anderes Wertvolles?«

»Das weiß ich nicht. Aber ich denke nicht. Sie war ein sehr verschwenderisch veranlagter Mensch.« Die Mißbilligung war unüberhörbar.

»Wann haben Sie Ihre Schwester das letzte Mal gesehen?«

»Oh, da muß ich nachdenken. Es ist lange her. Warten Sie mal – es muß so vor drei Monaten gewesen sein. Genauer kann ich es Ihnen leider nicht sagen.«

»Kennen Sie den Lebensgefährten Ihrer Schwester?«

»Nein.«

Dann wurde Charlott noch gefragt, ob sie arbeite, und Charlott erläuterte den Polizisten kurz, daß sie Krebs habe und daher nicht arbeite. Nach einem gemurmelten »Das tut uns leid« wurde Charlott gebeten, die Polizisten ins Leichenschauhaus zu begleiten, um die Tote zu identifizieren.

Karins Schädel war aufgesprungen und das Genick gebrochen. Getrocknetes Blut klebte im ganzen Gesicht, die

Nase war grotesk zur Seite gedrückt. Die Autopsie sollte am Nachmittag vorgenommen werden.

»Arme Karin«, sagte Charlott leise, als sie die auf der Bahre liegende stumme Gestalt betrachtete. Es machte ihr nichts aus. Sie fühlte nichts – kein Mitleid, keine Schuld, keine Erleichterung. Vielleicht war sie ein wenig stolz – stolz auf das Gehirn, das den Mord geplant hatte.

»Halten Sie mich bitte auf dem laufenden«, sagte Charlott zu den Polizisten, die sie mit dem Peterwagen zurück zu ihrer Wohnung brachten. Als sie ausstieg, beobachtete sie hämisch die vorsichtig zur Seite geschobenen Gardinen ihrer Nachbarn. Die neugierigen Blicke dahinter konnte sie nur vermuten. Zu Hause angekommen, holte sie das Testament aus dem Versteck und vervollständigte es mit Zeit und Datum.

»Grausame Todesserie erschütterte die Stadt« lautete die Schlagzeile auf der ersten Seite des Lokalblattes am 22. November, vier Wochen später. »Vor einem Monat«, so hieß es in dem Artikel weiter, »verübte die dreiundvierzigjährige Karin Goldmann Selbstmord. Sie sprang von einem zehnstöckigen Wohnhaus in der Schifferstorstraße und war sofort tot. Ihre einzige Verwandte war ihre acht Jahre ältere Schwester Charlott. Die Theorie von Karin Goldmanns Selbstmord wurde durch eine noch am selben Tage vorgenommene Autopsie bestätigt und der Fall zu den Akten gelegt. Erste Zweifel, ob sie eventuell unfreiwillig in den Tod gegangen sei, wurden nun laut, als ihren Lebensgefährten Dieter von Moor vor wenigen Tagen das gleiche Schicksal ereilte. Auch er sprang in die Tiefe – und wählte das Haus in der Schifferstorstraße, dessen zehn Stockwerke schon seine Geliebte Karin angezogen hatten. Vorgestern nacht nun ereignete sich der dritte Todesfall: Charlott Goldmann wurde in den frühen

Morgenstunden von einem Hafenarbeiter in einem Müllcontainer für Fischabfälle gefunden. Eine erste Untersuchung setzte den Todeszeitpunkt auf ca. 1.00–3.00 Uhr morgens fest. Als Todesursache wird eine Gasvergiftung angenommen. Die Polizei steht vor einem Rätsel.«

Lokalzeitung, 23. November. »Sensation – Testament der Charlott Goldmann gefunden.« Text: »(...) Eine gründliche Hausdurchsuchung, bei der unter anderem das Testament von Charlott Goldmann gefunden wurde, eröffnete der Polizei völlig neue Aspekte: Charlott Goldmann war Multimillionärin! Sie besaß insgesamt dreißig Millionen Mark. Niemand, nicht einmal die eigene Schwester, schien von dem Vermögen oder dem Testament zu wissen, welches auf den Todestag Karin Goldmanns datiert war. Charlott Goldmann vermachte ihr gesamtes Vermögen einem siebenundzwanzigjährigen Taxifahrer namens Martin Fischer. Herr Fischer wird heute von der Polizei vernommen. (...)«

Martin war vollkommen außer sich. Er beteuerte nun zum zwanzigsten Male, daß er Charlott Goldmann nicht gekannt hat, und zum einundzwanzigsten Male wurde er gefragt, warum sie ihm dann ihr gesamtes Vermögen vermacht hätte.

»Ich weiß es nicht!« schrie Martin. »Mein Gott, nun glauben Sie mir doch! Ich kenne diese Frau nicht!«

»Wo waren Sie am 21. November zwischen ein Uhr und fünf Uhr?«

»Im Übungsraum! Verdammt, wie oft soll ich es Ihnen noch sagen?! Ich habe geübt, weil wir in zwei Tagen ein Konzert geben!« Martin hatte sich von dem Holzstuhl erhoben und sich halb über den Schreibtisch gebeugt.

»Setzen Sie sich«, sagte der Polizist mit seiner monotonen Stimme. »Wenn Sie so weitermachen, werden Sie erst in zehn Jahren wieder Konzerte geben können.«

Martin plumpste auf den Stuhl zurück. Seit sechs Stunden wurde er nun verhört; es war ein ewiges Kommen und Gehen in dem kleinen Raum. Er wußte nicht einmal mehr, ob es Tag oder Nacht war. Der Raum hatte kein Fenster und wurde nur von der Schreibtischlampe und einer grellen Neonröhre beleuchtet. Er mußte zur Toilette, aber er wollte den Polizisten nicht darum bitten, pinkeln gehen zu dürfen. Mit zusammengebissenen Zähnen konzentrierte er sich auf seine volle Blase und gleichzeitig auf seine Antworten. Er hatte Angst, in einem Augenblick der Unbedachtsamkeit etwas zu verraten, was es gar nicht zu verraten gab.

»Wo waren Sie am 23. Oktober zwischen halb sieben und halb acht Uhr morgens?« Unbarmherzig wurde das Verhör fortgesetzt. Der Beamte kramte in der linken Tasche seiner Jacke und förderte einen bereits benutzten Zahnstocher zutage. Martin beobachtete angeekelt, wie er den Mund öffnete und mit dem Holzstäbchen in einer Zahnlücke herumbohrte. Er wurde schnell fündig, schmatzte kurz, um den Essensrest ordnungsgemäß in den Magen zu befördern, und ließ dann den Zahnstocher zurück in die Jackentasche gleiten.

»Ich weiß es nicht. Ich besitze keinen Terminkalender, ich schreibe kein Tagebuch, und mein Gedächtnis ist ebenfalls nicht derart phänomenal, daß ich mich daran erinnern könnte, was ich vor einem Monat gemacht habe. Aber ich nehme an, daß ich geschlafen habe, und zwar bei mir zu Hause in meinem Bett, denn das tue ich seit zwei Jahren. Mehr kann ich Ihnen nicht sagen, und wenn Sie mich noch zehnmal fragen, werden Sie doch die gleiche Antwort erhalten.« Martin war unsagbar müde. Die offensichtliche Dummheit und die damit verbundene Zeitverschwendung laugten ihn vollkommen aus.

»Was war vor zwei Jahren?«

»Vor zwei Jahren hatte ich meine letzte Freundin.«

»Vor zwei Jahren, hm?« Der Polizist grinste ihn angelegentlich an.

Martin fühlte sich sofort angegriffen, begriff aber noch rechtzeitig, daß er nur provoziert werden sollte, und antwortete daher nichts. Fünfzehn Minuten später befand er sich in Untersuchungshaft.

Lokalzeitung, 25. November: »Martin Fischer hat kein Alibi – Verhör wird fortgesetzt.« Text: »(...) Auch einer mehrstündigen Vernehmung hielt Martin Fischer stand. Ein hieb- und stichfestes Alibi konnte er für keinen der drei Todeszeitpunkte vorweisen. Herr Fischer gab an, er habe am 23. Oktober um sieben Uhr morgens (Tod von Karin Goldmann) allein in seiner Wohnung geschlafen. Am 18. November, dem Tag, an dem Dieter von Moor sein Ende fand, sei er bis ungefähr fünfzehn Uhr in seiner Wohnung gewesen – wiederum allein. Die Leiche von Herrn von Moor wurde, wie bereits berichtet, um elf Uhr von einem Passanten entdeckt. Sein Alibi für die frühen Stunden des 21. Novembers sieht ähnlich ungenügend aus: er habe im Übungsraum seiner Gruppe allein für einen in wenigen Tagen stattfindenden Auftritt geprobt. Ein Alibizeuge konnte bisher nicht gefunden werden. Die Polizei ist daher auch guter Hoffnung, Martin Fischer sehr bald die Morde beweisen zu können, obwohl er nach wie vor abstreitet, die drei Opfer gekannt zu haben. (...)«

Die hölzerne Tür zu dem Zimmer des Kommissars wurde schüchtern geöffnet. Ein schwarzer, zerzauster Haarschopf schob sich durch die schmale Öffnung. Es folgte ein sehr apartes Gesicht, in dem sofort die sehr hohen Wangenknochen auffielen, und ein in ein sehr enges, rotes Cashmere-Kleid gehüllter Körper.

Kommissar Wolf tastete nervös nach seinem Zahnstocher, um sich an etwas festhalten zu können.

»Ich hätte gerne den Beamten gesprochen, der die Sache Martin Fischer bearbeitet«, sagte die Frau. Ihre Stimme war etwas heiser.

Der Kommissar freute sich. »Da sind Sie hier richtig. Gestatten, Kommissar Wolf.«

Er erhob sich und ging auf die Besucherin zu, die nun zögernd die Tür hinter sich schloß und unsicher einige Schritte nach vorne machte.

»Indre Matthiesen«, stellte sie sich vor und ergriff die behaarte Pranke, die sich ihr fast bis in den Bauch schob.

»Was kann ich für Sie tun, Frau Matthiesen? – Aber setzten Sie sich doch bitte. Kaffee?«

»Nein, danke. Es dauert nicht lange. Ich möchte gerne eine Aussage machen.«

»Ja?«

»Der Grund, warum ich erst so spät komme, ist eine Urlaubsreise zu meiner Tante nach Berlin. Ich bin erst gestern zurückgekommen. Meine Nachbarin hebt mir immer alle Zeitungen auf, wenn ich mal wegfahre, und umgekehrt mache ich es genauso. Deswegen habe ich erst gestern davon erfahren, daß ein Alibizeuge für Martin Fischer gesucht wird.«

Der Polizist in Hans-Jürgen Wolf kämpfte mit dem Mann. Wollte diese schöne Offenbarung vor ihm seinen Fall zerstören? Herr Wolf haderte mit sich und der Welt.

»Ich kann Ihnen alle drei Alibis bestätigen.« Nun hatte sie selbst das letzte bißchen Hoffnung des Mannes zerstört. Zurück blieb der Polizist.

»Sie waren mit ihm zusammen?«

»Nein, nicht direkt. Ich bin ihm gefolgt und habe ihn beobachtet.«

Kommissar Wolf war perplex. Das hatte er nun wirklich nicht erwartet. »Sie haben ihn – verfolgt?« fragte er der Sicherheit halber noch einmal nach.

»Ja. Das klingt jetzt sicherlich sehr komisch«, hauchte Indre zerknirscht. Bei dem Versuch, ihre mit schwarzen, hauchdünnen Glanzstrumpfhosen bedeckten Beine übereinanderzuschlagen, stieß sie mit einem Knie gegen den Schreibtisch. Sie zuckte sichtlich zusammen und schob den Stuhl einige Zentimeter weiter zurück, wobei der Saum ihres Kleides bis zur Mitte der Oberschenkel hochrutschte. Kommissar Wolf beugte sich etwas weiter über den Tisch.

»Ich werde es Ihnen erklären. Vor ungefähr acht Wochen war ich auf einem Konzert von ›The Fortune‹ – Martins Band. Es war das erste Mal, und ich wäre normalerweise nicht hingegangen, aber eine Freundin von mir sagte eine Verabredung ab, und ich wollte nicht zu Hause bleiben. Ich erinnerte mich an die Konzert-Plakate, die in der ganzen Stadt verteilt waren, und ging also hin. Es fand in der Diskothek ›Luna‹ statt. Die Musik gefiel mir wider Erwarten sehr gut, und der Gitarrist ebenfalls. Es war – ich kann es sehr schlecht beschreiben. Ich war fasziniert von Martin. Sie spielten fast zwei Stunden, mit drei Zugaben, und als sie fertig warten, packten sie ihre Sachen zusammen und fuhren weg. Ich folgte ihnen mit meinem Auto.«

»War Martin mit einem eigenen Pkw da?«

»Nein, er fuhr mit dem Schlagzeuger mit. Sie brachten die Instrumente in den Übungsraum, blieben dort noch eine Weile und fuhren dann nach Hause. So habe ich Martins Adresse herausgefunden. Ich nahm mir am nächsten Tag vor, zu ihm zu fahren und ihn anzusprechen, aber als ich vor seiner Tür stand, habe ich mich nicht mehr getraut. Also bin ich zurück zu meinem Auto gegangen und habe gewartet, bis er herauskam. So ging es dann jeden Tag.«

»Arbeiten Sie denn nicht?«

Indre lief rot an. Es stand ihr sehr gut, und der Kommissar war entzückt. »Nein. Ich habe einen – Freund, der mir alles bezahlt.«

»Sie lassen sich aushalten.«

»So ungefähr.« Kommissar Wolf merkte, wie schwer es ihr fiel, dies zuzugeben, und seine Sympathie wuchs ins Unermeßliche.

»Und dieser Freund, weiß der von Martin?«

»Nein. Wir sind nicht mehr zusammen. Ich habe einige Tage, nachdem ich Martin kennengelernt habe, Schluß gemacht. Etwas Geld hatte ich noch, und so brauchte ich nicht zu arbeiten. Mein Freund müßte Ihnen übrigens bekannt sein.«

Indre blieb noch zwei Stunden und bestätigte Martins Angaben Punkt für Punkt. Sie schien alles über ihn zu wissen. Kommissar Wolf hatte keinen Grund zu der Annahme, daß sie log.

Am nächsten Morgen meldete die Lokalzeitung, daß Martin Fischer frei sei und eine Zeugin für seine Alibis habe. Die Suche nach dem oder den richtigen Mördern ging weiter und verlief irgendwann im Sande. Die Öffentlichkeit hatte kein Interesse mehr an dem Fall. Charlott Goldmann und ihre dreißig Millionen Mark wurden vergessen. Die Akte Goldmann wanderte zu den Tausenden anderen ungeklärten Fällen, die die Regale der Polizeireviere füllten.

Ein Jahr später landete ›The Fortune‹ den ersten einer Reihe von Nummer-Eins-Hits. Charlotts Nachlaß hatte es der Band ermöglicht, zwei ganze Monate in einem guten Tondstudio zu verbringen. Das Ergebnis war eine hochgelobte Langspielplatte und zwei herausgekoppelte Singles. Die Bandmitglieder hatten bald für den Rest des Lebens ausgesorgt. Sie besaßen zusammen vierzehn Pkws und drei Busse, konnte sich vor Vertragsangeboten nicht mehr retten und verbrachten ihre Freizeit im eigenen Schloß. All ihre Wünsche und Hoffnungen schienen in Erfüllung gegangen zu sein. Wie oft, erinnerten sie sich, wenn sie abends zusammensaßen, hatten sie von diesem Erfolg geträumt. Wie oft hatten sie sich vorgestellt, jeder für sich und alle zusammen, bejubelt zu werden, auf den großen Bühnen zu spielen, eine Tournee zu machen.

Während Martin früher unfreundliche Fahrgäste durch die Nacht fuhr, hatte er gedacht: »Eines Tages werdet ihr euren Kindern erzählen: ›Ich bin mal zusammen mit Martin Fischer, dem Gitarristen von ›The Fortune‹, Taxi gefahren, als er noch nicht berühmt war. Ich habe ihm zwei Mark Trinkgeld gegeben.‹« Spinnereien dieser Art hatten ihm den Job erträglich gemacht. Wie oft hatte er gedacht, daß er der einzige sei, der an die Band glaubte. Wie oft hatte er nachts in seinem selbstgebauten Bett gelegen und geträumt. Wie oft war er verbittert und unsicher, hilflos und allein gewesen. Zweifel hatten ihn aufgefressen, je mehr Jahre vergingen.

Nun war er da, der Erfolg, so sehnlich herbeigewünscht. Morgen würden sie in der Stadthalle von Offenbach ein Konzert geben. Es war ausverkauft. Aber war er glücklicher als früher? Griff er nicht noch immer nach den Sternen? Erst wollte er unbedingt in einer Band spielen. Dann wollte er eine LP herausbringen. Dann wollte er Erfolg haben. Und nun? Er hatte Angst. Seit zwei Jahren hatte er Angst, Tag für Tag, Nacht für Nacht. Er hatte Indre geheiratet, weil er dachte, sie liebte ihn. Sie wußte alles über ihn und er nichts über sie. Sie schien ihn anzubeten – ihn oder seine Musik, es war ihm nie ganz klar, und es war ihm egal. Sie war so schön, so erotisch, so lieb und nur seins. Sie war sein Himmel auf Erden. Eines Tages zeigte sie reges Interesse an seinem ererbten Vermögen. Natürlich hatte sie ein gewisses Anrecht darauf, schließlich war sie seine Frau, und ohne ihre Aussagen damals säße er heute vielleicht im Gefängnis. Warum aber hatte sie überhaupt ausgesagt? Hatte sie von Anfang an geplant, ihn zu heiraten? Wollte sie etwa weder ihn noch die Musik, sondern nur das Geld? Liebte sie ihn nicht? Zweifel nagten wieder an ihm, und sie schienen ihm tausendmal unerträglicher als die Zweifel vor drei Jahren. »Indre, Indre« schrie es in ihm, und jedesmal, wenn er sie ansah, meinte er, bohrenden Haß in ihren schönen Augen erkennen zu können. Manchmal sah er noch etwas anderes – Belustigung. Es zerbrach ihm das Herz.

An seinem letzten Konzert spielte er so gut wie nie. Er war der Star der Bühne, uneingeschränkter König des Publikums, das tobte und schrie, alle Texte auswendig kannte und doch nicht genug davon bekommen konnte. Martin bekam einen Rausch, als er dort oben stand, er und sein Instrument, und zu seinen Füßen eine tobende Menge, Tausende von glasigen Augen, die ihn anstarrten, Tausende von erhobenen Händen, die ihm huldigten. Er war glücklich. Er beschloß, sich von Indre scheiden zu lassen.

Nach dem Konzert trafen sich alle in Martins Hotelsuite. Sektkorken schossen gegen die Wände, einer zerschmetterte den Spiegel. Der teuerste Whiskey, der beste Kaviar, die schönsten Mädchen und das meiste Geld. Die treuesten Fans, die größten Autos und das renommierteste Hotel. Ein Superlativ nach dem nächsten. Martin war so glücklich wie noch nie in seinem Leben. Indre war nur noch ein Schatten, und mit jedem Glas, mit jedem ›Prost‹, legte sich ein weiterer Nebelschleier über ihre schöne Gestalt. Martin tanzte auf den Tischen und feuerte ein Mädchen an, das sich barbusig auf dem Orientteppich aalte.

Er sang alte Kinderlieder, und alle sangen mit. Sie waren eine große, glückliche Familie.

Morgens um vier brach Martin zusammen. Er lag halb an die Wand gelehnt in dem teuren Designer-Bett auf seidenen Laken, und ein komaartiger Schlaf übermannte ihn. Er war allein, als all der Kaviar, das Roastbeef, der Schweinebraten und die Mövenpick-Eiscreme verzweifelt nach einem Ausweg suchten. Sie fanden keinen, und Martin erstickte.

Indre saß in einem weichen Ledersessel in dem abgetrennten VIP-Bereich des Flughafens von LA. Sie war schwarz gekleidet. Ein Schleier bedeckte ihr munteres Gesicht. Neben ihr saß ein distinguierter älterer Herr mit mindestens 50 kg Übergewicht. Er schien das Klima nicht zu vertragen, denn er schwitzte fürchterlich. Nachdem sie in trauter Zweisamkeit dort eine halbe Stunde auf den Abflug ihrer Maschine gewartet hatten, sprach der Herr sie an.

»Ich habe Beweise dafür, daß Sie eine dreifache Mörderin sind«, sagte er höflich.

Indre lächelte ihn an. »So?«

»Sie brachten Karin Goldmann, Charlott Goldmann und Dieter von Moor um. Und Ihren Ehemann haben Sie auch in den Tod getrieben.«

Indre drehte ihren Kopf leicht, so daß sie dem Mann in die Augen sehen konnte. »Fahren Sie nur fort.«

Der Mann wischte sich mit einem Taschentuch den Schweiß von der Stirn, bevor er antwortete. »Charlott Goldmann besaß dreißig Millionen Mark und wollte das Geld Martin Fischer vererben. Leider hatte sie ein Problem: ihre Schwester Karin, die laut Gesetz die Hälfte hätte erben müssen. Also faßte Charlott einen Plan. Sie erzählte dem Studenten Dieter von Moor, Karins Lebensgefährten, von ihrem Geld, und sagte ihm gleichzeitig, daß sie selbst Krebs habe und daher bald sterben würde. Karin aber würde nur die Hälfte erben, die andere Hälfte ginge an Sie. Und gleichzeitig gab Charlott Dieter zu verstehen, daß Sie, meine liebe Dame, Alleinerbin würden, wenn Karin vor ihr stürbe. Charlott kannte die Geldgier der Menschen, und sie ging davon aus, daß Dieter Karin umbringen und Sie heiraten würde, weil er dann nicht nur fünfzehn Millionen, sondern dreißig Millionen Mark haben würde. Leider ging ihr Plan schief – denn sie kannte nicht alle dunklen Seiten des menschlichen Wesens. Sie kannte die Geldgier, die Besitzsucht, den Haß – aber kannte sie die Liebe? Nein. Charlott Goldmann liebte nie und wurde nie geliebt. Aber Dieter – Dieter war ein emotionaler junger Mann, und fand in Ihnen einen Menschen, dem er sich bedingungslos auslieferte. Dieter liebte Sie, und in dem irren Glauben, er würde ebenfalls geliebt werden, erzählte er Ihnen alles. Sie wußten sofort, daß Charlott Dieter nach Strich und Faden angelogen hatte.«

Indre verzog keine Miene. »Woher hätte ich das wissen sollen?« fragte sie nur.

»Weil Sie Charlott kannten. Sie hatten früher als Sekretärin zusammen mit ihr bei einer Bank gearbeitet. Charlott war Ihre Vorgesetzte. In dieser Position drangsalierte Charlott Sie, wo sie nur konnte, machte Sie schlecht, schwärzte Sie an. Dann begannen Sie ein Verhältnis mit dem Vorstandsvorsitzenden der Bank und brauchten, da er erpreßbar war, nicht mehr arbeiten. Sie lebten von seinem Geld und der Drohung, der Presse und seiner Familie von dem Verhältnis zu berichten. Wie Sie sehen – Charlott Goldmann hätte Ihnen nie Geld vermacht, denn sie ahnte etwas von den Geschehnissen. Sie wäre jedoch nie auf den Gedanken gekommen, daß Dieter von Moor so dumm sein könnte und Ihnen alles erzählt. Dieter war aber so dumm und unterschrieb damit Karins Todesurteil – und sein eigenes. Sie wußten, daß Charlott mit diesem Vorgehen nur erreichen wollte, daß Dieter Karin umbringt. Und Sie wußten, daß die gesamten dreißig Millionen Mark dann an einen einzigen Erben gehen würden. Leider hatten Sie keine Möglichkeit, herauszufinden, wer dieser Erbe war. Sie mußten auf den Tod von Charlott Goldmann warten, um den Alleinerben identifizieren zu können. Sie brachten zuerst Karin Goldmann um, damit sie nichts mehr erben konnte.«

»Und wie, bitte schön, habe ich das gemacht?« Indre schien sich über die Geschichte zu amüsieren, ihre Lippen wurden durch ein bezauberndes Lächeln verschönert.

»Sehr einfach für Sie. Sie riefen Karin Goldmann an und berichteten ihr von Ihrem Verhältnis mit Dieter. Ich kenne Karins Reaktion nicht – entweder hat sie sich mit Ihnen getroffen, weil Sie Ihnen glaubte, oder aber sie hat Ihnen nicht geglaubt, und Sie schlugen ihr vor, sich mit eigenen Augen zu überzeugen. Das ist unwichtig. Auf diese Art haben Sie Karin auf jeden Fall auf das Dach des Hauses gelockt und sie dann heruntergeschubst. Als Karin so plötzlich starb, wurde Dieter mißtrauisch. Also brachten Sie auch ihn um. Ich weiß nicht, wie Sie es fertiggebracht haben, ihn auf das Dach zu locken, doch gibt es da mehrere Möglichkeiten. Schlafwandel zum Beispiel, oder der einfache Satz: ›Laß uns die Aussicht genießen‹, oder: ›Ich möchte mir den Ort des Selbstmordes so gerne einmal ansehen.‹ Ihnen wird schon das passende eingefallen sein. Nachdem Dieter tot war, war Charlott an der Reihe. Das dürfte auch einfach gewesen sein. Da Charlott keinen Gasherd hatte, werden Sie sie wohl bei sich umgebracht haben. Sie lockten sie in Ihre eigene Wohnung, setzten sich mit ihr in die Küche, vorher wurde der Gashahn aufgedreht, und verließen die Küche unter einem Vorwand für längere Zeit. Sie brauchten nur so lange warten, bis Charlott bewußtlos war, dann brachten Sie die Bewußtlose in Ihre Garage, legten sie vor den Auspuff und vollendeten Ihr Werk. Sie müssen sie sehr gehaßt haben, sonst hätten Sie sie nicht in den Müllcontainer geworfen. Und sehr kräftig müssen Sie auch sein. Nachdem Sie also das letzte Hindernis aus dem Weg geräumt hatten, warteten Sie die Testamentseröffnung in aller Ruhe ab. Sie verfolgten die Presseberichte, und als Sie den Namen des Alleinerben gedruckt sahen, war auch er verloren.«

»Ich war bei einer Tante in Berlin«, erwiderte Indre ruhig.

»Sie sind dort pünktlich angekommen und abgereist, das ist richtig. Was aber haben Sie in der Zwischenzeit gemacht? Nach Berlin fährt man fünf Stunden oder fliegt eine Stunde. Sie hatten sicherlich genug Zeit, sich regelmäßig mit den neuesten Zeitungsartikeln zu versorgen und gleichzeitig genügend Information über Martin einzuholen. Sie faßten den Plan, Martins Alibizeugin zu werden – damit hatten Sie ihn in der Hand, falls er Sie nicht geheiratet hätte. Was er natürlich getan hat. Sie haben ihn becirct, er war fasziniert von Ihnen, er betete Sie an und liebte Sie abgöttisch. Wahrscheinlich wollten Sie auch ihn umbringen, aber er hat Sie amüsiert. Sie zeigten ihm auf teuflische Art, wo er bei Ihnen stand – vielleicht sogar mit dem Hintergedanken, daß er sich umbringt. Und er hat sich umgebracht.« Hier endete der Mann. Er legte die Fingerspitzen seiner dicken Hände aneinander und sah fast wie ein Priester aus.

»Und wissen Sie, was ich denke?« fragte er.

Indre schüttelte den Kopf.

»Ich denke, es hat Ihnen Spaß gemacht. Es war nicht

des Geldes wegen. Sie haben einen von Grund auf schlechten Charakter und leben ihn aus, wo Sie können. Sie sind die geborene Mörderin. Sie sind intelligent, schön, eine hervorragende Schauspielerin und fast emotionslos. Und sehen Sie, das war Ihr Fehler: Sie hätten Charlott nicht in den Müllcontainer werfen dürfen. Das machte mich stutzig. Ich machte mich also daran, Charlotts Vergangenheit zu erforschen, und siehe da, wer tauchte als einzige Person auf, die Grund gehabt hätte, Charlott zutiefst unsympathisch zu finden – ich sage unsympathisch, nicht hassen – Sie! Und Sie meldeten sich als Alibizeugin für Martin. Sie sind verrückt. Das mag ich an Ihnen. Sie sind verrückt, skrupellos und haben Köpfchen.«

»Wer sind Sie?«

Der Mann ging nicht weiter auf Indres Frage ein. Er lachte, stand auf, gab ihr die Hand, und sagte charmant: »Es hat mich überaus gefreut, Ihre Bekanntschaft zu machen, Fräulein Fischer. Sie sind eine sehr beeindrukkende Person. Ich melde mich bei passender Gelegenheit einmal bei Ihnen, wir können dann ein Täßchen Kaffee zusammen trinken. – Ach ja, Sie trinken ja keinen Kaffee. Nun, dann trinken wir eben Tee. Ich hoffe auf ein baldiges Wiedersehen!«

Margarete Kubelka

Keine Spur

Der Fall Inge Tapian war für Kommissar May längst abgehakt und im Sande verlaufen. Zwar hatte es zuerst viele Verdächtige gegeben, aber von Anfang an keine heiße Spur. Inge Tapian war ein Callgirl gewesen, eine Art Edelprostituierte auf telefonischen Abruf. Sie hatte nicht jeden genommen, wie die Ermittlungen ergaben, sondern ein Besuch bei ihr konnte nur auf Empfehlung hin arrangiert werden. Darin war sie vorsichtig gewesen, genutzt hatte ihr – wie man sah – diese Vorsicht nichts. Ihr Kundenkreis war klein, aber fein gewesen: betuchte Unternehmer, Top-Manager, reiche Nichtstuer. Die Adressen waren nicht schwer zu beschaffen gewesen, denn die Tapian hatte eifrig Buch geführt und dieses Buch in ihrer Schreibtischschublade hinterlassen. Da aber alle betroffenen Männer hieb und stichfeste Alibis aufweisen konnten, war dieser Weg eine Sackgasse. Ein Raubmord kam nicht in Frage, denn Schmuck und Geld lagen unangetastet im Safe, und eine Kette aus Weißgold mit Smaragden lag noch um ihren Hals, unter dem cyclamenfarbenen Nylontuch, mit dem sie erdrosselt worden war, und auch die wertvollen Ringe mit den auffallenden Steinen steckten noch an ihren Fingern. Kein Tatverdächtiger, keine Spur, nur noch eine Sache für die Akten, die bald für immer in irgendeiner Ablage verschwinden würden.

Martin May freilich vergaß die ermordete Inge Tapian nicht so bald. Das lag einmal an dem Milieu, dem er bisher höchstens hin und wieder in reißerischer Aufmachung in einer Illustrierten begegnet war, zum andern aber an dem Anblick der toten Frau, die so wehrlos und preisgegeben ausgesehen hatte, obwohl sie ihr Schicksal wahrscheinlich selbst verschuldet hatte. Wie ein Ding hatte sie dagelegen, ein kaputter Gegenstand, der einmal ein Mensch gewesen war.

Das Schlafzimmer, in dem sie ihr Gewerbe ausübte, besaß den üblichen Schnickschnack, der ein Liebeslager ausmachen oder wenigstens vortäuschen sollte. Ein superbreites Himmelbett mit gerafften Tüllvorhängen, weiche, weiße Flokati-Teppiche, in denen der Fuß versank, Spiegel in schweren, vergoldeten Rahmen... Martin May überlegte, wie es sein mußte, sich bei einer solchen Frau ein bißchen Illusion zu beschaffen. Eins war klar: mit seinen zweimal wöchentlich praktizierten ehelichen Pflichtübungen hatte das nichts zu tun. Er war freilich ein bißchen irritiert, als er das Wohnzimmer der Ermordeten betrat. Hier deutete nichts auf ihre Einkommensquelle hin – hier war alles gediegen, gutsituiert, nicht ohne Geschmack. Anstelle der lasziven erotischen Darstellungen, die im Schlafzimmer die Wände zierten, hingen hier ein paar gute, handsignierte Graphiken, die Möbel waren bequem und teuer, aber eher schlicht, ein großes Regal mit Büchern nahm die ganze dem Fenster gegenüberliegende Wand ein. Kommissar May nahm ein Buch heraus: Hermann Hesse ›Der Steppenwolf‹. Auch die anderen Bücher lagen auf dieser Ebene: moderne Romane, Lyrik, ein paar Bildbände über Florenz und Rom.

Das alles war nun schon Monate her und begann zu verblassen. Die übliche Routine mit Messerstechereien, Eifersuchtsdelikten und Raubüberfällen verdrängte die Erinnerung an das süße Leben der Inge Tapian, das so bitter geendet hatte. Es wäre vielleicht für immer in dem trüben Tümpel vergangener Delikte versunken, wenn er nicht eines Tages mit dem Kollegen Kremmer nach Hause gefahren wäre. Sein Auto befand sich zu einer Bagatellreparatur in der Werkstatt, und Kremmer hatte ihm angeboten, ihn heimzufahren. »Ich muß nur noch bei Dieter Egert kurz reinschauen und ihm ein Buch zurückbringen, das er schon ein paarmal angemahnt hat. Du weißt schon, der Reporter, der immer auf allen Tatorten auftaucht und uns mit seinen Fragen nervt. Aber er ist ein feiner Kerl, ich hab mich ein bißchen mit ihm angefreundet und mag ihn gut leiden.«

May hatte keine Lust, im Wagen sitzenzubleiben, zumal er fürchtete, daß es länger dauern würde. So begleitete er Kremmer nach oben, und dort wartete dann die große Überraschung auf ihn. Als er das Wohnzimmer des Reporters betrat, hatte er das sichere Gefühl des ›déjà-vu‹, das einem signalisiert: Hier bin ich schon einmal gewesen. Das kannte er doch: diese muschelförmige Couch mit dem beigefarbenen Bezug, diese kleinen, aber teuren Perserbrücken, dieses Bücherregal, in das Dieter Egert soeben das Buch zurückstellte. Ja, das war es: Dort mußte ›Der Steppenwolf‹ stehen, und der kleine Florentiner Barockengel stand ihm zu Häupten.

Kommissar May ließ sich nichts anmerken, so schwer es ihm auch fiel. Das war Inge Tapians Wohnzimmer, und er würde in Erfahrung bringen, wie es hierhergekommen war. Seine Recherchen ergaben, daß Inges Schwester Monika die Möbel geerbt und sie nach München mitgenommen hatte. Aber das war doch nicht möglich, das war völlig ausgeschlossen, denn ihr Wohnzimmer stand ohne jeden Zweifel bei Dieter Egert am Stadtrand von Regensburg, er hatte es ja selbst gesehen.

Die Sache ließ Martin May keine Ruhe, und er fuhr nach München zu Inges Schwester, um sich selbst davon zu überzeugen, daß Monika Inges Wohnzimmer verkauft oder verschenkt hatte. Aber schon beim Eintritt in die Wohnung der Schwester mußte er zu seiner nicht geringen Verblüffung feststellen: Inges Wohnzimmer befand sich hier, ein zweitesmal, dem andern aufs Haar gleichend, die Möbel, die Bilder, die Teppiche, die Vasen – es war wie in einem Spiegel oder auf einer Fotografie, die das Dargestellte exakt und unverfälscht wiedergab.

Martin May nahm die Ermittlung im Fall Tapian wieder auf. Ein Bild von Dieter Egert war relativ leicht zu beschaffen. Er war in seiner Zeitung häufig auf Tatortbesichtigungen zu sehen. Befragungen der Nachbarn, denen May die Bilder zeigte, ergaben, daß Egert zu den häufigen Besuchern der Tapian gehört hatte. »Ja, der war oft hier«, sagte Frau Schildt, die auf dem gleichen Flur wie Inge Tapian wohnte, »ich erinnere mich genau an ihn. Ich hab mich nur immer gewundert, wie der zu der Tapian kam, denn die war scharf auf Geld und der konnte ja mit diesen Herren in Maßanzügen und dem arroganten Getue nicht mithalten. Das war ein kleiner Fisch, der nicht in die Sammlung paßte.«

Dieter Egert wurde vorgeladen, verhört, ein Alibi für die Tatzeit hatte er nicht. Er gab zu, Inge Tapian regelmäßig besucht zu haben, eine intime Beziehung zu ihr stritt er ab. Er habe sie von früher gekannt, sie seien miteinander zur Schule gegangen.

Es war schwer, wenn nicht unmöglich, dem Reporter etwas nachzuweisen, denn durch den Abtransport der Möbel waren alle Spuren längst vernichtet. Keine Fingerabdrücke, keine Zigarettenstummel im Aschenbecher, keine am Tattag vergessenen Gegenstände mehr. Egert hätte sich in Sicherheit wiegen können. Daß er den Mord schließlich doch noch gestand, geschah vielleicht deshalb, weil er ihn gestehen wollte. Er war ausgehöhlt, fertig, zermürbt, wollte reinen Tisch machen.

Es war eine lange Geschichte, die wirklich bis auf die Zeit zurückging, in der Egert und die Tapian das gleiche Gymnasium besucht hatten. Eine Schülerliebe, wie es Tausende gibt, mit Händchenhalten und Schultaschetragen, mit Treueschwüren und dilettantischen Gedichten. Eine pubertäre Angelegenheit, nichts Besonderes, nichts, was Bestand hatte – wenigstens für Inge Tapian. Aber für Dieter war das anders, der glaubte an Inges Versprechungen und machte Zukunftspläne, in denen Inge die Hauptrolle spielte.

Er wurde Volontär an einer Zeitung, ein eifriger junger Mann, auf den alle nebensächlichen und unwillkommenen Arbeiten abgeschoben wurden und der dafür nur ein Taschengeld bekam. Kein Mann für Inge Tapian, die schöne Kleider und teure Parfüms liebte und gern in Drei-Sterne-Lokalen speiste. Um an das schnelle Geld zu kommen, nahm sie Verbindung mit zahlungskräftigen Männern auf, bis sie die Sache professionell betrieb. Dieter besuchte sie regelmäßig, er war kein zahlender Kunde, deshalb war er auch nicht in ihrem Notizbuch zu finden gewesen. Er beschwor sie ebenso häufig wie vergeblich, ihren Lebensstil zu ändern. Mit der Zeit hatte sich an der Zeitung auch sein Status gewandelt. Er war ein gut bezahlter Mann geworden, eine Art Star-Reporter, der durch seine Tüchtigkeit und seine flotte Feder die Auflagen seines Blattes steigerte. Als er dann noch eine kleine Erbschaft machte, glaubte er, seine Inge retten und gewinnen zu können. Aus ihrem Callgirl-Leben sollte sie nichts mitnehmen, er wollte nicht mit ihr in den Sesseln sitzen, in denen sich die zahlenden Kunden geräkelt hatten. So kam er auf die Idee, ihr Wohnzimmer bis ins letzte Detail zu kopieren. Sie sollte sich wohlfühlen, zu Hause sein, aber die Vergangenheit über Bord werfen. Die Jagd nach den gleichen Gegenständen, die Inge besaß, war ein schwieriges Unterfangen. Es dauerte fast ein Jahr, bis Dieter so einigermaßen alles beisammen hatte. Als es soweit war, geriet er in einen Rausch der Freude und Erwartung. Inge würde staunen, wenn sie sah, was er geleistet hatte. Und da er ihr jetzt sogar auch etwas Luxus bieten konnte, würde sie glücklich sein, ihrem ekelhaften Lebensstil valet zu sagen.

Mit dem Versprechen einer großen Überraschung bewog er sie zu einem Besuch bei ihm. Inge kam, sah und erstarrte. Vor Glück, wie Dieter Egert glaubte. Sie bat sich einen Tag Bedenkzeit aus. Als Dieter am nächsten Tag voller Vorfreude das ihm nun doppelt bekannte Zimmer betrat, war Inge reserviert und in einer Weise fremd, die er nicht für möglich gehalten hätte. Sie hatte sich geschminkt und provozierend an- besser aus-gezogen und sagte: »Machen wir es kurz, ich erwarte einen Kunden.« »Also nein?« fragte Dieter und fühlte, wie sich alles in ihm verkrampfte. »Also nein.« Auf Dieter stürzte alles ein, was Inge für ihn bedeutet hatte: das Schulmädchen von einst und die Prostituierte von heute, Gesprächsfetzen, Zärtlichkeiten und dazwischen immer wieder die Bücher und Vasen, die Bilder und Kissen, denen er nachgejagt war wie ein Verrückter. Er wußte gar nicht, daß er das Tuch ergriff, das auf einer Sessellehne lag, und es um Inges Hals schlang, fester und immer fester, bis das einstudierte Hurenlächeln aus ihrem Gesicht gepreßt war und von beiden Frauen nichts übrigblieb – der von heute und der von damals.

Julian Symons

Ein Lied für Hyazinthen

Glück, dachte Robin Edgley, als er die Sonne auf seiner Brust, seinem Bauch und seinen Beinen fühlte, als er spürte, wie ihre Strahlen durch die Haut drangen, wie Blut und Nerven, ja sogar das Herz erwärmt wurden. Durch puren Zufall habe ich zum erstenmal in meinem Leben das Glück entdeckt. Wäre Felix nicht wegen einer Grippe eine Woche später aus London gekommen, dann hätte Gerda mich nicht angesprochen, und es wäre ein ganz anderer Urlaub geworden. So aber hatte er Gelegenheit erhalten, sich selbst ganz neu zu entdecken.

Glück. Das war ein goldglänzender Leib in seinen Armen, auf einer grünen Insel mitten im blauen Meer. Es war aber auch – um von diesem Strandidyll wegzukommen – die innere Bestätigung, die ihm seine Liebe zu Gerda gab. Sein Selbst ging in dem eines anderen Menschen auf. Ein Gefühl, das mit Worten nicht zu beschreiben war.

Aus der angenehmen Wärme war ein unangenehmes Brennen geworden. Seine Vorderseite war offensichtlich genug aufgeheizt. Er nahm das Tuch von seinen Augen und sah sich um. Mittlerweile teilte er die Terrasse mit einem halben Dutzend alter Leute. Er drehte sich auf den Bauch und nahm seine Gedichtsammlung zur Hand. Ein Gedicht, ›Le Monocle de Mon Oncle‹ von Wallace Stevens, hatte es ihm besonders angetan. Es behandelte die Gedanken eines Mannes in mittleren Jahren über die Liebe:

Ganz im Westen leuchtet
ein wilder Stern,
entzündet für feurige Knaben
und duftige Jungfraun
in ihrer Näh'.
Der Grad der Macht ihrer Liebe
ist Maß auch fürs Feuer der Erde.

Wie wahr, dachte er. Sein Feuer war entfacht, seine Sinne waren geschärft, und tiefer war sein Bewußtsein von allen Dingen, die ihn betrafen. Nur mit den folgenden Zeilen konnte er nicht viel anfangen:

Wird der Liebende kahl am Kopfe,
rosten die Waffen.
In innere Exile
kriecht er zurück,
singt nur noch ein Lied
den Hyazinthen.

Nein, nein, seufzte er leise. Sein Haar wurde silbrig, aber er war nicht kahl. Doch worauf es ankam, war, daß die Liebe zwischen einem reifen Mann und einer jungen Frau alles das enthalten konnte, was ›feurige Knaben‹ fühlen, sogar noch viel mehr. Schon die ersten Sätze, die Gerda zu ihm gesprochen hatte, straften das Gedicht Lügen.

Drei Tage war es nun schon her. Er hatte sich gefragt, warum er überhaupt hierher gekommen war. Er hatte es eigentlich sofort bereut, daß er der jungenhaften Unternehmungslust seines Cousins Felix erlegen war. Felix hatte ihn aus seinen dunklen Augen, deren Wimpern für einen Mann viel zu lang waren, angesehen, ihm mitgeteilt, daß er Luftveränderung brauchte, und gefragt, warum er, Nunky, wie er ihn mit Spitznamen nannte, nicht mitkommen wolle.

»Ich hab die Schnauze voll von dem verfluchten Agenten- und Produzentenpack, vom verfluchten Theater überhaupt. Ich muß da mal raus, Nunky, mir die Sonne auf den Pelz brennen lassen. Sollen sie verdammt noch mal das Telefon hier heiß klingeln lassen. Um so mehr werden sie sich um mich reißen, wenn ich zurück bin. Du hast doch sowieso nichts zu tun. Laß uns zusammen fahren.« Wo wollte er hin? Zuerst wußte er es nicht, dann entschied er sich für Jugoslawien, die Adria, Dubrovnik. »In der Sonne braten, schwimmen, Fische fangen, und obendrein ist's noch billig. Für dich spielt das natürlich keine Rolle, aber für mich. Vielleicht finden wir sogar ein paar nette Häschen für uns. Hast du Lust?«

Begleitet hatte er sein Angebot wieder mit diesem Blick aus seinen schönen Augen, der Robin – jetzt konnte er es ja zugeben – immer leicht verstört hatte. Er hatte begonnen, wegen der Wirkung dieser Blicke auf ihn, an sich selbst zu zweifeln. Manchmal hatten sie die Lust in ihm geweckt, seinen Arm um die Schultern des jungen Mannes zu legen oder zärtlich mit ihm zu raufen, wenn sie verschiedener Meinung waren. Fünf Jahre waren seit Marys Tod vergangen. Er hatte nicht wieder geheiratet, ja seitdem nicht einmal eine Affaire gehabt. Manchmal hatte er geglaubt, nicht ganz richtig zu sein. Wenn er daran dachte, wie wählerisch er war, wie sehr er auf Farbe und Sitz seiner Kleidung achtete, wie gern er antiken Nippes kaufte und daß er für jedes Stück den haargenau passenden Platz finden mußte, dann kam ihm manchmal der Gedanke, er könnte andersherum sein. (Der bloße Gedanke an dieses Wort mißfiel ihm sehr.) Oder war es nur Felix' wilder Lebenswandel, der ihm gefiel? Sein ständiges Umziehen von einer Wohnung in eine andere, obwohl er oft ohne Job und in arger Geldnot war. Kleinere Geldsummen, die er Felix geliehen hatte, hatte er sich immer zurückzahlen lassen. Trotzdem war er auch deshalb in Sorge gewesen, hatte sich selbst verdächtigt, Felix' Zuneigung erkaufen zu wollen. Jetzt konnte er sich das eingestehen, da seine Liebe zu Gerda bewies, daß mit ihm alles in Ordnung war.

Soviel über Felix, der seinem Leben, ohne es zu wollen, eine neue Richtung gegeben hatte, als er ihm mit jämmerlicher Stimme, in der wie immer eine Spur Selbstmitleid mitschwang, am Telefon mitgeteilt hatte, er käme nach Dubrovnik, sobald es ihm wieder besser gehe. Aber daran dachte Robin nicht, als er ein heißes Bad nahm, sein elegantes, rotbraunes Dinnerjacket anzog und sich allein zu einem ersten Abendessen im Hotel niederließ. Später stand er auf der Terrasse, auf seinen Malacca-Gehstock mit dem silbernen Knauf gestützt, und schaute schwermütig auf die Lichter der alten Stadt. Jemand berührte seinen Arm.

»Verzeihen Sie, daß ich Sie einfach anspreche«, sagte das Mädchen, »aber ich mußte ständig zu Ihnen hinschauen im Restaurant. Sie waren der attraktivste Mann im ganzen Saal.« Sie hielt inne und verbesserte sich. »Das stimmt nicht ganz. Ich hätte besser sagen sollen, der interessanteste Mann.«

Das machte es ihm leichter, sich für das Kompliment zu bedanken.

»Ich heiße Gerda.«

»Robin Edgley.« Sie war jung, schön und blond. Ihm wurde es etwas unwohl. »Setzen wir uns? Möchten Sie etwas trinken?« Von ihren Plätzen aus konnten sie die ganze Bucht überblicken. Sie hatten Drinks neben sich stehen, und er fühlte sich etwas wohler.

»Sie haben mich in Verlegenheit gebracht. Sagen Sie oft solche Dinge zu fremden Männern?«

»Es war das erstemal in meinem Leben, glauben Sie mir.« Sie sprach sehr ernsthaft, und er glaubte ihr. Er schaute sie an und bemerkte, daß ihre Schönheit gar nicht so überwältigend war, wie er zunächst geglaubt hatte. Sie hatte seidiges Haar und zarte Gesichtszüge, aber die Winkel ihres etwas zu breiten Mundes zogen sich schmollend nach unten. Die blauen Augen unter den buschigen, blonden Brauen standen sehr weit auseinander. Sie wirkten kalt, aber tief drinnen schien ein Feuer zu brennen. Sie sprach perfektes Englisch mit einem leichten Akzent. Sie nickte, als er sie fragte, ob sie Deutsche sei.

»Sie sind ein außergewöhnliches Mädchen.«

»Reden Sie nicht so mit mir. Sie sind doch nicht mein Onkel!« Ihre Worte klangen schneidend. »Wir haben doch dieselbe Wellenlänge, Sie und ich.«

»Was für ein Unsinn. Ich könnte sehr wohl Ihr Onkel sein. Ich bin fünfundvierzig.« In Wirklichkeit war er noch vier Jahre älter.

»So hab ich's nicht gemeint. Wir haben dieselben Gefühle. Was fühlen Sie beim Anblick dieser Landschaft?« Er sah angestrengt in das Dunkel hinaus, und sie sagte ungeduldig: »Nicht jetzt! Was fühlten Sie, als Sie hier ankamen?«

»Romantisches, nehme ich an.«

»Und Hintergründiges?«

»Ja. Ein Gefühl von hintergründiger Romantik«, bestätigte er, obwohl er weit davon entfernt gewesen war, etwas Derartiges zu empfinden.

»So etwas fühlen junge Männer nicht, deshalb langweilen sie mich. Sollen wir ein paar Schritte gehen?«

Sie gingen durch den Gradac Park mit seinen alten Zypressen und Pinien, unter ihnen lag das Meer. Ihm fiel auf, daß er begann, ohne Hemmungen mit ihr zu sprechen. Er erzählte ihr, daß er Teilhaber einer kleinen Fabrik für Küchenventilatoren gewesen war und sich vor einigen Jahren zurückgezogen hatte. Er versuchte ihr das zu erklären: »Auf einmal erschien es mir lächerlich, jeden Tag in ein Büro zu rennen. Sollte das etwa schon das ganze Leben gewesen sein? Als Mary noch lebte, dachte ich anders darüber, aber sie ist seit fünf Jahren tot.«

»Mary?«

»Meine Frau. Ich vergaß völlig, daß Sie nichts von ihr wissen können. Ist das nicht albern?«

»Nichts an Ihnen ist albern. Das heißt, da gibt es doch etwas.« Sie deutete auf den Gehstock. »Wozu brauchen Sie den? Ist das nicht eher etwas für Fußkranke?«

»Haben Sie eine Ahnung!« Mit einer schnellen Bewegung zog Robin einen funkelnden Dolch aus dem Stock heraus. »Falls mich jemand angreift.«

»Das ist wirklich albern.« Wegen ihrer präzisen Aussprache klang es sehr bestimmt. »Was haben Sie alles gesucht in Ihrem Leben?«

»Ich weiß es nicht genau. Orte, vielleicht. All die Orte, die ich nicht kannte. Dann Lyrik. Ich habe immer gern Gedichte gelesen. Und ich wollte Menschen treffen.«

»Haben Sie gefunden, was Sie sich erhofften?«

»Ich weiß nicht, ob ich alles gefunden habe. Auf jeden Fall aber genug, um froh sein zu können, daß ich kein Geschäftsmann mehr bin.«

Während er das sagte, wurde ihm klar, wie sehr er etwas ganz Bestimmtes vermißte. Er fragte sie nach ihrer Tätigkeit, und sie lachte ganz hinten in der Kehle.

»Sie werden es bald wissen.« Mehr sagte sie nicht. Auf dem Rückweg war ihm ihre physische Gegenwart sehr bewußt. Ihr Körper hatte etwas Tierhaftes in seinen Bewegungen. Als er ganz leicht ihren Arm berührte, überkam ihn ein fast unwiderstehliches Verlangen, sie bei den Schultern zu packen und an sich heranzuziehen. Der Moment ging vorüber, und sie setzten ihren Weg fort. In der Hotelhalle konnte er sich nicht entschließen, sie zu einem Drink auf sein Zimmer einzuladen, und er ließ auch diese Gelegenheit vorübergehen. Sie wünschte ihm eine gute Nacht und ging davon, ihr goldenes Haar wie eine Mütze auf dem Hinterkopf tragend.

Am nächsten Morgen erwachte er in bester Laune. Er frühstückte auf dem Balkon vor seinem Zimmer und beobachtete dabei Touristen, die in Autobussen nach Mostar und zur Bucht von Kotor gebracht werden sollten. Die Urlauber, meist drahtige Deutsche und sonnenverbrannte Engländer, standen schwatzend herum und warteten darauf, von energischen Reiseleitern in die bereitstehenden Busse verfrachtet zu werden. Die Reiseleiter kommandierten wie Lehrer, die ihre Schüler vor dem Überqueren der Straße zusammentrommeln.

»Bitte, beeilen Sie sich! Wir haben bereits fünf Minuten Verspätung!« Die präzise Aussprache war ihm vertraut. Er erkannte sie sogleich in ihrem ärmellosen, blauweißen Kleid und der dunkelblauen Schirmmütze, die sie sich schräg auf den Kopf gesetzt hatte. Sie sah zu ihm hinauf, warf ihm eine Kußhand zu und sprang in den wartenden Bus, der mit ihr davonfuhr.

Er war auf der Sonnenterrasse, als die Ausflügler am frühen Abend zurückkehrten. Er versuchte sich einzureden, daß er nicht auf sie warte, aber die Erregung, die durch seinen Körper ging, als er das blonde Haar unter der Schirmmütze erkannte, war etwas, was er schon seit Jahren nicht mehr gefühlt hatte. Sie kam sofort hoch zu ihm. Kleine Schweißtropfen perlten auf ihrer Oberlippe. Er lud sie zu einem Drink ein, doch sie schüttelte den Kopf. »Ich bin noch nicht vorzeigbar. Es ist furchtbar heiß in diesen Bussen, aber in zehn Minuten hätte ich gerne einen riesengroßen Gin mit Tonic.«

Der stand in der Bar für sie bereit. »Sie sind also Reiseleiterin?«

»Nur für kurze Zeit mit dieser einen Gruppe. Am Sonntag kommt mein Mann, dann werden wir Ferien machen.« Sie zog die Ecken ihres Schmollmunds noch weiter nach unten. »Sein Name ist Porter, also bin ich Gerda Porter. Ziemlich komisch, nicht? Er ist Reiseunternehmer. Ich glaubte, es könnte mir Spaß machen, für eine Gruppe die Leiterin zu spielen, also hat er es arrangiert.«

»Er scheint ja ganz nett zu sein.«

»Laß uns nicht von ihm reden.« Sie duzte ihn plötzlich. »Soll ich jetzt gleich mit auf dein Zimmer kommen oder erst nach dem Abendessen?« Er starrte sie einigermaßen ungläubig an. »Bist du schockiert? Magst du keine Frauen, die offen sagen, was sie wollen?«

»Jetzt sofort.« Er haßte sich für seinen Kleinmut, als er hinzufügte. »Aber bitte in getrennten Lifts. Wir müssen vorsichtig sein.«

Sie fuhren in getrennten Lifts hinauf und kamen nicht zum Abendessen herunter.

Zwei Tage später fuhr ihre Reisegesellschaft nach Hause. Er sah ihr zu, wie sie mit den Männern sprach, über das Spielcasino zum Beispiel, wo nur ausländische Währungen zugelassen waren, oder über Ausflüge zu Orten, an denen man angeblich erfahren konnte, wie die Einheimischen hier wirklich lebten (als seien die Jugoslawen eine andere Spezies). Die Frauen wollten vor allem von ihr wissen, was man mit heimnehmen könne.

Sie nahm sich dieser Probleme fachkundig, höflich und mit unerschöpflicher Geduld an. Nachdem sie ihre Leute auf dem Flugplatz verabschiedet hatte, kam sie in die Halle und setzte sich zu ihm.

»Ich bin froh, daß sie weg sind. Was für ein langweiliger Haufen!«

»Du hast es ausgezeichnet verstanden, mit ihnen umzugehen.«

»Warum auch nicht? Ich war früher von Beruf Reiseleiterin. Für ein paar Tage hat es mir Spaß gemacht. Aber nachdem du mir über den Weg gelaufen bist...« Sie ließ den Satz unvollendet. »Wir haben noch drei Tage.«

»Drei Tage?«

»Bevor mein Mann kommt.« Ihre Augen sahen aus wie blaue Glasmurmeln.

An diesem Tag erkundeten sie Dubrovnik, fasziniert von einer Stadt, die den Fußgängern vorbehalten ist. Sie spazierten über den Hauptplatz, dessen Schaufenster alle die gleichen Waren zeigten. Sie verglichen die Preise von Kopftüchern und Teppichen auf dem Markt am Gundulic Platz, aßen Fisch in einem kleinen Restaurant in Ul Siroka und machten eine Runde auf der alten Stadtmauer. Nach dem Lunch tranken sie auf der Terrasse des Gradska Kafana am Hafen Kaffee. Später mieteten sie ein Motorboot und erkundeten damit die Inseln.

Die dalmatische Küste ist voller Inseln. Eine davon, Lokrum, liegt weniger als einen Kilometer von der Stadt entfernt. Sie scheint ausschließlich von Pinienwäldern bedeckt zu sein, aber tatsächlich gibt es einen Park mit subtropischer Vegetation und zwanzig kleine Buchten, in denen man Heerscharen von Badenden findet. Lokrum ist ein Alptraum für Verliebte, die Einsamkeit suchen, aber gleich dahinter gibt es ein Dutzend winziger Inseln, die nicht länger als ein paar hundert Meter sind. Einige bestehen aus nacktem Felsen, andere sind mit Sträuchern und kleinen Bäumen bewachsen und haben natürliche Landeplätze.

Sie fuhren zu einer dieser Inseln. Die letzten Meter mußten sie rudern, dann zogen sie das Boot in eine winzige Bucht. Sie zogen sich aus und schwammen nackt im klaren, blauen Wasser. Später legten sie sich einige Schritte vom Wasser entfernt ins Gras und liebten sich. Die Mauern von Dubrovnik waren nicht viel weiter weg als zwei Kilometer, und trotzdem lagen sie hier völlig allein und ungestört.

»Das ist alles nicht wahr«, dachte er bei sich. »Es ist ein ganz neues Leben, wie ich es bis jetzt noch nicht kannte.«

Seine Gedanken wurden von Gerda unterbrochen, die Schweißperlen am ganzen Körper und im Gesicht hatte. »Widerlich, wie verschwitzt ich bin. Dabei ist dein Körper völlig trocken.«

»Trocken und mürbe vom Alter.«

»Red nicht so dumm daher. Mein Mann ist alt, aber du...«

»Gerda...«

»Ich will nicht, daß du mich Gerda nennst. So nennt er mich. Nenn mich lieber Hella, oder besser Hel! Den Namen kennt keiner.«

»Hel, du hast mir ein Stück vom Himmel gezeigt«, alberte er. »Sieht er mir ähnlich, dein Mann?«

Sie prustete vor Lachen. »Du wirst es schon sehen.« Sie lag mit dem Gesicht im Gras und erzählte von ihrem Leben. Ihre Eltern waren von Ost- nach Westdeutschland geflohen, sie war später von Westdeutschland nach England gegangen und hatte dort als Au-pair-Mädchen gearbeitet. Sie hatte wenig Lust, in einer Familie zu leben, aber ohne Arbeitserlaubnis bekam sie keinen anderen Job.

Später fälschte sie einfach eine Arbeitserlaubnis und wurde Reiseleiterin bei Porter Travel Ltd.

»Und dann hast du den Chef geheiratet.« Er sagte es leichthin, um zu verbergen, daß die Ruhe, mit der sie von der gefälschten Arbeitserlaubnis erzählt hatte, ihn etwas schockierte.

»Ja.«

»Du sagst, er sei in meinem Alter. Hat er dir gefallen?«

»Ja, aber das spielte keine Rolle. Er hatte herausgefunden, daß meine Arbeitserlaubnis nicht in Ordnung war. Also hatte ich keine Wahl. Wenn ich sehe, daß etwas getan werden muß, dann tu ich es!«

»Du bist ziemlich skrupellos.«

»Wenn es sein muß. Aber wenn ich gewußt hätte ...« Wieder brach sie mitten im Satz ab, sah ihn mit leuchtendblauen Augen an. Dann drehte sie sich um und rannte zum Wasser. Er stand auf und folgte ihr.

Am nächsten Tag waren sie wieder auf ihrer Insel, und er sagte ihr, daß er sie liebe. So etwas hatte er zu keiner Frau mehr gesagt seit der ersten Zeit seiner Ehe mit Mary. Sie antwortete nicht. »Aber du liebst mich nicht, Hel. Oder?«

»Ich weiß es nicht. Es ist auch nicht so wichtig. Es ist Freitag heute. Am Sonntagnachmittag kommt mein Mann.«

»Felix auch. Er hat mir telegrafiert.« Er hatte ihr von Felix erzählt.

»Wenn mein Mann hier ist, ist es mit unserer Geschichte vorbei.«

»Ich möchte dich heiraten.« Er hatte nicht gewußt, daß er diese Worte sagen würde, aber als sie ausgesprochen waren, wußte er, daß er es so meinte. Sie blieb stumm. »Hast du mich verstanden?«

»Ich habe dich verstanden. Es ist unmöglich!«

»Warum?«

»Mein Mann ist katholisch. Er würde sich nicht von mir scheiden lassen.«

»Wenn du ihn verlassen würdest, könnten wir zusammenleben.« Er war über seine eigenen Worte erstaunt.

»Er würde dich vor Gericht zerren! Würde dir das gefallen, ehrenwerter Robin? Es gäbe nur einen Weg, uns zusammenzubringen.«

»Und der wäre?«

»Er müßte tot sein.«

Er hatte seine Augen geschlossen gehabt. Nun öffnete er sie. Sie hatte ein Handtuch um die Hüften geschlagen, stützte sich auf einen Arm und sah ihn an. Er verstand sofort, daß sie damit sagen wollte, ihr Mann müsse aus dem Weg geräumt werden. Er war nicht einmal sehr erstaunt, denn er hatte das ganze Ausmaß ihrer Skrupellosigkeit erkannt. Aber da er ein konventioneller Mann war, gebrauchte er konventionelle Worte, um seine Gefühle auszudrücken: »Du mußt verrückt sein!«

Sie antwortete nicht und begann sich anzuziehen. Ohne zu sprechen, gingen sie zum Boot. Plötzlich legte sie ihre Arme um ihn. »Ich liebe dich, Robin, aber wie könnte ich dieses Gefühl zulassen. Es geht doch nicht mit uns.«

»Wenn du mich wirklich lieben würdest, könntest du so etwas gar nicht sagen.«

»Ich liebe wie eine Deutsche. Wenn ich etwas haben will, versuche ich, es zu kriegen. Wenn ich's nicht kriegen kann, laß ich es und jammere nicht. Du hast nicht den

Mut, mir zu helfen, also haben wir Zeit bis Sonntag. Bis dahin können wir noch eine Menge Spaß haben.«

Aber Robin war der Spaß vergangen. Ihr Zugriff auf seine Sinne war übermächtig. Er hatte sich nie für besonders sinnlich gehalten, da er mit Mary niemals die Gefühle kennengelernt hatte, die Gerda in ihm weckte. Die Intensität seines Erlebens beim Liebesakt machte ihm Angst, so wie ihm die Vorstellung Angst machte, vielleicht nur ein Werkzeug für ihre Befriedigung zu sein. Er redete sich ein, sie zu lieben, aber war es nicht eigentlich nur sexuelle Begierde, die er fühlte? Die Vorstellung, nur noch zu hirnloser Sinnlichkeit zu neigen, ließ ihn nahezu verzweifeln. Aber das Verlangen nach ihr drängte solche Gefühle in den Hintergrund, und es meldete sich eine Stimme in ihm. »Es ist das erstemal, daß du in deinem langen, langweiligen Leben das Glück kennenlernst. Willst du es jetzt etwa fortwerfen?«

Er war standhaft bis zum Sonntagvormittag. Am Samstag waren sie auf ihrer Insel gewesen, hatten aber beide so wenig Gefallen an ihrem Aufenthalt dort gefunden, daß am Sonntagmorgen keiner den Vorschlag gemacht hatte, wieder dorthin zu fahren. Sie hörten von zwei freien Plätzen in einem Ausflugsbus nach Cilipi, wo man einheimischen Bauern beim Kirchgang in den traditionellen Trachten zuschauen konnte. Sie fuhren mit.

Als sie in Cilipi ankamen, bot sich ihnen eine groteske Szenerie. Dutzende von Autobussen standen aufgereiht am Straßenrand. Sie erreichten den Kirchplatz, der mit kamerabehängten Touristen, die alles knipsten, was ihnen vor die Linse kam, bis zum Bersten vollgepropft war. Ein paar Einheimische gingen vor den Touristen auf und ab. Die Frauen trugen weiße Hauben, bestickte Blusen und lange schwarze Röcke. Touristen hielten ihnen ihre Kameras direkt vor das Gesicht und baten sie stillzuhalten. Sie turnten auf Autos herum, um die besten Plätze für ihren Schnappschuß zu ergattern. Ein dürrer Amerikaner, dessen weiße Knie aus viel zu großen Shorts guckten, zielte mit seiner Kamera direkt auf einen feztragenden Dorfalten, der ruhig dasaß und an seiner Tonpfeife zog.

»Entschuldigen Sie bitte!« Der Amerikaner stieß Robin und Gerda zur Seite, kniete sich kurz hin, um sich dann flach auf den Boden zu werfen und seine Linse auf den Alten zu richten, der mit stoischer Ruhe in die Ferne schaute.

Robin sah Gerda an. Sie platzten beide heraus vor Lachen, verließen den Platz und das Dorf und gingen einen steinigen Weg entlang, der durch Gestrüpp hindurch in die freie Landschaft führte.

»Du hast deinen Gehstock nicht dabei.« Er hatte ihn seit ihrem ersten Abend in seinem Zimmer gelassen. Er antwortete ihr kurz angebunden, daß er ihn nicht brauche. Sie schaute ihn an, sagte aber nichts.

»Hast du jemals etwas Schrecklicheres gesehen als diese Touristen?« fragte er. »Die Jugoslawen müssen uns alle für Barbaren halten.«

»Aber ich bin eine Barbarin. Du glaubst es doch auch.« Ihre Worte klangen wie eine Anklage. Sie lehnte sich gegen einen Felsen. »Du hast vor allem Angst. Wenn ich dich jetzt bitten würde, mich auf diesem Acker zu lieben, würdest du es tun?«

»Hel, das wäre nicht...« Zwei Frauen mit Hauben kamen den steinigen Weg herauf. »Dobar dan«, sagte er. »Dobar dan.« Die Frauen gingen weiter.

Als er über einen Stein stolperte, sagte sie in ironischem Tonfall. »Du scheinst deinen Stock doch zu brauchen. Du hättest ihn mitnehmen sollen.« Sie trug eine Sonnenbrille, aber er wußte, daß ihre Augen dahinter blau und kalt waren. Er konnte den Gedanken, sie zu verlieren, nicht ertragen. »Hel, sag mir, was du willst.«

»Du solltest lieber sagen: was *wir* wollen.« Er hatte das Gefühl, sich zu verbrennen, als er ihren Arm berührte.

Dann sprach sie in ihrem akkuraten Englisch, schnell und leise. Sie würde ihrem Mann zwei Schlaftabletten in den Kaffee nach dem Lunch tun. Robin würde ihn dann mit hinausnehmen auf einen Bootsausflug. Nach spätestens einer halben Stunde würde ihr Mann einschlafen. In der Nähe der Insel würde das Boot kentern und der Schlafende würde ertrinken. Robin könne als guter Schwimmer ohne Probleme die Insel erreichen. Dort müsse er dann warten, bis man ihn von einem Boot aus entdecke oder eine Suchmannschaft aus Dubrovnik ihn finde.

»Es wäre Mord!«

»Er würde überhaupt nichts spüren.«

»Man würde mich verdächtigen, weil man uns zusammen gesehen hat.«

»Glaubst du, die jugoslawische Polizei würde sich groß darum kümmern? Das sind Bauern, wie die Menschen hier im Dorf. Es wäre offensichtlich ein Unfall. Wahrscheinlich würde die Leiche nie gefunden. Und wenn...« Ihr Schmollmund verzog sich zu einem Lächeln. »Ich kann dich beruhigen. Er kann nicht schwimmen.«

»La Belle Dame sans merci«, sagte er.

»Was heißt das?«

»Es ist der Titel eines Gedichts. Ich will damit sagen, daß du skrupellos bist und ich dir verfallen bin.«

»Ich verstehe immer noch nicht...«

»Es heißt, daß ich mitmache.«

Sie antwortete nicht, nahm ihre Sonnenbrille nicht ab, schaute ihn bloß an und nickte. Dann nahm sie seine Hand und führte ihn ins Gebüsch. Der Sinnenrausch, der ihn diesmal erfaßte, war so intensiv, daß es beinahe schmerzte.

»Du scheinst ungewöhnlich gut in Form zu sein, Nunky«, sagte Felix. »Die schöne, gebräunte Gestalt eines Engländers. Man sieht, daß du mich nicht vermißt hast. Irgendeine brauchbare Braut aufgetan?«

»Sei nicht albern!«

»Die meisten hier scheinen mir schon jenseits von Gut und Böse zu sein.«

»Ich bin ein- oder zweimal mit Mrs. Porter ausgegangen. Ihr Mann saß zusammen mit dir im Flugzeug. Sie wohnen hier im Hotel.«

»Ein kleiner, fetter Typ. Habe sie gesehen. Blonder Hase, ein bißchen zu nordisch für meinen Geschmack.«

»Sie stammt aus Deutschland«, sagte Robin und fand seinen steifen Tonfall selber lächerlich.

Felix sah ihn an und pfiff leise durch die Zähne. »Hört sich an, als hättest du dich in die nordische Lady verknallt. Nunky, ich glaube, ich muß auf dich aufpassen.«

Am Nachmittag fuhr er mit Felix hinaus auf die kleine Insel. Sie schwammen, dann legte Felix seine Taucherausrüstung an und verschwand für eine Dreiviertelstunde. Robin legte sich an den Strand und dachte an Hel. Ihre Abwesenheit schmerzte ihn wie ein entzündeter Zahn, und als Felix zurückkam und vom herrlichen, klaren Wasser schwärmte, in dem man die Fische noch in fünfzehn Meter Tiefe sehen könnte, wunderte er sich, daß er ohne Grund bissig darauf antwortete.

Die alte Freundschaft zu Felix, die es ihm ermöglicht hatte, gelassen und wohlwollend auf dessen affektierte Witzelei zu reagieren, war in ein Gefühl der Gereiztheit umgeschlagen. Er wollte nicht länger Nunky genannt werden und hatte keine Lust mehr, seine Zeit mit kindischer Alberei zu vertun. Als der junge Mann einen Spiegel herausnahm und begann, sich sorgfältigst die Haare zu kämmen, spürte er einen deutlichen Widerwillen.

Er legte sich zurück und schloß die Augen. Sogleich sah er Hel mit ihrem fetten, gedrungenen Ehemann im Bett, seinen Liebkosungen ausgeliefert oder, was noch schlimmer wäre, sie freudig erwidernd. Er stand auf, ging zum Wasser und warf Steine ins Meer. Felix beobachtete ihn lächelnd mit neugierigem Blick.

Am Abend stellte Hel ihm Porter vor. »Gott im Himmel«, dachte Robin, als er sich den dickbäuchigen kleinen Mann anschaute, der ihm die Hand gab, »der ist wirklich alt.« Wie konnte sie den nur heiraten? Er konnte kaum glauben, daß Porter nur zwei oder drei Jahre älter sein sollte als er selbst. So also sah der Unterschied aus, zwischen einem Mann, der auf seinen Körper geachtet hatte, und einem, der sich hatte gehen lassen.

»Ich habe gehört, daß Sie Gerda etwas Gesellschaft geleistet haben, Mr. Edgley. Ich bin Ihnen dankbar! Viel freie Zeit wird sie nicht gehabt haben, wegen dieser verrückten Idee, eine meiner Gruppen zu betreuen. Ich mußte ihr nachgeben. Bin überhaupt ein nachgiebiger Mensch. Stimmt's nicht, Liebling?« Er tätschelte ihr die Hand.

»Soviel ich gesehen habe, ist sie eine ausgezeichnete Reiseleiterin.«

»Aber ja! Schließlich war's mal ihr Beruf. Jetzt macht sie's zum Vergnügen. Ich werde Ihnen was sagen, Robin – ich darf Sie doch so nennen? –, ich würde Sie und Ihren Freund gerne einladen, meine Gäste zu sein. Laßt uns doch dieses Kommunistennest heute abend ein bißchen rot anpinseln.«

»Norman kennt die besten Lokale«, sagte Gerda mit versteinerter Miene.

»Und ob, Liebes, und ob. Vergeßt das Hotelessen hier. Ich kenne ein nettes Lokal. Überlaßt nur alles mir.« Bei den letzten Worten hatte er mit den Augen gezwinkert.

Es wurde ein furchtbarer Abend. Es gab ein typisch montenegrinisches Essen, das mit geräuchertem Schinken begann. Danach gab es Rote Meerbarbe und zum Schluß Raznici, gegrilltes Fleisch auf einem Spießchen. Die Tische standen in einem Garten, direkt außerhalb der Stadtmauer.

Porter – er bestand darauf, daß sie ihn Norman nannten – sprach serbokroatisch mit den Kellnern, die ihm auf Englisch antworteten. Zu Anfang tranken sie Slivovitz, dann einige Flaschen schweren jugoslawischen Weins und zum Schluß wieder Slivovitz. Norman ließ einmal eine Flasche zurückgehen und begleitete das mit Worten, die sich wie eine Beschwerde auf Serbokroatisch anhörten.

Der Ober zuckte mit den Schultern und brachte eine Flasche mit einem anderen Etikett, worauf Norman triumphierte: »Ihr seht, man muß sich nur auskennen, dann bekommt man, was man will!«

Eine Band spielte, und alle drei tanzten mit Gerda. Als Robin die feste Wärme ihres Körpers unter seinen Händen spürte, war es ihm, als könne er diese Empfindung kaum ertragen. »Jetzt siehst du, was er für ein Exemplar ist«, sagte sie zu ihm. »Ein alter, unappetitlicher Mann.«

»Nicht viel älter als ich.«

»Sei nicht albern. Ihr seid überhaupt nicht vergleichbar.«

»Hel, ich muß dich sehen! Mit dir reden!«

»Das geht nicht«, sagte sie knapp. »Ich hatte es dir gesagt.«

»Ich muß dich kurz allein sehen!«

»Es ist unmöglich. Außerdem, was gäbe es noch zu besprechen? Heute ist Sonntag. Morgen nach dem Mittagessen ist es soweit.«

Der Tanz war fast vorüber, als er sagte: »Gut!«

Felix tanzte mit Gerda, indem er sie so wenig wie möglich berührte. Seine Nasenlöcher waren leicht gebläht, und den Kopf hielt er hoch in der Art eines Pferdes, das hinter der nächsten Ecke einen Grund zum Scheuen vermutet. Sie schienen sich wenig zu unterhalten. Norman trank noch ein Glas Slivovitz und rülpste leise.

»Später seid ihr meine Gäste im Casino.«

»Das ist sehr nett von Ihnen, aber...«, wollte Robin protestieren.

»Da gibt's kein ›Aber‹. Ist sie nicht schön?«

Eine gefährliche Bemerkung. Robin wußte nicht recht, was er antworten sollte. »Sehr charmant, Ihre Frau!«

»Es gibt Männer, die eifersüchtig wären. Ich bin nicht so. Ich mag es, wenn sie Freunde hat.« Er trommelte mit den Fingern auf den Tisch. Robin bemerkte, daß sein Gastgeber betrunken war.

»Ich hab nie was bereut, das müssen Sie wissen. Sie war das hübscheste Mädchen weit und breit, also hab ich sie geheiratet. Was sagen Sie dazu?«

Robin hatte nicht die geringste Neigung, irgend etwas dazu zu sagen. Als Gerda und Felix zurückkamen, erhob Porter sich etwas schwankend. »Machst du mir die Freude?« Sie sagte nichts, ließ sich aber von ihm zur Tanzfläche begleiten. Robin sah den beiden zu. Porters Hand lag auf ihrem nackten Rücken. Er schien ohne Pause zu reden.

Felix sagte wie ein Mann, der zu einem Entschluß gekommen ist: »Nunky!«

Robins Unwillen brach heraus. »Zum letzten Mal, kapier endlich, daß ich diesen blöden Namen nicht mehr hören will!«

»Entschuldige.«

Auf der Tanzfläche war es unruhig geworden. Gerda zerrte ihren betrunkenen Ehemann zum Tisch. Er wollte noch auf einem Besuch im Spielcasino bestehen, doch mit Hilfe des Oberkellners riefen sie ein Taxi herbei und fuhren alle zusammen ins Hotel. Während der Fahrt fing Porter an zu schnarchen. Im Hotel griffen Felix und Robin ihm unter beide Arme und schleppten ihn zum Lift. Oben im Zimmer zog ihm Gerda die Jacke aus und schickte die beiden hinaus. »Ich kann ihn alleine ins Bett bringen. Es ist nicht das erstemal.«

Als er allein in seinem Zimmer war, schaute Robin sich im Spiegel an. Er hatte noch volles Haar und ein jugendliches Gesicht. Waden und Oberschenkel waren vielleicht etwas ausgedörrt, aber sein Körper war geschmeidig, sein Bauch hart und flach.

»Mit diesem Körper werde ich dich anbeten«, sagte er laut zu sich selbst. Er nahm den Malacca-Stock, zog den Dolch heraus und machte ein paar Schritte gegen einen imaginären Gegner. Er war wohl auch etwas angetrunken. Er starrte wieder in den Spiegel und setzte den Dialog mit sich fort.

»Robin Edgley«, sagte er. »Zurückgetretener Direktor einer Fabrik für Küchenventilatoren. Du streckst deine Hände nach dem Glück aus, und es gibt nur einen Weg, es zu ergreifen! Mach dir das klar!«

»Aber was du tun willst, ist verrückt«, sagte eine andere Stimme in ihm. »Du denkst an die Ewigkeit, aber das Mädchen denkt nur an heute und morgen und vielleicht noch an nächstes Jahr. Es ist nicht nur verrückt, es ist falsch, es steht im Widerspruch zu allen Instinkten, die dein bisheriges Leben bestimmt haben. Wie kannst du nur glauben, durch eine solche Tat glücklich werden zu können?«

Dann meldete sich noch einmal die erste Stimme. »Was spielt das für eine Rolle, wenn man ein Stück von der Ewigkeit gesehen hat.«

Es dauerte lange, bis er einschlafen konnte, und als er schlief, träumte er. Er war mit Porter zusammen auf dem Meer. Das Boot kippte um. Er versuchte Porter unter Wasser zu drücken, aber anstatt ruhig zu versinken, zappelte und wand er sich wie ein Fisch. Auf einmal würgte er einen sanften, jungen, weißen Hals anstelle des speckigen, runzeligen, den er erwartet hatte. Und er merkte, daß es Hels Hals und ihr Gesicht war, aus dem ein ersticktes Keuchen kam, bis es ihm war, als beginne er selbst zu würgen und zu keuchen, weil jemand ganz langsam das Leben aus ihm herauspreßte...

Als er erwachte, war er in das Bettlaken gewickelt. Der Traum beunruhigte ihn. Etwas an ihm konnte er sich nicht ins Gedächtnis zurückrufen. Es war etwas passiert, wogegen sein Bewußtsein sich sperrte. Er schaute auf seine Uhr und sah, daß es erst zwei Uhr war. Um vier Uhr schlief er wieder ein.

Am nächsten Morgen sah Porter bleich aus, aber er war bester Laune. Um elf saß er auf der Terrasse und trank einen Champagner-Cocktail. »Hab gehört, daß Sie mich ins Bett gebracht haben, alter Freund. Bedanke mich vielmals! Sowas kann schon mal passieren in der ersten Nacht.« Er sprach, als sei er das Opfer einer Naturkatastrophe geworden.

»Wie fühlen Sie sich heute?«

»Ich bin in Ordnung. Champagner mit Cognac bringt mich immer wieder auf Vordermann. Wichtig ist, daß es Cognac ist und nicht dieser ölige Brandy von hier. Sie sind Angler, hat Gerda mir erzählt.«

»Ja, ich angle gern.«

»Wie wär's, wenn wir beiden Hübschen uns nach dem Mittagessen ein Boot mieten würden?«

»Aber ich bin wirklich kein Fachmann.«

»Das macht nichts. Ich auch nicht. Wir gehen auf Barben und Brassen. Ich glaube, hier nennen sie sie Dentex. Verrückter Name für einen Fisch.«

»Was ist mit Ihrer Frau?«

»Sie möchte Ihrem Cousin gern Lokrum zeigen. Ich war schon ein halbes dutzendmal dort. Würde lieber fischen gehen. Gerda langweilt das. Da bin ich ganz sicher. Ist auch egal, ich möchte jedenfalls 'n bißchen quasseln können.«

»Also gut, gehen wir fischen.«

Später, auf einem Spaziergang durch Dubrovnik, erfuhr er von Felix mehr über den Ausflug nach Lokrum. Sie saßen zwischen den Säulen des wunderschönen Kreuzgangs im Franziskanerkloster. Felix wippte lässig mit einem Bein hin und her, das in hautengen himmelblauen Jeans steckte, und gestand ganz beiläufig, diesen Ausflug mit Gerda arrangiert zu haben. »Seien wir doch ehrlich, Porter ist ein alter Trottel, aber Hel ist Gift für dich. Du solltest dich nicht mit ihr einlassen.«

»Ich habe mich nicht mit ihr eingelassen, wie du es zu nennen beliebst.«

»Hör doch auf, mir was vorzumachen!« Felix konnte es nicht lassen zu posieren, egal in welcher Umgebung er sich befand, und jetzt drehte er sich so zur Seite, daß sich sein Profil von der grauen Steinmauer abhob wie der Kopf auf einer Münze. »Du hast doch nur Augen für sie, wo sie auch geht und steht. Du behandelst sie, als sei sie aus chinesischem Porzellan. Glaub mir, das ist sie nicht! Die ist zäh wie ein alter Stiefel. Ich kenne die Sorte.« Da Robin nicht antwortete, fuhr Felix fort. »Selbst ein Trottel wie Porter wird bald dahinterkommen. Deswegen werde ich dich heute nachmittag von jeder Versuchung fernhalten. Und das werde ich auch für den Rest unseres Aufenthaltes so halten. Man hat mir erzählt, daß es jede Menge Führungen zu den faszinierendsten Plätzen gibt.«

»Ich bin dir unendlich dankbar.« Er wußte, wie sehr Felix Gruppenausflüge haßte.

»Denk dir nichts dabei. Und jetzt würde ich gerne das Museum der sozialistischen Revolution sehen. Du weißt, daß mir sehr viel daran liegt.«

Sie besuchten das Museum und spazierten dann auf der Stadtmauer entlang. Auf einem engen Treppchen rutschte Felix aus und stürzte. Er stand auf und schnitt eine Grimasse. Er hatte sich den Knöchel verrenkt. Nachdem er ins Hotel zurückgehumpelt war, borgte er sich Robins Gehstock aus. »Wenn ich schon humpeln muß, dann wenigstens mit Stil, wie ein Gentleman.«

Robin war mit Gerda vor dem Lunch für ein paar Minuten allein. Sie trug ein Op-Art-Kleid mit Zickzackmuster, das einiges Aufsehen erregte. Als er sie beide für einen Moment im Spiegel nebeneinander sah und nicht umhin kam, auch sich in seinem dunkelblauen Leinenhemd und den hellen Hosen zu bewundern, dachte er daran, wie gut sie beide sich als Paar machen würden. Sie ließ sich von ihm einen Drink an der Bar spendieren. Sie sprach sehr schnell.

»Heute nachmittag nimmt mich dein Cousin mit nach Lokrum, ich werde also weit vom Schuß sein. Nach dem Lunch wirst du mit uns Kaffee trinken.«

»Hel, ich weiß nicht recht.«

»Was?« antwortete sie scharf. »Was weißt du nicht recht?«

»Ob ich das alles auf mich nehmen kann.«

Sie trank aus, drehte sich auf dem Absatz um und ließ ihn stehen.

Nach dem Lunch kam Porter zu ihrem Tisch und schlug vor, gemeinsam Kaffee zu trinken. Wenn jemand der Baumeister seines eigenen Untergangs zu sein schien, dann Porter. Ohne Zweifel steckte Hel dahinter. Sie lächelte kurz, als Robin und Felix an den Tisch traten. Der Kaffee war bereits eingeschenkt. Porter schien in jovialer Stimmung zu sein.

»Wissen Sie, warum ich Gerda geheiratet habe? Weil sie die ehrlichste Frau ist, die ich kenne.«

»Ist das so?« Felix' Frage hörte sich an wie eine Beleidigung.

»Sie wissen, daß sie für mich als Reiseleiterin arbeitete. Mir kam damals ihre Arbeitserlaubnis etwas merkwürdig vor. Als ich sie fragte, ob sie mich heiraten würde, antwortete sie: ›Es wäre eine Möglichkeit. So hätte ich wenigstens keinen Ärger mehr mit der Arbeitserlaubnis.‹«

»Ich sage genau das, was andere von mir erwarten.« Ein Hauch von Selbstgefälligkeit lag in Gerdas Stimme.

»Sie werden's kaum glauben, aber sie stellte noch eine Bedingung. Ein Mädchen in ihrer Position stellte mir Bedingungen.« Porter gröhlte vor Lachen. »›Du bist doppelt so alt wie ich, du bekommst die beste Zeit meines Lebens. Was wird aus mir, wenn du stirbst?‹ Das hat sie tatsächlich zu mir gesagt. Sie wollte ihre Zukunft gesichert haben, und ich habe sie gesichert.«

»Etwas vorschnell.« Felix murmelte die Worte vor sich hin, so daß Porter sie nicht verstehen konnte. Aber Gerda verstand sie.

»Ich bin Deutsche, und Deutsche sind realistische Menschen.« Sie warf Felix einen feindseligen Blick zu. Es schien, als könnte es ein ungemütlicher Nachmittag für die beiden auf Lokrum werden.

»Wir werden Robin und Norman zu ihrem Boot bringen, wenn das mit Ihrem Fuß zu machen ist«, sagte Gerda zu Felix.

»Ich mache große Fortschritte.« Tatsächlich humpelte er schon wesentlich weniger, als sie zum Hafen hinuntergingen. Porter schleppte seine Angelausrüstung mit. Robin hatte frische Shorts angezogen. Er fand, daß er sich sehr positiv von Porters verschwitzter Kleidung und insgesamt schmieriger Erscheinung abhob.

Der junge Mann, der ihnen das Boot vermietete, wollte kurz die Funktion der Schleppnetze erklären, aber Porter nickte nur und winkte ab, zum Zeichen, daß man ihm nichts erklären müsse.

Er kletterte mit seiner Angelausrüstung ins Boot. Robin saß am Heck. Er startete den Außenbordmotor, und schnell entfernten sie sich. Felix und Gerda winkten vom Hafenkai.

Sie umfuhren Lokrum und gelangten auf die offene See. Porter warf die Netze aus, zündete sich eine Pfeife an und lehnte sich behaglich zurück. Er sah aus wie das, was er war: ein wohlhabender Geschäftsmann mit Übergewicht. Robin starrte ihn an, unfähig zu kapieren, was er da vorhatte.

»Sagen Sie mir eins...« Porters Worte waren nicht zu verstehen. Robin drosselte den Motor, das Boot schaukelte auf den blauen Wellen auf und ab.

»Wie bitte?«

»Ich mag Sie, Robin, deshalb denke ich, ich sollte...« Die Fortsetzung des Satzes war wieder unverständlich, er endete mit ›Gerda‹.

»Ich kann Sie nicht genau verstehen.« Er drosselte das Gas noch mehr, und der Motor schaltete sich ganz ab. Sie trieben langsam in Richtung der Insel, seiner Insel, die nur wenige hundert Meter entfernt war. Porters Stimme kam aus der Stille.

»Gerda mag es, mit mir zusammen zu sein. Ich behaupte nicht, daß sie glücklich ist, denn sie ist ein Mensch, den man nicht zufriedenstellen kann. Niemals! Aber machen Sie sich keine falsche Vorstellung.«

»Ich verstehe nicht, was Sie meinen.«

»Sie mag mich. Manchmal hat sie verrückte Sachen im Kopf und tut sie auch. Einmal hat sie mich verlassen. Nach ein paar Wochen war sie wieder da. Ohne Geld. Sie braucht Geld. Das treibt sie vorwärts, wie der Motor dieses Boot. Deshalb wird sie immer wiederkommen.«

»Warum erzählen Sie mir das?« Irgend etwas lief verkehrt in diesem Boot.

»Ich wollte nur, daß Sie wissen, daß ich kein Idiot bin, Robin. Ich mag so aussehen, aber ich bin keiner. Was glauben Sie, warum ich ihr erlaubte, diesen Job hier zu machen. Ich habe genug Reiseleiter. Ich wußte, daß sie eine kleine Affaire suchte, um Dampf abzulassen.«

Plötzlich entdeckte Robin seinen Gehstock zwischen Porters Angelzeug. Ungläubig rief er aus: »Wie kommt der hierher?«

»Was meinen Sie? Ach, der Stock. Ihr Cousin gab ihn mir mit. Dachte wohl, Sie könnten ihn auf den glatten Felsen gebrauchen. Ist ein kleiner Witzbold, der Junge.«

»Sehr merkwürdig.«

»Zurück zu Gerda. Machen Sie sich keine falschen Vorstellungen. Das ist alles, was ich damit sagen will. Sie waren für sie nicht mehr als ein Kieselstein, den sie vom Strand aufhob. Sie mag keine Männer in unserem Alter, mir können Sie's glauben.« Porter schlug die Asche aus seiner Pfeife. »Okay, lassen Sie ihn wieder an.«

Robin zog wütend an der Kordel, und der Außenborder erwachte. Mit Vollgas schossen sie durch das Wasser. »Wann ist es soweit?« dachte er. »Wann wirken die Tabletten endlich? Ich halte das nicht mehr viel länger aus.« Er fühlte selbst Müdigkeit, eine Müdigkeit, die von der Schlaflosigkeit und den bösen Träumen der vergangenen Nacht stammen mußte.

Porters Stimme schien von ganz weit her zu kommen, und er kümmerte sich nicht darum. Das verschwommene Bild der Insel wurde immer größer. Für einen Moment verlor er die Ruderpinne aus den Händen. Porter torkelte ihm mit ängstlichem Gesicht entgegen. Das Boot schaukelte wie wild. Robin fing an zu lachen.

»Bringen Sie das Boot lieber nicht zum Kentern, wenn Sie nicht schwimmen können!«

»Wer zum Teufel hat behauptet, daß ich nicht schwimmen kann? Alle dicken Männer können schwimmen. Geben Sie mir das Ruder, ich werde das Boot auf Kurs bringen. Sind Sie krank?«

Robin wollte sagen, daß er das Boot allein auf Kurs bringen könne und daß Porters eigene Ehefrau gesagt habe, er sei Nichtschwimmer, aber er war plötzlich zu müde zum Sprechen. »Sie hat alles verpfuscht«, dachte er, als Porter sich über ihn beugte und ihn auf den Boden des Bootes drückte, um ans Ruder zu kommen. »Sie hat die Tabletten in die falsche Tasse getan.« Dann konnte er seine Augen nicht länger offen halten.

Er war mitten in einem Traum, der angenehm und beunruhigend zugleich war. Angenehm, weil er weder um Atem ringen mußte wie letzte Nacht, noch sonstwie in einen Kampf verwickelt war. Er lag am Strand seiner Insel, nur einige Schritte vom Wasser entfernt, die Sonne brannte herunter. Sorge um das Boot war überflüssig, denn er sah es, ordentlich festgemacht, auf dem Strand liegen.

Der gute, alte Porter. Und dieser ganze Unsinn mit dem Boot, das umkippen würde. Das mußte Unsinn sein, denn Porter konnte ja schwimmen. Es muß alles ein

Hirngespinst gewesen sein. »Hirngespinst«, sagte er glücklich, aber er hörte das Wort nicht. Wenn er wieder mehr bei Kräften wäre, würde er zum Wasser gehen.

Beunruhigend an diesem Traum war, daß er nicht ganz sicher war, daß er wirklich träumte. »Bin ich wach oder schlafe ich?« fragte er sich selbst. Wieder konnte er die Worte nicht hören. Aber das war nicht die Hauptsache. Viel mehr beunruhigte ihn, daß er in seinem Traum einen Schrei gehört hatte. Vielleicht war es der Schrei eines Vogels? Er sah keinen Vogel. Hatte der Schrei ihn aufgeweckt, oder träumte er immer noch?

Es fiel ihm schwer, scharfe Umrisse zu erkennen. Das Boot und alle anderen Dinge verschwammen hinter einem Schleier. Auf einmal erschien ein Ungeheuer auf dem Meer. Es verschwand, tauchte wieder auf und versank aufs neue zwischen den Wellen. Es war nicht genau zu erkennen, wo das Ungeheuer seinen Kopf hatte. Es war einfach ein dunkles, unheimliches Etwas, das sich spritzend aus den Wellen wand und wieder untertauchte. Die Seeschlange von Dubrovnik?

Aber es gab doch keine Seeschlangen. »Ich weigere mich, an dich zu glauben, Ungeheuer. Du bist Teil meines Traums.« So ähnlich waren seine Gedanken. Auf einmal war das Ungeheuer wieder weg. Er hatte also geträumt. Er schloß die Augen.

Als er sie wieder öffnete, stand die Sonne niedrig am Himmel und hatte ihre Kraft verloren. Ihn fror. Er wußte jetzt, daß er wach war, und seine Beklommenheit wuchs. Wo war Porter? Lag der irgendwo und schlief? Es war immer noch eine große Anstrengung, sich zu bewegen, und eine noch größere, zu denken. War Porter nach Dubrovnik zurückgefahren? An diesem Gedanken stimmte etwas nicht. Porter konnte nicht zurückgefahren sein, weil das Boot noch vor ihm am Strand lag.

Noch etwas beunruhigte ihn. Etwas, das gesagt oder getan worden war, und an das er sich unbedingt erinnern mußte.

Vielleicht hatte er gar nicht getan, was er sich vorgenommen hatte? War es sein Fehler oder ihrer, daß alles schiefgegangen war? »Um Gottes willen, Hel, was wird nun aus uns?«

Und dann kam er seinem Unbehagen auf die Spur. Sie hatte gesagt, Hel sei ihr heimlicher Name, von dem niemand etwas wisse, nicht einmal ihr Mann, und er dürfe sie niemals in der Öffentlichkeit so nennen. Das hatte er nicht getan. Woher kannte dann Felix diesen Namen? Er erinnerte sich jetzt ganz deutlich an dessen Satz vom heutigen Vormittag: »Porter ist ein Trottel, Hel aber ist Gift für dich.«

Verzweifelt wie ein Ertrinkender, der versucht, die Oberfläche zu erreichen, versuchte er, das alles zu verstehen. Es gelang ihm nicht.

An einer entfernten Stelle des Strandes glitzerten Juwelen. Waren das Diamanten? Durch den Nebel in seinem Kopf kam ihm der Gedanke, daß man an Stränden keine Diamanten findet. Wenn er auf Edelsteinen läge, wäre das der sichere Beweis, daß er doch noch träumte. Er nahm eine Handvoll Sand, ließ ihn durch die Finger rieseln und stellte fest, daß es sich um das typische pudrige Zeug handelte, das an Stränden rumzuliegen pflegt. Es glitzerte nicht. Warum glitzerten da hinten Diamanten, keine hundert Meter entfernt?

Sollte er sie einsammeln und verkaufen? Er wäre dann reich. Er versuchte aufzustehen, fiel benommen auf die Knie zurück. Endlich gelang es ihm, sich wie ein Invalide in Richtung des glitzernden Gegenstandes zu schleppen. Ein paar Meter vorher erkannte er ihn. Es war sein Dolch, der in der Sonne funkelte.

Nichts Überraschendes also, denn die Sonne bringt Metall immer zum Funkeln. Aber wie kam er hierher, und warum war er an der Spitze matt und glanzlos? Im gleichen Moment bemerkte er dunkle Flecken auf seinem Hemd.

Er lief zum Wasser und tauchte die Spitze des Dolches hinein. Der dazugehörige Gehstock lag in einiger Entfernung am Strand. Er starrte zu ihm hinüber, starrte wieder auf die Klinge, ein Schauder überlief ihn. Das Tuckern eines Motors drang ihm ins Bewußtsein. Es stammte von einem Motorboot, das sich der Insel näherte. Am Bug stand ein uniformierter Mann, Sirenentöne schallten herüber.

Robin Edgley fiel auf die Knie und betete, daß alles, was er sah und fühlte, Teil seines Traumes sein möge.

Der junge jugoslawische Polizeileutnant und sein Assistent fanden den Ehemann der Frau ohne Schwierigkeiten. Die Leiche lag einige Meter vom Strand entfernt in einem Gebüsch, mit Stichwunden in der Brust. Die Tatwaffe war sichergestellt. Es war der Dolch, den der Verdächtige Edgley im Wasser gesäubert hatte.

Das Motiv schien einigermaßen klar. Die Frau hatte selbst zugegeben, Edgley einen schlechten Gefallen getan zu haben, als sie die Polizei um Hilfe bat, weil sie sich Sorgen wegen des ausbleibenden Bootes gemacht hatte. Der Leutnant fand die Situation komisch und ekelhaft zugleich. Er hätte nie gedacht, daß ein so pingeliger Mann wie dieser Engländer zu einer so leidenschaftlichen Tat fähig sein könnte.

Der Mann leistete keinen Widerstand, als der Leutnant ihm die Handschellen anlegte. Sie legten den toten Mann in das andere Boot, und der Assistent fuhr es zurück. Auf der Rückfahrt versuchte der Leutnant, der stolz auf sein

Schulenglisch war, sich mit dem Engländer zu unterhalten. Der Engländer sagte fast nichts. Nur als sie Lokrum passierten, stellte er fest, daß es für einen Mann mit Taucherausrüstung ein leichtes sein mußte, von Lokrum zu der kleinen Insel zu schwimmen.

»Es wäre möglich«, sagte der Leutnant. »Aber welcher Mann? Und wie wäre er zu Ihrem Dolch gekommen, lieber Mr. Edgley? Und warum reinigten Sie den Dolch, als wir kamen?«

»Es ist hoffnungslos«, sagte Edgley, und nach einer Pause fügte er hinzu: »Es war natürlich alles vorherbestimmt.«

War das so etwas wie Einsicht in eine göttliche Bestimmung? Der Leutnant beschloß, die Situation zu klären. »Es ist aussichtslos, zu leugnen. Aber es war ein Verbrechen aus Leidenschaft. Sie werden sehen, daß man hier dafür Verständnis hat. Vielleicht kommen Sie mit fünf Jahren davon.«

Der Engländer antwortete nicht. Er sagte nur noch einen Satz, unmittelbar bevor sie das Boot im Hafen von Dubrovnik festmachten. Die Frau wartete dort, ihr goldenes Haar leuchtete in der Dämmerung. Neben ihr stand ein Mann, den der Leutnant als Edgleys Cousin kannte. Edgley sagte etwas, was er trotz seiner ausgezeichneten Englischkenntnisse nicht verstand.

»Würden Sie das bitte wiederholen?« bat er den Engländer.

»Ein Lied den Hyzinthen«, sagte Edgley ein zweites Mal. »Er singt nur noch ein Lied den Hyazinthen.«

Der Leutnant hatte es auch dieses Mal nicht besser verstanden.

Übersetzung von Walter Ahlers

H. P. Karr & Walter Wehner

Der Aufmacher

»Scheiße!« sagt der Chefredakteur und die Blätter segeln aus seiner Hand unter den Schreibtisch. Er sieht nicht einmal, wie sie sich auf die Lippen beißt. Draußen auf der Fensterbank kacken die Tauben an der Fassade hinunter. Graue Wolkenbänke ziehen über die Stadt.

»Wir sind hier nicht bei der Heilsarmee, Mädchen«, meint der Chefredakteur noch, bevor er sie mit einer ungnädigen Handbewegung entläßt. Viel zu beschäftigt, der Mann, um sich mit ihrer belanglosen Story abzugeben.

»Und dazu noch mies geschrieben, Kindchen! Wer hat dir denn erzählt, daß du Journalistin werden sollst?«

Sie geht hinaus und steht in der Redaktion. An den Bildschirmgeräten hämmern sie die Realität in die Elektronik. Unten im Keller wird alles umgeschlüsselt, hin und her kodiert und dann schwarz auf weiß in die Welt gesetzt. Tag für Tag.

»Sie werden heute einen Fluß überqueren. Achten Sie auf Ihre Sicherheit!« Der Kollege, der die Horoskope schreibt, sieht sie erwartungsvoll über den Rand seines Bildschirms an. »Nicht gut?«

»Bitte schauen Sie in Ihren Briefkasten!« Sie schließt das Metalltürchen auf und findet einen Telegrammumschlag. Oben in der ersten Etage plärrt schon wieder der Fernseher. Von den Mülltonnen her riecht es nach Katzenpisse. Ein Kind schreit.

»Es geht zu Ende. Komm sofort.«

Keine Anrede, kein Gruß, das ist typisch. Immer muß sie kommen. Immer ist es das letzte Mal und immer muß sie Dankbarkeit heucheln. Siebenhundert Kilometer im Zug, denn seit der letzten Tour spielt ihr Wagen nicht mehr mit. Müde steigt sie die Treppen hinauf.

»Es tut mir leid«, sagt jemand hinter der Tür im ersten Stock. Das sagen sie in den Seifenopern immer.

»Wegen Umbauarbeiten geschlossen.« Sie steht fröstelnd vor der Glastür zum Bahnhofscafé. Die Halle ist kalt, es riecht nach abgestandenem Rauch. Im Niedergang zur U-Bahn schreit jemand. Zwei Junkies drücken sich an den Zigarettenautomaten herum.

Die schnell gepackte Tasche steht neben ihr. Noch eine halbe Stunde, bis der Zug kommt. Ein Eisenbahner geht an ihr vorbei. Kein Blick. Sie ist müde. Zu viele Zigaretten haben einen schlechten Geschmack in ihrem Mund hinterlassen. Die Zunge fühlt sich an wie eine tote Maus.

Die beiden Junkies verschwinden im Niedergang zur U-Bahn. Gleich darauf schreit da wieder jemand.

»Ne pericoloso sporgesi!« Es ist kalt auf dem Gang. Vor dem Zugfenster fliegt die Nacht vorbei. Ihre Tasche steht im Abteil, oben, auf der Gepäckablage. Das Telegramm hat sie oben auf ihre Wäsche gelegt. Sie friert.

»Verzeihung.«

Sie tritt beiseite. Ihr Arm scheint ihr für eine Sekunde nicht mehr zu gehorchen.

Die Glut ihrer Zigarette streift dunkelgraues Tuch. Asche verschmiert auf dem Stoff.

Tut mir leid.

»Die Jacke hat dreihundert Mark gekostet.«

Und wenn schon.

»Ganz neu. Italienisches Modell.«

Ja und?

Der Mann schaut sie an. Verkniffene Mundwinkel. Falten auf der Stirn. Alt ist der nicht, auch wenn er so aussieht. Und dreihundert Mark hat der für seine Jacke auch nicht gehabt.

Die Räder des Zuges rauschen unter ihren Füßen. Sie spürt leise schwingende Stöße. Als der Zug in eine Kurve geht, legt sich der Wagen schräg. Er wird gegen sie gedrückt. Dunkle Augen. Sein Atem riecht nach kaltem Rauch und faulen Zähnen.

»Sorry.«

Macht nichts.

»Alleine?«

Na und?

»Keine Angst?«

Die Mundwinkel wandern in die Höhe. Sie spürt seine Wärme durch die Jacke. Er legt seinen Arm um sie. Sie schaut aus dem Fenster. Der Fahrtwind drückt die Regentropfen ans Glas. Wie Schleimspuren ziehen sie dürre Wasserfäden hinter sich her.

»Du frierst ja.«

Die Jacke wärmt sie ein bißchen. Er hat ein helles Hemd an, mit dünnen grauen Streifen. Der oberste Kragenknopf ist offen.

»Laß uns reingehen!«

Im Abteil ist es etwas wärmer. Er dreht die beiden Heizungen unterm Fenster voll auf. Die Lichtstange unter der Decke duldet keinen Schatten. Es riecht nach feuchtem Plastik. Er zieht die Vorhänge zum Gang zu. Vor einer halben Stunde war der Schaffner da. Sein Abteil ist in der Mitte des Zuges, sie ist vorhin daran vorbeigekommen.

»Das ist eine lange Nacht, die wir da vor uns haben!« Er nimmt ihr sein Jackett für dreihundert Mark ab und hängt es an den Haken. Seine Mundwinkel zucken. Er setzt sich ihr gegenüber.

»Zusammen ist es nicht so langweilig.«

Sie zieht den Rocksaum über die Knie. Er greift rüber und schiebt ihn wieder zurück. Die Haut seiner Hände ist rissig und kratzt. Sie spürt, wie ihr Herz klopft.

»Keine Angst, Mädchen.«

Ein Schweißtropfen läuft ihr aus der Achselhöhle an der Innenseite ihres Oberarmes hinunter. Er sitzt jetzt ganz auf der Kante von seinem Sitz. Seine Knie sind zwischen ihren Beinen. Er beugt sich zu ihr herüber. Sie sieht die Härchen in seinen Nasenlöchern.

Sie bewegt sich nicht. Sein Gesicht ist ganz nah vor ihr. Seine Lippen berühren ihre. Das Schaukeln des Zuges bringt sie näher. Er schiebt seine Zunge in ihren Mund. Sie ist glitschig. Sie dreht sich zur Seite. Er folgt ihrer Bewegung und zusammen rutschen sie auf den Sitz. Mit der einen Hand schiebt er ihr den Rock hoch und macht sich an ihr zu schaffen. Mit der anderen knetet er ihre Brüste durch den Stoff der Bluse. Seine Zunge ist in ihrem Mund.

Für einen Augenblick läßt seine Hand sie in Ruhe. Er macht sich an seiner Hose zu schaffen. Sein Glied kommt heraus.

Mit dem Kopf schlägt sie an die Wand. Seine Hände befühlen ihr Gesicht. Fest. Kräftige Finger an ihrem Hals, starke Daumen unter ihrem Kehlkopf.

Sie schnappt nach Luft. Er keucht. Sein Gesicht ist angespannt. Er schwitzt. Ihr wird heiß und kalt. Er stößt und drückt. Vor ihren Augen flimmert es. Sein Blick wird starr. Auf einmal ist in ihr alles ganz heiß und dann spürt sie gar nichts mehr.

»Aufstehen!« Der Schaffner rüttelt sie an der Schulter. Sie will nicht. »Aufstehen, Mädchen. Endstation.«

Ihr tut alles weh. Der Hals ist geschwollen. Sie kann kaum schlucken. Etwas läuft ihr feucht die Beine hinunter. Sie liegt auf der Sitzbank. Blick nach oben. Ihre Reisetasche steht nicht mehr im Gepäcknetz. Ihre Handtasche ist weg.

Der Schaffner gibt keine Ruhe. »Zeig mal deine Fahrkarte.«

Als sie auf die Beine kommt, knicken ihr die Knie weg. Ein Glück, daß der Schaffner so ein kräftiger Kerl ist. Der fängt sie auf, als sich auf einmal alles wieder zu dem kleinen weißen Punkt hinter der Nasenwurzel zusammenzieht.

»**Gepflegte Gastlichkeit auf der Schiene – Ihr DSG-Team.**« Der Bahnpolizist hat das Pappschild als Tablett für die beiden Becher Kaffee und die drei belegten Brötchen benutzt. Das Büro ist klein. Verklinkerte Wände. Eine Stahltür mit Spion und vergitterte Fenster. Wasserfäden laufen durch den Dunst auf dem Milchglas.

»Zum Wohl!«

Der Bahnpolizist ist nicht einmal so alt wie sie. Er prostet ihr mit dem Kaffee zu und trinkt. Sie greift nach dem anderen Becher.

Der Kaffee ist heiß. Sie verbrennt sich die Lippen, die Zunge. Ihr wunder Hals brennt wie Feuer. Sie muß husten. Der Bahnpolizist klopft ihr auf den Rücken.

»Immer mit der Ruhe.«

Vorm Fenster steht ein Stahlrohrschreibtisch. Nur eine grüne Schreibunterlage liegt auf der Platte. Darauf ein Formular und darauf ein Kugelschreiber.

Sie sitzt auf dem Rand der Liege, auf der sie vorhin zu sich gekommen ist. Der Bahnpolizist hat sich einen Holzstuhl herangezogen. Sie will von der Liege herunter, verliert den Halt und fällt hin.

Der Bahnpolizist hilft ihr hoch.

»Wir legen uns am besten noch ein bißchen hin, ja?«

»Name?«

Vorm Fenster ist eine Fahnenstange.

»Vorname?«

Schwarz-Rot-Gold hängt schlapp auf Halbmast.

»Name?«

Sie weiß nicht, wie lange das schon so geht. Die Kommissarin ist eine junge Frau mit kurzen Haaren voller Wetgel, in Seidenbluse und Stretchmini.

»Vorname?«

Sie sitzt auf dem Plastikstuhl vor ihrem Schreibtisch. Die Kommissarin sitzt auf einem Drehstuhl dahinter. Vorhin hat sie ein Formular in eine Schreibmaschine eingespannt. Geschrieben hat sie seitdem nichts. Weil es nichts zu schreiben gibt.

»Name?«

Unter den Achseln hat ihre Seidenbluse feuchte Flekken. Neben der Schreibmaschine sind eingetrocknete Kaffeeringe auf der Schreibtischplatte. Im Einlaufkorb liegt ein Aktendeckel, der Ausgangskorb ist leer.

»Vorname?«

Sie sieht sie an.

Sie hebt das Kinn.

Die Kommissarin kneift die Lippen zusammen.

»Folie abziehen.« Sie stochert mit der Plastikgabel in dem Gemüse herum. Die Erbsen sind grün und schmekken nach nichts.

Vor dem Tisch steht die Schutzpolizistin, die Mütze zwischen Arm und Körper geklemmt. Aufmerksame Augen.

Sie schiebt die Alupackung weg und greift zum Pappbecher. Lauwarmer Tee, kaum Zucker. Sie trinkt.

An der Wand sind helle Rechtecke, da müssen einmal Bilder gehangen haben. Die Farbe blättert. Es riecht nach Bohnerwachs und Kaffee und die Schuhsohlen der Gäste quietschen auf dem Linoleum.

Neben dem Fuß der Polizistin liegt eine tote Fliege auf dem Boden.

»Gleich kommt das Vögelchen!« sagt der Fotograf, blitzt. »Und gleich noch eins!« Der Drehstuhl ruckt herum. Elektrisch. En face und Profil. Vor ihrer Brust eine Schiene mit Zahlen und Buchstaben. Erkennungsdienst. Es blitzt.

Hinter dem Fotografen steht die Kommissarin. Heute in dunkler Bluse mit hellem Rock und Lederstiefeln.

»Die Haare!« sagt der Fotograf.

Die Beamtin kommt zu ihr und streicht ihr die Haare aus dem Gesicht. Sie hat rauhe Finger.

»Wir unterhalten uns gleich noch, Kindchen!«

Es blitzt.

»Erkennungsdienstliches Datenblatt B 5.« Kein Name in der ersten Spalte, keine Anschrift. Nur die Unterschrift der Beamtin unten links. Mit Datum. Sie nimmt ihre rechte Hand und drückt die Fingerkuppen auf das Stempelkissen. Nimmt jeden Finger einzeln und rollt die Kuppe über das Papier. Papillaren erscheinen schwarz auf weiß.

»Und jetzt die ganze Hand!«

Ein neues Formular.

Sie muß pinkeln. Es drückt ihr auf die Blase. Sie sitzt steif auf dem Plastikstuhl vor dem Schreibtisch. Sie hat eine Handschelle am rechten Handgelenk, die andere Schelle ist um die Armlehne des Stuhls geschlossen. Die Kommissarin liest in einer Akte. Die Tür zum Nachbarzimmer ist auf. Die Schutzpolizistin starrt auf einen Computermonitor. Zahlenkolonnen flimmern über den Bildschirm. Wenn sie zum Stillstand kommen, tippt sie etwas auf der Tastatur ein und alles bewegt sich wieder.

Die Kommissarin blättert eine Seite um. Dann hebt sie den Blick. Sieht sie an. Sagt nichts. Draußen ist es dunkel. Gegenüber leuchtet eine Schrift an der Fassade.

Es drückt ihr auf die Blase. Sie muß aufs Klo. Sie will aufstehen. Sie zerrt an der Handschelle.

»Hinsetzen!«

Die Kommissarin blättert eine neue Seite um. Notiert sich etwas auf ihrem Block.

»Hinsetzen!«

Sie tritt von einem Bein aufs andere, krümmt sich zusammen.

»Hinsetzen!«

Sie setzt sich hin. Die Kommissarin schaut wieder in ihre Akte. Nebenan tippt die Polizistin etwas in ihren Computer ein. Der Bildschirm wird schwarz und dann auf einmal bunt. Ein Männchen klettert über ein Gerüst in die Höhe. Es ist auf der Flucht vor ein paar wilden Affen. Die Polizistin kichert.

Die Kommissarin zieht ein Foto aus der Akte, sieht es genau an, vergleicht es mit ihr. Dann legt sie das Bild mit der Rückseite nach oben auf den Schreibtisch und notiert sich wieder etwas.

Sie muß so sehr, daß es schmerzt. Die Beine sind steif, ihr Unterleib verkrampft, sie sitzt zusammengekrümmt. Sie will wieder aufstehen.

»Sitzenbleiben!«

Mit der freien Hand macht sie eine Faust und drückt sie auf den Bauch.

Die Kommissarin klappt ihre Akte zu und schiebt sie zur Seite. Dann sieht sie sie an, dreht die Schreibtischlampe etwas zur Seite und nimmt ihren Kugelschreiber zur Hand. Die Miene schnappt heraus.

Die Polizistin drüben ist aufgestanden und zum Waschbecken gegangen. Sie sieht sich im Spiegel über dem Becken an, inspiziert ihre Augenwinkel, die Wangenhaut und das Kinn. Als sie damit fertig ist, dreht sie den Wasserhahn auf.

Es schießt aus ihr heraus, ohne daß sie etwas dagegen tun kann. Sofort ist alles unten herum naß, der ganze Stuhl, ihr Slip, die Strümpfe. Es läuft ihr an den Beinen herunter und in die Schuhe.

»Bag for Sanitary Pads. Please do not throw in the WC.«
Die Ärztin gibt ihr den Papierbeutel und setzt sich wieder hinter ihren Stahlrohrschreibtisch.

»Ausziehen und waschen!«

Kein Wandschirm, keine Kabine. Die Schutzpolizistin steht neben der gepolsterten Tür, die Mütze unterm Arm. Aufmerksame Augen. Es riecht nach Desinfektionsmittel.

Sie zieht sich aus. Sie bekommt eine Gänsehaut. Sie legt ihre Kleider ordentlich über den Holzstuhl vor dem Schreibtisch. Den Slip läßt sie an.

»Ganz«, sagt die Ärztin.

Sie fährt mit den Fingern unter den Bund und streift den Slip ab.

»Tampon?«

Sie schüttelt den Kopf.

Die Ärztin nimmt einen Gummihandschuh aus der Schreibtischschublade und streift ihn über. Dann kommt sie herum.

»Bücken!« sagt sie, und als sie nicht sofort gehorcht, greift sie ihr in den Nacken und drückt ihr den Oberkörper hinunter.

Der Finger fährt in sie hinein, ehe sie etwas dagegen tun kann; die Ärztin tastet und fühlt. Ihr werden die Knie schwach, sie zieht sich zusammen, fängt an zu zittern und als die Beine wegknicken, tritt die Ärztin zur Seite, damit sie fallen kann.

Kilroy was here. Das Graffito ist in den Putz eingeritzt. Sie kann es von ihrem Platz auf der Pritsche sehen. Das Bettzeug, das sie ihr in der Aufnahme gegeben haben, ist klamm.

Die Zelle. Kahle Wände, Ölfarbe auf dem Putz. Unter der Decke ist ein schmales Fenster. Davor sind Gitter. In der Ecke das Klo und die Waschgarnitur. Edelstahl. Keine Kanten. Wasser kommt aus dem Hahn, wenn man die Lichtschranke unterbricht.

Die Zellentür schlägt zu, das Guckloch öffnet sich, schließt sich. Ein heller Fleck an der Wand, ein Sonnenfaden auf dem Tisch.

Angela, eingeritzt ins Holz. Sie fährt mit den Fingerspitzen über die Schrift, reißt sich einen Splitter in die Fingerkuppe. Es blutet, das Blut tropft in die eingekerbte Schrift und versickert im Holz.

Das Klo hat keinen Deckel. Das Wasser steht in dem Keramikkelch. Wenn sie auf die Taste am Wasserkasten drückt, schießt das Wasser aus der Falte am Rand der Schüssel und läßt den Wasserspiegel steigen. Am Boden des Kelches bilden sich beim Ablauf strudelnde Wirbel, die den Streifen Papier wegziehen, den sie ins Wasser hat fallen lassen.

Sie lehnt an der Wand neben dem Klo und sieht in das Wasser im Becken. Es riecht nach Chlor.

Sie setzt sich auf den Holzhocker, auf das Bett, auf den Tisch, auf die Toilette.

Sie zieht die Bluse aus, knüllt sie zusammen und drückt sie ins Wasser. Der Stoff saugt sich schnell voll, wird schwer und sackt zum Abfluß. Sie preßt ihn fest in die Öffnung und drückt auf die Spültaste. Das Wasser steigt und steigt in der Schüssel bis es fast am Rand steht.

Sie kniet vor der Toilette und starrt auf den Wasserspiegel. Für einen Moment sieht sie noch ihr verschwimmendes Gesicht, dann taucht sie ein.

dpa 2745 zzxzc 60 Zeilen zwei Fotos

Selbstmord in Polizeigewahrsam? Unbekannte junge Frau starb unter ungeklärten Umständen in Beobachtungszelle.

Die Tote, 1,69 Meter groß, 25 Jahre, 58 Kilo, braune Augen, brünettes Haar wurde am Morgen...

Der Chefredakteur legt das Telex zur Seite und greift zum Telefonhörer. »Die erste Seite raus. Neuer Aufmacher, Bild dreispaltig, die Story kommt in einer halben Stunde...«

Jörn Ingwersen

Stein und Bein

1 Als Hartmann wieder zur Besinnung kam, fühlte er sich, als kauerte er im feuchten Kielraum eines Frachters. Knarrend schwankte der stählerne Eimer über die See. In jedem Wellental lief ihm Galle über die Zunge und am Kamm der nächsten Woge rollte er wie schwerelos umher. Metallisch hallten die Kolben der Maschine an den kahlen Wänden seines Schädels zurück.

Er dachte an Rita, ihre rote Mähne, die vor seinen Augen tanzte wie eine Fackel im Wind. Zum Greifen nah. Er wollte sich aufrichten, zumindest auf die Knie, mußte ihr zeigen, daß er nicht am Boden lag, noch lange nicht, das war der Anfang, nicht das Ende. Er wollte drohen, wollte zeigen, wo er war, aber er konnte zerren, wie er wollte, die Hände blieben stur und unbeweglich hinter seinem Rücken verschränkt.

Hartmann schlug die Augen auf. Dann drückte er sie fest aufeinander. Es machte keinen Unterschied. Der schwache Farbton, der sich unter das bleierne Schwarz mischte, wechselte ins Rötliche hinein, ansonsten blieb alles beim Alten. Sehen konnte er nichts. Er hörte das dumpfe Signal eines Dampfers. Abgase stiegen seine Nasenwände hinauf, unter ihm röhrte es. Er ruckte mit Gewalt an seinen Händen. Brennender Schmerz an den

Gelenken ließ ihn aufschreien. Er riß die Zähne auseinander, aber seine Lippen blieben geschlossen. Das dicke Klebeband auf dem Mund erstickte seinen Schrei zu nutzlosem Grunzen. Hartmann warf den Kopf hin und her. Wütend knurrte er in sich hinein.

Er hörte Stimmen. Weit weg. Jemand sprach mit abgehackten Sätzen. Ein anderer lachte. Gehässig. Der erste fiel in das Lachen ein. Dann war es wieder still. Hartmann konnte nicht verstehen, worum es ging, aber er meinte sich zu erinnern, daß die beiden an seiner Lage nicht ganz unschuldig waren, und je länger er darüber nachdachte, desto sicherer wurde er seiner Sache. Es war kein Schiff, in dessen Laderaum er lag. Er war an Land, und wenn er sich noch so sehr gegen den Gedanken sträubte, konnte er ihn doch nicht abschütteln. Er lag im Kofferraum eines Wagens, und die wortkargen Witze der Männer vorn gingen eindeutig auf seine Kosten.

Hartmann ahnte, was sie vorhatten. Er hatte damit gerechnet, daß sein Plan schiefgehen konnte, aber er hatte keine Ahnung gehabt, wie schief.

Er dachte an Rita.

Er hätte es wissen müssen. Er hätte sich von vornherein bremsen sollen. Dunkel erinnerte er sich an seine ersten Zweifel, die er dumm und geldgeil beiseite gewischt hatte. Hartmann schloß die Augen und gab sich dem Wiegen der ausgeleierten Stoßdämpfer hin. Hart schlug der Auspuff an den Unterboden. Es hätte nicht so kommen müssen. Irgendwo hatte er die falsche Abzweigung genommen. Die Frage war nur, wo.

2 Es war eine ziemlich langweilige Donnerstagnacht gewesen. Die meiste Zeit über war Hartmann mit seiner

Droschke durch die ausgestorbene Stadt gekurvt, hatte den halben Tank leergefahren und eine ganze Schachtel Gitanes geraucht. Mit der einzigen Fuhre in den letzten zwei Stunden war er in Steilshoop gelandet. Das schweigende Pärchen auf der Rückbank hatte am Ende kein Geld gehabt, und Hartmann war nichts anderes übrig geblieben, als die Mutter des Mädchens aus dem Bett zu klingeln, um sich von ihr bezahlen zu lassen. Die Frau hatte die Hände in die Hüften gestemmt und ihn wüst beschimpft. Es hatte heute einfach keinen Sinn.

Als Hartmann mit Schrittgeschwindigkeit die Lange Reihe hinunterfuhr, sah er, daß die ersten Sonnenstrahlen in die Schluchten der Straßen einbrachen, und er beschloß, einen letzten Versuch auf der Reeperbahn zu wagen, wo sich jetzt die Mädchen und ihre späten Kunden langsam aber sicher auf den Weg machten. Zumindest mußte er da nicht allein diese nutzlose Nacht verfluchen. Schlafen war sowieso nicht drin.

Im Schatten der Justizgebäude hielt er am Straßenrand, kramte seinen Tabaksbeutel vor, krümelte etwas Gras in ein Blättchen und zündete die Mischung an, als er sich wieder in den beginnenden Morgenverkehr einfädelte. Er riß das Schiebedach auf und drehte die Musik lauter. *Led Zeppelin. Stairway to Heaven.* Hartmann fühlte sich besser.

Am Posten Reeperbahn Stein stellte er sich ans Ende der Schlange, die bis auf die Straße reichte. Von den Antennen der meisten Taxen wehten Trauerflore. Er betrachtete die braunen Blätter der Bäume, die zwischen Parkuhren und Peepshows zu Boden taumelten. Altweibersommer.

Hinter ihm hupte jemand, und Hartmann sah, daß er aufrücken sollte. Gerade hatte er den Motor angelassen, als hinten eine Tür aufgerissen wurde.

Drei Mädchen kletterten gutgelaunt plappernd der Reihe nach auf die Rückbank. Sie schoben ihre Schminktäschchen vor sich her und rückten die Pelzjacken zurecht, um zu verbergen, daß sie drunter mehr oder weniger unbekleidet waren. Die vierte paßte nicht mehr auf den Sitz, und so stieg sie vorn ein und stellte ihre Tasche am Boden neben ihren Beinen ab. Hartmann warf seine Zigarette aus dem Fenster und legte den ersten Gang ein.

»Hier riecht's ja gut«, kicherten die Mädchen von hinten, nannten ihm eine Straße in Altona und kündigten an, daß die Tour danach noch weitergehen sollte. Hartmann war zufrieden. So eine kleine Rundreise würde seinem Kilometerschnitt auf die Sprünge helfen. Lothar, dem der Wagen gehörte, machte sich deswegen jedesmal fast in die Hosen. Die Mädchen kümmerten sich nicht weiter um ihn, und so versuchte er, sich dem Verkehr zu widmen, wenn es ihm auch nicht ganz gelingen wollte.

Entweder war es eine Wolke von Parfüm, die ihn mit schöner Regelmäßigkeit umnebelte, oder aber er konnte die Augen nicht von dem schweigsamen Mädchen an seiner Seite nehmen. Sie hatte sich nach hinten gewandt, um den anderen bei ihren Erlebnissen der Nacht besser zuhören zu können, und dabei war ihre Jacke verrutscht und hatte die nackte Haut darunter freigelegt. Hartmann schielte aus den Augenwinkeln.

Sie hatte einen ausgesprochen niedlichen Bauchnabel und eine gewisse Ähnlichkeit mit der jungen Bardot. Rotblondes Haar fiel ihr in dicken Locken auf die Schultern herab.

Nachdem er die ersten beiden Mädchen in einer kleinen Seitenstraße hinter dem Bahnhof abgesetzt hatte, wurde es still im Wagen. Offenbar machte sich Müdigkeit breit. Als er sich einmal umwandte, um nach der Hausnummer zu fragen, merkte er, daß ihn die Rothaarige aufmerksam musterte. Am Kaiser-Friedrich-Ufer stieg das Mädchen im Fond aus. Hartmann wartete einen Moment lang auf das neue Fahrtziel, dann sah er ihr in die grünen Augen.

»Schlüterstraße«, hauchte sie. Es war das erste Wort gewesen, das sie während der ganzen Fahrt gesprochen hatte, aber es genügte, um zu verraten, daß sie keine Deutsche war. Umlaute waren nicht ihre Sache. Sie kramte aus ihrer Tasche Zigaretten hervor und zündete sich eine an.

»Müde?« sagte Hartmann.

»Hm«, machte sie und stieß den Rauch gegen die Scheibe. »Weiß nicht.«

Das war das ganze Gespräch gewesen, und er hatte sich gar nicht erklären können, wie es eigentlich kam, daß sie ihn vor der Haustür gefragt hatte, ob noch mehr von dem Gras da wäre und er nicht Lust hätte, mit raufzukommen. Hartmann überlegte kurz, was ihn zu Hause erwartete, dann suchte er einen Parkplatz und stellte den Wagen ab.

3 Rita stammte aus St. Louis, Missouri. Genau konnte sie nicht mehr sagen, was es eigentlich gewesen war, das sie nach Hamburg verschlagen hatte. Ursprünglich war sie der Meinung gewesen, ihr Grund hätte Dieter geheißen, aber der hatte längst mit einer anderen im Bett gelegen, als sie vor vier Jahren samt Koffern vor seiner Haustür gestanden hatte.

»Manchmal ist die Elbe wie der Mississippi«, hatte sie an diesem Morgen mindestens dreimal gesagt. Hartmann hatte ihr nicht widersprochen, obwohl er es sich eigentlich nicht vorstellten konnte.

Sie hatten, nachdem Rita von ihrer spärlichen Arbeitskleidung befreit war und sich Jeans und ein weites T-Shirt übergezogen hatte, auf ihrem Bett gelegen, den Stuck an der Decke betrachtet und geraucht. Die Wohnung war hell und freundlich, spärlich eingerichtet. Für Hartmanns Geschmack etwas spartanisch, bis auf die Küche, in der es alles in zigfacher Ausfertigung zu geben schien. Einer der drei Kühlschränke war randvoll mit Bier. Er holte zwei davon und riß sie auf.

Es war seltsam. Sie mußten nicht viel erklären. Rita wollte nur wissen, ob er eine Freundin zu Hause hätte. »Falls sie wartet...«

»Nein.« Hartmann wollte nicht darüber reden, und sie bohrte auch nicht weiter.

Gras und Müdigkeit ließen die Gedanken fliegen. Bald wurde sie gesprächiger, erzählte mit schwerem Akzent von früher, von Danny, dem kleinen Bruder, ihrem Vater, dem Schwein, der im Krieg eine Vietnamesin geheiratet hatte, von ihrer Mutter, die noch immer in dem grauen Kaff wohnte und darauf wartete, daß der Mann zurückkam. Ausgerechnet nach St. Louis.

Sie hörte gar nicht wieder auf. Erzählte vom College in der Kleinstadt, den Jungen, die sich von jedem Rendezvous nach dem Kino oder noch im Kino eine Nummer erwarteten. Mindestens mit der Hand. Erst nur an den Wochenenden zwei, drei, dann bald jeden Abend ein anderer. Alle wollten mal, keiner wollte sie richtig. Irgendwann mußten sie bezahlen. Eine Sache von Angebot und Nachfrage. Hartmann sah sie an. Wenn sie kicherte, wirkte sie kaum alt genug, ein Auto zu fahren.

Eines Tages war dann dieser Dieter aufgetaucht. Seine Freunde sagten ›Elvis‹. »Gleiche Welle, oder wie sagt man in Deutsch?« Hartmann nickte. Das Ganze wurde für seinen Geschmack etwas sentimental.

Und als sie fertig war, sah sie ihn mit großen Augen an. Wollte alles mögliche wissen, von früher, von jetzt, seinen Vornamen.

Ausgerechnet.

Stockend setzte er an, erzählte, wie er vor Jahren sein Jurastudium abbrechen mußte, weil man ihn wegen Hehlerei verurteilt hatte, naja, und dann war noch Dokumentenfälschung hinzugekommen. Die zwei Jahre auf Bewährung waren nicht so schlimm gewesen, aber mit der Vorstrafe in den Papieren konnte er nicht mehr Anwalt werden.

Seitdem saß er im Taxi und steckte seine ganze Energie in die Band, mit der er auf Tour gehen wollte, als Gitarrist, sobald Spider und er den richtigen Drummer gefunden hätten. Das war sein nächstes Ziel. Entweder das oder endlich der kleine Plattenladen am Weidenstieg, den, wenn er ihnen erst mal gehörte, nur Langhaarige betreten durften. Keine Glatzen, keine Schmalzlocken. Sie brauchten nur noch die Kohle. Rita hatte laut gelacht. Mit ihrem Fingernagelstudio war sie auch noch nicht weitergekommen. Zweimal die Woche drückte sie die Schulbank. Volkshochschule, Nachmittagskurs.

Sie blieben wach, bis alles aufgeraucht und soweit preisgegeben war, wie sie es verantworten konnten. Hartmanns fahrige Annäherung wies sie zurück.

»Behalt's lieber für dich«, waren die letzten, schon im Halbschlaf gemurmelten Worte gewesen, an die er sich erinnern konnte. Das hatte gesessen.

Hartmann zog sich das Kissen über den Kopf und langte in die Richtung, in der er sie vermutete. Er tastete einen Moment lang ins Leere, fuhr mit der Handfläche über das Laken und schlug die Augen auf. Er war allein.

Die Vorhänge waren zugezogen, das Zimmer ein trübes Grau. Sein Gähnen hallte von den Wänden zurück, und die Bettdecke raschelte laut, als er sie mit Schwung zurückschlug.

Er stellte fest, daß er noch angezogen war, und fing an, in seinen Taschen nach den Gitanes zu kramen. Da hörte er ein seltsames Geräusch. Ganz leise. Ein Zischen, ein Brummen. Er hielt still und lauschte. Hinter einer der Türen, von der er sich zu erinnern glaubte, daß sie auf den Flur hinaus führte, war angestrengtes Flüstern zu hören. Ritas Stimme, die langsam immer lauter wurde und etwas in der Art sagte wie: »Und von dir hör' ich mir sowas schon gar nicht an.«

»Schschsch«, machte jemand.

Hartmann rührte sich nicht.

»Was soll das?« Rita. »Willst du mir vielleicht sagen, was ich tun soll? *Du?*«

»Verdammt, halt's Maul, oder soll er uns hören?«

Sonore Stimme. Dann war es still.

Der Mann knurrte. »Kannst du vielleicht woanders ficken? Wenn du die paar Tage schon nicht warten kannst. Oder willst du, daß wir deinetwegen auffliegen?«

»Au, du tust mir weh.«

»Noch so'ne Nummer und ich mach dich lang. Die Wohnung ist tabu. Klar? Such dir was anderes. Und laß den Kerl da drinnen verschwinden. Vielleicht bringst du uns hier noch die Bullen an, oder was?«

Hartmann schluckte. Vorsichtig stand er auf und ging über das leise knarrende Parkett zum Fenster. Von hier aus konnte er das Gemurmel nicht mehr richtig verstehen, aber das war nicht schlimm. Er hatte genug gehört.

Langsam schob er den Vorhang beiseite, um hinaussehen zu können. Es war ein grauer, diesiger Freitag geworden, wie warm die Sonne am Morgen auch geschienen haben mochte. Die Schlüterstraße war wie immer vollgeparkt. Hartmann sah sein Taxi auf der anderen

Straßenseite neben einem Möbelwagen stehen, der von Männern in blauen Overalls entladen wurde. Davor parkte ein silberner Benz mit Alufelgen und Telefonantenne. Der Motor lief. Ein gedrungener Charakter stand mit Sonnenbrille und verschränkten Armen an der Fahrertür gelehnt und sah herüber.

Hartmann zuckte zurück. Er versuchte, das Kennzeichen des Wagens zu erkennen, aber kaum hatte er die ersten beiden Zahlen hinter den Buchstaben entziffert, da schlug unten die Haustür zu. Der Chauffeur kam in Bewegung.

Hartmann beugte sich vor und wartete, bis er sehen konnte, wer aus dem Haus kam. Der Mann blieb am Gehweg stehen, überprüfte mit beiden Händen seinen dicken, schwarzen Zopf und schlug den getigerten Kragen seines Mantels hoch. Der Fahrer öffnete die Tür, tat einen Griff zum Armaturenbrett und holte eine Schachtel Zigaretten hervor, die er dem anderen gekonnt zuwarf, als dieser nah genug herangekommen war. Der fing sie auf, zündete sich eine an und boxte seinen Begleiter freundschaftlich an die Schulter. Als er um den Wagen ging, um auf der Beifahrerseite einzusteigen, zeigte er sich von vorn.

Hartmann schloß die Augen.

Den kannte jedes Kind.

Er hatte ihn oft genug in der Zeitung gesehen, wenn er trauernd am Grab eines ermordeten Luden gestanden hatte, wenn er von den Gesellschaftsseiten der Boulevardzeitungen herabgrinste, weil er eine weitere Künstlerkneipe auf dem Kiez eingeweiht hatte, und nicht zuletzt, nachdem er vor wenigen Wochen mit seiner Aussage bei einem Mordprozeß dem Gang der Dinge eine unerwartete Wendung beigebracht hatte. Apachen-Paul war bekannt dafür, daß er alles eigenhändig regelte.

Hartmann versuchte, das Kennzeichen, soweit er es sich gemerkt hatte, schnell wieder zu vergessen.

4 Als Rita ins Zimmer kam, lag Hartmann auf dem Bett und rauchte, den Kopf etwas erhöht, die Arme dahinter verschränkt. Sie hielt zwei dampfende Becher in Händen und lächelte schief.

Räusperte sich. »Kaffee, der Herr?«

Auf nackten Sohlen kam sie herüber und reichte ihm einen davon. Sie hatte verdammt wenig an. Auf ihrem Schlafhemd stand *If they can shoot one man to the moon, why can't they shoot them all?* und der Slip darunter sah aus, als wäre er aufgemalt. Ihre Haut schimmerte weiß wie die Laken, abgesehen von einigen Sommersprossen, die sich gleichmäßig darüber verteilten. Sie gefiel ihm immer besser.

Aber sie wollte sich nicht zu ihm aufs Bett setzen. Lief etwas auf und ab, stand schlürfend am Fenster, schob die Vorhänge ein Stück zur Seite und sah hinaus, gähnte.

Schließlich strich sie sich das Haar aus der Stirn. »Und? Gut geschlafen?«

»Wie in Abrahams Schoß.« Er zog die Augenbrauen hoch, schlug die Beine übereinander, lächelte. Das Leder seiner engen Hosen knarrte. Der Becher schwankte auf seinem Bauch. Er drückte die Kippe aus. »Und selbst?«

»Du hast gelauscht.« Sie klang nicht gerade begeistert.

»Tut mir leid. Ließ sich nicht verhindern.«

Sie holte tief Luft und atmete langsam wieder aus, sah ihn fragend an, als überlegte sie, ob sie ihn rausschmeißen sollte.

Hartmann probierte den Kaffee. »Dein Freund, der Lude?«

»Nein. Vergiß, was du gehört hast.«

Hartmann stellte den Becher ab und langte hustend in seine Lederjacke, die am Bettpfosten hing. Zwei Zigaretten hatte er noch. »Willst du?«

Sie schüttelte den Kopf und kam langsam zu ihm herüber. Blieb vor dem Bett stehen und sah ihn an. »Bitte«, sagte sie. »Ich hätte dich gar nicht herbringen dürfen.«

Hartmann sah die roten Druckstellen an ihren Handgelenken und schüttelte den Kopf. »Das hab' ich wohl gehört. Er hat dir ziemlich wehgetan, oder? Was ist denn los?« Er setzte sich auf, machte ihr Platz, aber sie wollte nicht. »Na gut, laß mich raten.« Er sah zur Decke. Der Stuck war frisch ausgebessert. »Könnte ein Puff werden, und der Vermieter weiß noch nichts von seinem Glück. Bißchen wenig Ambiente vielleicht, aber die Gegend stimmt.«

Sie runzelte die Stirn.

»Okay, blöder Spruch. Aber ein Versteck. Ja? Die vollen Kühlschränke? Jemand will hier untertauchen?«

»Was heißt das, untertauchen?«

Ihre Wimpern waren lang, die Lider lagen schwer auf den Pupillen. Hartmann seufzte. »Heute morgen war dein Deutsch noch ganz gut. Was ist mit dir?«

Sie nahm ihm die Zigarette aus der Hand und zog daran, blies nervös den Rauch an die Decke. »Nichts.«

Hartmann lächelte schräg, neigte den Kopf, aber sie sah zu Boden, wich seinem Blick aus. »Ich hab' im Moment keine Wohnung. Wegen dieser blöden Janine, egal, ich – ich wußte nicht, wohin. Und weil ich seinen Schlüssel noch hatte, hab' ich mir gedacht...«

Ungläubig sah er sie an.

»Ehrlich.« Sie legte ihre Stirn in Falten. »Laß sie doch vorhaben, was sie wollen. Ich will jedenfalls nichts damit zu tun haben.« Sie schüttelte ihre Mähne und sah trotzig auf ihn herab.

»Aber du *hast* damit zu tun.« Er sah an ihr hoch, den Slip direkt vor Augen. »Stimmt's?«

»Hör auf.«

»Sag mir, worum es geht.«

»Was soll das? Was bist du so neugierig?«

Er machte seine Finger zu Tentakeln. »Gier, pure Geldgier!« Grinste breit.

»Idiot.« Sie schüttelte den Kopf und stand auf, drückte seine Zigarette im Ascher aus. »Scheiße, ihr seid doch alle gleich.« Drehte sich um und stampfte in die Küche, ließ ihn mit dem Ausblick auf ihren nackten Hintern zurück.

Hartmann fuhr sich mit den Fingern durchs Haar, saß einen Moment lang auf der Bettkante und sah sich um. Das Bett war tatsächlich das einzige Möbel im Raum, die Wände frisch gestrichen. Behäbig stieg er in seine Stiefel und stand auf. Das Parkett knarrte unter dem Gewicht.

»Ganz schön teures Versteck«, rief er zur Küche gewandt. »Um wieviel Geld geht es denn?«

Sie tauchte im Türrahmen auf, rieb die Knie aneinander, rührte in ihrem Becher.

Er grinste sie an.

Sie schnaubte verächtlich. »Mehr, als du jemals einfahren kannst.«

»Oh? Aber du.«

Sie dachte nach, zuckte mit den Schultern. Hinter ihr brutzelte es. Der Geruch von ausgelassenem Speck wehte herüber.

Als Hartmann näherkam, drehte sie sich um und stellte sich an den Herd, rührte in der Pfanne herum und trat dabei von einem Bein auf das andere. Die Fliesen waren kalt.

Auf dem Küchenschrank stapelten sich Lebensmittel. Hartmann stellte seinen Becher ab und nahm sich einen von den knallgrünen Äpfeln, wischte ihn am Hemd ab und biß angestrengt hinein. »Jetzt weiß ich«, sagte er mit vollem Mund. »Aussiedler! Dreißig, vierzig Wolgadeutsche gehen hier rein, bestimmt...«

Sie schlug Eier in die Pfanne und drehte mit spitzen Fingern die Flamme kleiner, kramte zwischen den Gewürzen herum.

Er kaute seinen Apfel und sinnierte zum Fenster hinaus. Die Autos fuhren schon wieder mit Licht. Der Fernsehturm blinkte über den Dächern. »Nicht? Dann vielleicht doch ein Versteck. Erpressung, Entführung? Ihr verschleppt Brille Fielmann und zwingt ihn...«

»Wie willst du sie?«

»Bitte?«

»Wie willst du deine Eier?«

Er hörte auf zu kauen. »Am liebsten? Gekrault.«

Sie knallte den Kotelettwender in die Pfanne. »Mann! Sowas hör ich sowieso den ganzen Abend. Langsam steht mir das bis hier...« Sie fuhr sich mit dem Finger über die Kehle. Funkelte ihn an.

Kleinlaut betrachtete er seinen Apfel. »Gut, dann möchte ich sie mit heilem Dotter.«

Sie sah zu ihm auf, rote Flecken auf den Wangen, dunkler, größer als die Sommersprossen. »Bitte, was ist los mit dir? Können wir nicht wieder so sein wie heute morgen?«

Hartmann stand direkt vor ihr. Sie roch gut. Die feine Stirn, der sinnliche Mund. Sie weinte fast.

»Glaub schon.«

Sie sah ihm fest in die Augen, suchte in seinem Blick, strich ihm eine Strähne aus der Stirn.

»Wenn ich es dir sagen würde, versprich mir, daß du es für dich behältst.«

Er nickte, legte den Apfel weg.

Sie stellte sich auf Zehenspitzen. Ihr Mund kam ganz nah an sein Ohr. »Und versprich mir, daß du nicht wieder davon anfängst. Okay?«

»Mh, gut.«

Sie seufzte und sah dabei nicht besonders glücklich aus, aber sie konnte sicher sein, daß Hartmann nicht lokkerlassen würde.

»Es geht um eine Bank.«

Seine Brauen schoben sich zusammen wie Gewitterwolken.

»Eine Privatbank an der Alster. Jemand hat alte Baupläne aufgetrieben. Keine Ahnung, woher. Jedenfalls haben sie rausgefunden, wie man sich von einem alten Bunker aus zum Keller dieser Bank durchgraben kann. Dahin, wo der Tresor steht.«

»In eine Privatbank.«

Sie zögerte, dann nickte sie. »Mit schallgedämpften Bohrmaschinen. Nachts.«

»Unsinn. Was soll da zu holen sein? Aktien?«

Sie dachte kurz nach, als wäre es ihr entfallen. »Jemand hat Gold bestellt. Das wird da unten gelagert. Seit zwei Monaten graben sie und übermorgen wollen sie drin sein.«

»Wieviel Gold?«

Sie blies die Backen auf und nickte ihn an. »Ziemlich.«

»Wieviel?«

»Na, so zwei, drei Millionen, habe ich gehört.«

Hartmann kniff die Augen zusammen. Grauer Qualm hing in der Luft. Rita kreischte kurz und sprang an den Herd. Die Eier waren schwarz.

5 Es kostete Hartmann eine gute Stunde, bis er Rita breitgeschlagen hatte. Sie drehte und wand sich, fand immer neue Ausflüchte, gute und weniger gute Gründe, die Finger davon zu lassen. Von der störrischen Vernunft einer mütterlichen Freundin bis zur beklemmenden Sorge um die große Liebe ihres Lebens. Sie versuchte sich in allen Rollen, und biß bei Hartmann auf Granit.

Seine Argumente waren zu gut. Brauchte sie nicht auch Geld? Genau wie er? Mehr als sie anschaffen konnte? Wie wollte sie irgendwann den Absprung von der Straße schaffen? Jetzt war sie Anfang zwanzig. Wollte sie sich ihr Leben lang verkaufen? Würde sie denn was übrig behalten? Wozu die ganzen Kurse, wenn sie doch nie genug hatte, einen eigenen Laden aufzumachen? Wenn sie die ganze Kohle immer wieder auf den Kopf haute? Für Schampus, Klamotten und Taxis, und all die Geschenke, die sie irgendwelchen schrägen Vögeln machte, wenn sie sich mal wieder Hals über Kopf verliebt hatte. Er sagte es ihr auf den Kopf zu. Warum sollte sie in der Beziehung anders sein als all die anderen Mädchen vom Kiez, deren Geschichten er längst auswendig kannte?

Die Sache lag einfach zu nah.

Schließlich war die Rede von Millionen. Zweihunderttausend taten da niemandem weh. Hunderttausend für jeden, den Plattenladen und die Fingernägel. Damit ließ sich doch was anfangen. Dagegen konnte Rita irgendwann nichts mehr sagen. Aber froh war sie damit nicht.

»Warum hab' ich bloß nicht die Klappe gehalten?«

»Dieser Typ vorhin, der Indianer. Hat der sich das ausgedacht?«

»Warum hab' ich nicht auf ihn gehört?«

»Am besten schreiben wir einen Brief. Damit er uns auch glaubt. Hast du alte Zeitungen?«

Dann kniete er am Boden, vor sich Uhu und ein leeres Blatt, um sich herum unzählige Schnipsel, die Schere in der Hand. Rita stand am Fenster, rauchte nervös und sah immer wieder zu ihm herüber, unsicher, wie sie das alles finden sollte.

Zweihunderttausend klebte Hartmann gerade auf das Blatt, *in kleinen Scheinen. Samstagabend. Wenn nicht, freut sich der Staatsanwalt.*

»Warum sollten sie sich darauf einlassen?« Rita setzte sich aufs Bett, drückte ihre Kippe in den vollen Ascher.

Hartmann sah auf. »Wart's ab. Bei dem Aufwand, den sie treiben. Die haben ne Menge zu verlieren.«

Sie neigte den Kopf. »Ich nicht?«

Er stutzte. Was war mit ihr?

»Hey.« Er setzte sich neben sie, nah dran, sah die glasig grünen Augen, nahm ihr Kinn zwischen Daumen und Zeigefinger. Sie hatte die Unterlippe leicht vorgeschoben.

Er hob ihr Kinn an, aber sie wich seinem Blick aus. »Ich paß' auf dich auf, wenn du willst.«

Sie schnaubte kurz.

»Ich mein' es ernst. Wenn du willst.«

Sie sah ihn an. »Die werden es sich nicht so einfach gefallen lassen. Wer sagt, daß sie uns nicht kriegen? Wer sagt, daß du mich nicht reinreitest? Wer sagt...?«

»Können diese Augen lügen?«

Sie sah zu Boden, bedrückt wie ein Kind, dem man den Glauben an den Weihnachtsmann ausreden wollte. Dann plötzlich lachte sie, schüttelte den Kopf. »Du bist ein echter Idiot.« Gab ihm einen flüchtigen Kuß auf die Wange, wippte auf dem Bett.

»Oh?«

Er ließ sich nach hinten fallen. Sie fiel mit, rollte über ihn, drückte seine Arme in die Kissen, hüpfte herum, schaukelte.

»Idiot, Idiot, Idiot!«

Er ließ sich überwältigen. Sie war kleiner als er, strampelte mit nackten Beinen auf ihm herum. Ganz weich. Er tat, als wehrte er sich, faßte sie um die Hüfte, dann strich er ihr über den Rücken, packte sie und zog ihr plötzlich das T-Shirt über den Kopf. Kleine, feste Brüste wippten darunter hervor. Sie richtete sich auf, langsam, eine Geisha, wich seinem Blick aus, dann kauerte sie sich über ihm zusammen, nestelte an seiner engen Hose herum und zog den Reißverschluß auf. Das rote Haar fiel darüber, der weiße Hintern ragte in die Luft. Er hätte gern ihr Gesicht gesehen, aber sie drückte es in seinen Schoß, holte mit zarten Händen seinen Schwanz aus der Hose, streichelte und rieb, dann wurde ihm ganz feucht und warm, und Hartmann schloß die Augen.

Es klingelte.

Er heulte auf.

Sie hob den Kopf und sah zum Wecker.

»Oh, no.«

Sie setzte sich auf die Knie und atmete tief, dann sprang sie auf das kalte Parkett und schnappte sich ihr Hemd. »Zieh die Hose an. Schnell. Versteck dich. Und nimm das Zeug da mit.« Sie deutete auf den Boden.

Hartmann wußte kaum noch, wer er war.

Es klingelte wieder. Sie stand schon an der Tür. »Die beiden kommen jede Woche.«

»Wie?«

»Stammkunden. Pack dein Zeug zusammen, schnell!«

»Aber...«

»Los!«

Es war wie im Traum. Ein schlechter Traum, ein fieser, mieser, kleiner Scheißtraum. Hartmann räumte alles wieder ein, sammelte die Zettel vom Boden auf, nahm Uhu und Schere mit und trottete ins Nebenzimmer. Farbeimer standen herum, eine Trittleiter, Rollen mit Rauhfasertapete. Die nackte Glühbirne blendete ihn. Er zog die Tür hinter sich zu.

Das konnte ja wohl nicht wahr sein.

Er hörte Stimmen aus dem Flur, Männerstimmen. Sie plauderten und lachten, man begrüßte sich, ging nach nebenan. Zwischendurch Ritas helle Stimme. Sie lachte mit.

Vielleicht ging es ja schnell.

Der Boden vibrierte von Schritten. Hartmann fing an, die Schnipsel zu sortieren. *Wir wissen alles* klebte er auf das Blatt.

Von nebenan hörte man bald ein Juchzen, ein Stöhnen. Rita quiekte. Jemand brummte tief. Der Zweite schnaufte und hechelte. »Aaah...«

Hartmann hatte Schwierigkeiten, seine Gedanken beieinander zu halten. *Die Sache mit dieser Bank an der Alster ist eine gute Idee.*

Der Boden bebte. Wahrscheinlich konnte er froh sein, daß es nur Freier waren.

Hoffen wir, daß sie unter uns bleibt... wir melden uns. Ein Freund klebte er zusammen. Betrachtete sein Werk.

Rhythmisches Krächzen war zu hören. Beide Männer gleichzeitig. Etwas fiel zu Boden. Rita kicherte hell, dann ein ersticktes Winseln.

Hartmann hatte genug.

Er stand auf und faltete das Blatt, zog seine Lederjacke über. Wieso eigentlich Stammkunden, wenn es gar nicht ihre Wohnung war?

Wieder dieses Krächzen.

Was waren das eigentlich für Typen?

Hartmann schlich über den Flur, lauschte kurz an der Tür. Das konnte dauern. Er seufzte, dann öffnete er leise die Haustür, trat hinaus und zog sie mit einem kurzen Ruck von außen ins Schloß.

6 Der Hauptbahnhof war kein Ort, an dem man sich länger als nötig aufhielt. Trotz nagelneuer Wandelhalle mit chromblitzenden Läden, in denen man vom Zobel bis zum Zierfisch alles bekommen konnte, was man als Reiseproviant so brauchte, stank es draußen in jeder Ecke nach Pisse. Abgerissene, alte Männer ließen den Rotwein kreisen, krank wirkende Kinder sprachen Reisende an. Überall standen Stricher, immer die Bahnpolizei im Blick, die die meiste Zeit damit beschäftigt war, zusammengebrochene Fixer zu verarzten.

Hartmann stand vor einer der Telefonzellen. Zwei ältere Damen mit Gepäckkarren waren noch vor ihm dran. Er hatte den Brief am Spätschalter der Post abgegeben. Per Expreß, damit er auch bestimmt am nächsten Tag ankam. Er wollte dem Indianer keine Zeit lassen. Heute war Freitag, morgen abend mußte die Sache über die Bühne gegangen sein. Hoffentlich hatten die Vögel auch genug Bares.

Ein paar Meter weiter hockte neben den Fahrplänen eine in dunkle Tücher gehüllte Frau am Boden, um sich herum drei apathische Bälger, vor sich ein Pappschild, auf dem mit Kugelschreiber etwas Unleserliches geschrieben stand. Die meisten Leute gingen vorbei. Nur zwei blonde Mädchen mit roten Rucksäcken blieben in einiger Entfernung stehen, dann kramten sie in ihren Taschen und legten ein paar Münzen auf die Pappe.

SchwedInnen auf Europatrip. Hartmann kannte sie genau. Früher hatten Spider und er wöchentlich die Jugendherberge an den Landungsbrücken nach ihnen abgegrast, aber das war auch nicht mehr so einfach wie sonst.

Als er endlich in der Zelle stand und drei Groschen in den Schlitz geschoben hatte, wählte er Spiders Nummer, aber es meldete sich nur der Anrufbeantworter. Eine

Nachricht extra für ihn. Spiders Stimme klang aufgeregt. Er haspelte noch mehr als sonst.

»Hartmann? Mann, Alter, ich hab' ne Überraschung für dich! Und was für eine! Rätst du nie! Nie im Leben! Ich geh' jetzt in die Meise. Es ist jetzt – warte, halb sechs sowas. Ich warte auf dich! Okay?« Dann der Piepton.

Was sollte das denn wieder? Spider, der alte Geheimniskrämer. Wahrscheinlich hatte er mal wieder die absolute Frau aufgetan. Oder das absolute Pulver. Spider war ein guter Baßmann, aber manchmal ein echter Spinner.

Hartmann schob sich durch die Leute zum Ausgang, wo er die Taxe am Posten abgestellt hatte, wimmelte ein paar Schnorrerpunks ab und legte sich, bei seinem Wagen angekommen, mit drei Kutschern an, die rumstanden und ihn anpöbelten, er solle seine Mühle gefälligst woanders lassen, wenn er schon nicht arbeiten wollte.

Er hatte die Schnauze gestrichen voll.

Am Dammtor standen Leute an der Straße und winkten ihm, aber Hartmann hatte keine Lust auf Gesellschaft, und die paar Mark, die er dabei kassieren würde, waren die Mühe nicht wert. Er stellte den Scheibenwischer auf Intervall. Es war dunkel und ungemütlich, ein Tag zum Totschlagen. Diese elenden Staus im Feierabendverkehr waren das Letzte. Die entgegenkommenden Scheinwerfer blendeten gemein, und die Funkerin gab ununterbrochen Touren raus, die bei dem Verkehr doch keiner schaffen konnte. Sie bettelte und bettelte.

»Bitte, der Kunde wartet auch gerne eine halbe Stunde.« Rauschen. *»Kann das jetzt mal einer annehmen? Bitte?«* Er stellte den Kasten ab und bog in den Weidenstieg ein.

Spiders giftgrüner Taunus stand direkt vor der Meise. Unter der Linde. Die Chromfelgen blitzten. Er saß im Wagen und rauchte.

Hartmann parkte dahinter, ließ die Taxe offen.

Spider winkte ihm. Er war bester Dinge.

»Heee, da ist er ja!« Er kicherte und schnippte die Kippe aus dem Fenster. »Setz dich! Setz dich! Komm rein, mach die Tür zu. Hör dir das an!« Er drehte den Recorder lauter. Johnny Winter sägte den Blues. »Morgen abend Große Freiheit. Angeblich ausverkauft.« Er trommelte auf dem Lenkrad, zehn Sekunden hin und weg, dann reichte er Hartmann, ohne ihn anzusehen, eine verknotete Plastiktüte. »Nimm dir was von den Pilzen. Aber paß auf, nimm nicht zuviel. Du lachst dich tot.« Er gluckste und rieb sich die Augen. »Unglaubliches Zeug. Gestern abend...«

»Deswegen bin ich hier?«

»Ja, nein, mach schon, nimm dir was von dem Zeug.« Er knisterte mit der Tüte. »Wir können ja...«

»Ich denk', du willst mir was erzählen.«

Spider wackelte vielsagend mit dem Kopf. »Rate.«

»Oh, Mann...« Er hätte ihm gern von Rita erzählt. Von dem Geld.

»Rate.«

»Eine Frau.«

»Nope.«

»Ein Drummer.«

»Schön wär's.«

»Deine Mutter hat angerufen.«

»Witzig.«

»Also was?«

Spider grinste, rückte sich auf seinem Sitz zurecht. »Ich hab's getan. Eins A Gelegenheit, und ich hab' zugegriffen.«

Hartmann knabberte an einem Pilz. Schmeckte salzig.

»Schön im Mund auflösen, bis er ganz weich ist. Du lachst dich schlapp!« Spiders Augen blitzten. Das alte

Spiel. Er genoß es, Hartmann zum Versuchskaninchen zu machen.

»Ich hab' uns einen Laden gemietet.«

Er wartete. »Rate, wo.«

Hartmann schluckte runter.

»Ganz genau die Ecke, die du immer wolltest. Völlig genial. Da vorne links neben dem Klamottenladen. Na?« Pause. »Was sagst du?«

Hartmann war sprachlos.

»Voll geil, oder? Lübke hat mir Bescheid gesagt. Dafür müssen wir ihm mal was zukommen lassen. Hinten im Laden ist sogar ne Wohnung. Und der Keller gehört auch dazu. Da können wir proben.« Er strahlte. »Na, was sagst du?«

Hartmann nickte und steckte sich eine an.

»Was ist?« Spider wischte sich die Hände an der Hose ab. »Paßt dir was nicht?«

»Wann?«

»Am ersten November krieg' ich den Schlüssel. Bißchen Farbe an die Wände, Platten rein, fertig.«

Hartmann drehte seine Scheibe runter und atmete die kühle, feuchte Luft. Ausgerechnet. Was sollte er sagen? Er würde kaum in Hamburg bleiben können, wenn die Sache gelaufen war. Die Typen, die er über den Tisch ziehen wollte, würden ihn finden. Bestimmt. Selbst wenn Rita dicht hielt. Das ließen sie nicht auf sich sitzen. Hamburg war ein Dorf. Irgendwann lief man sich unweigerlich über den Weg. Sie würden kommen und erst den Laden zusammenschlagen, dann ihn, dann Spider. Dann Rita. Und das wäre noch die weiche Welle.

So ging es nicht.

»Welche Laus ist dir denn über die Leber gelaufen? Lothar, die kleine Ratte? Sag Bescheid, ich misch ihm was ins Essen.«

»Ist da auch was von dem Gras drin? Und Wachmacher könnte ich gebrauchen.« Er nahm die Tüte, sah hinein, schob mit der anderen Hand die Tür auf.

»He, nicht alles, so war das nicht gemeint. Nimm dir was raus, aber laß mir den Rest da.« Spider beugte sich über den Beifahrersitz, nahm ihm die Tüte wieder weg und kramte darin herum. Hartmann stand im Regen.

Spider drehte sie zusammen und hielt sie ihm hin. »Ich schreib's mit auf die Rechnung. Wir sehen uns morgen.« Er sah besorgt aus. »Schlaf mal drüber. Sonst mach' ich's allein.«

»Ja.« Hartmann nickte, klappte die Tür zu. Er war nicht mehr sicher, ob er die Sache mit der Erpressung zu Ende gedacht hatte.

7 Als sich Hartmann am Posten Reeperbahn Stein hinten einreihte, war aus dem feinen Nieseln ein satter Regen geworden, kleine Tropfen zwar, aber enorm viele davon. Es war Freitagabend, Wochenende.

Touristen schoben sich in dichten Reihen pärchenweise unter den Markisen hindurch, traten nur ins Nasse hinaus, wenn sie sich den Mädchen in ultrakurzen Röcken und knappen Pullis näherten, deren auffordernde Gesten die Herren der Schöpfung meist unsicher zu Boden blicken und die dazugehörigen Damen wie Adlerweibchen drüber wachen ließen, wie sich ihre Männer verhielten, wohin sie zuerst sahen, wie groß die Versuchung war. Was hat die, was ich nicht habe? Rein äußerlich war das leicht zu beantworten.

Rita konnte er nicht finden. Hartmann stellte den Motor ab, mußte ihn aber gleich wieder anwerfen, weil sein Vordermann anfuhr und eine zu große Lücke entstand. Regen war gut fürs Geschäft. Zwei Minuten später stand Hartmann auf dem ersten Platz.

Drei Seeleute stiegen ein, bibbernd. Koreaner. Einer reichte ihm einen gelben Zettel, auf dem ein Name stand. Unmöglich zu sagen, welcher. Es dauerte, bis sich herausstellte, daß es sich um ein Schiff handelte.

»Fraihaffen«, sagte der Mann neben ihm auffordernd und zeigte immer wieder auf den Zettel.

Hartmann lächelte. Wenn sie erstmal im Hafen waren, gab es sowieso kein Zurück. Die Tour beschäftigte ihn fast eine Stunde. Achtundvierzig Mark standen auf der Uhr, als sie endlich an der Gangway eines rostroten Containerfrachters hielten. Da konnte man nichts machen.

Solange der Regen anhielt, blieb Hartmann am Ball. Die Ablenkung tat gut. Zwei schwäbelnde Ehepaare vom Operettenhaus zum Hotel Ramada, vom Gänsemarkt zwei schweigende, türkische Jungluden zum Hansaplatz. Da sammelte er einen vollgetankten Norweger auf, der gerade über die Sitze reihern wollte, als Hartmann geistesgegenwärtig an einer roten Ampel die Beifahrertür aufstieß.

Die Krönung war ein weinerlich betrunkener Redakteur mit seiner Frau, die ihn dauernd mit ›Häschen‹ und ›Mäuschen‹ anredete und ihm die ganze Fahrt nach Eidelstedt ohne wenn und aber nach dem Mund redete, daß die Zeitung, die Kollegen und schließlich die ganze Welt ungebildet, verlogen und schlicht zum Kotzen wäre. Soweit hätte Hartmann ihm noch zustimmen können. Am Ende aber war der Mann zu breit, um sagen zu können, wohin er eigentlich wollte und fing an, Hartmann zu beschimpfen, woraufhin der mitten in der Wallachei anhielt und die beiden einfach rausschmiß. Eine echte Genugtuung. Wenn auch ohne Bezahlung.

Gegen Mitternacht landete er dann wieder auf dem Kiez und stellte sich am Stein hinten an. Der Regen hatte aufgehört, das Geschäft vorerst auch, aber das machte nichts. Er schob *Graham Parker* in den Recorder, *Chain of Fools,* rauchte und hörte zu. »*Chain, chain, chain*...«

Und plötzlich war er ganz woanders. Konnte gar nicht sagen, was passiert war, aber auf einmal wirkte alles wie künstlich ausgeleuchtet. Die Lichtreklamen ultrabunt, die Bewegungen nur noch fließend, die Leute wie Krabbeltiere. Vor allem das Licht: Alles schien zu glänzen und sternenförmig abzustrahlen. Und seine Handflächen, schweißnaß.

An der Ecke tauchte Rita auf. Sie spielte mit ihrem Regenschirm herum und hielt nach Freiern Ausschau. Trug ihr Pelzjäckchen und drunter etwas, das aussah wie nichts.

Hartmann schüttelte den Kopf. Daß ihr nicht kalt wurde in dem dünnen Ding...

Ihre Sache.

Er fummelte am Funkgerät herum, wechselte den Kanal, schaltete wieder zurück, stellte ab.

Sie trat auf einen Herrn mittleren Alters zu, der scheinbar unbeteiligt die Riege der Mädchen abschritt. Buchhalter, Schraubenverkäufer, irgendsowas. Ekelhafter Typ, Brille und brauner Hut. Mit so einem würde sie wohl kaum gehen.

Die beiden standen kurz beieinander. Sie strahlte ihn an, deutete mit dem Kopf auf eine grüne Tür zwischen den Schaufenstern. Der Mann wirkte kaum größer als sie. Er nickte und folgte ihr.

Na prima. Hatte Spider nicht gesagt, mit den Pilzen würde er sich totlachen?

Hartmann suchte die rötlich schimmernden Fenster im ersten und zweiten Stock ab und versuchte sich vorzustellen, was sie da oben mit dem Typen anstellte. Schraubendrehen? Er verdrängte den Gedanken und steckte sich die nächste an.

Die Glut schien den ganzen Wagen auszuleuchten. Er mußte sie sprechen, sichergehen, daß ihm seine Einbildung kein Bein gestellt hatte. Machte er sich nicht was vor? Alles Luftschlösser? Er hatte immer geglaubt, er wäre mit den Regeln auf dem Kiez vertraut, aber so nah war er noch keinem Mädchen gekommen. Woher das Vertrauen? Was hatte sie an sich? Er hatte sie doch zu einer Erpressung überredet, oder? Hunderttausend für jeden? Plötzlich schien ihm das alles eine unglaubliche Schnapsidee zu sein. Wie konnte er sich einbilden, daß er diesen Typen gewachsen war? Nur, weil er sie dauernd vor Augen hatte? In der Zeitung, im Fernsehen, im Taxi?

Und wenn, warum gab er sich mit hunderttausend zufrieden?

Die grüne Tür ging auf. Der Schraubenverkäufer kam heraus, zwei Minuten später Rita. Unverändert. Stellte sich in die Reihe zurück, streckte sich, plauderte mit den anderen Mädchen, schlenkerte mit ihrem geblümten Schirm.

Hartmann glaubte kurz, den Geruch ihrer Haut in der Nase zu haben, und ein unbestimmter Drang, ihr nah zu sein, drückte ihn im Magen.

Er zog den Schlüssel ab und stieg aus, schüttelte seine Beine aus und stopfte das Portemonnaie in die Jacke. Dann schlenderte er zwischen den Taxen hindurch. Begutachtete erst die anderen Mädchen, dann sie.

Sie lächelte ihn an. Unverbindlich.

»Hi.« Mit Händen in den Hosentaschen stand er da.

»Na? Alles klar?«

»Soweit...«

Sie sah an ihm vorbei und schnalzte zwei jungen Typen hinterher, die sich umdrehten und abwinkten.

»Und? Was gibt's?«

Die umstehenden Mädchen wandten sich ab, kümmerten sich um eigene Kunden.

»Ich arbeite.«

»Sehen wir uns noch? Später?«

Sie überlegte. Dann spitzte sie die Lippen und nickte, zog die Jacke fester um die Schultern, »Wenn du willst...«

»Ich könnte dich abholen...«

»Brauchst du nicht!«

Die Abfuhr kam so schroff, daß sie selbst darüber erschrak. »Nein, nein, heute lieber nicht. Aber wenn du willst, du kannst vorgehen.« Sie griff ins Innere ihrer Jacke und fummelte einen Schlüssel mit Herzchenanhänger hervor. »Rote Straße 43. Bei Klamroth. Warte auf mich. Vielleicht kann ich früher weg. So um fünf.«

Mit einem Ausdruck ehrlichen Bedauerns sah sie zu ihm auf.

Hartmann nickte. »Okay. Ich warte.«

Er drehte sich auf dem Absatz um, stieg in sein Taxi, ließ den Motor an und scherte aus, ohne einen Blick zurück zu werfen. Eine scheußliche Stunde lang kurvte er wie ferngesteuert durch die Straßen, nahm kaum jemanden wahr, sah nicht, wenn Leute winkten, stierte vor sich auf den Asphalt, ließ sich vom Aufblitzen der Mittelstreifen hypnotisieren und dachte nach.

Da war doch was faul. Was hatte sie?

Am Rathausmarkt rief er Spider an, bekam wieder nur den Anrufbeantworter an den Apparat und legte auf. Was sollte er ihm auch erzählen? Spider würde ihn auslachen.

Er versuchte, die Wirkung der Pilze abzuschütteln. Das Zeug war heute nichts für ihn. Bei *Castaneda* hörte sich das alles so gut an. Seinen Platz im Leben finden... Viel besser hätte er einmal im Leben einen klaren Kopf gebrauchen können.

Schließlich landete er am Hansaplatz, beobachtete eine Zeitlang die schwarzen Junk-Dealer bei der Arbeit und die zugedröhnten Leichenheinis auf dem Geländer.

Die Übergabe.

Er mußte sich langsam mal was einfallen lassen.

8 Über dem Briefschlitz der dunkelblauen Tür stand *S. Klamroth – Bitte keine Werbung einwerfen.*

Hartmann stocherte mit dem Schlüssel im Loch herum und schob die Tür auf. Der schmale Flur hing voller Jakken. Er drückte die Tür ins Schloß und rückte den verschobenen Flokati zurecht. Sah sich die Fotos und Postkarten neben dem Spiegel an. Die schlanke Blonde, die sich da auf mehreren Bildern unter Palmen räkelte, hatte Hartmann gestern morgen hier abgesetzt.

»Na gut«, sagte er in die dunkle Küche hinein. »Ich hoffe, du hast Bier im Kühlschrank.«

Die Uhr an der Wand zeigte viertel nach fünf. Hartmann riß sich eine Dose Faxe auf und nahm die Wohnung unter die Lupe.

Zwei gleichgroße Zimmer führten symmetrisch vom Flur ab, ein Schlafzimmer, ein Wohnzimmer. An der Wand hingen Poster. Springsteen. Schwarzenegger. Massenweise Zeugs lag herum, Klamotten, Schuhe, Bücher, Platten, alles am Boden verstreut. Sie hatte vergessen, die Anlage auszumachen, und der Verstärker war heiß. Hartmann stellte ihn ab.

Er nahm einen Aschenbecher mit in die Küche und setzte sich an den Tisch.

Wartete.

Auf halber Höhe über der Platte leuchtete eine Weltkugel als Lampe. Nett.

Er zog die Gitanes aus der Jacke und klopfte seine Taschen nach Feuer ab.

An der Wand, neben einem Bierglas voller Kugelschreiber, lagen mehrere Rollen Papier. Sahen aus wie Plakate. Hartmann nahm ein Streichholz vom Bord, riß es an und rauchte. Er trommelte mit den Fingern auf den Tisch und sah sich in der Küche um. Kniehoch stapelten sich die Zeitschriften am Boden neben der Heizung. Der Abwasch stand schon länger da. Er seufzte.

Was wollte er hier?

Sex?

Mit wem?

Reden?

Worüber?

Er fummelte an den Plakaten herum. Rollte sie ein Stück weit auseinander und nahm einen Schluck Bier.

Stutzte.

Er schob den Aschenbecher beiseite. Breitete das große Blatt auf dem Tisch aus, stellte den Ascher und zwei Becher auf die Ecken.

Im blauen Licht der Weltkugel lag ein Bauplan.

Die Alster, eine Häuserreihe, die Bank. Mit rotem Filzer war ein Tunnel eingezeichnet. Vom Hinterhof einer Seitenstraße aus. Da mußte der Bunker sein. Der Tunnel führte geradewegs zum Ballindamm, Ecke Alstertor. Daten waren eingezeichnet, Meterangaben, Tagesleistungen.

Warum lag das hier?

Hartmann schüttelte den Kopf.

Irgendwie fühlte er sich verarscht.

Fehlten nur noch die Telefonnummern der Täter. Das war doch wohl ein Witz.

Oder?

Ein Schlüssel wurde ins Schloß geschoben.

Hartmann lehnte sich auf seinem Stuhl zurück und wartete. Es war Rita. Sie trat in die Tür, im Pelz, rotblond, etwas struppig, glasiges Lächeln. Hinter ihr schob sich jemand durch den Flur.

Rita stellte ihre Tasche ab, drückte sich die Stiefel von den Füßen. »Du hast dich schon mal umgesehen?« Ihre Zunge war schwer.

»Mit deiner Erlaubnis...«

Sie kicherte leise, trat an die Spüle, wusch sich die Hände.

»Ich wunder mich gerade.« Er deutete auf den Plan. »Daß der hier so offen rumliegt.«

»Das da? Hat bestimmt Paul hier liegengelassen. Er und Biene...« Sie machte eine Geste, als drehte sie etwas zusammen. »Sonst kommt doch keiner her.« Sie stand hinter ihm, ganz nah, schmiegte sich an ihn, hauchte ihm ihre Fahne über die Schulter. »Siehst du? Wie ich's dir gesagt habe.« Sie schlang die Arme um ihn und fuhr mit dem Zeigefinger die Spur des Tunnels ab. Hartmann wurde ganz heiß. »Da...«, schnurrte sie, als wäre er blöd. Und schon war sie wieder verschwunden. Duschen, sagte sie.

Einmal noch sah Hartmann ihre Freundin grußlos über den Flur huschen, hörte, wie eine Tür klappte. Dann saß er wieder allein und wartete. Brütete über der Zeichnung.

Warum stieß ihm heute alles übel auf? Vielleicht waren sie ihrer Sache wirklich so sicher, daß sie den Plan offen liegen lassen konnten. Warum mißtraute er ihr? Bloß weil er gesehen hatte, wie sie mit einem schmierigen Schraubenverkäufer verschwunden war? Daß es ihr egal zu sein schien, mit wem sie es trieb? Weil es an ihm nagte?

Da!

Jetzt war es raus, nicht gesagt, aber gedacht.

Warum stieg sie nur mit anderen ins Bett? Was war mit

ihm? Es machte ihn ganz verrückt. Sollte das etwa ein Liebesbeweis sein? Warum fühlte er sich immer wie Nachbars Lumpi, wenn man ihn nicht ließ?

Hatte er nicht ganz andere Sorgen?

Und dann ging alles sehr schnell. Sie kam in die Küche geschlichen, nackt, leise, das Haar naß in den Nacken gekämmt. Löschte die Weltkugel. Kam zu ihm, beugte sich herab, biß ihn sanft in den Hals, schob die Hände unter seine Jacke. Zog ihn ins Nebenzimmer.

Hartmann ließ sich führen. Im Flur waren nicht mal Umrisse zu erkennen. Er stieß gegen den Türrahmen, blieb am Flokati hängen, folgte ihrem Duft. Ein paar Matratzen waren am Boden zusammengeschoben, was er eher spürte als sah. Sie schob ihm die Jacke von den Schultern, kniete auf den Laken nieder, öffnete seine Hose, zielstrebig, zog sie ihm auf die Stiefel.

»Komm«, sagte sie.

Hartmann kniete nieder, drückte sein Gesicht in ihr feuchtes Haar, umfaßte ihren Nacken, die Hüften, betastete ihre Brüste, weich und warm, zwei kleine Handvoll, dann packte er ihren Hintern und hob sie auf die Matratze, schob sich im Liegen die restlichen Klamotten vom Leib.

Es war kühl im Zimmer. Schwaches Mondlicht fiel durch das Fenster auf ihre Körper. Sie drängten sich auf der schmalen Matratze aneinander, Bauch an Bauch. Er wollte sie küssen, aber sie wich ihm aus, biß ihm ins Ohr, sagte nichts, aber er spürte es, sie wich ihm aus.

Es dauerte nicht lange. Fast hektisch drängte er sie an die Wand, als müßte er die Gelegenheit nutzen. Sie wand sich, drehte sich ab, hielt ihm den Rücken hin, er preßte ihre Schenkel auseinander, zwängte sich dazwischen. Ungeduldig drang er in sie ein. Sie stöhnte auf. Er stieß sie gegen die Wand, immer wieder, als wollte er sie zerbrechen. Er spürte seine Macht über sie, hörte sein Keuchen, krallte sie im Nacken wie eine junge Katze vor dem Ertränken und explodierte in ihr, minutenlang. Sie lachte leise, er ächzte und stöhnte...

Dann lag er wach. Sein Herz hämmerte wie wild. Er sah die schwankenden Schatten der Bäume auf ihrem Rücken.

Sie war gleich so liegengeblieben, das Gesicht zur Wand, ins Kissen gedrückt, die Decke um sich gekrallt. Sagte keinen Ton, schlief sofort ein.

Er bereute nicht viel in seinem Leben, aber auf diese Nacht hätte er gern verzichtet.

Gegen Mittag hatte er genug. Er stand auf, zog sich an und ging.

9 Die *Meise* hieß eigentlich *Meisenfrei.* Wahrscheinlich konnte nur noch die schmallippige Besitzerin hinter dem Tresen sagen, was der Name eigentlich zu bedeuten hatte. Vielleicht lag es an den schrägen Vögeln, die den Laden bevölkerten und hier eine gewisse Freiheit genossen.

Hartmann saß hinten am Tresen, rührte seinen Milchkaffee und blätterte in der *Morgenpost.* Das Käsebrötchen faßte er nicht an. Sein Magen streikte.

Er hatte auch so von allem mehr als genug.

In der Küche klapperte Angelina, der er lieber aus dem Weg ging. Gut ein halbes Jahr war es her, daß sie sich getrennt hatten. Daß er sie endgültig rausgeschmissen hatte.

Sechs Monate.

Schon oder erst?

Er war ungeheuer erleichtert gewesen, als sie endlich weg war, aber er wurde nicht gern daran erinnert, daß er sich fast zwei Jahre lang an ihr abgearbeitet hatte. Er konnte gar nicht mehr sagen, wie oft sie in der Zeit ihre Religion, ihren Job, ihre Wohnung, ihre engsten Freunde gewechselt hatte. Und wenn nur die Hälfte von dem stimmte, was ihm im nachhinein über sie gesteckt wurde, hatte sie ihn von vorn bis hinten für dumm verkauft.

Hartmann legte den Löffel weg und betrachtete sich im Spiegel hinter den Flaschen. Fertig sah er aus. Genau wie der Backenbart neben ihm, von dem man sagte, er wäre Soziologe. Müde und genervt. Hartmann hatte seine langen Zotteln hinter die Ohren geklemmt, auf der hohen Stirn glänzte Schweiß.

»Na, rumgetrieben?« Angelina trat ins Bild, neugierig, schob Hartmanns Nachbar einen Hawaitoast unter den Bart und lächelte ihn an.

Schwarze Mähne, schwarze Augen, feurig, üppige Formen, und einen lasziven, immer etwas müden Blick. Wen wollte sie damit beeindrucken? War ja doch nichts dahinter. Hartmann knirschte mit den Zähnen. Scheußlich, was die Katholiken ihren Kindern antaten.

»Hallo«, sagte er, kippelte mit dem Hocker und blätterte um.

In Jugoslawien herrschte noch immer Bürgerkrieg, in Hamburg sperrten aufgebrachte Bürger seit Tagen die Stresemannstraße. Der Mord an dem Hamburger Taxifahrer war aufgeklärt. Zwei minderjährige Jungen aus Tornesch hatten die Tat gestanden und ausgesagt, sie »hätten nur mal sehen wollen, wie das so ist«. Hartmann schlürfte seinen Kaffee, hielt die Schale mit langen Fingern, setzte sie ab.

»Du zitterst.« Angelina ließ nicht locker.

»Gut beobachtet«, sagte er ohne aufzusehen, blätterte um.

Apachen-Paul.

Grinste ihn von einem Foto an, neben ihm auf der einen Seite dieser Juwelier, den man erst vor kurzem mit einer Gehwegplatte an den Füßen einigermaßen verwest aus der Elbe gezogen hatte, auf der anderen ein blondgelocktes Arschgesicht direkt von der Sonnenbank. Unter dem Foto stand: *Ein Bild aus harmonischeren Zeiten: Kiezgröße Paul-Hermann Wendlinger (38) mit dem ermordeten Prominenten-Juwelier Justus Thälmann (links) und seinem Wirtschafter Dieter ›Elvis‹ Busch (35), dessen für Montag angesetzte Aussage Prozeßbeobachter mit Spannung erwarten.*

Ach.

Der ganze Fall wurde aufgerollt, die bisherigen Aussagen aufgelistet, und im vorletzten Absatz war die Rede von einer längeren Reise, mit der sich besagter Elvis vor einigen Jahren dem Zugriff der deutschen Justiz für einige Zeit entzogen hatte. Er war verheiratet mit einer gewissen Rita M. (22).

»Scheiße!« Hartmann knallte die Zeitung auf den Tresen. Mehrere Tränensäcke sahen auf, genervt.

Angelina stand da und beobachtete ihn interessiert.

Hartmann langte in seine Jackentasche und holte einen Zettel hervor. Die Nummer hatte er sich vorhin notiert, bevor er gegangen war. Er sah zum Münztelefon an der Wand.

Was sollte er sie fragen?

Wenn sie ihm was vormachte, würde sie es ihm kaum erzählen. Hatte es überhaupt was zu bedeuten? Vielleicht lebten sie schon lange getrennt. Aber warum hatte sie es nicht mal erwähnt? Nicht mal am Rande?

Er legte einen Zehner auf den Tresen und stand auf. Angelina rief ihm irgendwas hinterher, aber er verstand nicht, was. Wahrscheinlich wollte sie sich mal wieder mit ihm treffen, aussprechen, aufarbeiten, sich seinen Segen holen. Scheiße.

Draußen vor der Tür war ihm wohler. Eine kühle Brise wehte vom Fluß her durch die Straßen, die Sonne kam immer mal wieder hinter den Wolken hervor. Grau, aber besser als gestern.

Drüben auf der anderen Straßenseite rissen Bauarbeiter die Straße auf und machten mit ihren Preßlufthämmern einen Höllenlärm. Überall im Viertel wurde gebaut.

Eigentlich keine schlechte Gegend, ideal für den kleinen Plattenladen. Vielleicht konnte er ja Spiders stiller Teilhaber werden. Nur die Band würde wohl dran glauben müssen. Das war ein Problem.

Das größere Problem war: Was sollte er von Rita halten? Konnte er ihr noch trauen? Würde sie wirklich mitkommen, wenn er ging? Sobald er die Kohle hatte, konnten sie los, Sachen hinten rein und ab. In drei Stunden wären sie in Berlin, wenn's sein mußte im Ostteil. Zum Abtauchen bestimmt nicht das Schlechteste. Da konnten sie in Ruhe überlegen, wie es weitergehen sollte. Und ob sie tatsächlich zusammenbleiben wollten, würde sich dann schon zeigen.

Falls sie mitkam.

Vor der Baustelle standen zwei kleine Jungen in gelben Anoraks und hielten sich die Ohren zu.

10 *Vollendet euer Schicksal, ihr Verwirrten,*
Und flieht die Hölle, die ihr in euch tragt.

Hartmann schlug das abgegriffene Buch zu und warf es zu den anderen in den Karton. *Baudelaire.* Der konnte hierbleiben.

Er räumte das Regal leer und stellte den Karton zu den anderen Sachen. Den Rest konnte Spider machen, wenn er sich die Pflanzen holte. Hartmann ging in die Küche, holte Wasser und goß die halbvertrockneten Yucca-Palmen. Mit Blumen hatte er noch nie Glück gehabt.

Er sah sich um. Ein finsteres Loch. Er konnte sich nicht erinnern, wann jemals Sonnenlicht in dieses Zimmer gefallen wäre. Von unten aus dem *Vienna* hörte man aufgebrachte Stimmen. Jemandem schmeckte das Essen nicht.

In der Post war nur Werbung gewesen. *Call-A-Pizza,* eine *Herrliche Busfahrt in den Bayrischen Wald,* ein *Body-Building-Studio.* Hartmann stand in der Tür zur Küche und dachte an die langen, kalten Monate im letzten Winter, als Angelina und er sich hier das Leben zur Hölle gemacht hatten. Klaustrophobisch. Die Decken waren mit der Zeit immer niedriger geworden. Hamburg im Winter konnte der Tod sein.

Aber vielleicht war Berlin auch nicht gerade die glücklichste Wahl. In Gegenden, in denen im Winter die Sonne schien, wurden genauso Platten gekauft. Bahamas, Balearen, Malediven. Sonstwo. Vielleicht sollte er sich einfach treiben lassen, sein Ziel nicht zu eng fassen, sehen, was der Zufall ihm brachte.

Dreimal hatte Hartmann schon im Flur vor seinem Telefon gestanden, den Zettel in der einen Hand, mit dem Daumen der anderen hielt er die Gabel unten. Da klingelte es.

»Ja?«

»Honey?«

»Oh. Dich wollte ich gerade...«

»Ich hab' nicht lange Zeit. Hast du was zu schreiben?«

»Warte...« Hartmann kramte auf dem Küchentisch herum. »Sag an.«

Eine sechsstellige Nummer. »Club Sabrina. Er ist jetzt da. Ruf ihn an.«

»Woher...?«

»Du warst weg, als ich aufgewacht bin.«

»Ja, ich konnte nicht schlafen, ich...«

»Hat es dir nicht gefallen?«

»Doch, aber ich war...«

»Erzähl's mir heute nacht, ja? Ich hab' keine Zeit... Es bleibt doch dabei, oder?«

Sie klang unsicher, als hing alles an ihm.

»Bist du noch da?«

»Sicher. Wann kannst du weg?«

»Egal, sag eine Zeit. Ich nehm mir ein Taxi und komm, wohin du willst.«

Hartmann überlegte. »Nein, ich hol dich ab. Um zwei in Altona. Rote Straße. Warte vor der Tür.«

»Gut, um zwei. Bis dann, Honey.«

Es knackte in der Leitung.

Hartmann spürte Wärme in sich aufsteigen. Er stieß ein heiseres Lachen aus.

Soviel zu seinen Zweifeln.

Er nahm eine *Gitanes* und setzte sich an den Tisch. Hatte er doch gewußt, daß er sich auf sie verlassen konnte.

Club Sabrina.

Telefonieren war nicht gerade seine Stärke. Vor ihm lag der Schreibblock mit der Nummer des Indianers. Er sollte seinen Schwung nutzen. Draußen auf dem Hof war es finster. In ein, zwei leeren Fenstern brannte Licht. Er sah auf die Uhr. Kurz vor sechs. Gute Zeit.

Er nahm eins von den rotkarierten Küchenhandtüchern und wickelte es um die Sprechmuschel. Räusperte sich, richtete sich auf, atmete durch. Er durfte sich nicht in ein Gespräch verwickeln lassen. Er rief nur an, um ihnen zu sagen, wann und wo sie das Geld abdrücken sollten. Spider hatte ihn auf die Idee gebracht.

Er wählte. Es klingelte zweimal. Am anderen Ende meldete sich eine Frauenstimme. Er zögerte, dann hörte er aus dem Hintergrund jemanden brüllen: »Ist er das? Gib her!«

Kurze Stille.

»Ja?«

Hartmann sprach mit hoher Stimme. »Heute war was in der Post von mir.«

»Hör zu, Kasper. Wenn du meinst, daß du von mir auch nur einen Pfennig siehst...«

»Heute abend. Zweiundzwanzig Uhr dreißig. Große Freiheit 36. Zweihunderttausend...«

»Paß auf, Mann...«

»...dreihunderttausend. Links neben der Bühne ist eine Treppe. Da drunter. In kleinen Scheinen. Alles in einer Tasche. Und keine Tricks.«

»Du glaubst doch wohl nicht...«

»Mein Anwalt hat einen Brief, in dem alles über den Tunnel steht. Dreihunderttausend. Halb elf. Wenn nicht, geht ihr genauso leer aus wie ich.«

Er legte auf.

Nahm die Zigarette und inhalierte tief, blies den Rauch durch gespitzte Lippen. Sein Hemd klebte am Rücken. Dann stand er auf und lief ein paarmal in der Küche auf und ab. Drei Schritte hin, drei zurück. Er setzte sich und schlug auf seine Schenkel. Die Hand knallte auf dem Leder.

Alles lief. Das war doch ziemlich einfach gewesen.

Er sah auf die Uhr. Kurz nach sechs. Noch fast fünf Stunden.

Eine Ewigkeit.

Er brauchte Beschäftigung, Bewegung, also stand er auf und sah sich nach Sachen um, die er mitnehmen wollte. Da war nicht viel. Sein alter Lederrucksack, die spitzen Stiefel. Die Platten kriegte Spider. Bis auf weiteres. Dann nahm er seine zerkratzte *Gibson,* verstaute sie in ihrem Koffer und stellte ihn an die Eingangstür.

Er trug die Tasche mit den Klamotten runter zu seinem

alten Strich Achter, der ein Stück die Straße hinunter parkte. Der Stern war schon lange abgebrochen, aber das mit der Antenne war neu. Er verstaute die Tasche im Kofferraum, sah nochmal nach dem Öl und ließ den Diesel kurz laufen, um auf Nummer Sicher zu gehen. Wie gewohnt nagelte er gleichmäßig vor sich hin. Nichts wäre dümmer, als heute nacht auf der alten Transitstrecke liegenzubleiben.

Als er zurückkam, standen vor dem *Vienna* vier hagere Gestalten in schwarzen Mänteln und diskutierten lautstark. Einer mit Zopf und Hornbrille regte sich über irgendwas auf. Der männliche Rest nickte. Die beiden blonden Hühner, die dabei standen, langweilten sich und froren.

Oben in der Wohnung blinkte der Anrufbeantworter. Spider war dran, sprach gerade auf das Band: »He, Mann, was ist los mit dir? Wo bist du? Ich dachte, du meldest dich! Wir wollten reden, oder? Ich bin jetzt erstmal zu Hause. Ruf an, verdammt!«

Hartmann stand vor dem blinkenden Gerät. Er konnte nicht mit Spider reden. Nicht jetzt. Er hätte sich in den Arsch treten können. Feige Sau. Er nahm sich vor, ihm Geld zu schicken, von unterwegs. Stiller Teilhaber, das war doch die Lösung. Damit wäre vorerst allen geholfen.

Spider würde ihm fehlen.

Er setzte sich an den Küchentisch und faltete die Plastiktüte auf. Er suchte zwischen Pilzen und Gras herum und fand unten am Boden der Tüte ein kleines, weißes Briefchen. Er zog es hervor, faltete es auf und nahm ein oval gerahmtes Bild von der Wand. Er mit Angelina in Dänemark am Strand. Er streute etwas von dem Pulver darauf. Es war sehr fein, nicht feucht. Er drehte einen Geldschein zusammen und sog das Pulver in die Nase, schniefte und wischte sich die Augen. Das würde ihn davon abhalten, vor sich hinzuträumen, wenn er wach sein mußte.

Er stand auf, streckte sich und gähnte. Sein Blick fiel auf die Bücherkiste im Flur. *Baudelaire* war obenauf. Er nahm ihn heraus, blätterte darin herum. Dann steckte er ihn in die Tasche. War vielleicht doch nicht so schlecht.

11 Der Laden war brechend voll, genau wie er es vermutet hatte. Vor der Kasse gab es kaum ein Durchkommen. Drinnen standen die Leute dicht an dicht.

Die Luft war zum Schneiden, Schwaden von Zigarettenqualm legten sich wie Schleier über die Köpfe. Hartmann hatte gerade am linken Tresen zwei Wodka Lemon bestellt, als der Albino fast unbemerkt auf die Bühne schlich, sich die weißen Haare hinter die Ohren klemmte und seine *Firebird* umhängte. Aschfahl und hager. Die Leute hörten nicht auf zu quatschen. Einzelne johlten.

Dann der erste Ton, und alle waren da. Schneidend laut, immer derselbe Ton, endlos, die Gitarre heulte, kreischte, jaulte und schließlich mündete alles in einem röhrenden Akkord. Der Albino verzog das Gesicht und baute sich vor dem Mikro auf.

Grinste.

Dann setzte die Band ein. Wuchtig. Vorne wurden Fäuste geballt, der Saal begann zu toben.

Hartmann schob sich am Rand durch die Menge, trug seine Gläser auf Kopfhöhe vor sich her. Die Zitronen blieben irgendwo auf der Strecke.

Der hintere Notausgang war die einzige Lüftung für den ganzen Laden. Gülle, selbst Trommler, stand an der offenen Stahltür und paßte auf, daß keiner reinkam, der nicht achtunddreißig Mark abgedrückt hatte. Seine Größe erleichterte ihm die Arbeit. Hartmann reichte das eine Glas rüber und sah an ihm hoch.

Gülle machte ein erstauntes Gesicht, prostete ihm zu, und Hartmann zog ihn kurz nach draußen vor die Tür. Zwei Roadies in *Johnny-Winter*-T-Shirts hockten auf der offenen Laderampe ihres Trucks und rauchten.

»Hartmann, altes Auge, Spendierhosen an?« Er nahm einen gierigen Schluck.

Hartmann deutete mit dem Kopf nach drinnen. »Du mußt mir einen Gefallen tun. Vielleicht werd ich zwischendurch mal schnell verschwinden müssen.«

»Haben sie dich endlich am Arsch?«

»Du mußt mir den Rücken freihalten.«

Zwei Punks in zerrissenen Schottenröcken, einer mit grünen, einer mit blauen Haaren, schoben sich wie zufällig an der Plakatwand entlang zur Tür. Gülle hatte sie im Blick. Hartmann bot ihm eine *Gitanes* an, aber er lehnte angewidert ab.

»Also, wenn ich angerannt komm, läßt du mich durch und knallst die Tür zu. Von außen. Okay?«

»Für einen läppischen Wodka Lemon?« Gülle sah ihn gar nicht an. Er machte einen Schritt nach vorn und packte einen der Punks am Ohr, als der sich gerade reinschleichen wollte. Der andere fing an zu nölen. »He, laß meinen Freund los...«

Die beiden Roadies hoben die Köpfe.

Hartmann sah auf die Uhr. Kurz vor halb.

»Gut, ich muß rein.«

Gülle war beschäftigt. Er hatte alle Hände voll zu tun, auch den anderen Punk an den Ohren zu ziehen.

Drinnen war es unverändert stickig und laut. Hartmann stand eine Zeitlang im Gedränge und suchte sich einen Platz mit Blick auf die Treppe links neben der Bühne, was gar nicht einfach war, denn da hockten schon die ersten Kreislaufkandidaten und versperrten ihm die Sicht.

Auf der Bühne war der Teufel los. Der Schlagzeuger knüppelte wie ein Berserker auf seine Felle ein, der Baßmann brummte stampfend vor sich hin, und vor den Monitoren schrie sich der Albino die Seele aus dem Hals. *Jumpin' Jack Flash, it's a gas, gas, gas...*

Hartmann sah sich um. Er hoffte, daß Spider ihm nicht über den Weg lief. Irgendwo im Pulk entdeckte er ein paar bekannte Gesichter. Marina, Eddie und dieser arrogante Schwachkopf, der sich für den wiederauferstandenen *Stevie Ray Vaughn* hielt. Den Namen hatte er vergessen.

Wie spät?

Er trat von einem Fuß auf den anderen, wischte sich die Stirn.

Und wenn sie ihm gar keine Kohle brachten? Wenn sie ihn auflaufen ließen?

Die sollten ihn kennenlernen.

Langsam schob er sich durch die Menge, behielt die Treppe im Blick, sah sich mehrmals um, ob ihn jemand beobachtete, offen oder aus den Augenwinkeln, aber soweit er sehen konnte, waren alle Blicke gebannt auf die Bühne gerichtet. Ledermänner, Schnösel, Brotbeutel, alle voll der Bewunderung.

Die nächste Nummer wartete er noch ab. *Good Morning, Little Schoolgirl.* Keiner kam raus, keiner verschwand unter der Treppe. Und dann war es genug. Es mußte sein. Irgendwann sowieso. Er kniete sich hin, als wäre ihm was runtergefallen, dann machte er einen Satz.

Unter der Treppe war es stockfinster. Er sah die Schuhe der Leute über ihm, hörte ihre Stimmen. Seltsam still war es hier unten.

Eine Käseglocke.

Er kniete sich hin und tastete den Boden ab.

Nichts.

Er faßte ins Leere. Und wenn nichts da war? Hektisch fummelte er in der Dunkelheit herum.

Scheiße, sie verarschten ihn...

Da stieß er an einen größeren Gegenstand, weich, mit Griffen. Er zog sein Feuerzeug aus der Hose und leuchtete kurz.

Puma stand auf der blauen Tasche. Weiße Buchstaben.

Na also!

Über ihm trampelte einer die Treppe runter.

Er hob die Tasche an. Sie war schwer.

Sein Atem ging schnell, zu schnell.

Er atmete durch.

Klemmte sie sich unter den Arm.

Einen Augenblick lang hockte er noch im Schatten der Treppe, mit dem Rücken zur Wand, den Ausgang im Blickfeld. Dann richtete er sich auf, als wäre nichts gewesen, zog die Nase hoch, wischte sich über die Stirn, holte nochmal tief Luft.

Er tat einen Schritt nach vorn, trat ins Licht, klammerte sich an die Tasche und sah links von sich, wie jemand versuchte, eine Schneise in die Menge zu schlagen. Ein Muskelmann mit Schnäuzer.

Die Leute wehrten sich, ein paar Bomberjacken stellten sich quer. Hartmann legte einen Schritt zu. Ein Zweiter tauchte auf, ein Stück dahinter, wollte sich den Weg freistoßen, geriet an den Falschen, stolperte und ging zu Boden. Hartmann stürmte zur Tür. Er hatte die beiden nicht richtig erkennen können, aber sie sahen nicht gerade so aus, als wären sie wegen der Musik hier.

Vor ihm tauchte Gülle auf. Dahinter die Tür.

Verriegelt.

Wie ein Schrank stand er davor, die Arme verschränkt.

Hartmann krallte seine Hände in die Sporttasche und schrie wie am Spieß.

»Mach auf, Mann!«

Gülle grinste, fand sich ungeheuer witzig und schüttelte langsam den Kopf.

Hartmann verstand die Welt nicht mehr.

Das konnte doch nicht wahr sein. Hinter sich sah er den Tumult, aus dem sich die beiden Figuren lösten. Mit rudernden Armen steuerte der erste auf ihn zu.

Hartmann stand vor der Tür, schrie, so laut er konnte, bis ihm der Hals brannte. Um ihn herum nur Kreischen und Heulen, ihm wurde ganz schwindlig, die Augen wollten fast aus ihren Höhlen treten.

Luft! Er mußte raus!

Raus!

Gülle sah die beiden Schläger in der Menge. Wilde Tiere, hungrig. Er runzelte die Stirn.

Dann flog die Tür nach draußen auf.

Hartmann stürzte hinaus in die Nacht, rannte fast den blauen Punk im Schottenrock über den Haufen, stolperte, sah noch die Roadies am Laster stehen, hörte, wie die Stahltür mit häßlichem Scheppern ins Schloß fiel. Er wagte nicht, sich umzudrehen, rannte die Schmuckstraße runter, an den Transibars vorbei, an der Tiefgarage zum Eros-Center, grub seine Fingernägel in die Plastikhaut der Tasche, japste, fiel, rappelte sich auf. Ein paar Leute blieben stehen und drehten sich um.

Ecke Talstraße stand die Taxe. Der gelbe Geier war an. Er schleuderte die Tasche auf den Beifahrersitz und duckte sich, keuchte rasselnd, wartete, bis er sich etwas beruhigt hatte. Dann stellte er die Funke an.

Samstagabend war die Hölle los. Er ging dazwischen.

Vierachteins mal bitte. *Vierachteins.* Zentrale, hören Sie mich? Dringend mal *Vierachteins.*«

Es dauerte einen Augenblick, bis die Funkerin ihn beachtete. Sie klang genervt.

»Was ist denn los mit Ihnen, *Vierachteins?*«

»Bin besetzt zum Heiligengeistfeld. Wenn Sie das mal kurz notieren würden.«

»*Dreidoppelzwo,* warten Sie doch, ich hör Sie ja. Ich hab' gerade keine Zeit. *Vierachteins,* sind Sie noch da?« Sie wußte, was er wollte. Sie klang ernstlich besorgt. »*Vierachteins,* hören Sie? Alles klar bei Ihnen?«

»Bis jetzt ja.«

»Sie melden sich?«

»Ich melde mich. Danke *Vierachteins.*«

Der Wagen schüttelte sich, als er den Diesel anließ. Geschafft. Jetzt konnte nicht mehr viel passieren. Wenn die Luden ihm ans Leder wollten, hetzte er ihnen die Meute auf den Hals. Dreihundertsechzig Wagen am Funk, und wenn es sein mußte, die Bullen.

Eine echte Streitmacht.

Genialer Plan.

12 Hartmann sah in den Rückspiegel und grinste. Schwer atmend machte er den gelben Geier aus und nahm das Schild mit seiner Funknummer aus der Heckscheibe. Er kurvte durch die engen Straßen von St. Pauli, paßte sich dem fließenden Verkehr an, am *Grünspan* vorbei, an der *Kaiserin von Altona,* bog an der *Bar Centrale* links ab in Richtung Pferdemarkt. An der nächsten Ecke mußte er warten. Rechts vor links. Verkehrsberuhigt.

Da sah er ihn im Spiegel.

Die Scheinwerfer aufgeblendet.

Der gelbe Camaro brach hinten leicht aus, als er die Kurve an der *Bar Centrale* nahm, schlidderte auf dem feuchten Kopfsteinpflaster. Ein bestialisches Brüllen hallte von den Häuserwänden zurück.

Hartmanns Hände waren feucht. Seine Reifen drehten

durch. Er zog nach links rüber, knüppelte den Daimler durch eine schmale Gasse, dann rechtsrum gegen die Einbahnstraße, wieder links, dann rechts in eine Hofeinfahrt, ganz hinten durch, Licht aus, Kopf runter.

Er zitterte am ganzen Körper, hatte die Augen weit aufgerissen, starrte auf die Gummimatte. Vielleicht waren sie schneller, aber kaum einer kannte sich hier aus wie er.

Er kurbelte die Scheibe runter. Irgendwo in der Nähe blubberte der Camaro, man konnte ihn hören, er wartete, lauerte. Drei Minuten, vier, fünf. Dann wurde die Maschine hochgerissen, und sie heulte wütend auf. Reifen jammerten.

Hartmann war allein.

Er steckte sich eine an. Seine Hände zitterten, die Glut vibrierte in der Dunkelheit. Er rauchte ein paar Züge, sah sich den Mond über dem Hinterhof an, dann hatte er keine Ruhe mehr. Er überlegte noch, ob er den Wagen einfach stehen lassen und abhauen sollte, aber er fürchtete, man würde eine Großfahndung nach ihm auslösen, wenn die Karre gefunden wurde. In der allgemeinen Panik nach dem Mord in der letzten Woche wäre bald die ganze Republik auf den Beinen.

Das war nicht gut.

Langsam setzte er zurück, rollte auf die Straße, fuhr an, schaltete das Licht erst an der Ecke ein.

Übers *Schulterblatt* rumpelte er in Richtung Eimsbüttel. Die Straßen waren voll. Vor dem *Pickenpack* drängten sich Trauben von Menschen, die rein oder raus wollten. An der *Alten Flora* standen vier Wagen Bereitschaftspolizei. Die Beamten langweilten sich auf den Bänken der Busse. Zweimal noch um die Ecken, dann dieselte er im Leerlauf durch die Fettstraße. Es war dunkel, kaum irgendwo brannte noch Licht. Vor dem *Vienna* standen ein paar Leute und krakeelten.

Er suchte nach einem Parkplatz, was um diese Zeit so schwierig war wie zu jeder anderen.

Alles dicht.

Und dann war es wieder da.

Dieses Brüllen.

Erst wußte er nicht, aus welcher Richtung es kam, dann sah er den Camaro hinter sich um die Ecke biegen und trat im selben Augenblick das Gaspedal auf die Bodenplatte. Die Typen vor dem *Vienna* gröhlten und wedelten mit den Armen. Der Diesel sträubte sich.

Scheiße! Scheiße! Scheiße!

Woher wußten die, wo er wohnte? Wie kamen die hierher? Hartmann trat der Schweiß auf die Stirn.

Was jetzt?

Er raste durch die Stadt, hupte sich den Weg frei, überfuhr zwei rote Ampeln, Augen zu und durch, und immer die Lichter im Spiegel. Er wollte nicht in die Außenbezirke, wo die Straßen breiter wurden und der Camaro seine Muskeln spielen lassen konnte. Er kam immer weiter in die Innenstadt, am Posten Gänsemarkt vorbei, wo mindestens zehn Leute standen und entnervt winkten. In Panik sprangen sie beiseite, als er runterschaltete und an ihnen vorbeipreschte.

Die Straßen wurden enger und enger.

Vor den Glastüren des Hanseviertels hielt er mitten auf dem Posten an, schnappte sich die Tasche und sprang aus dem Wagen.

Er sah sich nicht um.

Die Fliesen in der noblen Einkaufspassage waren frischgefeudelt. Hartmann rutschte auf seinen Stiefeln aus und schlug mit der Schulter gegen eine Scheibe. Ein Spielzeugladen. Antike Puppen und Teddys. Er kniete am Boden, lauschte, dann hastete er weiter. An der nächsten Ecke blieb er stehen.

Eine Nische.

Eingerahmt von postmodernen Säulen.

Er zwängte sich dazwischen und verschwand.

Hielt die Luft an.

Schritte.

Hartmann schloß die Augen.

Sie waren zu zweit. Der eine war der schnauzbärtige Chauffeur, der andere trug eine Fransenjacke, sah aus wie ein Schlagersänger. Fünf Meter vor ihm blieben sie stehen und beratschlagten sich. Der eine fluchte, der andere kratzte sich am Kopf. Dann trennten sie sich, liefen in entgegengesetzten Richtungen auseinander.

Hartmann zog die Stiefel aus, sah sich kurz um, dann zwängte er sich aus der Nische hervor und schlich auf leisen Sohlen zum Ausgang, an den Puppen und Teddys vorbei, drehte sich ein paarmal um, wagte kaum zu atmen, dann war er an den Glastüren, riß sie auf und stürzte hinaus zum Posten.

Am Wagen stand ein großer Mann und wartete, den Rücken an die Beifahrertür gelehnt, die Arme verschränkt.

Apachen-Paul.

Er grinste.

Hartmann heulte auf, stand auf Strümpfen da, die Tasche unter dem Arm, die Stiefel in der anderen Hand. Er wollte weglaufen, Kollegen rufen, Hilfe holen, irgendwen.

Hinter ihm gingen die Glastüren auf. Der Indianer hatte aufgehört zu grinsen, machte einen Schritt nach vorn, packte ihn kurz im Nacken und schlug seinen Kopf auf das Wagendach.

Hartmann taumelte.

Sein Schädel war ein Kürbis. Er wollte platzen.

Blut lief ihm in die Augen.

Alles wurde rot.

Er sackte in sich zusammen.

Einer fing ihn auf, dann trat ihm der Sänger in die Eier, und er klappte zusammen wie ein Zollstock. Spucke lief ihm aus dem Mund, er hustete, sabberte, sein Magen, er wollte kotzen, aber er hatte nichts gegessen.

Der Schnauzbart klebte ihm mit Paketband den Mund zu und die Handgelenke zusammen, nahm die Taxenschlüssel und stieß ihn hinten rein. Er rutschte zwischen die Sitze und kauerte am Boden, hielt sich den Magen, dann den Kopf, dann den Magen.

Hinter ihnen blubberte der Camaro im Leerlauf, brüllte kurz auf und war bald nicht mehr zu hören.

Der Chauffeur setzte sich ans Steuer und ließ den Motor an. Der Indianer neben ihm drehte seine Scheibe runter. Sie fuhren los, und als Hartmann kurz den Kopf hob, sah er, wie die blaue Tasche aus dem Fenster flog. Mit weit aufgerissenen Augen sah er ihr nach.

Der Indianer drehte sich um. Lachte.

»Er hat echt gedacht, da ist Geld drin.«

Der andere lachte mit.

Einer schaltete das Funkgerät ein.

»Vierachteins bitte. Keine anderen Vermittlungen mehr. Dreisechszwo, halten Sie sich doch zurück. Hat in der letzten Viertelstunde jemand den Vierachteins gesehen?« Es rauschte kurz. *»Und können noch Kollegen zum Heiligengeistfeld kommen?«* Sie klang verzweifelt. Renate, die gute Seele. Hartmann kannte sie. Sie hatte die tollste Stimme von allen. Er versuchte, sich aufzurichten, stützte einen Ellenbogen auf den Sitz, hob den Kopf.

»Vierachteins. Vierachteins.«

Der Indianer stellte ab und sah nach hinten.

Es wurde still im Wagen, bis auf das Brummen des Motors und das Summen in seinem Kopf.

Warum redeten diese Typen nicht?

Hartmann blinzelte. In einiger Entfernung sah er Lichter, gelbe und blaue. Verschwammen vor seinen Augen, zogen Streifen wie bunte Sternschnuppen. Die Gelben standen beieinander, die Blauen blinkten, kreiselten aufgeregt.

Der Chauffeur bog ab. Sie ließen die Lichter hinter sich, fuhren in Richtung Hafen. Hartmann starrte aus dem Rückfenster, sah die Lichter in der Dunkelheit verschwinden.

Seine Streitmacht.

Die Lichter.

Sie wurden immer kleiner.

Er sackte in sich zusammen.

Im Schatten der Bäume unter dem Bismarckdenkmal hielten sie an und stiegen aus. Sie zerrten Hartmann um den Wagen, verklebten auch noch die Füße und warfen ihn zu zweit in den Kofferraum. Er versuchte sich aufzurichten, knurrte in seinen Knebel hinein, hob den Kopf, um hinauszusehen.

Einer schlug den Deckel zu, traf ihn an der Schläfe. Bunte Lichter flammten auf, ein schriller Ton schnitt ihm durch den Kopf, von einem Ohr zum anderen, sank herab, ganz langsam, tiefer, immer tiefer, wie ein Plattenspieler, dem der Strom ausging. Alles wurde langsamer, verlor den Ton, die Farbe, das Leben. Er kriegte keine Luft. Es stank nach Abgasen, beißend, ätzend.

Und die Platte blieb stehen.

13 Als Hartmann wieder zur Besinnung kam, fühlte er sich, als kauerte er im feuchten Kielraum eines Frachters.

Bahamas, Balearen, Malediven. Scheiße.

Sie waren fast da.

Hartmann spürte es.

Er hatte nicht die leiseste Ahnung, wie lange sie schon unterwegs waren, aber er wußte genau, was sie vorhatten. Sie fuhren durch den Hafen, suchten irgendwo einen verlassenen Pier. Er hörte es an den Geräuschen, den Nebelhörnern der Schiffe, dem dumpfen Klang des Kopfsteinpflasters. Sie waren mit der Taxe gefahren, damit sie am Zoll nicht kontrolliert wurden. Die Funknummer hatte er selbst aus der Heckscheibe genommen, um nicht gleich erkannt zu werden. Und wer achtete schon auf das Kennzeichen? Im Hafen doch keiner.

Er dachte an Rita.

Warum war der Camaro in der Fettstraße aufgetaucht?

Er hätte sich ohrfeigen können, konnte aber seine Hände nicht bewegen. Er hatte sich benommen wie der letzte Schwachkopf. Nicht mal in die Tasche gesehen hatte er. Das wäre Spider nie passiert. Selber schuld, dachte er, aber er konnte nicht glauben, daß die Typen vorn im Wagen ihn tatsächlich kaltmachen würden. Sie wollten ihm Angst machen. Das war alles.

Ihm tat zwar jetzt schon alles weh, aber darauf kam es nicht mehr an. Schmerzen gingen vorbei.

Aber wegen eines Bankraubes würden sie doch keinen Mord begehen, keinen kaltblütigen Mord an einem mehr oder weniger unwichtigen Mitwisser, der gedroht hatte, ihnen die Tour zu vermasseln. Selbst wenn es um Millionen ging. Geld war ein Faktor, aber so wichtig doch auch wieder nicht.

Oder?

Andererseits waren schon Leute für zwanzig Mark umgelegt worden. Und weniger.

Er rollte im Kofferraum hin und her. Irgendwas bohrte sich ihm in den Rücken. Konnte der Wagenheber sein. Hartmann versuchte, in eine bequemere Lage zu kommen, als sie durch ein Schlagloch knallten, hart aufsetzten und langsamer wurden. Etwas schleifte unter dem Wagen, die Bremsen knarrten, dann standen sie.

Vorn schlugen Türen. Die Männer schwiegen. Er hörte Schritte. Einer kam um den Wagen herum, öffnete die Kofferraumklappe ein Stück weit.

Endlich.

Luft.

Hartmann sog sie durch die Nase, füllte seine stechenden Lungen, konnte gar nicht genug davon kriegen. Durch das Rauschen in den Ohren hörte er ihre Stimmen, abwechselnd, versuchte zu verstehen, was sie sagten, aber es schien unmöglich, einen Sinn daraus zu machen. Er nahm wohl die Worte wahr, brachte sie aber nicht zusammen. Dann sah er über sich das narbige Gesicht des Indianers. Er schien bester Laune zu sein. Hinter ihm tauchte der Chauffeur auf.

Sie packten Hartmann und zerrten ihn nach draußen, stellten ihn auf die Beine, klopften ihn ab wie einen alten Mantel. Ihm wurde schwindlig.

Ganz in der Nähe gluckerte Wasser. Es roch modrig. Im Licht der Scheinwerfer fing der Chauffeur an, den Boden abzusuchen, trat mit dem Fuß gegen lose herumliegende Mauersteine. Der Indianer hielt Hartmann fest, ganz leicht, daß er schon fürchtete, er würde das Gleichgewicht verlieren.

Immer noch sprachen die Männer miteinander. Kurze, knappe Sätze. Zwischendurch lachten sie. Hartmann verstand nur einzelne Worte, versuchte, das dumpfe Gefühl im Kopf abzuschütteln, kniff die Augen zusammen, konzentrierte sich.

»Die da!«

»Meinst du?«

»Die ist gut.«

Der Chauffeur bückte sich. Seine Hose war neu, die Slipper standen im Matsch, das Jackett spannte über dem Kreuz.

Keuchend trug er eine der kleineren Betonplatten herüber und stellte sie neben Hartmann ab.

»Könnte gehen.«

Der Indianer schob das Kinn vor und nickte. Wirkte abwesend. Hartmanns Blick wanderte von einem zum anderen.

Die Platte war früher mal quadratisch gewesen. Der Chauffeur hatte Schwierigkeiten, die Wäscheleine so gleichmäßig darum zu binden, daß sie nicht abrutschte. Er klemmte seine Zunge in den Mundwinkel und arbeitete daran.

Hartmann wurde übel. Schweiß trat ihm auf die Stirn, und seine Knie wollten nachgeben.

Das stimmte nicht.

Das konnte nicht sein.

Sie wollten ihm nur Angst machen.

Der Chauffeur wickelte die Leine um das Klebeband an Hartmanns Füßen, fünfmal, sechsmal, dann verknotete er sie wieder an der Betonplatte. Wischte sich zufrieden die Hände ab.

»So, meinetwegen können wir«, sagte er.

Der Indianer brummte, packte Hartmann unter den Achseln und trug ihn zum Pier hinüber, während der Chauffeur ihnen ächzend die Platte hinterherschleppte.

»Bin mal gespannt, was Elvis sagt, wenn er hört, daß der kleine Schwanz hier sein Huhn gevögelt hat.«

Der Indianer schnaubte. »Kannst ihn ja morgen fragen.«

Stille.

»Laß mal, das soll sie ihm lieber selber sagen, wenn wir ihn draußen haben.« Der Chauffeur ließ die Platte am

Rand des Piers zu Boden. Gleich neben Hartmann. »Kann sich nur noch um Stunden handeln.«

Sie sahen zu dritt auf das Wasser hinunter. Drei, vier Meter tief. Nach links rüber konnte man im Dunst die Lichter der Stadt auf der anderen Seite des Flusses erkennen.

Der Indianer schüttelte den Kopf. »Der Hammer ist, daß die Pfeife hier die Sache mit dem Bankraub tatsächlich geglaubt hat.«

Der Chauffeur hatte eine fiese Lache. Dann stockte er unvermittelt. »Auf Rita könnte ich auch reinfallen. Ohne Probleme.« Er starrte den Indianer an.

Hartmann auch.

»Ich weiß.« Apachen-Paul sah bekümmert aus. »Egal, bringen wir es hinter uns.«

Der Chauffeur kniete sich hin und schob die Betonplatte ganz nah an den Rand. Hartmanns Schuhspitzen ragten schon ins Leere. Unter ihm schlugen kleine Wellen gegen die Kaimauer.

Die beiden Männer sahen sich an.

»Eins ... zwei ... drei.«

Er kriegte von hinten einen Stoß, stürzte vornüber, klatschte mit dem Kopf zuerst ins eisige Wasser. Der Stein zerrte ihn in die Tiefe. Gnadenlos. Er wand sich, zappelte, versuchte freizukommen, dann setzte er am Grund auf.

Rita.

Er sah Rita.

Vor seinen Augen war alles rot. Feuerrot.

Ihr Haar. Es brannte wie eine Fackel.

Er warf den Kopf hin und her, riß die Augen auf, dann stieß er sich mit aller Kraft vom Boden ab, blieb in der Leine hängen, kriegte Wasser in die Lungen, hustete, Blasen stiegen auf, er zappelte, kämpfte, wehrte sich.

Das konnte nicht sein.
Er träumte.
Das stimmte alles nicht.
Seine Füße wateten im Schlamm. Er reckte den Kopf, machte sich gerade, strampelte, wollte hoch, höher.
Schaffte es, den Kopf aus dem Wasser zu bringen.
Ging wieder unter.
Tastete mit den Füßen.
Reckte die Nase in die Luft.
Luft?
Er prustete, rotzte, spuckte Wasser, dann hielt er still, lauschte, hörte hinter dem Rauschen in seinen Ohren, wie ein Motor angelassen wurde, ein Wagen abfuhr, sah in einiger Entfernung Bremslichter aufleuchten.
Das war unmöglich.
Er sah zum Pier hoch.
Sie waren weg.
Hartmann gluckste, wollte lachen, schüttelte sich. Das Wasser stand ihm bis zum Hals, seine Lungen brannten, Tränen liefen ihm übers Gesicht. Er stand mit den Füßen im Schlamm, auf Strümpfen, im Morast des verlassenen Hafenbeckens, reckte den Hals in die Luft, grunzte in sich hinein.
Irgend jemand würde ihn schon finden. Wenn die Sonne erst aufgegangen war und die Barkassen wieder fuhren...
Wenn bis dahin nicht die Flut kam.
Hartmann schluckte. Das Wasser schmeckte fies.

Madeleine Brent

Kirke 98

»Und wir sind nicht so wie die Polizisten im Fernsehen«, sagte Inspektor Lestrade zu seinem neuen Sergeant, »damit das gleich klar ist, nennen Sie mich also niemals Chef, verstanden?«

Der Sergeant nickte. Er war achtundzwanzig, mittelgroß, kräftig gebaut und hatte einen dicken Hals, eine gemütliche Art und einen rötlichen Schnurrbart. »Verstanden, Sir«, sagte er und beobachtete seinen Vorgesetzten mit einer gewissen Neugier, während der Blick des Inspektors zwischen einigen Papieren in einem offenen Aktenordner und dem Bildschirm des Computers auf seinem Schreibtisch hin und her wanderte, wobei seine drahtigen Finger gekonnt über die Tasten tanzten.

Lestrade hielt inne, drückte dann eine Taste. KIRKE 98 erschien in grünen Buchstaben. Er nahm die Papiere aus dem Ordner, stand auf und steckte sie in einen Reißwolf. Der Sergeant stellte fest, daß mindestens ein Dutzend ähnliche Ordner, die alle leer waren, auf einem Tisch in der Nähe lagen. Der Schreibtisch war nun leer, außer dem Telefon, dem Computer und einem Photo, das eine lächelnde Frau mit blondem Haar zeigte, eine sehr schöne

Frau, dachte der Sergeant und reckte den Hals, um sie besser sehen zu können.

Eine Hand von Lestrade ruhte auf dem Reißwolf. »Mein persönliches Eigentum«, sagte er und ging zum Computer, um seine Hand darauf zu legen. »Der ebenso. Nicht zum allgemeinen Gebrauch bestimmt, Sergeant. Verstanden?«

»Verstanden, Sir.«

Der Inspektor nahm mit nachdenklicher Miene wieder seinen Platz ein. Er war Mitte vierzig, hatte dunkles Haar, dunkle, verbitterte Augen und ein schmales, blasses Gesicht. »Meine Vorfahren sind schon seit Generationen alle bei der Polizei«, sagte er. »Und sie würden sich im Grabe umdrehen, wenn wir uns so benehmen würden, wie diese Schauspieler im Fernsehen, also nehmen Sie sich in acht. Ich bin kein freundlicher Polizist. Ich bin nachtragend. Es *macht mir Spaß*, über meinem Zorn die Sonne untergehen zu lassen. Ich lasse auch die Toten nicht in Frieden, nicht einmal bis zur dritten und vierten Generation. Noch Fragen?«

Der Sergeant setzte ein gewinnendes Lächeln auf. »Nur, womit ich heute anfangen soll, Sir.«

Lestrade sah ihn einen Augenblick lang scharf an, schob dann das Photo über den Schreibtisch. »Sie können damit anfangen, sich zu vergewissern, daß niemand diese Frau ermordet.«

Der Sergeant nahm das Photo vom Tisch und musterte es kurz. »Das ist Eva Kossuth, die Konzertpianistin aus Ungarn«, sagte er. »Sie hat sich letzte Woche in Paris abgesetzt und will nun nach England kommen, um hier zu leben.«

»Sie sind ein Fortschritt gegenüber meinem letzten Sergeant«, sagte Lestrade unwirsch. »Er hat immer schon beim Sportteil aufgehört.«

»Warum meinen Sie, jemand könnte sie ermorden, Sir?«

Lestrade deutete mit einem Nicken auf den Computer, auf dessen Bildschirm immer noch *KIRKE 98* zu lesen war. »Ich gebe Informationen ein und erhalte dafür Wahrscheinlichkeiten. Die Informationen kommen von Spitzeln, von unserem Zentralcomputer, aus der Verbindung mit dem Sicherheits- und Geheimdienst, durch Überseekontakte und aus jeder anderen verfügbaren Quelle. Es gehört zu meinem Aufgabenbereich, regimekritische Flüchtlinge im Auge zu behalten, sogenannte Regierungen im Exil, Überläufer und alle Gruppen, die mit den Regierungen ihrer Länder nicht konform gehen.« Wieder deutete er auf den Computer. »Mein kleiner Freund sagt, daß Eva Kossuth mit achtundneunzigprozentiger Wahrscheinlichkeit liquidiert wird, weil die Geheimdienste ihres Landes jetzt glauben, sie spioniere schon mehrere Jahre lang für den Westen.«

Der Sergeant fragte. »Aber wer ist Kirke, Sir?«

»Das ist der Deckname, den ich Eva Kossuth gegeben habe, als ich das Programm angefangen habe.« Lestrade schaltete den Computer aus und sah auf die Uhr. »Sie kommt heute mit der Bahn an der Victoria Station an. Eine kleine Gruppe des Freien Ungarn wird zu ihrer Begrüßung dort sein. Fahren Sie jetzt gleich zur Victoria Station. Der Zug kommt zwar erst um ein Uhr fünfunddreißig an, aber Sie können schon mal herumschnüffeln und schauen, ob Ihnen irgendwas verdächtig vorkommt. Wenn Eva Kossuth eintrifft, werde ich selbst da sein, aber inkognito. Gehen Sie nun.«

»Klar, Sir.«

Zwei Stunden lang durchstreifte der Sergeant die Eingangshalle, wobei seiner Aufmerksamkeit kein Anzeichen einer drohenden Gefahr entging. Kurz bevor der

Zug ankommen sollte, betraten etwa neun oder zehn Männer mit Instrumenten und einem Spruchband die Halle. Auf dem Spruchband stand: *Musiker des Freien Ungarn heißen Eva Kossuth willkommen.* Einen Augenblick lang durchzuckte den Sergeant ein Verdacht, doch im nächsten Moment war er schon wieder verflogen, und er bemühte sich, sein Erstaunen zu verbergen, als er sah, daß der Mann mit der Klarinette dunkle Haare hatte, ein schmales, blasses Gesicht und dunkle, verbitterte Augen. Offensichtlich hatte Inspektor Lestrade der Kapelle die Erlaubnis verschafft, am Bahnhof zu sein.

An der Victoria Station sind nur wenige Ereignisse so ungewöhnlich, daß sie Aufsehen erregen, und die Musikanten wurden praktisch nicht beachtet. Einmal, als der Sergeant von der Zeitung aufblickte, die er vorgab zu lesen, begegnete er Lestrades Blick und empfing ein kurzes Nicken.

Der Zug kam mit fünf Minuten Verspätung an. Als die meisten Fahrgäste die Sperre passiert hatten, sah der Sergeant Eva Kossuth, groß und schlank, mit blondem unbedeckten Kopf, und in einen Kamelhaarmantel gehüllt. Der Gepäckträger an ihrer Seite schob einen Kofferkuli, auf dem ein Schrankkoffer lag. Die Kapelle stimmte die alte ungarische Nationalhymne *Himnusz* an, und als Eva Kossuth durch die Sperre kam, blieb sie überrascht stehen und lächelte.

Der Sergeant musterte seine Umgebung mit schnellen Blicken, aber noch immer nahm kaum jemand Notiz. Die Hymne war zu Ende. Der grauhaarige Leiter des Ensembles gab seine Trompete einem Kollegen und hielt eine kleine Begrüßungsrede in seiner Muttersprache. Eva Kossuth antwortete kurz, aber herzlich. Die Musikanten klatschten Beifall. Passanten beobachteten untätig die Szene. Der Redner holte eine Flasche Champagner und ein Glas aus dem Korb, den er neben sich stehen hatte. Er öffnete die Flasche, der Champagner schäumte ins Glas. Eva Kossuth hob es hoch, sprach ein paar bewegte Worte und trank dann.

Wieder blickte sich der Sergeant um. Immer noch keine Spur von Unruhe. Er hörte, wie das Glas zerbrach, und als er schnell den Kopf umwandte, sah er, daß Eva Kossuth mitten in den Scherben zu Boden fiel. Einen Augenblick lang herrschte ungläubige Stille, dann schrie Lestrade den grauhaarigen Leiter an: »Mr. Schulek! Sagen Sie Ihren Leute, sie sollen sich nicht von der Stelle rühren!« Dieser Befehl wäre überflüssig gewesen. Der grauhaarige Mann riß seinen Blick von der schlaffen Gestalt los, die ausgestreckt am Boden lag, und blickte voller Schrecken auf die Flasche, die er in der Hand hielt, während die übrigen Musikanten ihn wie gelähmt anstarrten.

Der Sergeant bewegte sich für einen so stämmig gebauten Mann sehr flink. In Sekundenschnelle kniete er neben Eva Kossuth, legte seine Finger auf ihren Hals und fühlte das unregelmäßige Zucken ihres Pulses, der immer schwächer wurde, bis er zum Stillstand kam. Er blickte bestürzt auf, sah in Lestrades wütendes Gesicht und sagte: »Ich glaube, sie ist tot, Sir.«

Die Hände des Inspektors umklammerten die Klarinette, die er immer noch festhielt, dann sagte er mit mühsam beherrschter Stimme. »Ich möchte, daß über Lautsprecher nachgefragt wird, ob sich ein Arzt in der Eingangshalle befindet. Ich brauche einen Krankenwagen und den nächsten Streifenwagen. Ich möchte, daß das Bahnpersonal diesen Bereich auf der Stelle abriegelt. Kümmern Sie sich darum, Sergeant.« Er wandte sich an den grauhaarigen Mann. »Nun, Mr. Schulek, übernehme ich diese Flasche und sobald Hilfe kommt, will ich Sie und all Ihre Kollegen verhören.«

Am späten Abend dieses Tages klopfte der Sergeant an der Tür des Büros des Inspektors und trat ein. Lestrade saß zurückgelehnt auf seinem Stuhl, die Füße auf dem Schreibtisch. Das Zimmer war voller Schatten, nur eine Lampe warf ihr Licht auf den kleinen Computer.

»Guten Abend, Sir«, sagte der Sergeant. »Ich wollte nur wissen, ob Sie Neuigkeiten über den Mord an der Kossuth haben.«

»Mord?« fragte Lestrade beißend. »Machen Sie keine unbegründeten Behauptungen, Sergeant. Keiner von den verbannten Ungarn hatte ein Motiv, und die Gerichtsmedizin hat gemeldet, daß der Champagner und die Glasscherben keine Spuren von Gift aufweisen. Diese ungarische Pianistin wäre nicht das erste Opfer eines Herzversagens in einem Moment des Gefühlsüberschwangs, also ist es möglich, daß die Natur den Feinden der Dame zuvorgekommen ist – es sei denn, die Autopsie ergibt noch irgendwas, das von Bedeutung wäre.«

»Ich vermute, das wird nicht der Fall sein, Sir«, sagte der Sergeant. »Ich nehme an, Sie haben ein organisches Toxikum verwendet. Sehr schnell wirkend und nicht nachweisbar.«

Nach ein paar Sekunden nahm Lestrade seine Füße vom Schreibtisch und sagte: »Was?«

Der Sergeant stellte ein halb geöffnete Streichholzschachtel auf den Schreibtisch. Sie enthielt ein winziges Stück Glas, das hohl und zugleich scharf war. »Ich war als erster bei der Dame, Sir«, sagte er entschuldigend, »und das hier steckte in ihrem Hals. Teil einer Glasspitze, die das Toxikum enthalten hat. Sie wollten sie wahrscheinlich selber entfernen, haben dann aber gedacht, sie wäre herausgefallen, als Eva Kossuth hinfiel. Es war wirklich eine gute Methode, um eine viel größere Menge zu injizieren als nur mit einem Abstrich auf einer normalen Blasrohrspitze. Außerdem finde ich, Sir, es war eine sehr gute Idee, es so einzurichten, daß Sie als falscher Musikant inmitten der Begrüßungsgesellschaft waren. Ihre Klarinetten-Attrappe eignete sich hervorragend als Blasrohr, und Sie konnten es von einem Standpunkt aus benutzen, von dem Sie freie Bahn hatten.« Er deutete mit dem Kopf auf den Schrank in der Ecke. »Ich bin schon vorher hier gewesen, Sir, und habe einen Blick hinein geworfen.«

Lestrade seufzte. »Mittel und Gelegenheit hätten Sie damit erfaßt«, sagte er. »Wie steht's mit dem Motiv?«

»Nun ja, das hat mich zuerst auch verblüfft, Sir, ebenso wie die Tatsache, daß Sie Eva Kossuth den Decknamen einer abscheulichen Sagengestalt gegeben haben. Ich bin zwar in Griechisch durchgefallen, Sir, aber ich weiß doch noch, daß *Kirke* der Name einer Harpyie war.«

»Also sind Sie nun nicht mehr verblüfft?«

»Nein, Sir. Weil ich zufällig ein Hacker bin.«

»Ein was?«

»Ein Experte im Knacken von Computern. Ihren habe ich geknackt, während Sie heute nachmittag fort waren, also wissen wir nun beide, was mit dem bekanntesten aller Detektive zwischen 1891 und 1894 geschehen ist. Diesen Zeitabschnitt nannten die Gelehrten den Großen Hiatus, wie Sie wissen, Sir. Zunächst hat man geglaubt, Sherlock Holmes wäre bei den Wasserfällen von Reichenbach zu Tode gekommen, aber nach drei Jahren kehrte er zurück, und hat nie verraten, wie er diese Zeit seines Lebens verbrachte.«

»Sie hören sich an wie ein Hobbydetektiv«, sagte der Inspektor grimmig.

Der Sergeant schüttelte den Kopf. »Keineswegs, Sir. Ich kann Ihnen nur gratulieren. Nachdem Sie jahrelang geduldig Informationen zusammengetragen haben,

haben Sie die Wahrheit entdeckt, als Ihr Computer Ihnen eine Wahrscheinlichkeit von achtundneunzig Prozent signalisierte – in der Tat also praktisch Gewißheit –, daß der unverbesserliche Junggeselle Sherlock Holmes während des Großen Hiatus in Ungarn einen Sohn gezeugt hat; daß Eva Kossuth die Enkelin dieses Sohnes war und somit der letzte und einzige Nachkomme von Sherlock Holmes.«

Der Sergeant lächelte. »Damit war Ihr Motiv klar, Sir, denn es ist bekannt, daß Sie der Urenkel jenes Inspektor Lestrade sind, der in so vielen Baker-Street-Fällen vorkommt – und von Holmes wie ein Schwachkopf behandelt wird.«

»Stimmt«, sagte der Inspektor mit ruhiger, fast träumerischer Stimme. »Wissen Sie, ich konnte diesen höhnischen, eingebildeten, fidelnden Scheißkerl Holmes auf den Tod nicht ausstehen, wie schon mein Vater und Großvater vor mir.«

»Sogar bis in die dritte und vierte Generation, Sir?«

»Ja. Er war ein rechthaberischer, hochnäsiger, rauschgiftsüchtiger Angeber, der die Polizei an der Nase herumgeführt hat, und ich bin glücklich, daß ich den letzten Rest von seiner Brut ausgelöscht habe. Sie kann ihn von mir aus bei seinem Geigenspiel in der Hölle begleiten, falls sie da ein Klavier haben.« Lestrade zuckte mit den Schultern. »Nun sind Sie dran, Sergeant.«

Der Sergeant lächelte wieder. »Ich habe die Fallsammlung viele Male gelesen, Sir«, sagte er, »und ich bin ganz Ihrer Meinung, was Holmes angeht. Seine Arroganz war absolut unerträglich, und er hat meinen eigenen Urgroßvater wie einen Blödmann behandelt. Ich kann nur nicht begreifen, warum es sich der arme Kerl gefallen lassen hat, sich in all den Jahren, die er mit Holmes verbracht hat, unterdrücken zu lassen, *und* wie er obendrein noch seine Fälle niederschreiben konnte. Aber in Erinnerung an den guten alten Dr. Watson habe ich beschlossen zu vergessen, was ich über Eva Kossuths Tod weiß.«

Lestrade machte große Augen. »Sergeant Harry... *Watson*«, sagte er langsam. »Tja, der Name ist so verbreitet, es wundert mich also gar nicht, daß ich ihn nicht gleich registriert habe.« Er stand auf. »Lust auf ein Gläschen, Harry?«

»Gerne, Sir, vielen Dank.«

»Gut. Und im übrigen, Harry... Ich habe jetzt die Rechnung beglichen, also macht es mir nichts mehr aus, wenn sich meine Vorfahren von der Polizei im Grabe umdrehen. Nennen Sie mich einfach Chef.«

Übersetzung von Mechthild van Rensen

Thomas Liehr

Der Besucher

»Und jetzt kommen Martha And The Vandellas mit *Dancing In The Street!*«

Er zog den Regler, den Fader, für den Plattenspieler nach oben und gleichzeitig den für sein Mikrofon nach unten. ›Scheißnacht‹, dachte er und sah auf die Uhr. Zwanzig nach eins. Noch fast vier Stunden.

Higgins drückte einen Knopf auf dem großen Sendepult.

»Ja?« kam eine weibliche Stimme über seine Kopfhörer.

»Liebling, bringst du mir noch einen Kaffee?«

»Natürlich, James.«

Er lehnte sich zurück und blickte sich um. Die beiden Studios rechts und links waren dunkel. Die dicken Doppelscheiben reflektierten das Licht über seinen Plattenspielern. Auf der mächtigen Stahltür, die das Studio isolierte, klebte ein roter Schriftzug: *›Radio people do it with frequency.‹* Er grinste, nahm eine LP aus seinem Stahlkoffer und legte sie auf den freien Plattenteller. Er stellte die Geschwindigkeit ein und suchte mit der Nadel den ersten Ton. Der große Hebel an der Stahltür bewegte sich nach unten. Suzanna, die er liebevoll seine ›kleine Kaffeeschlampe‹ zu nennen pflegte, trat mit einem dampfenden Becher ein.

»Bin ich wieder ins offene Mikro gelaufen?« fragte sie vorsichtig. Er lachte. Suzanna hatte seine Sendung schon so oft gestört, daß es ihm beinahe Spaß machte. Wieder und wieder übersah sie das große On-Air-Rotlicht über der Studiotür.

Jedem anderen hätte er schon den Kopf abgeschlagen. Bei der Mutter der Station war es einfach nur ein verzeihlicher Fehler, daß sie sich mehr auf die Tasse in ihrer Hand, als auf Belanglosigkeiten wie offene Mikros konzentrierte.

Sie stellte den Kaffee vorsichtig neben das Pult und drehte sich wieder zur Tür. Dann fiel ihr noch etwas ein.

»Übrigens, da ist wieder so ein Verrückter am Telefon, der unbedingt *›The Voice‹* sprechen will. Soll ich ihn durchstellen?«

Er sah kurz von seinem Kaffee auf.

»Sicher.«

Die Platte war fast zu Ende. Er zog den Fader nach oben, das Rotlicht auf dem Pult flammte auf. James nahm noch einen Zug von seiner Zigarette und blies den Rauch leise nach hinten. Dann konzentrierte er sich auf das auslaufende Stück. Noch ein paar Sekunden, vier, drei, zwei, ...

»Hey, das waren Martha And The Vandellas und dies hier ist euer James ›The Voice‹ Higgins. Bis fünf Uhr früh müßt ihr mich noch ertragen, wenn ihr in dieser wunderschönen Sommernacht nichts Besseres zu tun habt, als einem Chaoten zuzuhören. Es geht weiter mit Rock 'n Roll pur, hier sind The Fabulous Thunderbirds mit *Tuff Enuff*!«

Er ließ das Mikro noch ein paar Sekunden offen und wartete die ersten Töne ab. Dann schrie er »Jaaa... gebt's uns!!« und zog den Fader nach unten. Eine Leuchtanzeige auf dem Pult blinkte. Ach ja, das Telefon.

»KRQL Radio«, sagte er gelangweilt in das Mikro, nachdem er sich das Telefon auf das Pult geschaltet hatte.

»Hey Mann, ist ja echt geil, find' ich ja klasse! Voice, bist du das??? Hey Mann, hier ist dein größter Fan! Geil, ey, ich bin mal durchgekommen!«

»Was ist dein Problem?«

»Äh... Mann... ich würd' dich echt gern mal sehen, also, äh, kennenlernen, Mann. Ey, Mann, das wär' echt super.«

»Und?«

»Mann, ich bin hier unten. Weißt du, in dieser Kneipe, Hab' 'nen Sechserträger hier, 'nen bißchen Dope und so. Äh... also... Mann, kann ich nicht einfach mal 'reinschneien bei euch?«

James sah das Mikro vor sich an und dachte an den letzten Besucher, der ständig gebrüllt, gelacht und geklatscht hatte. Die Aussteuerungsbegrenzer, die Limiter waren fast ausgeflippt, als der sich plötzlich über das Mikro beugte und ›Was is'n hier mit Ficken?‹ schrie. Dieser Anrufer hörte sich verdammt nach einem ähnlichen Fall an. Dennoch: Da war Bier, und da war etwas Stoff. Einen Joint könnte er jetzt gut vertragen.

»Hey, Mann, bist du noch da?«

»Ja, sicher. Kannst reinkommen.«

»Wahnsinn, Mann super!! Echt geil. Bin gleich da. Nicht wegrennen. Hä, hä.«

Der Anrufer legte auf. Higgins drückte den Sprechknopf.

»Ja, James?«

»Schatz, da kommt gleich so ein Verrückter. Bring' ihn bitte rein zu mir. Aber achte doch auf das Rotlicht.«

»Natürlich, James.«

»... und das hier ist Icehouse mit *Crazy*.«

Er wartete die ersten Töne des Gitarren-Intros ab. Noch war das Mikrofon offen und – verdammte Scheiße! – die Tür ging auf. Rasch riß er den Fader nach unten, nahm den Kopfhörer ab und setzte zu einer Schimpftirade an. Was er dann sah, verschlug ihm jedoch glatt die Sprache.

Das war ein Monster. Ein menschliches Tier, kaum einssechzig hoch. Lange, fettige, verfilzte Haare. Eine prähistorische Lederjacke, zerfetzte Jeans. Fliegerstiefel. Tätowierungen an den Unterarmen. Und das Gesicht: Kaum Zähne, die wenigen übrigen faulig. Ein Veilchen über dem linken Auge. Ein verschmutztes Pflaster über dem rechten Ohr. Der Typ hob die rechte Hand und zeigte das Victory-Zeichen. Dann drehte er sich um. Auf dem Rücken seiner Lederjacke prangte ein Aufkleber: *»I listen to James ›Voice‹ Higgins on KRQL 102.4 FM.«*

»Geil hier«, grunzte das Monster und sah sich um. »Heißes Teil.«

»Halts Maul und setz' dich hin«, schimpfte Higgins.

»Ey, Mann, du siehst ja echt bescheuert aus. Dachte, ihr seid alles so coole Typen.«

»Würde ich besser aussehen, wäre ich ja auch beim Fernsehen«, sagte James lakonisch und konzentrierte sich auf die nächste Platte. Die Anspielungen auf sein merkwürdiges Äußeres war er gewohnt, ebenso die ablehnende Reaktion der – zumeist weiblichen – Fans, wenn sie ihn das erste Mal sahen und er so ganz und gar nicht ihren idealisierten Vorstellungen entsprach. Ein Schicksal, das er mit den meisten Radiomoderatoren teilte.

»Okay, okay, schleif dir erstmal 'nen Bier rein«, sagte der andere und holte einen Sixpack Budweiser aus der Reisetasche. Dann setzt er sich hin und bestaunte die Technik. »Echt geil hier«, sagte er noch einmal, leise.

Und dann sagte er eine ganze Weile nichts mehr. Er beobachtete James bei seiner Arbeit, sah ein paar Platten und *Cartridges,* Endloscassetten, durch, drehte einen Joint und reichte ihn stumm weiter.

»...dies hier ist James ›The Voice‹ Higgins auf KRQL 102.4, es ist zwei Uhr morgens und jetzt kommen die Nachrichten.«

Der DJ startete eine Cartridge mit einem Jingle, der gesungenen Stationskennung, und dann das Band mit den Nachrichten. Fünf Minuten Pause, Zeit für ein Bier.

»Du also bist mein größter Fan. Ich wollte dich schon immer mal kennenlernen.«

Der andere sah ihn fragend an, verstand den Witz wohl nicht.

»Ich war vorher bei Ken Horns«, sagte er nur. Ken Horns moderierte die Late-Night-Show auf KRWW. Das Monster griff in seine Tasche und wühlte darin.

»Hat er dir gefallen?«

»Nicht so gut.«

Er kramte noch immer in seinen Sachen herum. Und dann: »Ich hab' seine Show übernommen.«

»Tatsache«, sagte James nur und wunderte sich über den veränderten, ernsthaften Ton des Besuchers, der ganz offensichtlich log. Ken Horns würde seine Show nicht mal an Kasey Kasem oder Scott Shannon abtreten.

»Ich bin Ralph«, sagte der andere mehr in seine Tasche, als zu James.

»Tatsache«, wiederholte James und drehte sich zu der Bandmaschine um.

Noch drei Minuten. »Und – warst du gut?«

»Klar, Mann«, brummte Ralph und sah James ernst an. »Ich bin der Beste«, stellte er mit Bestimmtheit fest.

Dann beugte er sich wieder über die Tasche: »Die muß doch da irgendwo sein...«

»Sagst du mir, was du suchst?« fragte Higgins höflich.

»Hab's gleich«, erklärte Ralph seiner Reisetasche.

Zwei Minuten noch. Der Nachrichtensprecher berichtete von einem Bombenanschlag im Baskenland. Ralph war sichtlich sauer, weil er das Gesuchte noch immer nicht gefunden hatte. ›Was für ein Psychopath‹, dachte der DJ und suchte seinerseits nach einer Platte, die er jetzt spielen könnte.

»Ich hab's!« triumphierte der Besucher genau in dem Moment, da James die richtige Single gefunden hatte. Hall & Oates' *Out Of Touch*. Er blickte über das Pult zum Besuchertisch. Ralph hielt eine kleine weiße Plastiktüte in der Hand. Irgend etwas hatte er darin eingewickelt.

›Voice‹ Higgins beugte sich über den Plattenspieler und suchte das Ende der Vorlaufrille. Dann schob er die Platte hin und her, bis die Nadel wiederum exakt vor dem ersten Ton stand. Schließlich drehte er den Teller um eine halbe Umdrehung zurück, so viel brauchte die Maschine, um auf die richtige Geschwindigkeit zu kommen.

»Willst du's sehen?« fragte Ralph.

James warf ihm einen bösen Blick zu.

»Nicht jetzt. Halt' die Klappe, ich zieh' gleich das Mikro auf.« Er sah auf die Bandmaschine. Nur ein paar Sekunden. Das Wetter, eine Verkehrsmeldung.

»Nonstop music on 102.4 FM – KRQL Radio«, erläuterte das Jingle. James moderierte die Platte an, startete das Stück und nahm die Nachrichten vom Band. Dann schob er sich den Kopfhörer in den Nacken und blickte Ralph in die Augen.

»Also, was willst du mir zeigen?«

Er lehnte sich auf das Pult.

»Mann, ich hab' hier was echt Geiles!«

Der alte Tonfall.

»Und...?«

»Ich war doch bei Ken Horns. Hab' seine Show übernommen. Das hat ihm überhaupt nicht gefallen.«

»Ist ja auch irgendwie verständlich«, gab James zur Kenntnis und kontrollierte die laufende Platte.

»Ich mußte ihn umnieten«, erklärte Ralph.

James sah ihm fest in die Augen, wobei sich seine Nakkenhaare sträubten. Das konnte nicht wahr sein – und doch: Ralph's Blick deutete nicht darauf hin, daß er log.

»Ach ja?« forschte Higgins gekünstelt desinteressiert.

»Ja, Mann. Der hat geblutet wie 'ne Sau. Ich hab' ihm den Schädel runtergeschossen. Mit meinem *Baby*.«

Ralph grinste fröhlich. James spürte, wie er die Kontrolle über seine Mundwinkel verlor.

»Er hat nicht einmal mehr brüllen können«, verfeinerte der andere seinen Bericht. Die Platte lief auf das Outro, das leisewerdende Ende zu. Nur ein paar Sekunden noch, scheiße!, Higgins hatte keine neue Platte. Er griff irgendeine Cartridge – Glück gehabt! – *Soulman* von den Blues Brothers. Er stopfte die Cart in das Abspielgerät und startete einfach. Der Anfang des Liedes krachte voll in das Ende von *Out Of Touch*.

»Dann hab' ich ihm die Hand abgesäbelt. Als Souvenir, weißt du.«

Ralph schickte sich an, die Plastiktüte auszuwickeln.

»Komm, hör auf mit der Scheiße«, bat Higgins. Ein nervöses Zucken in der Magengegend kündigte an, daß er kurz davor war, sich zu übergeben. Dieser Typ log nicht. Die Konturen der Tüte stimmten bedenklich mit denen einer Hand überein.

Ralph sah James prüfend ins Gesicht.

»Du hast Schiß, stimmt's?«

»Verdammt, ich find' das überhaupt nicht lustig. Komm, pack' deinen Kram und dann mach dich dünn. Solche Späße sind nicht besonders toll.«

»Wart' mal, ich hab' da noch war's«, teilte Ralph mit und legte die Tüte beiseite. James war erleichtert, jedenfalls ein bißchen, offensichtlich blieb ihm die abgeschnittene Hand erspart. Wenn da wirklich die Hand von Ken Horns in einer Plastiktüte vor ihm lag, woran er kaum mehr zweifelte.

Während Ralph wieder in seiner Tasche wühlte, dachte er angestrengt darüber nach, wie er diesen Typen loswerden könnte. Er kramte lustlos in den Platten und griff irgendeine Maxi-Single. Gut, ein langes Stück, fast fünfzehn Minuten. Er ließ den Titel sanft in das Ende von *Soulman* übergehen. Ein Seitenblick zu Ralph – der kramte noch immer in der großen, braunen Reisetasche. Auf dem Pult blinkte jetzt eine Anzeige – das Telefon. Nein, er würde jetzt nicht abnehmen. Wenn Suzanna merkte, daß er das Licht übersah, würde sie ins Studio kommen. Zu zweit könnten sie diesen Kerl sicher überwältigen. Er gab den Gedanken sofort wieder auf. Ralph förderte einen riesigen Colt aus der Reisetasche.

»Das ist mein Baby«, sagte er stolz und strich mit der linken Hand über den silbrigen Lauf.

»Ach ja?«

James' Stimme zitterte bei dem Versuch, belanglos zu klingen. Nein, nicht nur seine Stimme zitterte – sein ganzer Körper geriet langsam außer Kontrolle. Im Hintergrund spielte das Montana Sextett *We Don't Need Enemies.*

Ralph nahm die Waffe in beide Hände und zielte auf den Kopf von Higgins.

»Damit hab' ich Horns das Hirn 'rausgeblasen«, erklärte er fast fröhlich. »Kann sein, daß ich das bei dir auch machen muß«, ergänzte er. James starrte in den Lauf und konnte nicht sprechen. Er spürte, wie sich seine Harnblase unkontrolliert entleerte. Der Ledersessel wurde feucht und warm.

»Gib' mir den Studioschlüssel!« befahl Ralph und fuchtelte mit der Pistole herum. Ohne den Blick von der Waffe abzuwenden, griff sich James in die Seitentasche seiner Hose und holte den – jetzt feuchten – Schlüssel heraus. Der andere nahm den Schlüssel und ging rückwärts zur Tür, den Revolver auf dem Kopf von Higgins gerichtet.

»Wir wollen doch nicht gestört werden, nicht wahr?«

Seine Hand suchte hinter dem Rücken nach dem Schloß, fand es und steckte den Schlüssel hinein. Die Spannung in der Tür war zu stark, der Schlüssel ließ sich nicht drehen. Er würde sich umdrehen müssen, um die Tür heranzuziehen. Ralph lächelte und legte den Colt auf den Boden. Er wußte, daß James nichts tun würde. Zwischen ihnen war das Pult. Ralph verschloß die Tür und nahm wieder Platz. »Kann man das Licht in den anderen Studios von hier aus anschalten?«

Der Lauf zeigte wieder auf die Nase des Discjockeys. Wortlos betätigte er die beiden Schalter. Im Sprecherraum rechts und im Schneideraum links flammten die Neonleuten auf. In diesem Moment bewegte sich hinter Ralph der Hebel an der Studiotür nach unten. Der andere hatte den Schlüssel steckenlassen. Suzanna stellte dies wohl auch in diesem Augenblick fest.

Der Typ hatte noch nichts bemerkt. Es war zu laut, der Hebel an der Tür war gut geölt. Jetzt sah Higgins den Kopf von Suzanna in der Tür des Schneideraumes auftauchen. Aber Ralph sah es auch und schob sich den Colt rasch zwischen die Oberschenkel.

›Bitte, bitte, liebe Suzanna, geh' aus dem Studio!‹ dachte James.

Statt dessen trat sie an die Scheibe und legte die Handflächen an den Kopf, um das Licht abzuschirmen. Ralph riß den Revolver nach oben und schoß. Der traf Suzanna durch beide Scheiben hindurch in den Brustkorb. Mit einem unglaublich überraschten Gesichtsausdruck rutschte sie an der Scheibe herunter, die Handflächen noch immer am Kopf.

Ralph grinste: »Neugierige Frau, nun ist sie tot.«

James drehte den Kopf zur Seite und erbrach sich in den Mülleimer. Als er den Kopf wieder hob, spürte er das kalte Metall des Revolvers am Nacken, kurz unter dem Haaransatz.

»Ich mach' das jetzt«, sagte Ralph und griff James am rechten Arm. Ohne jeden Widerstand ließ sich ›The Voice‹ aus seinem Sessel befördern.

»Mann, du hast dir ja in die Hosen gepinkelt!« Ralph lachte. Er schob James auf den Stuhl, auf dem er selbst eben noch gesessen hatte, und holte ein Seil aus der Tasche.

»Mit einer Waffe in der Hand moderiert es sich schwerer«, erklärte er und band den bleichen DJ am Metallgestänge des Sitzes fest. In diesem Moment war die Platte zu Ende. Über die großen Monitorboxen ertönte das regelmäßige Knacken der Nadel in der Auslaufrille. Ralph prüfte noch einmal die Festigkeit des Seils, griff seine Reisetasche und ging dann auf die andere Seite des Pults. Dort setzte er sich in den Sessel, lächelte kurz, als er die Feuchtigkeit von Higgins' Urin spürte, und holte einen Stapel Schallplatten aus der Tasche. Auf einigen konnte James Aufkleber erkennen, die anzeigten, daß es sich um Eigentum des Senders KRWW handelte.

Ralph hantierte derweil fachmännisch an den Geräten. Er förderte noch einige Cartridges zutage, ein paar CD's und etwas Papier, vier, fünf Seiten, mit der Schreibmaschine getippt. Aus den Boxen rumpelte noch immer das eintönige Knacken der Nadel in der Auslaufrille. Ralph konzentrierte sich auf die Vorbereitung ›seiner‹ Sendung. James schloß die Augen, vielleicht fiel ihm ja eine Lösung ein. In seinem Hals war dieser schlechte Geschmack, er fühlte sich schlaff und hatte eine Scheißangst. Er war sich sicher, daß ihn der Typ abknallen würde. Wie er es mit Horns gemacht hatte. Und wahrscheinlich mit einigen anderen Radiomoderatoren vorher. Und, wenn kein Wunder geschah, auch noch nachher.

Ralph hatte seine Vorbereitungen beendet, zog das Mikro noch ein Stück an sich heran und stoppte dann die abgespielte Platte. Auf dem anderen Plattenteller hatte er bereits den nächsten Titel eingecuet. Er schob eine Cart in den Player, zog das Mikro auf und startete das Jingle.

»Q104.4 – Continuous Music With Ralph Henderson« sangen die Stimmen.

Klar, *Ralph Henderson!* James riß die Augen auf und starrte dem Typen ins Gesicht. *Das* war Ralph Henderson? Der Shooting-Star von Q104.4 in Wisconsin?

Er erinnerte sich an die Geschichte. Henderson war als Techniker zu Q104.4 gekommen und – wie das Leben so spielt – als DJ eingesprungen, als sich die Gelegenheit bot. Binnen kürzester Zeit hatte er eine traumhafte Karriere gemacht, ein paar bundesweite Chart-Shows moderiert und war dann plötzlich von der Bildfläche verschwunden. Alkohol, sagten die meisten, einige andere hatten von Geisteskrankheit und irgendwelchen Sexgeschichten geredet. Jetzt wußte er, daß diese einigen recht gehabt hatten.

Dennoch: Henderson war klasse. Er war gerade dabei, sich vorzustellen und zu erläutern, daß ihm Higgins dankenswerterweise die Sendung abgetreten hatte. Er entschuldigte sich dafür, daß er nur Jingles mit der Kennung von Q104.4 besaß. Aber die Hörer würden ihm das schon verzeihen. Und dann ging die Post ab. Rock vom feinsten. Henderson war wirklich klasse, der Psychopath war ein guter DJ. James spürte, wie seine Angst langsam einem beruflichen Interesse wich. Das war gut so, er mußte sich konzentrieren. Eine Lösung finden. Suzanna war tot. Tom würde erst kurz vor fünf kommen. Bis dahin wäre er wahrscheinlich schon nicht mehr am Leben. Wenn nicht irgend etwas geschah. Nur – was?

Er schluckte, der bittere Geschmack verschwand fast vollständig. Seine Hosen waren feucht und kalt, seine Hände bleich und blutarm. Henderson hatte das Seil verdammt fest um seine Handgelenke gezurrt. Keine Chance, ohne fremde Hilfe käme er nicht los. Selbst wenn – gegen den großen, silbernen 45er hatte er keine Aussichten auf Erfolg. Zum Glück hatte ihn der andere nicht geknebelt. Aber den Gedanken, das nächste Mal, wenn Henderson das Mikro aufzog, um Hilfe zu brüllen, verwarf er rasch. Bevor irgend jemand kam, hätte er eine Kugel im Schädel und Henderson wäre über alle Berge. Keine gute Idee.

Ralph flippte derweil hinter dem Pult aus, wippte wie toll im Sessel zur Musik, riß Witze und legte eine Show hin, die wirklich ihresgleichen suchte. *Kein* Hörer würde Verdacht schöpfen: Dieser Kerl war super. Klar, daß ihn Higgins moderieren ließ. So, wie jeder ernstzunehmende Sänger Sinatra als Gaststar auftreten lassen würde. Henderson war der Sinatra der Mischpulte. James lächelte sogar ein bißchen, als er gedanklich diesen Vergleich zog. Und dann kam ihm eine Idee.

Henderson hatte sich eine leere LP-Hülle auf den Kopf gestülpt und sang den Refrain eines Heavy-Metal-Stükkes laut mit. Seine fauligen Schneidezähne bissen vor Aufregung in die Unterlippe. Schweiß stand auf seiner Stirn. ›Voll in seinem Element‹, dachte Higgins und sah zur Seite. Zwei saubere Löcher in den Scheiben zum Schneideraum. Ein dünner, verwischter Streifen Blut. Er zwang sich, an etwas anderes zu denken.

Ralph schob eine CD in den Player und ließ die Lade einfahren. Im Takt der laufenden Musik tippte er auf der Tastatur herum, programmierte ein Lied, das er spielen wollte. Dann sah er Higgins kurz an und lächelte glücklich.

»Ich bin gut, hä?« schrie er. Die Musik war sehr laut.

»Du bist der Beste«, antwortete James. Er mußte sich anstrengen, seine Stimme versagte fast. Er wollte überzeugend klingen.

»Was?« fragte Henderson, nachdem er die Mithörboxen leiser gestellt hatte.

»Du bist der Beste«, wiederholte Higgins.

Der andere lächelte breit.

»Gut erkannt«, sagte er und zog den Regler für die Lautstärke wieder hoch.

»Bist du noch zu haben?« brüllte James und wunderte sich, daß er so laut sprechen konnte. Henderson stellte die Anlage wieder leiser.

»Was hast du gesagt?«

»Ob du noch zu haben bist. Als Discjockey, meine ich.«

Ralph grinste.

»Verarsch mich nicht, niemand will mich. Ich bin tot, raus aus dem Geschäft. Kein Sender faßt mich auch nur mit der Kneifzange an. Also hör auf mit dieser Scheiße. Ganz doof bin ich auch nicht.«

Er riß den Regler nach oben, so daß es Higgins fast in den Ohren schmerzte. Die Ruhe, als Henderson das Mikro aufzog und sich die Mithöranlage automatisch abschaltete, um Feedbacks zu vermeiden, war heilsam. Ralph las einen Witz vom Papier ab, aber er tat es so, daß man nicht merkte, daß er vorlas. Der Witz war gut, James hätte fast gelacht. Aber er mußte daran denken, daß seine Strategie gescheitert war. Auf so plumpe Art ließ sich der Typ nicht überzeugen. Doch irgend etwas mußte er tun, einen Weg suchen. Er wollte noch nicht sterben, nicht mit fünfunddreißig. Das war einfach zu früh. Und beide Hände wollte er auch noch behalten. Wenigstens eine Zeitlang.

Während er seine sarkastischen Gedankengänge pflegte, sah er das Licht auf dem Pult blinken. Das war nicht das Telefon, für das die Leuchtanzeige ohnehin ständig flackerte, das war die Außentür. Jemand wollte herein, jemand, der nicht zum Sender gehörte.

Jemand, der ihm helfen könnte. Wenn er hereinkam.

Henderson schien das Blinken nicht wahrzunehmen. Er legte eine Platte auf, danach las er in seinem Skript, suchte einen guten Witz. Einmal noch blinkte das Lämpchen, dann gab der potentielle Besucher auf. Genau in diesem Moment blickte Ralph auf das Pult, zeigte einen fragenden Gesichtsausdruck und las dann weiter in seinen Unterlagen. Hatte er die Leuchtanzeige vielleicht doch bemerkt?

James lehnte sich weit zurück und schloß wieder die Augen. Er versuchte, sich zu entspannen, ruhiger zu atmen, eine kleine Weile wenigstens, bis ihn der Verrückte mit einer neuen Grausamkeit konfrontieren würde.

Inzwischen ging es auf drei Uhr zu. Der ›Gastmoderator‹ hatte das auch wahrgenommen und traf Vorbereitungen für die Nachrichten. Bei KRQL war es üblich, zwischen 23.00 und 5.00 Nachrichten vom Band zu senden, das war preiswerter, allerdings litt die Aktualität manchmal auf recht makabre Weise. Higgins erinnerte sich an einen Fall, als sie noch die flammende Antrittsrede eines neuen Senators gesendet hatten, obwohl der bereits im Bett seiner Geliebten den Folgen einer Herzattacke erlegen war.

Ralph hatte das Nachrichtenband aufgelegt und zurückgespult. Punkt drei Uhr startete er das Jingle und ließ das Band laufen. Er drehte die Lautstärke der Boxen etwas herab, so daß man sich unterhalten konnte.

»Und?« fragte er und verschränkte die Arme voller Stolz vor der Brust.

»Du bist super«, sagte James lahm und ohne jede Überzeugung. Die Hoffnung, Ralph auf psychologischem Wege beizukommen, hatte er aufgegeben.

»Ich weiß«, teilte der andere mit. »Weißt du, was wir jetzt machen?«

Sein Lächeln bekam einen leicht grausamen Einschlag. Eine furchtbare Ahnung manifestierte sich in Higgins' Hirn und fand rasche Bestätigung. Henderson förderte ein großes Messer zutage, das er in einem Futteral am Gürtel getragen hatte.

»Ich werd' bald gehen müssen«, sagte Ralph gespielt traurig. »Kann sein, daß ein paar Leute nervös werden. Sicher ist sicher.«

Der Alptraum würde Realität werden. Jetzt, wo James sich dessen sicher war, stieg die nackte, pure Angst in ihm auf. Sein leerer Magen regte sich, er spürte, wie sich an seinem ganzen Körper die Haare aufstellten. Der Verrückte würde ihm jetzt eine Hand abhacken und ihn danach töten. So einfach war das. Er bekam einen kalten Schweißausbruch, und er pinkelte sich nochmals in die Hose. Die Mithöranlage war so leise gestellt, daß er das Plätschern unter seinem Sitz hören konnte. *Scheiße!*

Henderson kam um das Pult herum und blickte lächelnd in die angstgeweiteten Augen des anderen. Es war ein fröhliches, siegesgewisses und erwartungsvolles Lächeln, fast kindlich. Er hielt das Messer in der rechten Faust und baute sich vor dem schlotternden Higgins auf. Der Nachrichtensprecher wiederholte die Meldung von dem Bombenattentat im Baskenland.

»So ist das Leben«, erklärte Henderson philosophisch.

»Mann... Du kannst doch nicht... ich hab' dir doch nichts getan!« stotterte Higgins.

»Das ist es nicht«, sagte Ralph. »Es liegt nicht an dir. Du bist nur ein Stellvertreter, *auswechselbar,* aber du repräsentierst eine Klasse von *Leuten,* von *Arschlöchern.*« The ›Voice‹ Higgins starrte ihn nur blöde an und verstand nichts.

»Vor ein paar Jahren war ich einer wie du«, führte Henderson weiter aus. »Ich war ein Star, hatte Fans, hatte Kohle. Ich hab' *gut* ausgesehen. Besser als du. *Ich* hätte zum Fernsehen gehen können. Ich war beliebt. Dachte ich zumindest.«

Higgins begann, unkontrolliert zu heulen und zu schluchzen. Es war aus mit ihm.

»Kannst du dich noch an Fred Waltrip erinnern? Mit dem ich diese Talk-Show gemacht hatte? Er nannte mich *Freund.*«

Der Gefesselte konnte sich an überhaupt nichts erinnern. Er hörte Ralph schon nicht mehr, sondern schluchzte in lauten Schüben. Sein Brustkorb hob und senkte sich zitternd.

»Als mir dann diese *Sache* passiert war, ließ er mich fallen, kannte mich nicht mehr. Ich hab' nächtelang vor seiner Tür gelegen und um Hilfe gebettelt, als ich nichts mehr zum Fressen hatte. Hast du schon einmal *gehungert?* Ich schon. Ich hab' unter Brücken gepennt, wie in diesen Filmen. Und Spiritus gesoffen, weil ich kein Geld für richtigen Alk hatte. Mir sind die Zähne ausgefallen, weil ich kein Obst zwischen die Kiemen bekam. Bloß, weil diese kleine Schlampe erst fünfzehn war. Dabei sah sie *viel älter* aus. Mir hat sie gesagt, sie wäre zwanzig.«

Henderson sah an die Decke – oder zumindest in diese Richtung. Er schien etwas völlig anderes vor Augen zu haben.

Und dann senkte er seinen Blick wieder auf Higgins.

»Das *Network* hatte von einem Tag zum anderen einen neuen DJ für meine Show. Im Sender bekam ich Hausverbot. Und die Schweine haben es auch noch *allen* weitererzählt, selbst denen, die es überhaupt nicht wissen wollten. In die meisten Sender bin ich nicht einmal mehr hineingekommen. Da haben mich schon die Pförtner weggejagt. Und ich kann doch *nichts anderes*. Verstehst du das?«

James hatte aufgehört zu weinen. In irgendeiner hinteren Ecke seines Hirnes hatte er die letzten Sätze mitbekommen. Ganz leise sagte er: *»Diese Schweine.«*

Und dann geschah etwas sehr Merkwürdiges: Ralph begann seinerseits zu weinen. Er ließ das Messer fallen, setzte sich auf den Boden und vergrub das Gesicht in den Händen. Und heulte bitterlich.

Das Nachrichtenband war längst durchgelaufen. Die rechte Spule der Bandmaschine dreht sich rasend schnell und das lose Ende des Bandes schlug knatternd gegen das Gehäuse. Der Abschaltmechanismus war defekt. Ansonsten war es totenstill, bis auf das leise Schniefen von Henderson.

»Hey, Mann«, begann James zaghaft. Der andere reagierte nicht. »Hey, Mann, du, Henderson«, wiederholte Higgins und versuchte etwas wie Mitgefühl und Zärtlichkeit in seine Stimme zu legen.

Ralph hob seinen Kopf aus den Händen und sah Higgins mit verheulten Augen an.

James versuchte, in diesen Augen zu lesen, aber er konnte nichts erkennen außer Schmerz und Wut.

Er überlegte, was er sagen könnte, um dem anderen das Gefühl zu geben, daß er auf seiner Seite war. *Vertrauen* schaffen. Jetzt war der richtige Zeitpunkt dafür. Dachte er.

»Ich weiß, was du mitgemacht hast«, sagte er vorsichtig – und biß sich sofort auf die Unterlippe. Solchen Mist hätte er nicht sagen wollen.

»Was weißt du denn schon?« brüllte Ralph. Der sentimentale Anflug war damit offensichtlich vorbei, und ebenso Higgins' Chance. So sah es jedenfalls aus, denn Henderson war wieder aufgestanden und hielt das Messer drohend in der Hand.

»Euch Arschlöchern sollte man die Zungen 'rausschneiden. Ihr redet nur *Scheiße.* Denkt, Ihr seid Götter hinter euren Mikrofonen. Dabei fehlt euch jeder Bezug zur Realität. Im richtigen Leben wärt ihr *nichts.* Kleine Fürze ohne Eigenleben. Ihr seid nur *Stimmen,* nichts weiter.«

Higgins mußte sich eingestehen, daß er recht hatte. Viele seiner Kollegen – und ein bißchen auch er selbst – neigten zu einer Art von Selbstüberschätzung, die schon nicht mehr komisch war.

»Stimmt«, sagte er deshalb.

»Du gibst es zu?« fragte Ralph ungläubig, aber ruhiger.

»Sicher. Du hast den Nagel auf den Kopf getroffen. Ich bin auch so einer.«

Henderson schien etwas unsicher, ob der unerwarteten positiven Resonanz.

»Du willst mich jetzt doch nicht verarschen, oder?«

James versuchte ein vorsichtiges, verlegenes Lächeln.

»Warum sollte ich dich jetzt noch verarschen wollen? Ich bin einfach der Meinung, daß du recht hast, das ist alles. *Und nun schieß' mir schon endlich den Schädel 'runter.«* Er hatte das tatsächlich so gemeint, deshalb klang es wohl auch glaubwürdig. Dieses Spiel mußte endlich ein Ende haben.

»Mann, sachte, sachte! Du denkst also genauso wie ich?«

Ralph konnte es kaum glauben.

»Sicher sonst würde ich das nicht sagen.«

Er sah dem verunsicherten Psychopathen genau in die Augen und hielt dem prüfenden Blick stand. Wieder flakkerte Hoffnung in ihm auf.

»Ich kann dir vielleicht sogar helfen«, bot James an. Er sagte das etwas zögernd und fürchtete, schon wieder zu weit gegangen zu sein. Aber Hendersons Augen zeigten, daß er interessiert war.

»Ich hab' einen Freund in Tihuana. Der hat eine kleine Station, nur *Westcoast.* Da könnte ich dich unterbringen, der stellt keine Fragen. Und in Mexiko sucht dich niemand.«

Ralphs Augen begannen zu leuchten.

»Ich könnte ihn sofort anrufen und alles klarmachen«, beendete er sein Angebot.

Henderson zögerte: »Ist das dein Ernst?«

Higgins nickte stumm.

»Dann ruf ihn an. Sofort.«

»Ich hab' die Nummer in meiner Hemdtasche«, erklärte James und bedeutete damit, daß er losgebunden werden müsse. Die Hemdtasche war unter dem Seil verborgen.

Aber Henderson war wohl restlos überzeugt. Mit dem Messer entfernte er hastig das Seil und half dem anderen sogar beim Aufstehen, schob ihn sachte um das Pult herum zu Telefon. Derweil zog James sein Notizbüchlein aus der Brusttasche und blätterte darin. Er hatte *keinen* Freund in Tihuana. Er wollte an die Pistole, die auf der Arbeitsfläche neben dem Pult lag. Während er noch so tat, als suchte er die richtige Nummer, hob Ralph den Hörer ab und hielt ihn Higgins entgegen, als ginge es ihm nicht schnell genug. *»Ich werde wieder arbeiten«,* sagte er sehr leise, zu sich selbst.

In diesem Moment griff ›Voice‹ Higgins nach der Waffe.

Bevor Henderson überhaupt realisierte, was geschehen war, hatte er schon das Ende des Laufes an der Stirn.

»So, du kleiner Scheißkerl«, sagte Higgins fest und spürte große innere Wärme vor Erleichterung und Macht. »Jetzt blase ich dir das Hirn 'raus!«

Ralph starrte ihn an und begriff nicht. In der rechten Hand hielt er noch immer den Telefonhörer, am weit ausgestreckten Arm. Das Messer fiel fast bedächtig aus der anderen Hand zu Boden. Sein Mund öffnete sich, verständnislos, zu irgendeiner nie gefragten Frage. Denn in diesem Augenblick brach die Hölle los.

Higgins nahm links von sich einen Schatten war, in dem Raum, in dem Suzanna tot am Boden lag. Erst dachte er, es wäre eine Sinnestäuschung, doch dann sah er die beiden Uniformierten, die hinter der Scheibe standen und mit zwei großkalibrigen Kanonen auf *seinen* Kopf zielten.

Jetzt sah er auch den dritten Mann, der am Mischpult stand und in diesem Moment einen Knopf drückte.

»Sie blasen hier *niemandem* das Hirn 'raus«, sagte eine scharfe Stimme, und Higgins begriff, daß sie seinen letzten Satz mitgehört haben mußten. Während er noch überlegte, wie er reagieren sollte und das Grinsen beobachtete, das sich auf Hendersons Gesicht ausbreitete, hörte er aus weiter Ferne zwei sich lösende Schüsse. In den tausendstel Sekunden, bevor die beiden Kugeln seinen Kopf trafen, dachte er noch ›Scheiße!‹ – und drückte selbst ab. Das letzte, was er noch wahrnahm, war der maßlos erstaunte Blick und das eingefrorene Grinsen im Gesicht des Besuchers.

Jürgen Ehlers

Flucht

Nächste Ausfahrt Aachen. Das blauweiße Schild taucht kurz im Scheinwerferlicht auf und verschwindet. Die Frau im roten Golf vor ihm verringert ihre Geschwindigkeit nicht. Sie fährt nicht nach Aachen, sondern weiter Richtung Westen. Färber achtet darauf, daß der Abstand nicht zu groß wird.

Zum Glück fährt sie nicht allzu schnell. Seine Fahrtüchtigkeit ist doch eingeschränkt, das muß er zugeben. Aber niemand hatte ihm den Führerschein abverlangt, als er aus dem Krankenhaus kam, also hatte er ihn behalten und versucht, sich allmählich wieder an das Auto zu gewöhnen. Und es ging. Es ging gar nicht so schlecht.

Er hatte die kleine blonde Frau zum ersten Mal im Prozeß gegen Huber gesehen. Birte Maiwald war noch jung, deutlich jünger als ihr Freund Huber. Färber schätzte sie auf Mitte Zwanzig. Sie war als Zeugin vernommen worden, hatte aber nichts ausgesagt, was zur Klärung des spektakulären Lohnraubes beitrug. Sie konnte angeblich nicht glauben, daß Peter Huber, ihr Peter, in die Sache verwickelt sein sollte. Sie wußte auch nichts von einer

Schußwaffe und schon gar nichts von den fünfhunderttausend Mark, die bei dem Überfall erbeutet worden waren. Natürlich war sie in den nächsten Monaten überwacht worden, das hätte er auch gewußt, wenn Kommissar Sommer es ihm nicht erzählt hätte. Aber sie war weder durch größere Einkäufe noch durch teure Reisen aufgefallen. Sie war weiterhin zur Arbeit gegangen, in dem Maklerbüro Mehring, und die Schulden für das Häuschen in der Efeustraße, das sie von ihren Eltern geerbt hatte, zahlte sie nach wie vor in kleinen Raten ab.

Öde Fahrerei durch die Nacht. Das Autoradio hätte er längst reparieren lassen sollen, dann gäbe es wenigstens Musik. Die Hand schmerzt. Von der Anstrengung, denkt er. Das macht die Anstrengung. Er ist es nicht mehr gewohnt, lange Strecken zu fahren, und schon gar nicht bei Dunkelheit.

Nicht nur das Geld ist seit dem Überfall verschwunden, sondern auch der Revolver. Klar, daß Huber ihn jetzt bei sich hat! Färber bemüht sich, nicht an den Revolver zu denken. Er konzentriert sich auf die Verfolgung und auf sein Ziel. Die blonde Frau vor ihm, die fährt zu Huber, dessen ist er sich sicher.

Dieser Huber – die Zeitungen hatten ihn als ›irregeleiteten Sohn aus gutem Hause‹ beschrieben – war nicht dumm. Es gab nur wenige Überfälle dieser Größenordnung, die einer allein drehen konnte; er hatte seine Chance gesehen und genutzt. Die Reporter fanden ihn sympathisch. Aber die mußten auch kein ewiges Andenken an Huber mit sich herumtragen.

Birte Maiwald hatte geweint, als das Urteil verkündet worden war. Es war eine rührende Szene gewesen, und die beiden hatten die Presse auf ihrer Seite gehabt. Aber je länger Färber darüber nachdachte, desto mehr war er der Ansicht, daß die beiden eine wohl überlegte Schau abgezogen hatten.

»Durch das unüberlegte Eingreifen des Zeugen Färber geriet ich in Panik.« Ein Satz, wie ihn nur ein Anwalt formulieren konnte. »Ich bin einfach durchgedreht; da hab' ich um mich geschlossen, ungezielt, einfach um mir Luft zu schaffen. Und dabei wurde der Zeuge unglücklicherweise an der Hand verletzt. Es tut mir sehr, sehr leid; ich würde viel dafür geben, wenn ich es ungeschehen machen könnte.«

Färber war überzeugt, daß Huber nicht in Panik geraten war. Er hatte gezielt geschossen. Es war nur ein Schuß gefallen. Färber glaubte auch nicht, daß es Huber leid tat. Die angebliche Reue des Angeklagten hatte auch das Gericht nicht überzeugt, zumal Beute und Schußwaffe verschwunden waren, und so war die Strafe höher ausgefallen.

Aber immer noch viel zu kurz, dachte Färber; was waren schon ein paar Jahre! Er würde lebenslänglich mit seiner zerschossenen Hand zu tun haben.

Natürlich war es leichtsinnig gewesen, sich dem bewaffneten Räuber in den Weg zu stellen. Aber es gibt Momente im Leben, da ist man bereit, mehr als gewöhnlich zu riskieren. Zum Beispiel, wenn man gerade erfahren hat, daß seine Frau sich scheiden lassen will. »Halt!« hatte er gerufen und mit ausgebreiteten Armen Huber den Weg verstellt. Er hätte gar nicht gewußt, was er als nächstes hätte tun sollen. Dem Mann die Waffe aus der Hand schlagen? Absurd. Aber Huber hatte sofort geschossen.

Es war umsonst gewesen. Drei Tage später hatten sie ihn. Eine kleine Genugtuung für Färber; allerdings ging die Verhaftung nicht auf seine Täterbeschreibung zurück, sondern auf polizeiliche Routinearbeit.

Plötzlich wird Färber klar, wohin sie fahren. Noch zehn Kilometer bis zur belgischen Grenze! Sein Paß liegt irgendwo im Schreibtisch zu Hause; er hat ihn nicht mehr gebraucht, seit der Reise nach Griechenland mit Karin. Fünf Jahre ist es jetzt her. Damals waren sie erst ein Jahr verheiratet, und alles sah rosig aus. Nein, er will daran nicht mehr denken; er konzentriert sich auf die Straße.

Und wenn sie ihn jetzt anhalten? Natürlich werden sie ihn anhalten; klar, daß sie sich gerade ihn herauspicken werden. Man kennt das doch. Die Zöllner haben einen Blick für Leute, mit denen etwas nicht stimmt. Er malt sich die Szene aus: »So, Sie haben keinen Ausweis dabei? Wo wollen Sie denn hin?« – »Kein besonderes Ziel.« – »So. – Sagen Sie mal, wie halten Sie denn das Lenkrad? Ist etwas mit Ihrer Hand?« – »Nichts.« – »So? – Ach, steigen Sie doch bitte mal aus!«

Seine Hände sind feucht, als sie zur Grenze kommen. Der rote Golf vor ihm passiert ohne angehalten zu werden. Auch ihn lassen sie durch. Niemand kümmert sich um ihn. Er ist in Belgien.

Es war ein Schock für ihn gewesen, als er in der Zeitung las, daß Huber ausgebrochen war. Was lag näher, als sich bei der Maiwald zu verstecken? Das Problem besteht nicht so sehr darin, aus dem Gefängnis auszubrechen – das Problem besteht darin, draußen zu bleiben. Du brauchst einen Unterschlupf, brauchst Verpflegung und Kleidung, und – das ist das Schwerste – wenn sie dich nicht mehr suchen, wenn sie aufgegeben haben, mußt du irgendwie wieder in das normale Leben zurückkehren. Allein kann man das unmöglich schaffen. Man braucht einen Freund, der einem hilft. Der einzige Freund Hubers, den Färber kannte, war Birte Maiwald.

Färber hatte Zeit. Er beschloß, sich an der Jagd auf

Huber zu beteiligen. Er parkte seinen Wagen in Sichtweite des Hauses und wartete. Er ahnte nicht, wie lange er warten müßte. Er war nicht der einzige, der wartete. In der Reihe der geparkten Autos stand weiter vorn ein Ford Kombi, dessen Fahrer scheinbar nichts Besseres zu tun hatte, als im Wagen zu sitzen und die Zeitung zu lesen. Das war einer von Sommers Leuten.

Nichts passierte. Birte Maiwald ging wie gewohnt zur Arbeit, traf sich mit niemandem, niemand kam zu Besuch. Nach einer Weile stellte die Polizei die Überwachung ein. Für die Beamten gab es sicher andere, dringlichere Aufgaben. Aber nicht für ihn. Er war arbeitslos. Wegen der lahmen Hand hatte er seinen Job als Taxifahrer aufgeben müssen. Man hatte ihm nahegelegt, sich umschulen zu lassen. Der Kursus hatte gerade begonnen, als die Meldung von Hubers Ausbruch kam. Er hatte sich mit einem Hinweis auf die immer noch nicht schmerzfreie Verletzung entschuldigt und war dem Unterricht ferngeblieben. Seitdem überwachte er die Frau und das Haus – mindestens acht Stunden pro Tag, meistens länger. Er wechselte die Zeiten unregelmäßig, um Huber zu überlisten, aber nichts geschah.

Er konnte nur hoffen, daß Birte Maiwald nicht bemerkte, daß er sie beobachtete. Einem anderen jedenfalls war er nicht unbemerkt geblieben: Kommissar Sommer hatte ihn in der Wohnung aufgesucht und ihm nahegelegt, die Jagd aufzugeben. »Ich verstehe ja Ihren Zorn. Uns ist es auch nicht recht, daß dieser Mann frei herumläuft. Aber Sie sollten sich da heraushalten. Die Verfolgung von Straftätern ist Sache der Polizei. Und wir kriegen den Mann, Herr Färber, darauf können Sie sich verlassen!«

Er hatte sich nicht darauf verlassen – und was den Zorn anging: den konnte keiner nachfühlen, dem nicht die Hand zerschossen worden war.

So hatte es sich hingezogen. Sieben Wochen dauerte es jetzt schon, und Färber war ungeduldig geworden. Er hatte ernsthaft daran gedacht, aufzugeben und zu seinem Computerlehrgang zurückzugehen. Eine Woche noch, hatte er sich gesagt. Aber als die abgelaufen war, hatte er die Frist um eine weitere Woche verlängert.

Beharrlichkeit war schon immer eine seiner hervorragendsten Eigenschaften gewesen. Ein eigenes Taxiunternehmen, das hatte ihm vorgeschwebt. Er hatte diesen Traum nicht aufgegeben, auch wenn er sich das Geld jetzt auf andere Weise verdienen müßte. Seine Beharrlichkeit sollte ihn auch jetzt zum Ziel führen. Er würde nicht ruhen, bis Huber wieder gefaßt war, und das würde bald der Fall sein. Als Birte Maiwald heute abend kurz nach sieben Uhr ganz plötzlich aus dem Haus gestürmt, in den Wagen gesprungen und losgefahren war, gab es für ihn keinen Zweifel: Huber hatte angerufen, und sie war auf dem Weg zu ihm.

Eine lange Fahrt hat immer etwas Zermürbendes. Färber weiß, wenn die beiden ihn in eine Falle locken, irgendwo auf einer Nebenstraße, dann hat er keine Chance. Aber der Wagen vor ihm bleibt auf der Autobahn, und inzwischen sind sie schon an Brüssel vorbei. Er ahnt, daß sie zur Küste fahren werden.

Nachtfahrt. Die Welt reduziert sich auf das, was im Scheinwerferlicht sichtbar wird. Sie fahren durch Belgien. Die Landschaft ist flach wie ein Brett – wahrscheinlich. Färber ist nie vorher hier gewesen. Er stellt es sich so vor.

»Die Nacht ist keines Menschen Freund«, denkt er. Er ist stolz auf seine Beharrlichkeit, aber während er so durch das Dunkel fährt, sagt ihm eine innere Stimme: »Beharrlichkeit? – Starrsinn ist das Wort, Starrsinn!«

Nicht nachgeben wollen – es hatte ihn seine Frau gekostet, und auch seine Hand.

Und dann sind sie in Zeebrügge. Der Hafen, das Chaos. Färber versteht nichts. Schließlich fragt er einen der Passanten, der sich mit seiner Frau auf Deutsch unterhält: »Entschuldigen Sie. – Was geht hier eigentlich vor?«

»Ja, wissen Sie es denn nicht? – Die Fähre nach England ist gesunken, knapp hinter der Hafenausfahrt. Über hundert Tote soll es gegeben haben!«

Wahnsinn, denkt er. Ausgerechnet jetzt passiert das, ausgerechnet – was die Frau wohl vorhat?

Färber verfolgt sie. Sie sieht ihn nicht, hat kein Auge für ihn, selbst als er nur wenige Meter von ihr entfernt ist und sich hinter ihr einen Weg durch die Schaulustigen bahnt. Verdammte Sensationsgier! Wie die Geier stehen sie herum. Aber es gibt nichts zu sehen. Auch für Birte Maiwald nicht. Sie findet nicht, was sie gesucht hat. Er beobachtet, wie sie mit Polizisten spricht, er folgt ihr durch Krankenhäuser und Turnhallen. Keine Frage: Huber muß an Bord gewesen sein.

Stunden später steht sie am Kai, abseits der Scheinwerfer, und starrt in das nachtschwarze Wasser. Sie zuckt zusammen, als Färber an sie herantritt.

»Ach, Sie sind's!« Sie hatte ihn nicht kommen hören.

»Ich wollte ihn haben«, sagt Färber.

»Zu spät. Er war auf der Fähre.«

Er sieht sie an: »Tot?«

»Sie haben ihn noch nicht gefunden.«

Er sagt nichts. Wer bis jetzt nicht gefunden ist, der kann nur tot sein. Einige werden nie gefunden werden. Es gibt starke Strömungen im Ärmelkanal.

»Ich hatte gedacht, die Polizei sei hinter mir her«, sagt sie schließlich. »Ja, natürlich habe ich bemerkt, daß mir jemand gefolgt ist. Aber ich mußte hinfahren, ich mußte es einfach wissen.«

Färber nickte. Er wäre auch gefahren an ihrer Stelle. »Er wollte nach England? Warum gerade nach England?«

»In England gibt es keine Meldepflicht. Ein gutes Land, um unterzutauchen – jedenfalls, wenn man Geld hat.« Huber hatte sie angerufen, kurz bevor er an Bord ging. Richtig gelöst habe er geklungen, erleichtert, daß an der Grenze alles gutgegangen war. Sie hatte sich so für ihn gefreut. Und dann war diese Nachricht in der Tagesschau gekommen. Sie kämpft mit den Tränen. »Er hatte Pech. Er hat immer nur Pech gehabt.«

So sieht sie das also. »Sie haben ihn versteckt, nicht wahr? – Wie haben Sie es geschafft, daß die Polizei ihn nicht gefunden hat?«

Sie zögert. Schließlich sagt sie: »Warum soll ich es eigentlich nicht sagen, jetzt, wo alles vorbei ist? – Ja, ich habe für ihn gesorgt. Mein Chef hat ein Wochenendhaus im Sauerland, das liegt nördlich von Schmallenberg, mitten im Wald. Aber er ist im Sommer nie dort draußen. Dort hat Peter gewartet, bis er sich sicher war, daß die Polizei die Suche aufgegeben hatte.«

»Nicht schlecht ausgedacht«, sagt Färber bitter.

Sie faucht ihn an: »Er ist tot, Mensch, *tot!* – Was muß denn noch geschehen, damit Sie endlich aufhören, ihn zu hassen? Sie – Sie sind nicht einmal zufrieden, wenn Sie ihn tot haben! Was hat er Ihnen denn groß getan?«

»Er hat mir meine Hand zerschossen«, sagt Färber.

»Ich scheiße auf Ihre Hand!« Sie dreht sich rasch um und geht fort.

Färber folgt ihr nicht. Er starrt ins Wasser. Welch ein verdammter Zufall. Wie groß war die Chance, ausgerechnet diese elende Fähre zu erwischen und auf der Flucht zu ertrinken? Unendlich winzig!

Und wenn es nun doch kein Zufall ist? Wenn es nichts ist als ein gemeiner Plan, ihn, den Verfolger ein für alle Mal abzuschütteln? – In einem Cafe wechselt er Geld ein. Dann ruft er bei der Kripo in Düsseldorf an, läßt sich mit Kommissar Sommer verbinden und gibt an: »Der aus der Haftanstalt entflohene Peter Huber hat sich bis heute in einem Wochenendhaus im Sauerland versteckt gehalten.«

»Wo bitte?«

»Im Wochenendhaus des Maklers Herrn Mehring. Das Haus liegt in einem Waldstück nördlich von Schmallenberg. Aber Huber soll nicht mehr dort sein. Angeblich hat er sich nach England absetzen wollen und ist bei dem Fährunglück in Zeebrügge ertrunken!«

»Tatsächlich? Woher haben Sie diese Information?« Er hört förmlich die Skepsis seines Gegenübers am anderen Ende der Leitung.

»Von seiner Freundin. Huber hat sie angerufen, als er an Bord der Fähre ging.«

Als er den Hörer auflegt, stellt er fest, daß seine Hände zittern. Aber er ist sich sicher, sie werden seine Angabe überprüfen. Das Ende einer Jagd?

Er wird es erst am nächsten Abend erfahren: Peter Huber steckt nicht im Sauerland. Der Makler Mehring besitzt gar kein Wochenendhaus in Schmallenberg oder sonst irgendwo in der Gegend, aber das ist völlig belanglos. Die Polizei weiß nämlich, daß Huber nicht bei Birte Maiwald angerufen hat. Ihr Telefon wird noch immer überwacht. Der Plan war also mündlich abgesprochen, wahrscheinlich unmittelbar nachdem die Nachricht vom Fährunglück über den Bildschirm gelaufen war. Sieben Minuten später sind sie in der Efeustraße. Huber wird ohne Widerstand festgenommen.

Renate Müller-Piper

Endstation Friedhof

»Bist ja bestimmt heilfroh, daß du hier weg bist. Ist nichts für dich, so'n kleines Kaff! Aber für mich reicht es. Und jetzt kommst du erst mal in die Küche, der Kaffee ist gerade fertig«, sagte Waltraud und hakte die sich halbherzig nur widersetzende Lisa fest unter, schob sie energisch fort von der Dorfstraße, den langen Weg durch einen riesigen unkrautfreien Vorgarten entlang, hin zu einem eineinhalbgeschossigen weißgetünchten Haus, das von zwei Kaninchenställen flankiert wurde, wie andernorts Schlösser von Skulpturen.

»Du wolltest doch nicht etwa vorbeifahren? Mensch – ist doch alles so lange her – die alten Geschichten ...«, sagte Waltraud mit der Vertrautheit lange zurückliegender Tage.

»Für mich ist das Geschirr gut genug«, sagte Waltraud, als sie gleich danach die blauweißen Tassen bis zum Rand füllte, und sie entnahm dem Küchenschrank rechts am Fenster die dazugehörende mit blaßblauen Streublumen dekorierte Zuckerdose.

Der kleine Küchenschrank. Abgebeizt inzwischen. Rechts oben, hinter der Glasscheibe, auf dem mittleren

Einlegeboden, da hatte immer die Schokolade gelegen. Wenn Lisas Soldatenvater welche organisiert hatte. Manchmal war es ihm auch gelungen, Kakao und richtigen Kaffee zu organisieren. Dann war Lisas Großmutter stolz gewesen auf ihren tüchtigen Sohn. Sie hatte ihren kleinen, von der Landarbeit gebeugten Körper gestreckt und Tränen in den Augen gehabt. Mit Lisa hatte sie geschimpft, weil die Schokolade immer so schnell verbraucht war. Aber Lisa hatte dichtgehalten und nicht verraten, daß sie die Schokolade für Waltraud brauchte, für ihre liebste Freundin.

Lisas Hand zitterte, wenig nur, beim Ergreifen der einstigen Sonntagstasse. Waltraud bemerkte es nicht, sie ermunterte: »Nun lang mal ordentlich zu, dünn, wie du immer noch bist. Und deine Haare? Jetzt könntest du dir doch endlich Locken machen lassen? Jetzt hast du doch bestimmt das Geld dazu? Na, laß man gut sein.« Waltraud lachte breit, strich ihre gestärkte Schürze glatt. Ihre wenigen Haare waren sorgsam in Löckchen gedreht und umrahmten ihr flächiges Gesicht wie ein ausgedienter Pelzkragen aus hellem Persianer.

Lecker schmeckte Waltrauds Kuchen: viel Zucker, viel Butter, viel Schmand. Aber heutzutage wurde er nicht mehr bei Bäcker Binnewies in dessen Backstube gebakken, auf riesigen Blechen, die dann in der Wurstekammer aufbewahrt wurden.

»Weißt du noch, wie du mir alles zum Backen im Dorfe hochgeschleppt hast? Dir sind die Eier runtergefallen, vor der Tür von Helmkes. Und die Butterflocken hast du dann auch nicht genau in eine Reihe gelegt. Na ja, laß man gut sein. Und am schwarzen Feuerteich vorbei, das war nichts für dich Hasenfuß, weißt du nicht?« sagte Waltraud.

Der Feuerteich war inzwischen zugeschüttet worden. Mit Feuern wurde nicht mehr gerechnet. Und auf dem Feuerteich stand jetzt Waltrauds Haus.

Erst war ihr der Gedanke unheimlich gewesen. Aber dann... Und billig war es auch gewesen. Weil da keiner bauen wollte.

Den Brunnen am Dorfrand, den sehr tiefen Brunnen, gab's auch nicht mehr. »Da kannst du froh drüber sein«, sagte Waltraud auf dem kissenüberladenen Sofa zu Lisa, »du hattest doch immer so eine Angst vor dem Brunnen. Dabei habe ich doch nur Spaß gemacht. Hast du wirklich geglaubt, ich würde dich da reinwerfen? Wegen Kurt etwa? Na, du konntest ja vor lauter Angst auch immer nicht zugucken beim Schlachten – aber die Wurst, die wolltest du haben, nich?«

Die gute Stube: »– mußt du unbedingt sehen!« Nebenan war sie, und man konnte da vom Fußboden essen. Sehr viele Möbelstücke, sehr viele Grünpflanzen, die Fenster verdunkelnd. Und das Jugendstil-Nußbaumbüffet. Es war zersägt worden. Der reich geschnitzte Aufsatz stand auf dem Fußboden, neben einer grellbunten Bodenvase.

»Das Unterteil steht oben. Für Bettwäsche. Unsere Stube ist ja zu niedrig für das ganze Büffet. Hier ist es ja nicht so, wie bei der Mutter von deiner Mutter, in der Stadt, ehe die Bomben fielen. Aber für mich ist es gut genug, nur 'n bißchen alt«, sagte Waltraud und glättete ein ovales, ohnehin sehr glattes Deckchen, das ihr gerade unter die Finger geriet. Nein, hergeben wollte sie das Büffet nicht – höchstens für eine neue moderne Schrankwand, altdeutsch. Überhaupt den ganzen Krieg über, und danach auch noch, hatte das Ding doch sowieso nur in der feuchten Waschküche, bei Lisas Großmutter väterlicherseits, hier im Dorf, rumgestanden. Der hatte Waltraud es dann aus nachbarlicher Gefälligkeit abgenommen, mit dem Geschirr und dem anderen Kram zusammen. Kurz vor deren Tod.

Plötzlich jemand im Türrahmen: Kurt. Ein offensichtlich von der Situation überforderter Kurt.

Ein Kurt, der womöglich so schnell nicht den Überblick gewann.

»Tja, da staunst du, was? Sie wollte vorbeifahren. Aber, ich habe sie gleich erkannt. Na, du hast sie ja bestimmt lange vergessen...«

»Ich will noch eben die Kartoffeln rausholen«, brummte Kurt, nickte herüber und verschwand im Dunkel des Hausflurs. Er mußte sich bücken, als er durch die Tür ging.

»Jetzt ist er natürlich froh, daß er damals die Schule aufgegeben hat. Die Flausen hattest du ihm in den Kopf gesetzt, Flausen von Latein und sowas. Ein normaler Mensch braucht das im Leben doch gar nicht. Und Kurt hatte nichts und war nichts, als Flüchtling. Na ja, er hatte dann eben mich. Und ich, ich hatte was. Und dann kam ja auch gleich unser Heinzi, ich zeige dir nachher mal ein Foto. Der ist ja nun schon groß. Er sieht mir ähnlich. Kurt arbeitet in der Stadt, in der Teppichfabrik. Und nebenbei haben wir noch etwas Landwirtschaft«, sagte Waltraud, und »weißt du noch, wie wir in unserer Veranda des Abends Schlager gesungen haben? Du, du wolltest plötzlich berühmt und Zarah Leander sein. Aber nee, das war ich ja schon. Du warst überhaupt eigentlich auch noch zu klein fürs Aufbleiben. Weißt du noch, wie dein Opa dich immer gesucht hat? Na, da mußte ich ihm schon sagen, daß du mit Kurt, mit meinem Kurt weg warst. Muß ja alles seine Ordnung haben, nich? Und das konnte ich ja nicht ahnen, daß er so zuschlagen würde.«

Nein, zum Friedhof sollte Lisa nicht mutterseelenallein gehen. Das ließ sich Waltraud nicht nehmen. »Aber die Rosen, die kannst du da nicht hinpflanzen«, sagte Waltraud, als Lisa, kurz vor ihrer geplanten Heimreise, den kleinen Tontopf auf der zugigen Anhöhe vor dem Friedhof aus dem Kofferraum hob, »das geht nicht. Ich habe ja die Pflege übernommen und habe alles so schön mit Steinen zugedeckt. Komm, guck mal. Da wächst jetzt kein Gras mehr.«

Als Lisa später, viel später auf dem Friedhof wieder zu sich kommt, emportaucht aus chaotisch wirbelnden Wirklichkeiten, einem Labyrinth schauriger Brunnenschächte, nicht greifbarer Trugbilder vom sehr jungen, sehr weichen Kurt, klirrend zersplitternder blauweißer Kaffeetassen, übergroßer Abbilder zersägter Nußbaumschränke und versteinernder Rosenblüten – als Lisa all dem entkommt, wieder zu sich kommt, findet sie sich auf hartem Boden liegend, inmitten eines Haufens nun ungeordnet verstreuter Steine. Kleiner und großer Steine, die nichts mehr zudecken.

Einen hält Lisa in ihrer rechten Faust.

Feucht ist er.

Feucht und dunkelrot.

Fred Breinersdorfer

Games ums Geld

Und dann haben sie dem Harry gesagt, daß ohne Vorkasse nichts mehr läuft. An sich hat der Harry nur einen Laugenwecken mit Brät haben wollen, doch die Clubwirtin hat gesagt, nix Harry, erst mal das Frische über den Tresen, und dann kriegt er seinen Wecken mit Brät. Sie kennen ja ihre Ausdrucksweise! Der Harry hat aber das sogenannte Frische nicht gehabt. Noch nicht mal soviel, daß es für einen Wecken mit Brät gereicht hätte. Tausendfünfhundert waren angelaufen in den letzten Wochen. Und der Scheck, den Harry geschrieben hat, war nicht honoriert worden von seiner Bank. Deswegen nur Vorkasse. Basta. Beim Zocken war er das schon eine Zeitlang gewöhnt gewesen, daß man nichts mehr pumpt, und im Geschäft, ja meinerseel, im Geschäft da war er schon seit vier oder fünf Monaten im Sturzflug, da nahm schon lange kein Hund mehr ein Stück Brot von Harry.

Dabei war der Harry früher in unserem Tennisclub ein Platzhirsch gewesen. Nichts ist an ihm vorbeigelaufen, kein neues Mädel im Verein, kein Fernet und schon überhaupt keine Partie Backgammon. Wir sind ein kleiner

Club, haben wenige Plätze in halber Höhe über der Stadt, wie Sie sehen können. Keine schlechten Leute sind unter den Mitgliedern. Man erträgt es seit Jahren, daß der Harry und seine Freunde schon mittags einen Satz spielen um einen Fünfhunderter, den sie vorher ins Netz geklemmt hatten. Sie haben in der Clique einen verrückten Anwalt, der in der Vorstadt praktiziert, der hat in solchen Fällen auf Englisch geschiedsrichtert: The game is five to four, Harry leads, Harry to serve... Harry hat immer geführt, hat immer blendend serviert und einen Backhand-Topspin, fast makellos, ein super Ballgefühl und mit allen Wassern gewaschen. Eine große Nummer für jede Jungseniorenmannschaft im Turnier.

Man muß sich den Harry vorstellen, wie er noch vor einem halben Jahr ausgesehen hat: seidenweiche Haare mit grauen Strähnen, seidenweiche Wimpern und eine bißchen scharfe Stimme, die er gebändigt hat, sobald er eine Frau gesehen hat. Blendend hat er ausgesehen, braun, der Schmuck um Hals und Handgelenke echt und massiv Gold. Natürlich hat er keine Rolex getragen, weil sowas heutzutage prolo ist. Er bevorzugte ein anderes Schweizer Fabrikat, kleine Fabrik, Weißgold das Material, edles Design; fast hätte die Uhr als Kaufhausware durchgehen können, so sensationell war das Ding, ein klasse Understatement.

Aufs Äußere legt der Harry großen Wert. Zum Beispiel beharrt er stets darauf, daß er exakt einen Meter siebzig groß ist. Wenn eine Frau, die einen Meter fünfundsiebzig lang geraten ist, ihre Körpergröße runterspielt, sich für eine Endsechzigerin ausgibt und für jeden ersichtlich mit flachen Absätzen unseren Harry um einen halben Kopf überragt, dann mißt Harry an den Schultern. Seine sind hoch und breit. Da schneidet er gut ab. Immer war der Harry einer von den Gentlemen im Club, auch wenn er als Urheber von Orgien bei uns verschrien war, indessen, jeder war stolz, wenn er hat mitmachen dürfen bei so einer Orgie. Sogar unser Präsident, ein schmaler Mann mit einem Schnauzer, Sie werden ihn noch kennenlernen, und unsere gute Margot, die die Geschäftsstelle macht, waren stolz darauf. Das ist bei der Margot verwunderlich, denn sie ist in ihrer sittlichen Auffassung eher rigoros. Beispielsweise hat sie einmal die Polizei gerufen, als sie nachts um drei im dritten Fernsehen hat mit ansehen müssen, daß in einer Live-Veranstaltung die Typen von der Rockband ihren Zappedäus haben raushängen lassen. Die Polizei hätte im Fernsehstudio eingreifen sollen, hat aber nicht. Trotzdem ist die Margot auch zu den Festen gegangen. Vielleicht haben dort die Kerle den Zappedäus nicht heraushängen lassen, sagt man bei uns im Club, ha, ha, ha, wenn Sie verstehen, was ich meine.

Ich bin erst stutzig geworden, als der Harry, der sonst jeden Fall im Zweifel gut gegeben hat, der nie darum gefeilscht hat, ob einer im Aus war, bei dem zwei neue das Selbstverständlichste von der Welt waren, als unser Harry bei einem Match um einen Fünfhunderter, der im Netz gesteckt hat, kleinlich geworden ist. Prompt hat er auch das Match verloren. Gerade zwei Games hat er gewonnen in einem langen Satz. Und sein schöner Fünfhunderter war hin. Der Teufel scheißt immer auf den größten Haufen, hat der Harry gesagt und ist Zocken gegangen. Und dabei hat er nochmal einen Fünfhunderter liegen lassen.

Geld hat er sich pumpen müssen. Man hat's ihm gerne gepumpt, weil, der Harry war noch gut für große Scheine, damals.

Aber er ist diesen roten Fünfer schuldig geblieben. Bis heute. Sowas gibt den Clubkameraden zu denken.

Dann hat der Harry das Fünfhundertspiel mit Clubkameraden gemacht, die gerade eingetreten waren und erst ein paar Trainerstunden hinter sich hatten. Er hat sich zwar immer Betuchte ausgesucht, mal einen Zahnarzt, einen Immobilienmakler oder einen Steuerberater, aber ob es korrekt war? Die hat er abziehen können nach Strich und Faden. Zwar hat er bei fünf zu null für sich selbst den Gegner noch ein, zwei Games machen lassen, aber mein Gott, das war nur, weil der Präsident sich an ihn gewendet hat und erklärt hat, daß man sportliche Bedenken hat, wenn in unserem Club um Geld Tennis gespielt wird. Da ist er bei Harry an den Richtigen gekommen: bei jedem Turnier wird ums Frische gespielt, hat der Harry höhnisch gesagt, und daß sowas seit Jahren Brauch ist. Doch nicht so, Harry, hat der Präsident gesagt, der selbst schon in guten Zeiten ein paar tausend an Harry verloren hat. Des Menschen Wille sei sein Himmelreich, hat der Harry geantwortet. Dasselbe hat ihm unser Tenniskamerad Albert gesagt, als er beim Stand von fünf zu eins, Aufschlag bei Harry, den Fünfhunderter aus dem Netz gezogen hat und zur Schuldentilgung eingesteckt hat, obwohl der Harry gesagt hat, daß er mit dem Schein die Rechnung in der Vereinskneipe bezahlen will.

Der Dr. Kohn und der Albert, die Margot und der Präsident, der Vorstadtanwalt mit dem englischen Tick und sein Freund, der Galeriedirektor, die Eisprinzessin und der adlige Werbeberater haben am Tresen gesessen und zugesehen, wie Harry sich die Haare aus der Stirn gestrichen hat, die ein wenig verschwitzt ausgesehen hatten und eine passende Antwort gesagt hat wegen der Vorkasse für den Brätwecken zu zweisechzig. Er hat sich in ein Lächeln geflüchtet. Der Galeriedirektor und der Dr. Kohn haben ihre Kreditblocks vorgeschoben und haben fast wie aus einem Mund gesagt, geht auf mich. Genau in diesem Augenblick hat die Clubwirtin das Brätbrötchen schon über den Tisch geschoben und gesagt, geschenkt. Der Anwalt mit dem englischen Tick hat dabei zum Galeriedirektor gesagt, imagine the tips he gave when he was rich. Der Galeriedirektor hat genickt und auch der Präsident, der nur ein miserables Englisch spricht. Es ist ein später Nachmittag gewesen. Draußen ein wolkenloser Sommertag, monotone Schläge auf dem Platz, gedämpft dringen die Rufe der Spieler von den Feldern herein. Jemand kommt herein und bestellt Kaffee.

Nein danke, hat Harry gesagt, nett von euch. Er hat das Brätbrötchen liegen lassen und ist gegangen. Drüben am Centre Court ist er stehen geblieben und hat auf den roten Sand und die beiden Spieler gestarrt, die den gelben Ball über das Netz gejagt haben und sich verbissen bekämpften. Dann ist der Harry weggegangen.

Man muß wirklich sagen, daß sie Geduld mit dem Harry gehabt haben in unserem Club. Dreimal haben sie ihm geschrieben wegen der fünfzehnhundert und dem Beitrag und der Hallenmiete, dreimal, freundlich und geduldig. Jedesmal geschlossen mit kameradschaftlichen Grüßen. Man hat es ihm erklärt, warum man auf Bezahlung auch in seinem Fall bestehen muß, daß der Club seine Pacht in der Stadt auch pünktlich abführen muß und daß die Zinsen für die Hypotheken auf der Halle berappt werden müssen. Doch Harry hat diese Schreiben nicht beantwortet. Er hat sie zu den anderen Mahnungen auf einen Haufen gelegt und ist in eine Kneipe gegangen, wo das Pils nicht drei Mark kostet wie bei uns im Club.

Sie hatten ihm noch nicht die Austrittserklärung zugeschickt, es war drei, vier Wochen vorher, da ist er zum Ball erschienen, zum erstenmal, seit ich denken kann ohne ein Weib, wo er sonst immer nur Klasseweiber gehabt hat, aussehensmäßig, Katzen, nach denen du dich umgedreht hast, wenn sie vorbeigestrichen sind. Oh, wie haben sie ihn stehen lassen, den Harry. Wenn ich heute daran denke, kann ich's mir gar nicht vorstellen. Zuerst ist er an den Tisch vom Vorstand, die Hände flach in die Außentaschen seines immer noch makellosen Smokings geschoben, den Kopf spöttisch ein wenig zur Seite geneigt, einen Fuß leicht vorgestellt, so hat er den Präsidenten begrüßt und dessen Frau. In diesem Augenblick ist die Margot vorbeigekommen. Sie war am Arm ihres neuen Freundes, der Juwelier ist und den wir bei uns gerne aufgenommen haben. Harry, hat Margot gefragt, haste gezahlt? Da hat der ganze Vorstandstisch gelacht.

Sicher, sicher, unterwegs die Überweisung, hat Harry geantwortet. Ihm wäre nichts anzumerken gewesen, aber alle haben gewußt, daß es eine Story ist, die er da erzählt, deshalb haben sie gelacht. Dann hat die Musik angefangen zu spielen, und viele sind auf die Tanzfläche. Wie sie an Harry vorbeigekommen sind, hat man die eine oder andere Bemerkung gehört. Was ist dem Harry anderes übriggeblieben als zu schlucken? Hätte er würgen sollen? Er hat gelächelt und dann ein wenig die Zähne gefletscht, als der Dr. Kohn mit seiner vertrockneten Gemahlin vorbeigekommen ist und gefragt hat, wie man sich fühlt, wenn man nicht mehr dazugehört.

Eigentlich glänzend, hat der Harry geantwortet, no problem.

Harrys Überweisung ist natürlich nicht gekommen. Und deshalb hat er eine vorformulierte Austrittserklärung zugeschickt bekommen. Er hätte sie nur unterschreiben müssen und zurückschicken. Freiumschlag lag bei. So verfährt man, damit die Clubkasse nicht noch das Nachporto zu tragen hat. Mir fällt immer der Vergleich mit den K.u.K.-Offizieren ein, denen man im Fall der

Fälle eine geladene Pistole entsichert und gebrauchsfertig hingelegt hat.

Der Harry hat weder unterschrieben noch abgedrückt. Jedenfalls nicht gegen sich selbst abgedrückt. Man hat allerdings in der Zeitung lesen können, daß man einen Kassierboten der Volksbank erschossen hat. Sie wissen es ja besser als ich. Aufgesetzt und durchgezogen. Es hat sich um einen ältlichen Mann gehandelt. Junggeselle, ohne nahe Angehörige. Trotzdem, denk ich mir, hat dieser Mann am Leben gehangen und nicht für die sechshunderttausend Märker, die er in einer abgeschabten Aktentasche über den Schloßplatz getragen hat, ins Gras beißen wollen. Ja, die Banken gehen heute wieder zu der Methode zurück, das Geld möglichst unauffällig zu transportieren. Und der Kassierbote hatte nur einen kurzen Weg rüber zur Landeszentralbank, wo die Valuta hinsollte. Genau auf halber Strecke hat ihn dieser mysteriöse Mann gestellt und mit der aufgesetzten Pistole getötet. Genickschuß. Der Mann, um die vierzig, etwa einssiebig groß, sportlich und in guter Kleidung hatte eine Faschingsmaske auf. Er ist mit der Tasche des toten Kassierboten geflohen. Ein Taxifahrer hat die Verfolgung aufgenommen. Taxifahrer neigen ja dazu, sich in solchen Situationen für Law and Order zu exponieren. Da hat ihm der Unbekannte mit der Faschingsmaske vorne in den Kühler geschossen, daß das Projektil zwitschernd wie ein Vogel unter der Kühlerhaube herumgefahren ist und rotglühend seitlich am Kotflügel ausgetreten ist. Der Kühler ist ausgelaufen, und die Zündkabel hats zerfetzt, so daß der Taxisfahrer hat aufgeben müssen. Der Mann ist entkommen. Daß man den Harry mit dieser brutalen Geschichte in Verbindung gebracht hat, geht dem Gerücht zufolge auf einen anonymen Hinweis aus unserem Club zurück. Der Staatsanwalt Köberling, er ist seit Jahren schon Mitglied, hat sich mal die Akten zeigen lassen und da soll ein anonymer Brief drin sein. Der Köberling schwört, daß er die Handschrift aus dem Club kennt. Woher weiß keiner. Man ist dem Hinweis nachgegangen und sie haben den Harry geschnappt und verhört. Er hat kein Alibi gehabt. Aber wer hat schon eines, wenns drauf ankommt? Heute ist ein Alibi eher verdächtig. Man hat aber auch keine Pistole bei ihm gefunden und auch nicht die Tasche vom Kassierboten und schon gar nicht das Geld. Sie haben seine gepfändete Wohnung auf den Kopf gestellt, gefilmt, geröntgt, wenn man so was kann, und ich weiß nicht, was alles gemacht.

Harry kam frei und der Fall zu den Akten. Man hat diesen Raubmord nie aufklären können. Nie. Daß es dem Harry bald wirtschaftlich wieder besser ging, mag seine ganz natürlichen Ursachen haben. Er hat, so hört man im Club, das Metier gewechselt, ist derzeit in der Werbung. Da wird ja trotz fauler Konjunktur und allem immer noch gutes Geld verdient, denken Sie bloß an unseren Karl Hofstätter, nur so als Beispiel. Und als der Harry eines Tages gekommen ist und die Anlage betreten wollte, ist ihm gerade unser Präsident entgegengekommen mit seiner Tochter, die von der Trainerstunde kam. Wie der Präsident den Harry gesehen hat, da hat er ihn am Arm genommen und wollte ihn behutsam hinaus vor das Tor der Anlage führen. Daß der Platz nur für Mitglieder und deren Freunde sei, hat der Präsident sanft gesagt. Seine Stärke liegt darin, den Leuten alles sehr ruhig beizubringen. Doch der Harry hat geantwortet, daß er nichts unterschrieben hat, rein gar nichts. Er hat sich losgemacht und ist wie immer herübergekommen, am Centre Court vorbei auf die Cafeteria zu. Hey, hat er gesagt und bevor einer den Mund aufgekriegt hat, hat er spielerisch die Brieftasche herausgezogen und gezahlt.

Oh, what a wonderful tip, hat der Anwalt gespottet, der dabeigesessen hat, durchgeschwitzt vom Match und ein Weizenbier vor sich und mit den Augen mitzählend. Es waren fünfzig Mark mehr, als offen waren. Dann hat der Harry sich ein Brätbrötchen genommen und noch einen Zehner hingelegt und ist hinausgegangen, um bei einem Spiel zuzusehen. Die Margot war dafür, daß man die Scheine sofort zur Kripo bringt und sie dort prüfen läßt, doch der Köberling, den sie deswegen angesprochen hat, der Köberling hat gelacht und abgewunken. Er kennt den Akt, hat er gesagt. Und er weiß, daß kein einziger Schein registriert war. Und die Clubwirtin war sowieso happy, daß sie das Frische hatte. Bei der Margot hat er den Beitrag fürs nächste Jahr und die Hallenmiete mit einem Scheck bezahlt. Und was soll ich Ihnen sagen: Die Margot hat den Scheck angenommen, ohne Wenn und Aber. Und dieser Scheck ist auch honoriert worden von der Bank.

Sehen Sie, da drüben, dort, am Centre Court, da machen sie wieder die Games um Geld. Der Schein steckt unterhalb vom Schiedrichtersitz im Netz. Ist es nicht ein Tausender? Er sieht zu braun und blaß aus für einen Fünfhunderter, dieser Schein im Netz. Gegen wen er spielt, der Harry? Gegen den Präsidenten. Bin gespannt, wer da gewinnt. Der Präsident hat eine exzellente Vorhand und einen knallharten Aufschlag. Da muß der Harry kämpfen. Aber fighten, das kann er, unser Harry. Kein Zweifel. Und oben auf dem Schiedsrichterstuhl sitzt der Anwalt. Wie in Wimbleton, umwerfend der Oxfordakzent, finde ich, doch manchmal übertreibt er. Und das dort ist Margot, ja, die Harry das Handtuch abnimmt und über den Stuhl legt, ja, genau die, die Blonde, das ist Margot, wie sie lächelt und ihn umgurrt. Sie hat ihn scheints wieder lieben gelernt.

Tag, mein lieber Kohn, schon fertig? Sechs zwei, sechs drei ist ein gutes Ergebnis, man sieht, sie holen auf, lieber Kohn. Noch ein paar Trainerstunden, und in drei Jahren spielen sie in der zweiten Mannschaft bei den Jungsenioren. Nein. Nein. Das ist falsche Bescheidenheit, ich habe Sie beobachtet. Sie haben ein exzellentes Ballgefühl, lieber Kohn. Übrigens darf ich vorstellen: Maier-Kohlberg. Von unserem Dr. Kohn habe ich Ihnen schon viel erzählt. Er ist Steuerberater und im Tennis ein Talent. Herr Maier-Kohlberg ist Kriminaloberrat. Beim Landeskriminalamt. Neues Mitglied. Wir können stolz auf ihn sein. Er ist ein sehr defensiver Spieler, Grundlinie, dazu noch Linkshänder. Ich habe meine liebe Not mit ihm. Er ist fürchterlich schwer zu spielen unser Maier-Kohlberg. Ja, ja, gewonnen habe ich schon, aber erst nach drei Sätzen. Tschüß, wir sehen uns, mein lieber Kohn. Sie gehen Harry zusehen? Gut, gut, von Harry können wir viel lernen. Tschau!

Und was meinen Sie zu Harry? Ehrlich gesagt, mich stört er nicht. Ich sehe das anders als diese Kaffeekränzchentanten, die noch nie das Game ums Geld geschätzt haben und wegen der Orgien nur sauer sind, daß sie selbst nicht mitfeiern durften. Für mich persönlich ist Harry ein Kerl, der es geschafft hat, sich an dem eigenen Haarschopf aus dem Sumpf zu ziehen. Alle Achtung! Und das mit dem Raubmord muß man ihm erst beweisen. Sie sagen ja auch, daß die Akten nichts hergeben gegen Harry. So gesehen ist er ein unbescholtener Mann. Der Anwalt sagt stets, daß einer so lange als unschuldig zu gelten hat, bis er rechtskräftig verurteilt ist. Das ist doch so?

Alle im Club sind dieser Auffassung, nicht wahr, alle. Wir sind liberale Leute. Und seit Harry wieder zahlen kann, hat er seine Freunde wieder.

Egon Eis

Sie blieb in Alor Star...

Geständnis

Das Ehepaar Prescott war im Stadtbezirk Islington gut bekannt. Seit der Captain aus Malaya nach London zurückgekehrt war, wohnte er mit seiner Frau in einer Nebenstraße der Southampton Road. Jeden Tag holte er um 8 Uhr früh mit militärischer Pünktlichkeit die Milchflasche und die Zeitung herein und zweimal wöchentlich ging er zum Tabakladen an der Ecke, um eine Stange Player's Zigaretten zu kaufen.

Mrs. Prescott, eine attraktive Frau, der man ansah, daß sie einmal auffallend hübsch gewesen war, zählte in den Läden der Southampton Road zu den beliebten Kundinnen – lebhaft und umgänglich wußte sie stets etwas Interessantes aus dem exotischen Land zu berichten, in dem sie gelebt hatte. Daß sie in letzter Zeit ruhiger und beinahe verschlossen geworden war, fiel nicht weiter auf; man schrieb es dem zunehmenden Alter zu und dem eintönigen Leben, unter dem viele Londoner Hausfrauen litten.

Reverend Clarke kannte die Frau ziemlich gut, denn sie hatte ihm öfter bei Wohltätigkeitsveranstaltungen geholfen. Den Captain hatte er nur gelegentlich gesehen, wenn dieser bei einem Basar erschienen war, um seine Frau abzuholen.

Um so erstaunter war er, als Prescott eines Tages längst nach der üblichen Sprechstunde im Pfarrhaus erschien, unvermutet und unangemeldet. Der Reverend bot ihm höflich Platz an, er stellte keine Fragen. Der Captain zog umständlich eine Zigarette aus der Schachtel, ehe er das Wort ergriff. Dem Pastor erschien er äußerst erregt – als versuche er seine Nervosität durch Selbstbeherrschung zu überwinden, wie es bei einem ehemaligen Offizier zu erwarten war. Doch das Zittern seiner Hände, die Zigarette und Feuerzeug umklammerten, verriet ihn.

Schließlich sagte er: »Ich habe eine Bitte, Reverend. Eine vielleicht ungewöhnliche Bitte...«

Clarke machte eine einladende Handbewegung. »Wenn ich Ihnen behilflich sein kann, Captain...«

Prescott zögerte einen Augenblick, ehe er weitersprach: »Ich möchte, daß Sie mich zum Polizeirevier begleiten.«

Clarke runzelte die Stirn. Das hatte er nicht erwartet. »Und warum, Mr. Prescott, wollen Sie zur Polizeistation? Haben Sie etwas verloren? Oder wollen Sie eine Anzeige erstatten?«

Der andere schien erleichtert, die Antwort auf diese Frage fiel ihm leicht. »Ja, ja«, sagte er schnell, »eine Anzeige. Ich möchte eine Anzeige erstatten.«

Natürlich fragte sich der Reverend, warum er den Leutnant auf diesem Weg begleiten sollte. Doch um jeden Anschein von Neugier zu vermeiden, erkundigte er sich bloß geduldig: »Und gegen wen wollen Sie Anzeige erstatten?«

Prescott erwiderte beinahe erstaunt, als läge die Antwort auf der Hand: »Gegen mich.« Und als der Geistliche ihn verblüfft ansah, erklärte er: »Es betrifft das Verschwinden meiner Frau.«

Der Reverend schüttelte verwirrt den Kopf: »Mrs. Prescott ist verschwunden, sagen Sie? Das kann ich kaum glauben. Ich habe sie erst heute morgen im Supermarkt getroffen.«

»Das mag sein, Reverend. Aber ich muß Sie darüber belehren, daß Mrs. Prescott nicht meine Frau ist...«

Der Reverend seufzte. Es geschah nicht zum ersten Mal, daß er von Menschen, die seelisch oder geistig verwirrt waren, aufgesucht wurde. Doch jedem hätte er eine solche Entgleisung eher zugetraut als diesem so korrekt erscheinenden Ex-Offizier. »Ich verstehe nicht recht...«, stammelte er.

»Natürlich nicht«, entgegnete Prescott. »Mitunter zweifle ich daran, ob ich es selbst verstehe.« Unterdes hatte er seine Zigarette angezündet, er rauchte in hastigen Zügen. »Aber meine Frau ist tot. Ich habe sie eigenhändig begraben. In meinem Garten, in der Nähe von Alor Star.« Und beinahe gleichmütig fügte er hinzu: »Ich habe sie umgebracht.« Und dann, wie um seine Aussage zu bekräftigen, begann er plötzlich zu schreien: »Ich habe sie erschlagen. Ermordet!«

Etwa eine Stunde später erfüllte der Reverend Prescotts Wunsch, verfrachtete ihn in seinen alten Morris und fuhr mit ihm zur Polizei. Doch nicht zum Bezirksrevier in Islington, sondern zu Scotland Yard. Der Chef der Mordkommission war bereits im Begriff heimzugehen; die Störung zu später Stunde kam ihm ungelegen, doch einen Geistlichen konnte er nicht gut abweisen. Er hörte sich geduldig an, was der Reverend und der Captain zu berichten hatte. Und je mehr er hörte, desto größer wurde sein Staunen. Und später, als das Protokoll aufgenommen wurde, hörte er sich zu seiner eigenen Verblüffung sagen: »Erzählen Sie alles, was Ihnen am Herzen liegt, Captain Prescott. Lassen Sie sich Zeit.«

Es wurde eine lange Nacht.

Seit jeher hat es große Schauspielerinnen gereizt, die Doppelrolle von Zwillingsschwestern zu spielen – von Luise Ullrich über Elisabeth Bergner zu Bette Davis.

Natürlich handelte es sich um erfundene Filmgeschichten, in denen zwei ähnlich aussehende Frauen zwei grundverschiedene Charaktere darstellen – meist eine gute und eine böse Schwester.

Doch das Geständnis des Leutnant Prescott stellte alle Filmphantasien in den Schatten, weil es sich nicht um Dichtung handelte, sondern um Wirklichkeit.

Schwestern

Evelyn und Joyce McLeod wurden im Juli 1931 in Glasgow geboren. Sie waren eineiige Zwillinge.

Solche Paare, die einer seltsamen Laune der Natur zu entspringen scheinen, wurden im ›Königlichen Amt für Statistik und Bevölkerungswesen‹ sorgfältig registriert. Man stellte fest, daß sie in Schottland relativ häufiger waren als in England und Wales. Der Grund dafür blieb unbekannt.

Wie üblich, traten die Zwillinge meist paarweise auf und wurden von den Eltern gleich gekleidet. Tatsächlich waren sie äußerlich schwer zu unterscheiden, was zu den üblichen Scherzen und Verwechslungen führte. Doch die sie besser kannten, die Eltern und Lehrer, wußten sehr wohl die eine von der anderen zu unterscheiden. Nicht nur das Timbre ihrer Stimmen, auch ihre Temperamente waren keineswegs gleich. Während Joyce sanft war und sich eher zum Typ der passiven Träumerin entwickelte, zeigte sich Evelyn bald als echtes schottisches Rebellenkind, selbstbewußt und oft auch renitent. Da sie 25 Minuten älter war als ihre Schwester, nahm sie noch im Schulalter das Recht der Erstgeborenen für sich in Anspruch und kommandierte Joyce herum, was von dieser wiederspruchslos hingenommen wurde.

Wurden beide wegen eines Schülerstreichs zur Rechenschaft gezogen, verhielt sich Joyce kleinlaut, während sich Evelyn mit schriller Stimme rechtfertigte – und damit ihre Identität verriet.

Mit Beginn der Pubertät begannen die Unterschiede der Persönlichkeiten starker hervorzutreten. Evelyn war begeisterte Sportlerin und trieb sich frühreif mit Burschen herum, während Joyce meist zu Hause blieb, Bücher las und keine einzige Klavierstunde versäumte. Sie kleidete sich unauffällig, Evelyn hingegen folgte jedem Modetrend, bevorzugte grelle Farben und gewagte Bikinis.

Der Tod der Eltern im Grippejahr 1949 trennte die Schwestern. Joyce zog nach London, wo man ihr eine Stelle als Kindergärtnerin angeboten hatte. Evelyn lernte einen wohlhabenden Immobilienmakler namens Willoughby kennen; sie wurde erst seine Sekretärin, dann seine Geliebte und schließlich seine Ehefrau. Sie gebar ihm drei Kinder, ehe sie sich nach stürmischen Ehejahren von ihm scheiden ließ. Für ausreichende Alimente verzichtete sie nicht nur auf ihre Kinder, sondern auch auf den Namen des auf seinen Ruf bedachten Willoughby. Kurz entschlossen ließ sie Angus, Philip und Fiona beim treu sorgenden Vater zurück und führte wieder unter ihrem Mädchennamen McLeod ein fröhliches Leben als Single.

Die Beziehung zwischen Joyce und Norman Prescott verlief weniger hektisch. Er war ein stämmiger Mann, ein Armee-Offizier, der gewissenhaft seinen Dienst tat und eifrig Kricket spielte. Seine Erfahrungen mit Frauen waren begrenzt. Als er bei einem befreundeten Ehepaar die stille Joyce kennenlernte, wagte er kaum erste Annäherungsversuche. Doch sie ermutigte ihn. Sie fühlte sich in London ohne die Gesellschaft ihrer lebhaften Schwester einsam, und die Aufmerksamkeit des strammen Leutnants schmeichelte ihr.

Im Sommer 1956 heirateten sie. Kurz darauf wurde er befördert und mit seinem Regiment nach Malaya geschickt. Dort unterstützten die Briten seit Jahren den neugegründeten ›Malayischen Bund‹ gegen kommunistische Guerillas. Kampfgebiet war der undurchdringliche Dschungel im Norden des Landes, an der thailändischen Grenze.

Prescotts Einheit wurde einer Garnison des Grenzstaates Kedah zugeteilt, in der Nähe der Provinzhauptstadt Alor Star. Dort hatte sich seit der Kolonialzeit wenig verändert. Captain Prescott bezog, wie es seinem Rang zukam, einen landesüblichen Bungalow inmitten eines prächtigen Gartens. Es gab auch Tennisplätze, ein Kricketfeld und einen Swimming-pool. Die Scharmützel fanden weit entfernt im Dschungel statt, in der Idylle bei Alor Star merkte man nichts von ihnen. Joyce führte das geruhsame Leben, das englische Offiziersfrauen in Asien stets geführt haben. Wenn der Captain irgendwo im Grenzgebiet seinen Dienst tat, fehlten ihr nicht nur der Mann, sondern auch die Schwester, und sie litt unter wachsender Einsamkeit.

Als sie schließlich schwanger wurde, litt sie innerhalb kurzer Zeit an den verschiedensten Krankheitssymptomen, die der Militärarzt lächelnd auf ›pränatale Hysterie‹

zurückführte. Eines Tages hielt sie es nicht länger aus und schickte ein Telegramm nach Schottland.

Nichts kam Evelyn gelegener als eine Einladung nach Malaya. Das versprach Abwechslung, Abenteuer und Exotik. Und vor allem ein Wiedersehen mit der lange vermißten Schwester. Sie verabschiedete sich von ihrem Freundeskreis; sogar von ihren Kindern, denen der Abschied von der selten gesehenen Mutter nicht schwer fiel. Sie fuhr mit der Bahn nach London und flog nach Asien. Im März 1957 landete sie auf dem Flughafen von Kuala Lumpur, und von dort brachte sie eine Propellermaschine nach Alor Star.

Berührung

Sie sah sich in der primitiven Ankunftshalle suchend um, doch Joyce war nirgends zu sehen. Statt dessen trat ein stattlicher Offizier auf sie zu und begrüßte sie wie eine alte Bekannte.

»Willkommen, Evelyn.«

»Captain Prescott, nicht wahr?«

»Jawohl, Ma'am.«

Natürlich hatte er sie sofort erkennen können, aber sie nicht ihn.

»Wo ist Joyce?«

»Im Wochenbett. Ein Junge. Sie sind Tante geworden, Evelyn.«

Der Mann gefiel ihr auf Anhieb. Ein strammer Kerl, der sich militärisch knapp ausdrückte. Das Gerede der Playboys, die sie umschwärmten, war ihr schon längst auf die Nerven gegangen. Sie hatte sich Joyces Mann immer als Pendant ihres eigenen vorgestellt und war angenehm überrascht. Erstaunlich, daß sich die zurückhaltende

Joyce einen solchen Ehemann geangelt hatte. Sie schenkte ihrem Schwager ein Lächeln, das sie sonst für Auserwählte reserviert hatte. Statt daß er reagierte, wie sie es gewohnt war, nahm er ihr wortlos ihre Gepäckscheine aus der Hand und ging zum Fließband mit den Koffern. Nun ja, er war ja daran gewöhnt, ihr Ebenbild im Bett zu haben.

Auf dem Weg zur Klinik sprach er wenig. Auch sie wußte nicht recht, was sie sagen sollte; sie war befangen. Sonst war es ihr nie schwergefallen, einen Partner in ein lebhaftes Gespräch zu verwickeln.

Doch als er ihr dann aus dem Wagen half, berührten sich ihre Hände, und sie fühlte schlagartig, daß es zwischen ihnen einen spontanen Kontakt gab. Sie sah ihn prüfend an, doch er zuckte nicht mit der Wimper. Hatte sie sich geirrt, reagierte er anders als sie? Erst viel später erfuhr sie, daß das nicht der Fall gewesen, daß er bloß beherrschter war als sie. Aber gleich darauf verschwand er aus dem Mittelpunkt ihres Interesses. Das Wiedersehen der Schwestern war rührend und tränenreich. Prescott zog sich taktvoll zurück. Larmoyanz war einem Typ wie ihm verhaßt. Und mit einem Neugeborenen wußte er überhaupt nichts anzufangen. Manchmal fragte er sich, ob er sich überhaupt einen Sohn gewünscht hatte.

Evelyn hingegen war im Umgang mit Babys erfahren – sie hatte genug eigene gehabt. Sie verstand es besser als seine Mutter, den kleinen Nicholas trockenzulegen und zu wickeln. Joyce hatte mit der Heimkehr nur auf die Ankunft ihrer Schwester gewartet; jetzt fuhr man zu viert nach Hause. Evelyn bezog ein geräumiges, luftiges Zimmer, zu dem man durch den Gang hinter dem Bad gelangte. Während sich Joyce um den kleinen Nicky kümmerte, übernahm die Schwester in ihrer lebhaften Art bald den gesamten Haushalt. Sie fuhr einkaufen, fütterte die Katzen, schikanierte den Hausboy und lernte von der malayischen Köchin die Zubereitung exotischer Gerichte.

Mit den Damen der Garnison – den Hyatts, Morrisons, Fitzpatricks – freundete sie sich bald an. Und von deren Männern ließ sie sich ungeniert den Hof machen.

Prescott tadelte sie deshalb. »Du wirst Anstoß erregen, Evelyn.«

Sie lachte ihm ins Gesicht. »Bist du eifersüchtig, Schwager?«

Sie hatte es erraten, doch er stritt es entschieden ab. »Unsinn!« brummte er. Aber sie wußte es besser.

Am Anfang ihres Besuches war er ihr ausgewichen. Ihre Nähe irritierte ihn, ihr schweres Parfum erregte ihn. Joyce benutzte nur Kölnischwasser. Die Zurückhaltung ihres Mannes war ihr einmal aufgefallen und sie fragte ihn unumwunden: »Magst du meine Schwester nicht?«

Prescott wurde beinahe verlegen. »Wie kommst du darauf? Sie ist doch sehr lustig und immer hilfsbereit.« Und dann sagte er, zögernd: »Sie ist nur – nur ganz anders als du!«

»Sicher«, gab sie vergnügt zur Antwort und küßte ihn auf die Wange, »du hast ja auch mich geheiratet und nicht sie.«

Nie wäre es ihr in den Sinn gekommen, daß ihr Mann das zu bedauern begann.

Begierde

Unterdes hatte der Monsunregen eingesetzt. Die Kämpfe im Dschungel flauten ab, und die britische Hilfstruppe konnte in der Garnison bleiben. Prescotts Dienst beschränkte sich auf Schreibtischtätigkeit, auf Besoldung und Logistik.

Abends, wenn Joyce nicht beim Baby war, setzte sie sich an das Piano, das mit den Möbeln des Bungalows übernommen worden war, und spielte Stücke von Chopin und Liszt. Dann saßen sich Evelyn und Prescott auf der gedeckten Veranda gegenüber, tranken Bourbon und rauchten Player's. Sie sprachen wenig, aber ihre Blicke waren beredter als Worte. Längst wich er den ihren nicht mehr aus, und er zuckte auch bei der Berührung der Hände nicht mehr zurück, wenn er ihr Feuer gab oder einen Drink reichte.

Es regnete ohne Unterlaß. Das unaufhörliche Prasseln der schweren Tropfen auf dem Vordach zerrte an den Nerven. Die unterhaltsamen Ausflüge im Jeep mußten unterbleiben, seit der Wagen ständig mit einer wasserdichten Plane überzogen war, unter der es unerträglich heiß wurde.

Evelyn begann sich zu langweilen und suchte nach Abwechslung. Daß Prescott ihr auswich, empfand sie als Herausforderung. Bewußt führte sie Begegnungen herbei, die ihn in Verlegenheit brachten. Sie kam gern mit halb offenem Bademantel aus der Brause, wenn sie wußte, daß sie ihn im Korridor treffen würde. Dann entschuldigte sie sich mit einem Lächeln und schloß den Mantel, ohne sich zu beeilen.

Einmal, als sie sich im hellen Zimmer ankleidete, ließ sie die Tür offenstehen und tat, als wisse sie nicht, daß er im dunklen Gang stand. Es war die Stunde, in der das Baby seine Morgenmahlzeit bekam. Sie wandte der Tür den Rücken zu und griff träge nach dem Leinenkleid, um es überzustreifen.

Da stand er plötzlich bei ihr. »Evelyn!«

Sie drehte sich um, sehr langsam. Ihr Gesichtsausdruck zeigte weder Überraschung noch Zurückweisung.

»Du bist mir nicht böse...?«

Statt einer Antwort schlang sie ihre Arme um ihn und küßte ihn. Es wurde ein langer Kuß – ein Kuß, wie er ihn von Joyce nie erhalten hatte.

Schließlich machte sie sich los und sagte: »Schließ die Tür.«

»Der Boy ist im Haus«, wandte er ein.

Sie schüttelte den Kopf. »Ich habe ihn in den Garten geschickt, Mangos pflücken.«

Ihr Entgegenkommen verblüffte ihn, spornte ihn an. Jede Scheu war verschwunden. Schritt für Schritt drängte er sie zurück, zu ihrem Bett...

In diesem Moment begann im vorderen Teil des Hauses das Kind zu schreien. Joyce rief nach ihrer Schwester.

Der Zauber des Augenblicks war gebrochen. Evelyn griff nach ihrem Kleid und lief zu Joyce hinüber. Prescott stand mit geballten Fäusten im Zimmer seiner Schwägerin wie nach einer verlorenen Schlacht.

Doch Evelyn ließ sich nicht aus dem Gleichgewicht bringen. Als Prescott zum Dienst fuhr, bat sie ihn, sie in die Stadt mitzunehmen.

»Brauchst du etwas, Joyce?«

»Nicht für mich. Aber der Babypuder geht zu Ende.«

Evelyn versprach, welchen mitzubringen. Dann saß sie neben Prescott im engen Gefährt. Man erstickte beinahe unter dem regendichten Dach. Es war schwül, die Luftfeuchtigkeit enorm. Prescott atmete schwer. Er fuhr von der Straße ab, lenkte den Jeep zwischen die Mangroven, so weit es ging. Unter den dichten Laubkronen hielt er.

Er fiel über sie her, wortlos, ließ ihr kaum Zeit, aus Kleid und Wäsche zu schlüpfen. Sie saugte sich an ihm fest wie eine Verdurstende. Sie war es nicht gewohnt, so lange enthaltsam zu leben. Aufgestaute Lust brach sich Bahn. Es roch nach Parfum und Schweiß. Es war stickig und eng. Doch die beiden schwammen in einem Meer von

Seligkeit, sie verschmolzen ineinander. Die heißblütige Schottin und der nüchterne Offizier bildeten eine perfekte Synthese.

An diesem Tag erschien Captain Prescott verspätet zum Dienst.

Entladung

Gestohlene Minuten.

Unter dieser Devise verliefen die kommenden Wochen. Man konnte nur selten Gelegenheit für die Umarmungen finden, nach denen ihre Körper verlangten. Sie mußten so tun, als ginge das tägliche Leben weiter wie bisher. Joyce und Evelyn umsorgten einander wie liebende Schwestern. Und Prescott versah seinen Dienst und spielte den liebenden Gatten. Die Abende verbrachte er schweigend in Gesellschaft der beiden Frauen. Er trank zuviel und rauchte zuviel und zermarterte sein Hirn nach einem Ausweg aus der ihm unerträglich scheinenden Lage.

Die Möglichkeiten nach einem ungestörten Zusammensein waren spärlich. Und die gestohlenen Minuten waren überschattet von Angst und Scham. Angst vor der Entdeckung, Scham über das Unaussprechliche.

Wie lange konnte man Joyce täuschen, wie lange Tatsachen vor dem allwissenden Hausboy verbergen? Einmal, als die Gelegenheit günstig war – Joyce war mit dem Hausdiener einkaufen gefahren – stahl sich Prescott hoffnungsvoll in Evelyns Zimmer. Da hörte er seinen Offiziersburschen im Jeep vorfahren. Der Captain wurde in die Kommandantur beordert.

Die Spannung stieg ins Unerträgliche. Den einzigen Lichtblick bot Joyces Ahnungslosigkeit. Sie war zu sehr mit sich selbst beschäftigt, mit ihrem Kind und ihren diversen Leiden, um eine Änderung der Atmosphäre zu merken. Die Situation rief nach einer Entscheidung, die sich nicht abzeichnen wollte. Der Regen begann nachzulassen. Der Tag nahte, an dem Evelyn die Rückreise antreten sollte. Man erwartete im Hauptquartier das Wiederaufflammen der Kämpfe, und Prescotts Regiment mußte sich zum Aufbruch bereitmachen.

Die Trennung schien sich nicht länger aufschieben zu lassen. Eine Trennung für immer? Der Gedanke war unfaßbar. An eine Scheidung war angesichts des neugeborenen Kindes nicht zu denken. Die Armee würde die nötige Genehmigung nie erteilen. Die Frau und die Schwester bildeten ein unüberwindliches Hindernis. Sowohl Prescott wie Evelyn hatten Joyce einmal geliebt. Doch jetzt gestanden sie einander ein, daß sie sie zu hassen begannen.

Sie sprachen nicht darüber, doch in ihren Köpfen spukte die Suche nach einer Möglichkeit, Joyce aus dem Weg zu schaffen.

Das Schicksal gewährte dem Liebespaar einen unvermuteten Aufschub.

Joyces eingebildete Symptome verwandelten sich in tatsächliche. Sie wurde schlapp, bekam Atembeschwerden und Fieber. Prescott brachte seine Frau ins Krankenhaus nach Selangor. Die Diagnose hieß Lungenentzündung; sie müsse eine Zeitlang in stationärer Pflege verbleiben.

Beinahe triumphierend kehrte er zurück. Die folgenden Wochen versprachen ungestörte Seligkeit. Evelyns Abflugdatum wurde verschoben, was der Garnison einleuchtete, da sich ja jemand um das Kind kümmern mußte. Und der Monsunregen hatte zwar nachgelassen, aber die Dschungelpfade waren noch nicht passierbar.

Der Tagesablauf unterlag keiner grundlegenden Änderung. Evelyn versah den Haushalt, Prescott seinen Dienst. Doch nachts – wenn die Dienerschaft, die in einem Gartenhaus schlief, gegangen war – konnten die beiden leben wie ein Ehepaar. Ihr Traum schien sich zu erfüllen.

Doch ein Ende war unausweichlich. Prescott oder Evelyn telefonierten fast täglich mit der Klinik. Joyce machte schnelle Fortschritte. Sie war fieberfrei, fühlte sich frisch und munter. Der Tag ihrer Entlassung nahte.

Er kam schneller als erwartet.

Es war eine Nacht mit verhaltener Wolkendecke. Selten nur kam der Mond hervor und beleuchtete fahl die Mangroven.

Die Katzen schliefen auf der Veranda, die Dienerschaft weit hinten in ihrem Gartenhaus. Prescott und Evelyn feierten ihre Ungestörtheit. Das Radio spielte Tanzmusik, auf dem Tisch standen Gläser und Flaschen. Evelyn räkelte sich im Ehebett, und Prescott umarmte sie liebevoll.

Mit einem Mal stand Joyce mitten im Zimmer.

Sie war ungeduldig geworden, und ihrer frühen Entlassung hatte nichts im Weg gestanden, zudem ein befreundeter Militärarzt, der einer Operation beigewohnt hatte, sie in die Garnison mitnehmen konnte. Es war Mitternacht geworden, als er sie bei ihrem Haus absetzte. Sie hatte im Schlafzimmer Licht gesehen und Musik gehört. Sie wollte ihren Mann überraschen, und das gelang ihr auch.

Joyce blieb wie versteinert stehen. Prescott sprang erschrocken aus dem Bett, Evelyn klammerte sich entsetzt an die Laken.

Joyce war nur einen Augenblick wie gelähmt, dann verlor sie vollkommen ihre Beherrschung. Sie warf ihre

Handtasche Prescott an den Kopf, mit voller Wucht, und schlug mit beiden Fäusten auf den nackten Mann ein. Er schob sie zurück, doch sie attackierte ihn immer wieder, schrie, spuckte ihm ins Gesicht und überschüttete ihn mit Schimpfworten. Sie war nicht zu bändigen, glich einer Tobsüchtigen. Sie griff nach einem Obstmesser, das auf dem Tisch lag.

Prescott bekam seinen Kricketschläger zu fassen. Er hob ihn hoch und schlug zu.

Es gab ein häßliches Geräusch, als wenn eine Kokosnuß aufgeschlagen würde.

Es wurde still im Raum. Totenstill.

Dann begannen die Katzen zu miauen, die, von der lauten Stimme aufgeschreckt, aus der Veranda gekommen waren.

Evelyn kroch auf die Schwester zu, die langgestreckt auf der Strohmatte lag. Joyce blickte sie aus starren Augen an. Kein Tropfen Blut war zu sehen. Prescott ließ den Schläger fallen.

Sie sah auf, schaute ihn an. Er erwiderte ihren Blick. Sie wechselten kein Wort, es war ein stummes Einverständnis. Beide hatten insgeheim gewünscht, daß Joyce verschwinden solle. Jetzt schien ihr Wunsch in Erfüllung gegangen zu sein.

Die tote Joyce wog nicht viel. Er trug sie in einen entlegenen Teil des Gartens, dorthin, wo er bereits an das anliegende Grundstück grenzte. Evelyn holte Schaufel und Spaten aus dem Geräteschuppen.

Das Erdreich war vom Monsunregen aufgeweicht. Trotzdem schwitzte er am ganzen Körper, als die Arbeit beendet war. Er legte seine Frau behutsam in die Grube. Evelyn legte alle ihre Kleider über die Schwester, auch ihre Handtaschen und Toilettenartikel. Nichts, auch nicht die geringste Kleinigkeit durfte hinfort an Evelyn erinnern. Diese Frau blieb ausgelöscht aus der Liste der Lebenden.

Dann schüttete Prescott die Grube zu und ebnete den Boden. Hier kam nie jemand vorbei. Das tropische Wachstum würde ein übriges tun. Bald würden keine Spuren von aufgegrabenem Erdreich mehr zu sehen sein.

Es wurde schon hell, als die beiden ins Haus zurückgingen. Sie fielen ins Bett, todmüde, wie von einer schweren Last befreit. Doch zu ihrem eigenen Erstaunen packte sie mit einem Mal ein Lustgefühl, dessen sie sich schämten, das aber stärker war als alle Hemmungen. Sie umschlangen sich, gerieten in Ekstase und erlebten eine Erfüllung, die ihnen neu war – ohne Angst und ohne Reue.

Rollentausch

Am nächsten Morgen saß Evelyn lange vor dem großen Spiegel im Schlafzimmer.

Sie hatte lange unter der Brause gestanden, um den Geruch ihres Parfums loszuwerden, denn Joyce hatte stets nur Kölnischwasser benutzt. Sie kämmte ihre kokett gelockten Haare nach unten und zog den Scheitel züchtig in der Mitte des Kopfes, so wie ihn die Schwester getragen hatte. Den Inhalt des Flakons ›Seduction‹ schüttete sie in den Abfluß. Auch Rouge und Lidschatten wanderten in den Müll. Joyce hatte solche Kosmetika nie aufgetragen, nur etwas Lippenrot aufgelegt. So würde es Evelyn auch in Zukunft halten. Und die Garderobe der Toten paßte ihr wie angegossen.

Währenddessen provozierte Prescott eine Auseinandersetzung mit dem Hausboy. Stets hatte der einige

Münzen vom Nachttisch seines Herrn gestohlen. Das war nicht unüblich. Es gab sogar Offiziere, die sich lachend brüsteten, mit Absicht Kleingeld liegen zu lassen, damit die Eingeborenen sich an den Münzen vergriffen und nicht an Banknoten. Der Boy war daher derart verblüfft, als ihn sein Herr plötzlich unvermutet zur Rede stellte, daß er sich gar nicht aufs Leugnen verlegte. Der Captain drohte ihm mit dem Stock. Der Bursche floh und kam nie wieder. Prescott war zufrieden. Die Köchin würde einen neuen Diener besorgen, der Evelyn nie gesehen hatte.

Als er nach getaner Arbeit das Schlafzimmer betrat, erschrak er so sehr, daß er weiß im Gesicht wurde. Er hatte einen Augenblick lang das Gefühl, seine tote Frau käme ihm entgegen.

Der Schock, den Prescott erlitten hatte, wirkte zugleich beruhigend, denn er überzeugte die beiden, die Täuschung würde ohne Schwierigkeiten gelingen. Der Hausboy, dessen Instinkt sie gefürchtet hatten, war aus dem Haus gejagt worden. Die Köchin nahm mit der Lethargie der Eingeborenen die Tatsache zur Kenntnis, daß die Herrin zurückgekommen und der Gast abgeflogen war.

Der nächste Schritt war etwas schwieriger. Während Prescott sich einschloß, ließ Evelyn sich von seinem Burschen im Dienstwagen zur Kommandantur bringen. Der Oberst empfing sie mit ausgesuchter Höflichkeit. Er hatte Joyce bei diversen Partys kennengelernt.

Er bot ihr Platz an und eine Zigarette. Beinahe hätte Evelyn zugegriffen, doch rechtzeitig fiel ihr ein, daß Joyce nur amerikanische Camels rauchte und deshalb oft gehänselt worden war. Sie mußte lernen, vorsichtiger zu sein, und lehnte dankend ab.

Sie sagte, sie sei persönlich gekommen, um Prescott zu entschuldigen, der ihre Schwester mit dem Jeep zum

Flugplatz gebracht habe. Und sie äußerte sich besorgt um die Gesundheit des Neugeborenen, den sie gerne aus den Tropen in ein gesünderes Klima bringen würde.

Der Oberst verstand die Anspielung der fürsorglichen Mutter und versprach, sich für einen Europaurlaub des Captains einzusetzen.

Dann begann der kritische Teil des Tages. Sie mußte die Damen der Nachbarschaft aufsuchen und erklären, warum die Schwester abgeflogen war, ohne sich zu verabschieden.

Die überstürzte Abreise wäre nötig gewesen, um eine passende Maschine zu erreichen.

Die meisten Offiziersfrauen bedauerten es nicht allzusehr, auf die kokette Evelyn verzichten zu müssen, und gaben ihrer Freude Ausdruck, Joyce wieder gesund in ihrer Mitte zu sehen. Es fiel ihnen zwar auf, daß Joyce blasser war als sonst und sogar leiser sprach als gewohnt, doch schrieben sie das der gerade überstandenen Krankheit zu.

»Ihre Schwester wird Ihnen sicher fehlen«, bemerkte Mrs. Morrison mitfühlend.

Evelyn senkte den Kopf. »O ja, sehr«, hauchte sie.

Noch am selben Abend gab sie ein Telegramm nach Schottland auf und informierte Mr. Willoughby, daß seine ehemalige Gattin an einer Tropenkrankheit verschieden sei.

Die Nachricht bewirkte bei der Familie in Glasgow kaum Betroffenheit. Die Kinder konnten sich kaum an die Mutter erinnern, und der Makler hatte in der Zwischenzeit wieder geheiratet und bereits zwei Kinder aus der zweiten Ehe. Er sandte Mrs. Prescott ein Beileidstelegramm und stellte die Zahlungen der Alimente ein.

Evelyn war wütend, aber es gab freilich nichts, was sie tun konnte.

Im Haus ging das Leben seinen gewohnten Gang. Evelyn nahm übergangslos die Gewohnheiten der Schwester an.

Sie fütterte das Baby und die Katzen und verzichtete auf Player's-Zigaretten und Parfum. Anfangs fiel ihr das schwer, doch sie gewöhnte sich schließlich an Camels und Eau de Cologne. Immer mehr glich sie nicht nur äußerlich der Toten.

Immer häufiger setzte sie sich an das Piano, um ihr eingerostetes Klavierspiel aufzufrischen. Wenn Prescott vom Dienst heimkam, scholl ihm oft aus dem Haus Musik entgegen wie in alten Tagen.

Er hatte das Gefühl, ein Doppelleben zu führen. Tagsüber wie an der Seite seiner früheren Ehefrau – und nur nachts in den Armen der ersehnten Partnerin.

Dann kam der Tag, an dem sein Europa-Urlaub bewilligt wurde. Der Oberst ließ durchblicken, daß es sich wohl um mehr handle als bloß um einen Urlaub. Prescott würde kaum in die Garnison zurückkehren – man bevorzuge jetzt jüngere Offiziere.

Es gab eine große Abschiedsparty für die Prescotts. Der Captain saß wie auf Nadeln, als er merkte, daß Evelyn in ihre alten Gewohnheiten zurückfiel und übermäßig trank.

Sie tanzte ausgelassen mit Leutnant Hyatt und Captain Fitzpatrick. Wilder, als man es ihrem Abschiedsschmerz zugute halten mochte. Schließlich nahm er sie beiseite und flüsterte ihr zärtlich etwas ins Ohr. Doch seine Worte waren keineswegs liebevoll. »Vorsicht – du verrätst dich.«

Die Warnung ernüchterte Evelyn auf der Stelle. Sofort glitt sie wieder in die Rolle der reservierten Joyce zurück. Tags darauf flog sie mit dem Paß von Joyce Prescott mit ihrem Mann und dem kleinen Nicky nach London.

Prescott hatte seine frühere Wohnung nicht aufgegeben, sondern vermietet. Er hätte dem Mieter – einem pensionierten General – kündigen können, doch Evelyn weigerte sich strikt, in die ehemalige Domäne der toten Schwester einzuziehen. Außerdem war das Apartment zu klein geworden; man benötigte jetzt ein Kinderzimmer. Also verkaufte Prescott die alte Wohnung und fand im Stadtteil Islington eine neue, passende. Hier plagte die Hausfrau keine Erinnerung.

Bevor Prescott Evelyn in den Kreis der früheren Bekanntschaften einführte, mußte sie stundenlang die einzelnen Namen und Gewohnheiten der alten Bekannten studieren, die er ihr mit militärischer Präzision aufgeschrieben hatte. Sie durfte nicht verwechseln, daß sie mit Dorothy Poole eine engere Freundschaft verband als mit Lucile Gray, und daß sie mit Dr. Thorndyke über französische Literatur zu plaudern pflegte. Evelyn, die meist nur amerikanische Kriminalromane verschlang, sah sich nun gezwungen, die Bücher von Camus und Sartre zu studieren. Aber sie tat, was getan werden mußte. Sie spielte auf dem Klavier Dorothy Pooles Lieblingslieder und übte einige Phrasen über den ›nouvelle roman‹ ein, mit denen sie Gespräche mit Dr. Thorndyke einleitete. Stets hatte sie eine bessere Auffassungsgabe gehabt als ihre Schwester und eine gewisse schauspielerische Begabung. Wenn die Rede auf ihre Schwester kam, senkte sie den Kopf und flüsterte: »Sie blieb in Alor Star.« Eine stereotype Redewendung, die beinahe zu einem Ritual wurde. Auch ihre eigene Erinnerung an die Schwester wurde damit abgetan. »Sie blieb in Alor Star.« Ihre Lebenslüge verwandelte sich für Evelyn damit zur Wahrheit.

Sie fühlte sich immer mehr als Joyce, die der verstorbenen Schwester nachtrauerte. Und es fiel ihr immer leichter, die Komödie durchzuspielen. Die Leute fanden sogar, daß der Auslandsaufenthalt sie reifer und weltgewandter gemacht habe. Etwaige Erinnerungslücken führte sie geschickt darauf zurück, daß sie sich seit ihrer Rückkehr ganz auf ihre neue Aufgabe als Mutter konzentriere.

Und das war nicht vorgetäuscht. Der heranwachsende Nicky wurde zu einem integrierenden Bestandteil ihres neuen Lebens. Sie widmete sich ihm mit einer Zärtlichkeit, die sie bei ihren eigenen Kindern hatte vermissen lassen. Prescott vermerkte es ohne Befriedigung. Er beobachtete mißmutig, wie sehr Nicky an seiner vermeintlichen Mutter hing. Und er betonte wiederholt, daß er zwar der wahre Vater sei, sie aber nicht die wahre Mutter.

Längst behandelte er sie nicht wie früher. Die Tage schrankenloser Leidenschaft waren kaum mehr als eine Erinnerung. Die wilde Passion war freudloser Gewohnheit gewichen. Was die frivole Evelyn verdrängen konnte, belastete das Gewissen des schwerblütigen Mannes immer mehr. Doch die gemeinsame Schuld zehrte an beiden. Der Triumph über das ungesühnte Verbrechen und die gelungene Täuschung verflog. Die Gefahr einer Entlarvung war nicht mehr akut, doch die innere Spannung wuchs unaufhörlich und wurde immer bedrohlicher.

Die Situation spitzte sich zu, nachdem Prescott in den Ruhestand versetzt worden war und einen Großteil seiner Zeit untätig im Haus verbrachte. Jetzt ließ er es auch an korrekter Höflichkeit fehlen; er reagierte meist mürrisch und gereizt. Seine Manneskraft ließ nach und erlahmte schließlich völlig. Die lebenslustige Evelyn blieb unbefriedigt und fühlte sich gefangen an der Seite eines Mannes, den sie nicht mehr liebte, aber an den sie unentrinnbar gefesselt war. Sie dachte immer öfter an die glücklichen Tage der Kindheit, die sie mit ihrer Schwester verbracht hatte.

Sie begann in die Kirche zu gehen und lauschte reumütig den Worten des Pastors, während Prescott zu Hause saß und brütete.

Als er eines Nachts den Namen ›Joyce‹ rief, kam es zur ersten handgreiflichen Auseinandersetzung. Sie rüttelte ihn wach und überschüttete ihn mit Vorwürfen. Er konterte mit der Beschuldigung, sie habe ihre eigene Schwester hintergangen. Das traf, sie beschimpfte ihn ›Mörder‹. Da schlug er sie. Zum ersten, aber nicht zum letzten Mal.

Sie verließ das gemeinsame Bett und übersiedelte in das Kinderzimmer. Prescott verfolgte das Verhältnis zwischen ihr und dem Kind mit unverhohlener Eifersucht. Umgab sie den kleinen Nicky mit Zärtlichkeit, verhöhnte er sie, weil sie sich der Möglichkeit beraubt hatte, die eigenen Kinder zu sehen. Wollte sie den kleinen Nicky mit Strenge erziehen, verbot er es ihr. »Keine fremde Frau darf meinen Sohn anfassen. Joyce hätte das nie getan.«

Und eines Abends kam es zur Explosion. Die alte Liebe war längst in Haß umgeschlagen. Der sensible Nicky, der die Spannungen im Haus zwar nicht verstand, aber instinktiv fühlte, war ein nervöses und reizbares Kind geworden. Statt einer Anweisung Evelyns zu folgen, hatte er zu plärren begonnen und war in sein Zimmer eingesperrt worden.

»Du bist schuld, daß er so störrisch ist«, rief Prescott, und sie erwiderte: »Was kann man vom Sohn eines Mörders erwarten?«

Er quittierte es mit einem Schlag ins Gesicht. Da verlor sie die Nerven. Sie ging auf ihn los und schlug mit beiden Fäusten auf ihn ein, wie es einst ihre Schwester getan hatte. Er stieß sie so heftig zurück, daß sie zu Boden fiel.

»So bring mich doch um«, brüllte sie. »Du hast doch meine Schwester getötet! Warum erschlägst du nicht auch mich?«

Schwer atmend starrte Prescott auf die hysterische Frau, und sie erwartete zitternd einen erlösenden Tod.

Statt dessen machte er brüsk kehrt und stürzte aus dem Haus. Und sie wußte, daß er nie zurückkommen würde...

Abgesang

Prescott erhängte sich noch in derselben Nacht in seiner Zelle.

Die Funkstreife, die man zu seiner Wohnung geschickt hatte, traf Evelyn nicht mehr an. Man fand nur eine Nachricht vor, in der sie Reverend Clarke bat, den kleinen Nicky zur Familie Willoughby nach Glasgow zu bringen. Die Presse sprach von einem ›perfekten Mord‹.

Scotland Yard vermutete mit Recht, Evelyn habe sich nach Schottland abgesetzt, wo sie zu Hause war. Schließlich wurde sie am Bahnhof einer kleinen Stadt namens Aviemore aufgegriffen.

Man brachte sie nach London, und sie wurde eingehend verhört. Da sie seit ihrer Scheidung offiziell wieder Evelyn McLeod hieß, setzte ein von Willoughby bezahlter Verteidiger durch, daß sie unter ihrem Mädchennamen angeklagt wurde. Der Name ihres früheren Ehemannes trat nicht in Erscheinung. So wurde nicht nur der Ruf der Familie geschützt, sondern vor allem die Zukunft der Kinder. Sie erfuhren nicht, daß ihre Mutter eine Verbrecherin war, und sollten es auch nie erfahren.

Evelyn leugnete strikt, den Mord mit ihrem Geliebten ausgeheckt zu haben. Er wäre der allein Schuldige gewesen. Er habe sie nach dem Tod von Joyce unter Druck gesetzt, ihn nicht zu verraten und die Rolle der Schwester zu spielen.

Man glaubte ihr zwar nicht, aber Captain Prescott war nicht mehr in der Lage, ihre Aussage zu widerlegen. Schließlich verzichtete der Vertreter der Krone auf eine Mordanklage. Sie wurde bloß der Beihilfe beschuldigt und der rechtswidrigen Nutzanwendung falscher Dokumente. Trotzdem wurde ein hartes Urteil gefällt, und sie mußte mehrere Jahre in einem Frauengefängnis verbüßen.

Doch sie betrachtete die Zeit hinter Gittern keineswegs als Sühne für begangene Schuld. Nach der Qual der vergangenen Monate fühlte sie sich in Millchurch beinahe wohl. Sie empfand es als Befreiung, nicht mehr ausweglos an Prescott gekettet zu sein. Erlöst vom Zwang, die stille Schwester spielen zu müssen, verwandelte sie sich wieder in die Evelyn von früher. Sie wurde lebhaft und fröhlich und machte sich bei Mitgefangenen und Bewachungspersonal beliebt. Sie konnte den verhaßten Mittelscheitel ablegen, und es stand ihr frei, sich wieder Locken zu drehen und zu schminken. Allerdings mußte sie die triste Gefängniskluft tragen.

Zwei Wochen vor ihrer Entlassung erhielt sie – zum ersten und letzten Mal – Besuch.

Es war Willoughby.

Diesmal gab es zwischen den früheren Ehegatten keinen Zwist. Sie konnten höflich und beinahe freundschaftlich miteinander sprechen.

»Wie geht es den Kindern?« wollte sie wissen.

»Welche meinst du?« fragte er zurück. »Deine – oder Nicky?«

Nicholas Prescott war längst in den Kreis der Familie aufgenommen und adoptiert worden. Willoughby und eine Frau betreuten bereits sechs Kinder von drei verschiedenen Müttern.

Willoughby berichtete: »Nicky geht bereits in die Schule. Angus besucht ein Internat in der Schweiz, Philip entwickelt sich zu einem Tennis-Talent, und Fiona ist ein auffallend hübsches Mädchen.« Und mit leichtem Lächeln fügte er hinzu: »Sie gerät ihrer Mutter nach.« Und er schenkte ihr Fotos der heranwachsenden Sprößlinge. Evelyn war zufrieden. Sie hatte sich damit abgefunden, die Kinder nie wiedersehen zu dürfen.

Dann kam Willoughby zum Kernpunkt seines Besuches. »Du wirst in Bälde wieder frei sein, Evelyn. Was sind deine Pläne?«

»Keine Angst, Gordon«, erwiderte sie. »Ich werde deine Kreise nicht stören. Ich habe vor, nach Kanada auszuwandern.«

Willoughby atmete erleichtert auf. Er war in der Zwischenzeit einer der wohlhabendsten und angesehensten Männer seiner Stadt geworden. Er bot ihr eine großzügige Abfindung an, wenn sie versprach, in Übersee zu bleiben und nie mit der Familie in Verbindung zu treten.

Evelyn war sofort einverstanden. Sie hatte ohnehin nicht vor, je nach England zurückzukehren. Nach ihrer Entlassung blieb sie nur wenige Tage in London, um moderne Kleider, einen eleganten Koffer und eine große Flasche ›Seduction‹ zu kaufen. Auf dem Flugplatz besorgte sie sich noch eine Stange Player's. Dann bestieg sie die Maschine nach Toronto, und dort verliert sich ihre Spur...

Aufgrund des Datenschutzes verweigern die britischen Behörden detaillierte Auskünfte über den Fall, und mit Rücksicht auf die unterdes erwachsenen Kinder der beiden Schwestern wurden Namen, Orte und Daten durchgehend geändert.

A.B.S.

La vie en rose

Sie mußte jetzt etwa so alt sein, wie ihre Schwester damals gewesen war. Ein bißchen jünger vielleicht, aber das konnte auch täuschen. Ein weißes Kleinmädchenkleid mit Spitzen am Saum, an den Ärmelbündchen und um den züchtigen Ausschnitt. Der Stoff des Mieders drückte kaum erkennbare Brüste flach. Die langen, dunklen Haare mit einer roten Schleife zum Pferdeschwanz gebunden.

Er erkannte sie sofort, als sie das Restaurant betrat. Das gleiche schüchterne Lächeln, der rasche Blick, mit dem sie die Gäste taxierte. Rechts neben der Tür saß eine vierköpfige Familie. Eltern und Kinder hatten rotverbrannte Gesichter. Während der Vater ungeduldig mit seiner Kreditkarte auf den Tisch klopfte, stocherten die Sprößlinge lustlos in kaltgewordenen Pommes frites. Die Frau starrte aus dem Fenster. Am Strand sammelten sich die Schaulustigen, die auf das Feuerwerk zur Feier des 14. Julis warteten. Seit Tagen dümpelten im Golf drei Plattformen, von denen die Raketen abgefeuert werden sollten. So wie jedes Jahr.

Das Mädchen drehte der schweigsamen Familie den

Rücken zu und wählte ein Pärchen am Nachbartisch aus. Flüsternd, scheu bot es seine langstieligen Rosen an, ließ sich durch ablehnendes Kopfschütteln nicht vertreiben. Sein Lächeln wurde koketter, die Haltung bittender. Niemand verstand, was es sagte, aber der Mann nahm schließlich eine der Rosen. Seine Partnerin führte die Blüte kurz an ihre Nase, tat so, als verspüre sie Rosenduft und stellte die Blume in die leere Wasserkaraffe.

Die beiden älteren Frauen, die sich so hingebungsvoll ihrem Nachtisch widmeten, ließen sich nicht erweichen.

Jetzt war sie nur noch zehn Schritte von ihm entfernt.

Er saß in unmittelbarer Küchennähe im hinteren Teil des Lokals. Hier roch es intensiv nach Fischsud, nach Estragon und gedünsteten Zwiebeln. Wenn er den Kopf ein wenig reckte, konnte er die beiden Afrikaner sehen, die schwitzend vor den heißen Herden standen und unverständliches palaverten.

Er nahm die Flasche aus dem Eiswasser des Champagnerkühlers, wickelte die Serviette um ihren Bauch und goß sich zum dritten Mal nach. Der Wein moussierte leicht im Glas. Das Mädchen trug Lackschuhe und weiße Söckchen. Beim Gehen schwang der Rock hin und her und ließ eine frisch verschorfte Schrunde am Knie sehen. Der rote Saum der Wunde stach scharf gegen die braune Haut des Beins ab. Braune Haut, samtig, weich, duftend. Dieser Geruch, süß, würzig und ein wenig verschwitzt. Wie Kinder riechen.

August. Im August war es heiß. Er konnte nicht schlafen. Sein Schädel brummte schon vormittags. Der Mistral, natürlich! Er beunruhigte nicht nur die See. Abends, nachts kam die Erlösung.

»Une rose, Monsieur?«

Sie hatte blaue Augen. Er kannte diese Augen.

»Mais elles sont très jolies!«

»Für die Liebe, nicht? L'amour, was?«

»Vous comprenez? L'amour? Pour moi, Monsieur!«

Die Kleine. Er hatte ihr – phantasielos – ein Eis gekauft, mit vier Kugeln und Streuseln darauf. Der Mann fingerte nach dem Geld, griff mit der anderen Hand gleichzeitig nach seinem Glas, bemühte sich, das Zittern zu unterdrücken.

Das Mädchen knickste, bevor es sich umwandte.

Er konnte in Ruhe essen, noch eine Flasche Wein trinken, sich Zeit lassen. Es würde dauern; er kannte ihre Tour, und er wußte, wo er sie finden würde.

Schon drei Querstraßen hinter der Promenade traf man kaum noch auf Touristen. Nachts hatten die Katzen das Revier ganz für sich allein. Er sah ihre Augen im Dunkeln leuchten, vernahm ihre Schreie. Wie Kindergreinen. Auch das Kleid hatte sich hellschimmernd von der Schwärze abgehoben. Und die blasse Bauchhaut, die sich zuckend hob und senkte. Hinterher war ihm der faulige Gestank aufgefallen, der von den Abfalltonnen, mit denen der Hof vollgestellt war, ausging. Daß Kinder in einer solchen Umgebung aufwachsen mußten!

Er sah sie am Fuße der Straße, die sich den Hügel hinaufschlängelte. Sie schien zu erschrecken, als sie seine dunkle Silhoutte bemerkte. Er glaubte zu sehen, wie sie sich verkrampfte, die unverkauften Rosen in ihren Zellophanhüllen fester packte. Hatte sie damals lange mit dem Eis in der Hand nach der Schwester gesucht? Oder war sie froh gewesen, die Aufpasserin wenigstens für kurze Zeit los zu sein? Hatte sie ihn überhaupt je richtig angesehen, sein Gesicht wahrgenommen? Ein Kind, ein kleines Kind damals!

Das Mädchen kam jetzt direkt auf ihn zu. Nicht so graziös wie die Schwester. Harte Schritte, eckige Bewegungen. Als sie sich gegenüberstanden, fiel ihm auf, wie klein es war.

»Je voudrais ... Je prends toutes les roses.«

Aber die gleichen Augen, die niedrige Stirn über dichten Augenbrauen, Flaum auf der Oberlippe.

»Merci, Monsieur.« Das Mädchen knickste, schlug die Augen nieder, lächelte.

»Mais je n'ai... pas de monnaie. Dans ma voiture.« Er deutete mit dem Kopf in die Dunkelheit. Natürlich, Touristen hatten nie Geld bei sich. Aber Unmengen davon in ihren Autos. Nur ein kleiner Weg, und man konnte daran teilhaben.

Er machte eine einladende Geste, aber das Mädchen lächelte ihn immer noch an, »Pour vous, Monsieur«, und streckte ihm die Rosen entgegen. Er griff mit beiden Händen nach dem Strauß.

Es war zuerst nur ein Zwicken, dann ein heller Schmerz, der sich in seinem Unterleib ausbreitete und durch seine Gedärme wütete.

Als er die Rosen fallen ließ und langsam nach vorn sackte, begann das Mädchen zu schreien.

Die Schwester hatte nicht geschrien. Aber die hatte ihm auch kein Steakmesser in den Bauch gestoßen.

Sirmione Zinth

Modiglianis Liebe

Amedeo Modigliani hätte die junge Architektin Giselle sicher gern gemalt, wenn er noch lebte. Er hätte ihr Gesicht wie Kaugummi in die Länge gezogen und seine Geliebte Jeanne Hébuterne, alias ›Noix de Coco‹ hätte Grund zur Eifersucht gehabt. Giselle trug den gleichen Pullover mit dem großen runden Ausschnitt. Auch das Haar der Architektin hätte Ähnlichkeit mit dem der Jeanne auf dem berühmten Bild. Was sag' ich! Es saß wie eine schwarze Kappe auf ihrem Kopf, wellte sich dann leicht über die Schultern, und wenn sich Giselle nach vorn beugte, fiel es gelockt auf ihren schlanken Hals. Fein! Sie gefiel ihren vom Singledasein geplagten Kollegen in einem Architekturbüro.

Da war Jum, der es als erster versuchte, sie ›herumzukriegen‹. Liebe platonischer Art interessierte ihn nicht. Jum ging immer aufs Ganze. Von seinen diversen Erfolgen sprach er oft und betonte dabei seine enorme Männlichkeit.

»Giselle, ein Essen mit Ihnen bei mir, heute abend – wie wär's?«

Giselle wandte sich weg von ihrem Zeichenbrett und

schaute ihn mit ihren schönen, unergründlich-tiefen, mandelförmigen Augen nachdenklich an. »Ich glaube nicht, Jum, daß ich die Richtige für Ihre Abenteuer bin.« So wie sie das sagte, war es ein Schlußstrich; weitere Kommentare gab es nicht.

Und da war Ricci, der auch Sex wollte, aber dies ganz anders formulierte.

»Eine Modigliani-Ausstellung«, sagte er und versuchte ein bezauberndes Lächeln, was ihm jedoch nicht gelang. Es sah eher aus wie das habgierige Grinsen eines Vogelkopfes. »Sie sollten die Ausstellung sehen, Giselle. Ich begleite Sie. Ach«, ergänzte er, gespielt nachdenklich, »wissen Sie, daß Sie der Jeanne Hébuterne sehr ähnlich sehen?«

»Ja«, sagte Giselle, »das weiß ich, und darauf bin ich auch sehr stolz.« Das war auch eine Absage, die sich in ihrer kühlen, abweisenden Haltung ihm gegenüber zeigte. Jim grinste, und in Ricci regte sich zum erstenmal Haß gegen diese kalte Frau.

Bitter versuchte es auch. Wie er richtig hieß, vergaß man zeitweilig, nannte ihn nur so wegen seines enormen Konsums an Bitter Lemon.

»Ich weiß, daß Sie nichts für Männer übrig haben«, flüsterte er ganz nah an ihrem Nacken. Sie wich der Berührung seines Atems geschickt aus, doch Bitter reizte das nur, deutlicher zu werden. »Ich kann so zärtlich sein wie eine Lesbe, versuchen wir's mal, Giselle.«

»Hauen Sie ab.«

Bitter zog sich zurück, trank Unmengen seiner Limonade mit einem Schuß Escorial und überlegte sich seine Rache. »Hauen Sie ab«, hatte noch keine Frau zu ihm gesagt.

Morton allerdings schien sich für Giselle nicht zu interessieren. Er arbeitete im Außendienst, besichtigte Baustellen, und seine zeitweiligen Aufenthalte im Architekturbüro waren kleine, kaum nennenswerte Gastspiele. Wie er zu Sex und Liebe stand, lag im Dunkel seiner großen Schweigsamkeit. Wenn er Giselle betrachtete, dann anders als die anderen. Aber dieses ›anders‹ konnten Jum, Ricci und Bitter nicht deuten; sie waren in ihren Empfindungen zu normal.

Ein Komplott entstand, weil keiner, weder Jum, Ricci noch Bitter, die brüsken Zurückweisungen Giselles vergessen konnte. Das andauernde Zusammensein mit dieser Frau, die gar nicht zu bemerken schien, was um sie herum geflüstert wurde, steigerte die Begierden der Männer und machte sie verrückt.

»*Die* einmal im Bett«, stöhnte Jum.

»Einmal würde mir nicht reichen«, konterte Ricci.

»Die will alles, nur nichts Normales.« Bitter sprach etwas von oben herab. Er schien es zu wissen – oder war er derjenige, der am meisten unter seinen Wunschträumen litt? »Ich könnte dieses kalte Biest umbringen«, ergänzte er noch.

»Ach ja?« Jum fand das gut, was er gesagt hatte.

»Sie ist«, sagte Ricci feierlich, »Modiglianis Liebe. Wir alle sollten sie unsterblich machen.« Dabei grinste er satanisch, als hätte er eine Idee.

Morton, der keinen Versuch unternommen hatte, sich Giselle zu nähern, bezogen sie nicht ein in ihr Komplott. Um so erstaunter waren sie, daß gerade er den Racheplan entwickelte.

»Schickt sie ins Sanatorium zu Doktor Machantel.«

»Was soll sie da?«

»Verhandeln, sich die Klinik anschauen. Wir haben einen Auftrag.«

Morton – jetzt erst bemerkten es die anderen – hatte so etwas Irres in seinem Blick. Jum fröstelte es. Ricci versuchte, zu kapieren. Bitter fragte so zwischen den Zähnen: »Was willst du mit ihr machen?«

Morton lächelte falsch. »Ich?« fragte er erstaunt, *»Ich?«* und er betonte das sehr eigenartig. »Ich gehe mit. Ich zeige ihr den Weg, nur den Weg«, wiederholte er leise und ergänzte: »Dafür zahlt ihr mir fünftausend Mark.«

Jum, Ricci und Bitter nickten.

Dr. Machantel war Psychiater. Sein Sanatorium für schwere Fälle lag abseits in einem Wald, wo uralte Eichen ihre Schatten warfen. Es gab auch riesige Farne, die man mit leichtem Schauer betrachtete – jetzt im Herbst ein gelbes, wogendes Meer, das sterbend alles unter sich begrub.

Giselle sah die Farne und fühlte eine Bedrohung, als sie mit Morton den Weg zur Klinik ging. Doch Morton hatte nicht vor, Giselle unter Farnen zu begraben. Er wollte Modiglianis Liebe anders leiden sehen.

Dr. Machantel wirkte düster wie seine Räume. Hager und grauhaarig stand er zwischen Spanischen Wänden, seltsamen grauen Parapluies, die wie riesige Fledermäuse wirkten. Jalousien wehrten jeden Sonnenstrahl ab. Sein Finger zeigte drohend auf Giselle: »Können Sie sich hier wohlfühlen, Madame?« fragte er mit einer leicht hysterischen Stimme.

Giselle schwieg einen Augenblick, sah dann Morton an, der die Tasche mit den Unterlagen trug. Er lächelte, doch abwesend.

»Wohlfühlen?« fragte Giselle zurück, »das liegt wohl nicht an.« Sie sah sich um. »Der gewünschte Ausbau, verstehen Sie?«

»Ach ja . . .« Dr. Machantel schien zu erwachen, schien etwas enttäuscht und spreizte beide Hände auf der Schreibtischplatte. »Sie waren ja schon hier, Sie wissen ja Bescheid«, sagte er zu Morton und entließ sie.

»Ja«, sagte Morton betont langsam, »ich weiß Bescheid.«

Die große, edelholzgetäfelte Halle des Sanatoriums hatte nichts Erschreckendes. Eine gediegene Eleganz lag in weichen Teppichen und teuren Lüstern. Die lähmende Stille in den Korridoren bedrückte Giselle. Wo waren die Patienten? Alle hinter verschlossenen Türen?

»Es ist ein alter Kasten«, erklärte Morton, »sehr alt, wie Sie sehen. Der rechte Flügel soll erneuert werden. Besonderen Wert legt Machantel auf das Dachgeschoß. Es ist groß und geräumig. Mit Fenstern könnte man helle Räume daraus machen.«

»Warum hell? Dieser Dr. Machantel liebt doch die Dämmerung«, sagte Giselle mit leichtem Spott in der Stimme.

»Aber wohl nicht die totale Finsternis«, entgegnete Morton. »Seine lichten Momente hat er vielleicht dort oben.« Er deutete mit dem Daumen zur Decke. »Stellen Sie sich darauf ein, Frau Kollegin.«

Einen Augenblick blieb Giselle stehen. »Ich werde es tun«, sagte sie kühl, »Herr Kollege.« Und er: »Ich schau' mir inzuwischen die Keller an. Gehen Sie nach oben, ich komme nach.« Morton gab ihr den Schlüssel.

Giselle wußte nicht, ahnte auch nicht, was sie erwartete. Es war wieder bedrückend still um sie, um Modiglianis Liebe, wie Ricci sie nannte. Hier in diesem obersten Stockwerk war die Ausstattung weit bescheidener: keine Teppiche, keine Läufer, keine Holzvertäfelungen – nur Türen, hinter denen Giselle bedauernswerte Menschen vermutete.

Sie ging den Flur entlang. Eine Tür rechts, drei Türen links. Eine Tür geht auf. Heraus will eine Person, die von zwei Wärtern wieder zurückgerissen wird. Ganz nah schon hatte sie neben Giselle gestanden, die Augen ruhelos im bleichen Gesicht. Das strohgelbe Haar erinnerte an die sterbenden Farne draußen im Wald.

»Gehen Sie nicht – dort – hinauf – nicht, bitte nicht.« Ihre Stimme war so dunkel und rauh, daß sie Mitleid erregte. Mit festem Griff wurde sie an beiden Armen zurückgezogen. Die Wärter schleiften sie ins Zimmer, die Tür schloß sich schnell. Niemand hat's gesehen, dachte Giselle.

Wieder Türen rechts und links. Dann führte der Gang um eine Ecke zu einer alten, eisernen Wendeltreppe, die laut hallte, als sie hinaufstieg.

Jetzt müßte der Dachboden kommen, sagte sich Giselle. Sie hielt den riesigen Schlüssel schon in der Hand, um aufzuschließen. Nein, noch ein Gang. Hier war ein kleines Fenster mit ein bißchen Lichteinfall durch das blinde Glas. An den Wänden zeigten sich Blasen, modrige Stellen, Kalk rieselte, und ein eigentümlicher Geruch erzeugte Übelkeit in ihr.

Giselle haßte Moder und Schwamm in alten Häusern. Sie nahm Handschuhe aus ihrer Tasche und streifte sie über. Sie fürchtete Bakterien und wollte nichts mit bloßen Händen berühren. Eine alte Holztreppe knarrte, schrie fast wie gequält, als Giselle den Fuß darauf setzte. Die kracht bald zusammen, dachte sie. Alles, was sie sah, ekelte sie an. Große, tote schwarze Spinnen lagen mit zusammengekrallten Beinen auf dem Rücken, daneben ausgetrocknete Fliegenleichen zu Hunderten. Die Sonne leuchtete durch das Fenster in die Spinnweben, die aussahen wie nie gewaschene, alte Spitzengardinen.

Schritt für Schritt ging sie empor, im Blick die eiserne Tür. Plötzlich erfaßte sie der Gedanke, Verrat sei im Spiel. Warum, fragte sie sich, ist Morton nicht gleich mit hinaufgegangen?

Giselle schloß auf. Sie kannte viele Dachböden, die

man bewohnbar gemacht hatte. Vorher war es immer das gleiche: mausgrauer, dunkler Staub, der auf altem Gerümpel lag, verrostete Bettgestelle, beschädigte Möbel, dazwischen blinde Spiegel und Sessel, deren Rohrgeflecht widerspenstig nach allen Seiten sprießte, kistenweise alte Bücher, zerfleddert und vergilbt, und oft diese schrecklichen Puppen, denen die Gelenke und die Augen fehlten.

Zuerst sah sie nichts. Die absolute Dunkelheit überraschte sie. Langsam tastete sie sich vor, spürte die dikken Bohlen unter ihren Schuhen – und blieb stehen. Sie regte sich nicht und wagte kaum zu atmen.

Es war ein Murmeln, ein Stöhnen, das aus irgendeiner Ecke kam. Und kaum, daß ihre Augen etwas unterscheiden konnten, fühlte sie eine dumpfen Hauch. Ein schwerer, schlechter Geruch lag in dem Raum. Sie wollte umkehren. Aber da war etwas an ihrem Bein, eine Hand vielleicht, die hastig an ihr fingerte, und dann zerrte es an ihrem Rock, an ihrem Körper.

Giselle schrie. Licht flammte auf. Es war grell auf sie gerichtet. In der Tür stand jemand, den sie nicht sah. Das Licht einer Stablampe blendete sie. Am Lachen erkannte sie Morton.

»So entsetzt? Mon dieu!«

Giselle begann zu zittern. Mit einem Blick erkannte sie die kaum mehr Mensch zu nennenden Gestalten. Grau in Grau, die sich langsam auf sie zubewegten, ins Licht starrten wie Blinde in der Sonne.

Ein monotones Lallen, Wimmern und Gemurmel, das sich in der Erregung steigerte – und dazwischen Mortons Lachen.

»Sie kommen – sie hängen sich an dich – gleich – paß auf, deine Kleider – ich brauch' dich gar nicht auszuziehen.« Wieder dieses Lachen. »Es sind die schlimmsten

Fälle, meine Liebe. Sie dürfen nie mehr raus. Das ist *sein* Zirkus, sein ganz privater. Da läßt er Blut in Strömen fließen. Die fressen sich doch selber auf.«

Giselle sah tiefe Wunden zwischen Fetzen Stoff. An ihren Rock krallten sich Hände. Entsetzt trat sie zurück, löste die fremden Hände mit hartem Griff. Sie stieß sie weg – und Morton lachte.

»Wenn ich das erzähle! Jum, Ricci und Bitter lachen sich tot. Fünftausend Mark hab' ich dafür bekommen, damit ich dich in den Zirkus bringe, du eitle Ziege, du langbeinige Emanze! Bald seh' ich dich nackt, ganz nackt, Täubchen, bald hast du...«

Weiter kam Morton nicht. Giselle tat einen schnellen Griff in ihre Tasche. »Ich bin nie ohne Waffe«, sagte sie leise.

Sie erschoß ihn nicht. In den wenigen Sekunden der Überlegung, traf sie die Entscheidung: nicht diese armen Körper, die sie bedrängten, waren ihr Ziel, sondern Mortons Männlichkeit. Sein qualvolles Schreien interessierte sie nicht. Sie stieg über ihn weg, drehte sich um und drückte ihm die Waffe in die verkrampften Hände. »Drei Schüsse noch«, sagte sie. Schnell schloß sie hinter sich die Tür, drehte den Schlüssel um, zog ihn ab und steckte ihn ein.

Giselle ging zu Dr. Machantel zurück.

»Alles erledigt?« fragte er mit umflorter Stimme.

»Erledigt«, sagte sie. »Wir machen Ihnen den gewünschten Kostenvoranschlag – und...« sie zögerte noch einen Augenblick, »...und kommen in vierzehn Tagen wieder.« Sie wandte sich zur Tür, drehte sich nochmals um und gestand: »Nein, wohlfühlen könnte ich mich hier nicht, Herr Doktor.«

Sie verließ ihn so, wie Modiglianis Liebe es getan hätte: mit einer, wenn auch nicht notwendigen, doch eleganten Bewegung der schönen, schlanken Hände, die das dunkle Haar zur glatten Kappe strichen.

Die Autoren

A.B.S. Pseudonym für Astrid Schumacher: geboren 1948; Studium der Biologie, Psychologie, Promotion, Professorin an der Uni Hamburg, jetzt Lehrerin, lebt in Hamburg und ist verheiratet mit Bernt Schumacher: geboren 1947; Studium der Wirtschaftswissenschaften und Pädagogik, ist z. Z. Sprecher des ›Syndikats‹.
Unter A.B.S. schreiben sie gemeinsam Kriminalromane. *Ole, Dole, Doff,* Hamburg 1985; München 1987
Double Feature, München 1987
Déjà vu, München 1988
Im Umfeld der Symapthie, München 1990
Kurz und schmerzlich, Kriminalstories, München 1988
Mehrere Erzählungen und Kurzgeschichten in Zeitschriften, Zeitungen und Anthologien.
A.B.S. mit Frank Göhre:
Tiefe Spuren, Kriminalerzählungen, München 1989

JÜRGEN ALBERTS geboren 1946, Journalist und Schriftsteller, lebt in Bremen, schreibt Hör- und Fernsehspiele und seit 1969 Romane. Seine Kriminalromane erscheinen seit 1984 im Heyne Verlag, die Bremen-Polizei-Serie umfaßt inzwischen fünf Titel. Der letzte heißt: *Die Selbstmörder.* Für seinen halbdokumentarischen Roman über den französischen Frauenmörder *Landru* erhielt er 1988 den Preis des SYNDIKATES für den besten deutschsprachigen Krimi. 1990 veröffentlichte er seinen Roman: *Zielperson unbekannt,* ein Buch, das im Kölner Verfassungsschutz spielt.

HERIBERT BAUER Jahrgang 1944, lebt in Frankfurt am Main und veröffentlichte als Harry Porter und Frank Moorfield zahlreiche Kriminal- und Seeabenteuer-Romane in zwei Serien. Ein Kriminalroman wurde ins Portugiesische übersetzt und in Brasilien nachgedruckt. Unter richtigem Namen erschienen Kriminalgeschichten in Zeitungen und Zeitschriften (u. a. Sonntagsausgaben der ›Frankfurter Allgemeinen Zeitung‹ und ›Berliner Morgenpost‹) sowie in Krimi-Anthologien (Wilhelm Heyne Verlag und Verlag Schiele & Schön). Mitglied der Autorengruppe Kriminalliteratur Das Syndikat (A.I.E.P.).

FRED BREINERSDORFER Jahrgang 1946, ist Rechtsanwalt und Schriftsteller. Er lebt in Stuttgart. Neben Fachveröffentlichungen und zahlreichen Kurzgeschichten (prämiert mit dem Walter-Serner-Preis des Senders Freies Berlin 1985) hat Breinersdorfer seit 1980 acht Kriminalromane veröffentlicht, von denen sieben verfilmt wurden. Breinersdorfer gilt als der einzige Vertreter des spannend geschriebenen, actionreichen Justiz-Kriminalromans in der deutschen Sprache. Zu seinen wichtigsten Werken gehören die Romane *Notwehr, Der Dienstagmann, Quarantäne* und der Faction-Thriller *Der Hammermörder*. Alle wurden nach den Drehbüchern des Autors verfilmt. Quarantäne wurde 1989 für den Prix Italia nominiert. Bücher und Kurzgeschichten Breinersdorfers sind in Englisch, Französisch, Polnisch, Tschechisch, Russisch und Bulgarisch übersetzt, eine spanische Übersetzung ist in Vorbereitung.

MADELEINE BRENT ist Engländerin und wurde vor allem durch ihre romantischen Liebesromane weltberühmt. Außerdem erschienen in verschiedenen Zeitschriften Krimikurzgeschichten von ihr.

AMANDA CROSS Jahrgang 1926, ist Amerikanerin und von Beruf Hochschullehrerin. Ihre Serienfigur Kate Fansler trägt autobiographische Züge. Bisher erschienen sieben Romane mit Kate Fansler in der Hauptrolle.

JÜRGEN EHLERS Dr. habil., Geograph, geboren am 2. 5. 1948, arbeitet am Geologischen Landesamt, Hamburg.

EGON EIS lebt und arbeitet in München. Er schrieb zahlreiche Drehbücher für Kinofilme und für das Fernsehen. Außerdem veröffentlichte er Kriminalromane (*Die letzte Frau von London,* Bd.-Nr. 02/2143; *Gesucht wird Chester Sullivan,* Bd.-Nr. 02/2012) und Kurzgeschichten.

JAN FLIEGER lebt in Leipzig und schrieb und veröffentlichte bisher einige Kurzgeschichten in verschiedenen Zeitschriften und Magazinen.

JOE GORES Jahrgang 1931, arbeitete u. a. als Lehrer, Hotelmanager, Privatdetektiv, bis er 1969 seinen ersten Kriminalroman veröffentlichte. Mit *A Time Of Predators* (Der Killer in dir, Heyne Krimi Bd.-Nr. 02/2216) war er bereits so erfolgreich, daß er den ›Mystery Writers of America Edgar Allan Poe Award‹ für den besten Kriminalroman des Jahres erhielt. Joe Gores lebt in San Francisco.

JÖRN INGWERSEN stammt von der Insel Sylt und lebt vorwiegend in Hamburg. Er arbeitet als Taxifahrer, Übersetzer, Musiker und Autor.

H. P. KARR & WALTER WEHNER geboren 1955 und 1949 in Saalfeld und Werdohl, leben in Essen (Karr) und Velbert (Wehner). H. P. Karr schrieb einige Jugendbücher, einen Roman und zahlreiche Kriminalhörspiele. Walter Wehner veröffentlichte überwiegend Gedichtbände und einige literaturwissenschaftliche Arbeiten. Seit 1988 schreiben sie mitunter gemeinsam Kriminalstories und Hörspiele. Mit ›Nachtfahrt‹ gewannen sie den Walter Serner-Preis, für die Story ›Angela, mein Engel‹ erhielten sie 1990 den Literaturpreis der Stadt Aachen/Walter Hasenclever-Preis. Zuletzt wurden sie für ihre Kriminalstory ›Berbersommer‹ mit dem Literaturpreis Ruhrgebiet 1990 (Förderpreis) ausgezeichnet.

MARGARETE KUBELKA wurde am 14. 9. 23 in Haida (Nordböhmen) geboren. Germanistik und Lateinstudium in Prag, Rostock und Hamburg. Seit 1951 freie Schriftstellerin in Darmstadt. 35 Bücher, Veröffentlichungen in Presse und Rundfunk. Zahlreiche Preise und Auszeichnungen, u. a. Andreas Gryphius-Preis, Hörspielpreis des Westdeutschen Rundfunks und des OKR, Erzählerpreis des Bayerischen Rundfunks, Bronzene Verdienstmedaille der Stadt Darmstadt, Johann Heinrich Merck-Ehrung. 1985 wurde ihr das Bundesverdienstkreuz verliehen. Ihre Kinderbücher wurden ins Englische und Chinesische übersetzt.

THOMAS LIEHR lebt in Bayern und veröffentlichte bisher einige Kurzgeschichten, u. a. im *Playboy*.

STEFFEN MOHR ist Kabarettist, Liedermacher und Autor und lebt mit seiner Familie in Leipzig. Sein erster Kriminalroman erscheint unter dem Titel *Die Leiche im Affenbrotbaum* (Bd. Nr. 02/2368) im Heyne Verlag, München.

RENATE MÜLLER-PIPER geboren in Braunschweig, Studium der Pädagogik in Göttingen. Bisher Veröffentlichungen von Kurzprosa und Lyrik in Zeitungen und Magazinen. Preisträgerin beim Kurz-Krimi-Wettbewerb in Göttingen.

TANJA SCHLÄFER lebt und arbeitet in Dreieich, Hessen.

PETER SCHMIDT 1944 in Gescher geboren, lebt seit 1977 als freier Schriftsteller in Gelsenkirchen, Spezialgebiet: Polit-Thriller. Romane: *Mehnerts Fall* (Ullstein/Neuausgabe Rowohlt); *Die Trophäe* (Ullstein/Neuausgabe Rowohlt); *Augenschein; Eiszeit für Maulhelden; Die Regeln der Gewalt; Ein Fall von großer Redlichkeit; Erfindergeist*, Übersetzung: Gallimard Paris 1985; *Die Stunde des Geschichtenerzählers; Der EMP-Effekt;*

Der Agentenjäger; Linders Liste, Die fünfte Macht; Der kleine Herzog; Das Veteranentreffen, alle Rowohlt; ›Das Prinzip von Hell und Dunkel‹, Heyne.

JULIAN SYMONS Jahrgang 1912, war u. a. Werbetexter und lebt zur Zeit in London. Er ist der große alte Mann im Krimigenre. Von ihm stammt eine Geschichte des Kriminalromans *(Am Anfang war der Mord)*, und er hat selbst mehr als 25 Krimis veröffentlicht.

JAMES YAFFE ist Amerikaner. Er veröffentlichte bisher einige Kriminalromane und zahlreiche Kurzgeschichten, hauptsächlich für das bekannte *Ellery Queen's Mystery Magazine.*

SIRMIONE ZINTH geboren 1927 in Karlsbad, Grafikerin, Illustratorin. Makabre Kriminalerzählungen, Hörspiele, ›HORRORLYRIK‹ u. a. Beiträge in Funk u. Fernsehen, literarische Abende. Mitglied der Autorenvereinigung Kriminalliteratur ›Das Syndikat‹ e. V. (A.I.E.P.). Publikationen: *Grausame Gedichte, Soirée mit Sirmione Zinth, Ruhe Samt* (Litteraturverlag K. H. Hartmann, Frankfurt am Main), ›RATZ oder: Die Masken der Madame Denis‹ in *Killerladies* (Heyne Verlag, München), ›Ein Sarg für Zwei‹ (Heyne-Krimijahresband 1990), ›Der Kopflose‹ (›DIE ZEIT‹, Hamburg), ›Scaletta im Nebel‹ (Frankfurter Allgemeine Zeitung).

Quellenverzeichnis

JOE GORES: ›Augen auf‹, Originaltitel: ›Watch for it‹, © 1988 by Joe Gores, © der deutschen Übersetzung by Wilhelm Heyne Verlag GmbH & Co. KG, München.

AMANDA CROSS: ›Es war einmal‹, Originaltitel ›Once upon a time‹, © 1987 by Amanda Cross, © der deutschen Übersetzung by Wilhelm Heyne Verlag GmbH & Co. KG, München.

PETER SCHMIDT: ›Winger und das Spielzeug‹, © 1991 by Peter Schmidt.

JAMES YAFFE: ›Mom erinnert sich‹, Originaltitel: ›Mom remembers‹, © 1986 by James Yaffe, © der deutschen Übersetzung by Wilhelm Heyne Verlag GmbH & Co. KG, München.

JÜRGEN ALBERTS: ›J. B. Cool und das goldene Nadelkissen‹, © 1991 by Jürgen Alberts.

HERIBERT BAUER: ›Generalprobe‹, © 1991 by Heribert Bauer.

STEFFEN MOHR: ›Durchgeschlängelt‹, © 1991 by Steffen Mohr.

JAN FLIEGER: ›Todesfahrt‹, © 1991 by Jan Flieger.

TANJA SCHLÄFER: ›Die Erbschaft‹, © 1991 by Tanja Schläfer.

MARGARETE KUBELKA: ›Keine Spur‹, © 1991 by Margarete Kubelka.

JULIAN SYMONS: ›Ein Lied für Hyazinthen‹, Originaltitel: ›A theme for Hyazith‹, © 1987 by Julian Symons, © der deutschen Übersetzung by Wilhelm Heyne Verlag GmbH & Co. KG, München.

H. P. KARR & WALTER WEHNER: ›Der Aufmacher‹, © 1991 by Autoren.